DROEMER

CHARLOTTE ROTH

DIE STAUFFEN BERGS

ROMAN

Eine große Liebe in Zeiten des Krieges

DROEMER

Dieser Roman beruht auf der Lebensgeschichte von Nina und Claus von Stauffenberg, bleibt aber ein fiktives Werk. Die Autorin ist beim Schreiben so nah an den historischen Personen und Ereignissen geblieben wie möglich. Dennoch sind ihre Beschreibungen ebenso wie das Handlungsgeflecht, das sie bilden, und die Ereignisse und Situationen, die sich dabei ergeben, fiktiv.

Besuchen Sie uns im Internet:
www.droemer-knaur.de

MIX
Papier | Fördert gute Waldnutzung
FSC® C014496

Originalausgabe Juli 2024

Dieses Werk wurde vermittelt durch die AVA international
GmbH Autoren- und Verlagsagentur, München.
Redaktion: Silvia Kuttny-Walser
Covergestaltung: KRISTIN PANG
Coverabbildung: CollaborationJS / Trevillion Images, deagreez / AdobeStock
Satz und Layout: Adobe InDesign im Verlag
Druck und Bindung: GGP Media GmbH, Pößneck
ISBN 978-3-426-28421-6

2 4 5 3 1

Zum besseren Verständnis zeitgeschichtlicher und selten verwendeter Begriffe befindet sich am Ende dieses Romans ein Glossar.

Für meinen eigenen Klaus,
in Liebe.

BEVOR DIE GESCHICHTE BEGINNT

Dieser Roman ist vor allem eine Liebesgeschichte.

Natürlich ist die Frage gestattet, warum ich mir gewünscht habe, die Geschichte der Stauffenbergs als Liebesgeschichte zu erzählen. Sie mir zu stellen, ist jedoch sinnlos, denn die einzige Antwort, die ich geben kann, ist der Roman, den Sie in den Händen halten.

Liebe ist immer der Ort in uns, an dem wir verwundbar werden. Wenn wir es zulassen, werden wir an demselben Ort empfänglich für die Verwundbarkeit anderer Menschen. Und wenn wir noch einen Schritt weitergehen, begreifen wir von diesem Ort aus, dass wir als Menschen miteinander verbunden sind.

Ich hoffe sehr, Sie werden an keiner Stelle das Gefühl haben, ich hätte es an Respekt noch lebenden oder verstorbenen Menschen gegenüber fehlen lassen. Sollte dies doch der Fall sein, so bitte ich Sie herzlich, mir das mitzuteilen, damit ich darauf reagieren kann. Auch ansonsten freue ich mich jederzeit über Ihr Feedback auf Facebook und Instagram oder über meine Website www.charlotte-lyne.com.

Aus dramaturgischen Gründen habe ich nicht nur private Ereignisse im Leben der Menschen um Nina und Claus von Stauffenberg zeitlich oder räumlich verschoben, sondern auch verschiedene Nebenfiguren erfunden, verändert, gestrichen oder zusammengezogen. Auch die Figur meiner Chronistin Hetty Klötzke habe ich erfunden. Ich weise darauf hin, dass sie alle ebendies sind: Figuren. Zwar Menschen nachempfunden, die gelebt haben, aber das trifft vermutlich auf die Figuren eines jeden Romans zu. Den Anspruch, eine Biografie zu schreiben, hatte ich als Romanautorin nicht. Wohl aber den Wunsch, zu erreichen, was dem Romanautor, der Romanautorin im besten Fall gegeben ist: durch Erfundenes Wahres sichtbar machen. Ob das gelungen ist, liebe Leserin, lieber Leser – entscheide nicht ich, sondern das entscheiden Sie.

Und da ich mir vor allem gewünscht habe, dass dies ein ehrliches Buch wird, folgt noch ein Nachsatz, ein Geständnis: Um jener Ehrlichkeit willen habe ich, als ich anfing, dieses Buch zu planen, gedacht, ich kann es nicht für die Familie von Stauffenberg schreiben. Ich muss meinen eigenen Weg damit gehen, ohne an die Familie von Stauffenberg zu denken, und was die Familie von Stauffenberg am Ende von meinem Buch hält, darf keine Rolle spielen.

Jetzt bin ich am Ende angekommen. Und stelle fest, dass ich mich von ganzem Herzen freuen würde, wenn der Familie von Claus und Nina von Stauffenberg, dieser großen Schar Nachkommen, die Hass und faschistische Mordgier nicht auslöschen konnten, mein Buch gefällt.

Vielen Dank Ihnen allen.

Charlotte Roth,
Dezember 2023

»There was truth and there was untruth.
And if you clung to the truth even against the
whole world, you were not mad.«
George Orwell, *1984.*

HETTY KLÖTZKE

ZITATE AUS EINEM RUNDFUNKINTERVIEW

Bamberg
1965

1

In Geschichten ist das manchmal so, oder nicht? Dass man sich an die Figuren noch Jahre später erinnert, obwohl man die Geschichte selbst längst vergessen hat.

Aber bei dem, was Sie hier von mir hören wollen, ging's ja um keine Geschichte, sondern ums richtige Leben. Und an die kleine Nina werd ich mich noch an dem Tag erinnern, an dem ich das Zeitliche segne.

Nicht wegen dem, was später passiert ist, sondern weil sie schon als Kind was Besonderes war. Eine richtige Prinzessin. Und damit mein ich nicht, dass sie verwöhnt war oder verzärtelt, denn die Eltern Lerchenfeld haben schon darauf geachtet, dass ihr Mädel mit beiden Füßen auf dem Teppich blieb, und die Nina lief ja den ganzen Sommer in zerrissenen Röcken und uralten Reitstiefeln rum. Aber sie hatte Klasse. Charakter. Wenn sie, so klein, wie sie war, sich einmal zu etwas entschlossen oder wenn sie zu einer Sache eine Meinung gefasst hatte, dann stand sie dazu, und nichts und niemand hat sie davon abgebracht.

Angst machen lassen hat sie sich von keinem Menschen, aber sie hatte daheim, bei den Lerchenfelds, wo jeder sie liebte, ja auch keinen Grund dazu. Ein kleiner Springinsfeld war sie und hat immer so gerne gelacht.

Und der Claus?

Na, in den waren wir ja alle gleich verschossen, als er in dem Sommer auf einmal mit seinem Auto vor der Tür stand und die Nina samt den Eltern einpacken wollte, um sie seiner Familie vorzustellen. Das war einer von diesen Männern ganz alter Schule, wenn Sie wissen, was ich meine – irgendwie aus einer anderen Zeit. Ganz am Anfang hab ich mal zur

Nina gesagt: Ach Gott, gnädiges Fräulein, der Herr Graf – ist der denn nicht viel zu ernst für Sie?

Aber sie hat nur gelacht und gerufen: Aber nicht doch, Klötzchen, so ernst ist er gar nicht. Sein Humor ist nur ein bisschen schreckhaft und traut sich noch nicht richtig raus.

Und so war's ja wohl auch. Wenn sie zusammen waren und wie in ihrer eigenen Welt, dann sahen sie plötzlich aus, als hätten sie gerade gelacht, die Nina und ihr Claus.

Ob der ein Nazi war?

Ach Gott, da fragen Sie mich was. Über solche Sachen, Politik und dergleichen, redete man ja nicht mit einer, die im Elternhaus der Verlobten das Hausmädchen war. Und außerdem waren damals doch alle Nazis. Genau genommen könnte man sagen, einer war ein Nazi oder hat so getan, als ob er einer wär, oder er war tot.

Was nun genau der Claus war, weiß ich nicht, denn darüber hat er mit mir ja, wie gesagt, nicht geredet. Aber dass er tot ist, weiß ich, und das wissen Sie auch, denn seien wir mal ehrlich: Sonst wären Sie ja nicht hier und würden mir diese ganzen Fragen stellen.

ERSTER TEIL

»Du bist da. Und das, was ich nie verlor.«
Kurt Tucholsky

2

Erinnerung
Caroline
1914

Wenn sie in diesen Tagen nach Hause kam, beschleunigte sie ungewollt ihre Schritte. Eine Angst, für die es keinen Grund gab, zwang sie zur Eile. In der Stadt, an den Türen der öffentlichen Gebäude, hingen Zettel mit den Namen der Gefallenen. Davor versammelt standen Frauen, die vor Furcht zitterten, auf jenen Zetteln die Namen ihrer Söhne zu entdecken. Carolines Söhne aber waren noch zu jung, um ihr weggeholt zu werden. Sie waren sicher und geborgen daheim bei Miss Berry, der Kinderfrau, die nur Englisch sprach und sich deswegen mit den Jungen nicht länger vor die Tür wagte.

Dennoch eilte Caroline mit langen Schritten die Allee hinunter. Hier, auf dem Weg zu dem einstigen Verwaltungsgebäude, das den Stauffenbergs als Dienstwohnung zur Verfügung stand, war man früher oft Württembergs König begegnet, der ein bescheidener Mann war, seinen Hund ausführte und freundlich seinen Hut zum Gruß zog. Seit Krieg herrschte, führte jedoch nicht einmal ein König mehr seine Hunde aus. Atemlos stürzte Caroline zur Tür herein, schob selbst Hasso und Nero, ihre geliebten Hunde, beiseite und lief in ein paar Sätzen die Treppe hoch zum Kinderzimmer. Als könnten in der kurzen Zeit ihrer Abwesenheit die Rekrutierer des Kaisers in ihr sicheres Haus eingedrungen sein, um ihre drei kleinen Jungen an die Front zu schaffen.

Der Gedanke, so absurd er angesichts des zarten Alters ihrer Kinder war, drehte ihr den Magen um. Es durfte nicht sein. Niemals. Sie hatte doch schon einen verloren, einen von vieren, ihren kleinen Konrad, der einen Tag nach der Geburt gestorben war.

Sie hatte ihn im Arm gehalten. Claus und Konrad, ihr zweites Paar Zwillingssöhne, hatten bei ihr gelegen, einer links und der andere rechts, während Konrad seinen letzten Atemzug tat. Die Mütter, die sich vor den Anschlagtafeln versammelten, hatten ihre Söhne nicht im Arm halten dürfen, während diese ihren letzten Atemzug taten. Sie waren bei ihnen gewesen, als sie auf die Welt kamen, aber nicht, als sie sie wieder verließen, und ob von den zarten, perfekten Körpern, die ihre Mütter einst geboren hatten, noch etwas übrig war, das wussten sie nicht.

Wie sollte eine Mutter so etwas ertragen?

Und dabei hatte doch eine Frau, die in einer Familie wie der von Caroline Söhne bekam, keine andere Wahl, als es zu ertragen. Familien wie die ihren bekamen Söhne, damit sie dem Kaiser und dem Vaterland dienten.

Heldensöhne, Heldenmütter.

Carolines Herzschlag beruhigte sich erst, als sie die oberste Stufe erreichte und aus dem Zimmer mit der angelehnten Tür die lebendigen, noch kindlichen Stimmen ihrer Söhne vernahm. Sie blieb stehen, um Atem zu holen, hielt sich am Geländer fest.

»Ich melde mich gleich, wenn ich sechzehn Jahre alt werde«, hörte sie Berthold erklären, den Erstgeborene ihres älteren Zwillingspaares, der für gewöhnlich den Wortführer des Dreigespanns gab. »Oder schon mit fünfzehn vielleicht. Das ist nicht mehr so lang hin. Bei einem, der groß und sportlich ist, nehmen sie's mit dem Alter nicht so genau. Schon gar nicht, wenn er wie ich aus einer der richtigen Familien stammt, denn solche braucht es ja, um unser Deutschland zu verteidigen.«

Aus einer der richtigen Familien.

Carolines Mann Alfred, den sie Schlaggi nannte und der ein so gelassenes, pragmatisches Gemüt hatte, war Oberhofmarschall und Major am württembergischen Hof. Die lange Reihe derer von Stauffenberg, der er entstammte, gehörte dem Ministerialadel an und war für ihre Dienstbarkeit und Treue in den Grafenstand erhoben worden. Ein Graf von Stauffenberg verweigerte seinem Fürsten nichts, was dieser von ihm verlangte, weder sein Leben noch das seiner Lieben. Ein Graf von Stauffenberg schwor Eide und starb lieber, als sie zu brechen.

Um ihre eigene Familie war es kaum anders bestellt: Die von Uexküll-Gyllenbands, baltendeutsche Uradelige mit seit dem Hochmittelalter verbürgten Verdiensten, standen den Stauffenbergs in nichts nach. Feldmarschall von Gneisenau, der das preußische Heer reformiert hatte, war lediglich der berühmteste von Carolines Vorfahren, und einer ihrer Onkel hatte ihre Brüder gelehrt, dass Menschen ebenso wie Pferde für bestimmte Verwendungszwecke gezüchtet wurden: »Der Bauer verpflegt sein Land. Der Edelmann stirbt für es.« Vermutlich musste Caroline sich glücklich schätzen, weil ihr Mann mit seinen fünfundfünfzig Jahren seine aktive Militärzeit lange hinter sich hatte und zum Sterben nicht länger gebraucht wurde.

Aber ihre Söhne!

Die hatten noch alles vor sich.

Berthold, der kleine Gernegroß, der ihr als Erster geschenkt worden war, wurde im nächsten Frühling zehn Jahre alt und sollte im September auf das Eberhard-Ludwigs-Gymnasium wechseln. Er spielte Klavier, parlierte wie selbstverständlich auf Französisch und Englisch, las unter der Bettdecke Seefahrerromane. Wie konnte er davon sprechen, sich an die Front zu melden? Hatte nicht der Kaiser in Berlin verkündet, zu Weihnachten sei der Krieg bereits gewonnen und vorbei? Bis zu Weihnachten aber waren es nur noch zwei

Wochen, ganz Stuttgart lag unter einer Schneedecke, und die Zirkel der Offiziersgattinnen hatten begonnen, Berge von Wolle zu verstricken, damit den Kämpfenden nicht Hände und Füße erfroren. Vom Ende des Krieges war nicht länger die Rede, und Berthold, dessen Stimme kaum noch kindlich und piepsig klang, prahlte weiter:

»Stauffenberg. Das hat seinen Klang. An meiner Haltung und Vaterlandstreue wird bestimmt niemand zweifeln, und dass ich ein fabelhafter Reiter bin, werde ich im Nullkommanichts bewiesen haben.«

»Ich auch«, fiel Alexander, sein Zwillingsbruder, ein. »Wenn du dich meldest, komme ich mit.«

»Du wirst vielleicht ein wenig warten müssen«, beschied ihn Berthold gönnerhaft. »Ein paar Monate, bis ich gezeigt habe, dass die Stauffenberg-Söhne keineswegs zu jung sind, um ihrem Land zu dienen, weder zu jung zum Kämpfen noch zu jung zum Sterben. Wenn aber das einmal geklärt ist, hole ich dich nach.«

Caroline konnte ihre Söhne nur hören, doch sie glaubte, vor sich zu sehen, wie Claus voll Verehrung zu Berthold aufblickte. Er vergötterte seine älteren Brüder, wünschte sich nichts sehnlicher, als von ihnen anerkannt zu werden. Claus, ihr Kleinster. Der, der ihr von ihrem jüngsten Zwillingspaar geblieben war und von dem sie sich insgeheim wünschte, er möge langsamer als die zwei anderen wachsen. Das Haar hatte sie ihm jahrelang in dichten Locken bis auf die Schultern fallen lassen wie einem Fürstenkind aus vergangener Zeit. Es passte zu seinen feinen, fast mädchenhaft hübschen Zügen und den seelenvollen Augen, doch seit der Krieg begonnen hatte, bestand er auf einem militärisch kurzen Haarschnitt, wie seine Brüder ihn trugen.

Nur war eben Claus nicht wie seine Brüder. Er war zart. Nicht allein, was seine Gesundheit und körperliche Konstitution anbelangte, sondern ebenso an Seele und Gewissen.

Wenn die Geschwister sich stritten, hatten Alexander und Berthold den Anlass eine Stunde später schon vergessen, während Claus sich quälte, bei Nacht nicht schlafen konnte und erst Ruhe fand, wenn er sich bei den zwei Älteren für jeden Fehler entschuldigt und mit ihnen Frieden geschlossen hatte.

Von Berthold und Alex erwartete er, dass sie sich ebenfalls entschuldigten. Mit seinem scharfen Bewusstsein für Gerechtigkeit war es ihm unbegreiflich, dass es sie nicht dazu drängte, und er fühlte sich davon so tief gekränkt, dass Caroline Mühe hatte, ihn zu trösten. »Aber sie müssen es doch gutmachen wollen!«, rief er unter Tränen. »Nur ein Wort, und alles wäre vergessen.«

Die Brüder wussten meist nicht einmal mehr, worum es ging, aber Claus plagte sich noch tagelang damit. Seine häufigen Erkrankungen – Angina, Bräune, Drüsenfieber – erschienen Caroline manchmal weniger gefährlich als diese Empfindsamkeit der Seele. Er stand ihr näher als die zwei anderen, auch wenn sie das nie offen eingestanden hätte. Er bedurfte ihres Schutzes, und es bereitete ihr Angst, dass er diesem entwuchs.

»Und mich holst du auch nach«, rief er jetzt mit einem solchen Eifer, einer solchen Inbrunst, dass sich ihr Herz zusammenzog. »Mich soll unser Deutschland auch brauchen!«

Nein, soll es nicht!, schrie es in Caroline. *Ich* brauche dich, ich habe dich doppelt lieb, weil diese Liebe in mir für zwei gedacht war. Dein Bruder ist mir geraubt worden, und dich darf mir nicht auch noch jemand rauben. Deutschland schon gar nicht. Es hat doch schon so viele, weshalb muss es also noch meinen Clausi bekommen, der mir zu meinem Geburtstag ein Gedicht geschrieben hat und auf seiner Mundharmonika *Alle Vögel sind schon da* spielt, wann immer er glaubt, dass ich traurig bin?

»Du?«, fragte Berthold von oben herab. »Du taugst nicht

dazu, Kleiner. Der Krieg ist doch kein Sandspielplatz, auf dem sich Siebenjährige tummeln.«

»Ja, jetzt bin ich sieben«, begehrte Claus auf, und nur seine Mutter hörte die Tränen, die schon in dieser trotzigen Stimme lauerten. »Aber in zwei Jahren bin ich genauso alt, wie Alex und du heute sind!«

»Das liegt in der Natur der Sache«, erwiderte Berthold altklug wie ein Oberlehrer. »Aber du bist nicht so kräftig wie wir. Im Krieg werden heldische Menschen benötigt. Einer wie du, der beim kleinsten Windhauch krank wird, ist da nur eine Last.«

»Aber als ich im Frühling krank war, hat Dr. Wernecke gesagt, ich bin ein Held!«, rief der arme kleine Claus verzweifelt. »Er hat gesagt, er kennt keinen anderen Jungen, der sich einen Abszess aus dem Hals schneiden lässt, ohne zu weinen, und ich mache meiner Familie Ehre.«

»Ach, Cläuschen klein.« Berthold lachte. »An der Front, wo unsere tapferen Truppen Tag und Nacht unter Beschuss des Feindes stehen, geht es doch nicht um einen lächerlichen Abszess in deinem Hals.«

Es war ein vereiterter, ganz und gar nicht lächerlicher Abszess gewesen, an dem Claus um ein Haar gestorben wäre. Er war wirklich ein Held, denn obwohl er empfindlicher und schwächlicher war als seine Brüder, gab es kein störrisches Pferd, keinen steilen Albfelsen zum Klettern und keinen noch so gefährlichen Skihang, vor dem er zurückschreckte. Es war, als stachle sein kränkelnder Körper ihn nur umso mehr an, sich das Härteste abzuverlangen und auf seine Konstitution keine Rücksicht zu nehmen.

»Du bleibst besser hier und spielst bei der Mami mit Püppchen«, stürzte sich nun auch Alexander ohne Erbarmen auf den kleinen Bruder. »Das tust du doch so gerne. Im Grunde bist du ja Mamis kleines Mädchen, wie sie sich's gewünscht hat, oder etwa nicht? Und ihr kleines Mädchen zu verlieren, das könnte die arme Mami nicht auch noch aushalten.«

Caroline glaubte, Claus' Schmerz im eigenen Herzen zu spüren. Sie konnte es ihren Söhnen nicht übel nehmen, Jungen waren eben so, die Großen trieben ihren Spott mit den Kleinen, aber gerade Berthold kümmerte sich oft liebevoll um Claus und spielte stundenlang mit ihm. Dennoch blieb Claus nun einmal der Zwilling, der allein war, der Bruder, dem sein Bruder fehlte. Dass er ihm Blumen und Lichter aufs Grab stellte und dass die Mutter ihm erklärte, der kleine Konrad sei im Himmel, half ihm nicht. Einmal hatte er sich auf dem Friedhof an Caroline festgeklammert und beteuert, in den Himmel wolle er niemals, denn dann könne er ja nicht mehr bei ihr, bei seiner »lieben, lieben Duli« bleiben.

Jetzt hörte sie ihn aufschluchzen. Die verhassten Tränen hatten gesiegt und zwangen ihn, sich eine weitere Blöße zu geben. »Ich bin ein Bub!«, rief er. »Genau wie ihr! Und wer für Deutschland der größere Held wird, das werden wir ja sehen!« Damit stieß er die Tür auf, stürmte hinaus in den Korridor und landete geradewegs in Carolines Armen.

»Ist ja gut, mein Liebling. Ist ja doch alles gut.« Sie hob den kleinen Kerl mit seinem tränenüberströmten Gesicht auf die Arme und trug ihn davon, hinüber in ihr Schlafzimmer, damit er sich vor seinen Brüdern nicht noch mehr schämen musste. »Alex und Berthold sind älter, und die Älteren haben nun einmal ihren Spaß daran, die Jüngeren zu ärgern. Das ist nur Gefrotzel unter Brüdern und nicht bös gemeint.«

Caroline hatte sich auf den Bettrand gesetzt, hatte Claus auf ihren Schoß gezogen und wischte ihm behutsam die Tränen von den Wangen. Dass er im Grunde schon zu groß dafür wurde, war ihr bewusst, aber wer konnte von einer Mutter verlangen, dass sie in keiner von all diesen Lebenslagen Schwäche zeigte?

»Ach Duli.« Herzzerreißend begann Claus von Neuem zu schluchzen und warf ihr seine dünnen Ärmchen um den Hals. »Ach, meine liebe, liebe Duli.«

Den Namen hatte er für sie erfunden. Praktisch von dem Tag an, an dem er der Sprache mächtig gewesen war, hatte er sie ›du liebe Mami‹ und manchmal auch nur ›du Liebe‹ genannt, bis er irgendwann von heute auf morgen beschlossen hatte, das sei zu lang und werde daher ab sofort zu ›Duli‹ verkürzt. Caroline liebte es. In ihrem Claus vereinten sich ihr eigenes zärtliches, überschwängliches Wesen und der praktische Sinn seines Vaters. Sie wiegte ihn ein wenig, bis der vom Schluchzen bebende Rücken sich beruhigte.

»Soll ich den beiden den Hintern versohlen, weil sie so hässlich zu dir sind?«, fragte sie ohne allzu viel Ernst.

»Aber nein!« Mit einem Ruck hob Claus den Kopf und eroberte sich trotz der Tränenspuren seine Würde zurück. »Das darfst du nicht, Duli. Berthold und Alexander sind doch zwei deutsche Helden und keine kleinen unartigen Kinder mehr.«

»Ach, den großen unartigen Helden würde es vielleicht ab und zu gar nicht schlecht bekommen«, murmelte Caroline gedankenverloren. Dann lachte sie und zerzauste ihm sein viel zu kurzes Haar. »Aber wenn du so heldenhaft für die Rabauken eintrittst, lasse ich Gnade vor Recht ergehen.«

Claus strahlte. Carolines Schwester Aja hatte schon vor Jahren gesagt: »Der Kleine hat ein Lächeln, als ob nach einer tiefen Winternacht die Sonne aufgeht.«

»Nicht wahr, Duli? Du glaubst auch, dass ich für Deutschland im Krieg nützlich und ein Held sein kann, nicht wahr?«

»Nun ja«, begann Caroline. »Ich will doch nicht hoffen, dass der Krieg noch so lange dauert, bis du achtzehn bist und dich melden kannst.«

»Achtzehn?«

Caroline nickte. »Deine Brüder sind zwei kluge Köpfe,

aber das hindert sie nicht, manchmal ziemlichen Unsinn zu reden. Ja, es soll Jungen geben, die ihren Familien davonlaufen und bei der Musterung über ihr Alter lügen, aber so etwas tut doch kein Stauffenberg.«

»Nein, ein Stauffenberg nicht«, wiederholte Claus.

Im Innern atmete Caroline auf. Sie schien sich herausgewunden, die scharfe Klippe ohne Schaden umschifft zu haben.

Claus aber war mit dem Thema noch nicht fertig. »Lügen werd ich nicht«, setzte er neuerlich an. »Aber wenn ich dann alt genug bin, wirst du mich doch gehen und ein Held sein lassen, nicht wahr, Duli? Weil ich ja nämlich dein Bub bin und nicht dein Mädchen, egal, was Berthold und Alexander sagen. Du hast dir doch nicht wirklich statt mir und Konrädchen zwei Mädchen gewünscht, oder doch?«

»Nein«, sagte Caroline. »Natürlich nicht.« Wie hätte sie sich denn statt seiner jemand anderen wünschen können? Wenn eine Mutter ein Kind in den Armen hielt, war dieses eine Kind das einzige, das es gab, und erfüllte jeden Wunsch. Nur nicht den, es in Sicherheit zu wissen, dachte sie. Geschützt vor dem Zugriff jener, die keine Kinder bekamen, sondern Weltgeschichte schrieben.

Er schmiegte sich an sie und drückte ihr einen Kuss auf die Wange. »Und du versuchst nicht, mich zurückzuhalten, weil du's nicht aushältst?«

Fieberhaft überlegte Caroline, doch sie konnte ihrem Sohn nichts anderes als die Wahrheit sagen. »Es wäre ja der Vater, der darüber die Entscheidung hat«, brachte sie schließlich heraus. »Und nein, ganz sicher würde dein Vater nicht versuchen, dir auszureden, wozu dein Gewissen dich treibt.«

»Aber du, meine Duli!«, rief Claus, von ihrer Antwort hörbar enttäuscht. »Du musst es auch gutheißen und wenn ich losziehe, in Lautlingen vor der Haustür stehen, bei der Blutbuche, und mir fröhlich winken.«

Schloss Lautlingen auf der Schwäbischen Alb war der Familienbesitz ihres Mannes. Die Stauffenbergs verbrachten ihre Sommer dort. Schlaggi züchtete Artischocken, die Jungen halfen bei der Heuernte, und Claus liebte das Anwesen wie ein Märchenkönig sein Reich.

»Das mit dem Winken kann ich dir nicht versprechen«, sagte Caroline lahm.

»Doch, das musst du!«, rief Claus. »Damit alle Welt sieht, dass nicht wahr ist, was Alexander sagt. Dass du es nämlich sehr wohl aushältst, wenn ich ein Held werde und mein Vaterland verteidige. Weil doch das, was gut für alle ist, wichtiger sein muss als das, was gut für nur einen ist. Und weil du eine Stauffenberg bist. Eine Heldenmutter. Versprich mir das.«

Caroline wollte keine Heldenmutter sein. Sie wollte eine Mutter sein, die ihre Söhne im Bollerwagen über die Wiesen von Lautlingen zog und ihnen höchstens nachwinkte, wenn sie auf selbst geschnitzten Steckenpferden davongaloppierten. Sie wollte, dass Lautlingen in einer sonnigen Zukunft mit ihren Enkeln bevölkert war und dass diese Enkel Väter hatten. Aber darüber mit Claus zu reden, wäre falsch gewesen, denn was blieb Claus anderes übrig, als eines Tages ein Mann und ein Stauffenberg zu sein?

»Ja, ich verspreche es dir«, sagte sie. »Wenn du irgendwann einmal dein Land verteidigen musst, werde ich deine Heldenmutter sein und es aushalten.«

Weil mir so wenig eine Wahl bleibt wie dir, fügte sie in Gedanken hinzu. Weil wir uns alle nicht aussuchen, an welchen Platz wir gestellt werden, und weil darüber kein Nachdenken lohnt. Nur über den richtigen Weg, um diesen Platz auszufüllen, aber dafür hast du noch Zeit, mein Clausi. Lauf zum Spielen in den Park und vergiss, dass Krieg ist. Bilde dir noch für ein paar kurze Jahre ein, du wärst frei.

3

Erinnerung
Nina
1924

Sie waren geritten. Erst in gesittetem Trab aus der Stadt hinaus und dann über die Weite des Brachlandes bis an den Waldrand. Im Handgalopp. Zügel frei schießen lassen und nichts mehr denken. Nina und ihr Vater. Nina trug ein Kleid, was nicht eben bequem war, aber dass sie zum Reiten in Hosen stieg, hätte ihr Vater nie gestattet.

»Du bist ja keins von diesen *Flapper Girls*«, hatte er gesagt. »Du bist eine von Lerchenfeld.«

»Ich bin nicht *eine*«, hatte Nina erwidert. »Ich bin Nina.«

Auf seine ernste, besonnene Weise hatte der Vater eine Weile nachgedacht und dann den Mund auf eine Art verzogen, die Nina zeigte, dass ihre Antwort ihm gefiel.

Er war ein lieber Vater. Viel lieber als die Väter ihrer Freundinnen, auch wenn er nicht lachte, mit ihr herumalberte oder einfach fröhlich war. Er war früher fröhlich gewesen, sagte die Mutter. Früher, in ihrem ersten Zuhause, das Nina vergessen hatte, weil sie damals, als sie von dort fortgemusst hatten, noch zu klein gewesen war. Der Vater redete nicht darüber, und selbst die Mutter, die sonst wie ein Springbrunnen sprudelte, beantwortete Fragen dazu nur, wenn es sich nicht vermeiden ließ.

Sie hätte eben fortgemusst, die Mutter mit den Kindern, hatte allein mit der Hilfe von Hetty und dem Kutscher den ganzen Haushalt zusammenpacken und aufbrechen müssen, um in Bamberg ein neues Zuhause zu finden.

Mit den Kindern.

Das war eine jener Formulierungen, die Nina signalisierten, dass sie besser keine weiteren Fragen stellte, sondern ein Thema anschnitt, über das ihre Mutter, die Frohnatur, lieber sprach. Von den Kindern nämlich war bei der Ankunft in Bamberg nur noch eines übrig gewesen. Sie selbst.

Das Erstgeborene, ihr Bruder, war mit fünf Jahren gestorben. Nina wusste über ihn so gut wie nichts, obwohl sie bei seinem Tod bereits auf der Welt gewesen war und sich hätte erinnern müssen. Auf dem Kaminsims im Salon, wo sich dicht an dicht die Familienbilder drängten, stand keines von ihm. Ihre Mutter hatte ihr immerhin verraten, dass er Ludwig geheißen hatte, ihr Vater dagegen schwieg dazu, als hätte es den Bruder nie gegeben.

Auch auf Ninas wiederholte Frage, wo der Vater denn gewesen sei, als sie mit ihrer Mutter aus dem ersten Zuhause weggemusst hatte, hatte er nie etwas anderes getan als geschwiegen. Aus den Antworten der Mutter hatte Nina sich schließlich ein dürres Gerüst von Fakten zusammengebastelt: Ihr Vater war Diplomat, und ihr erstes Zuhause, in Litauen, das damals zum Russischen Reich gehört hatte, war seine Wirkungsstätte gewesen. Den Namen ›Nebelland‹ hatte Nina gehört, und im Nebel lag es auch für sie. Als zwischen Deutschland und Russland der Krieg ausbrach, war ihr Vater verhaftet und auf eine Festung nach Sankt Petersburg verschleppt worden. Von den Russen sprachen die Erwachsenen, die Nina kannte, im gleichen Ton wie von Nosferatu, der Schreckensgestalt auf den Kinoplakaten. Also konnte sich Nina zumindest dunkel vorstellen, wie es für ihren Vater gewesen sein musste, im Kerker von diesen Nosferatu-Russen gefangen zu sein.

»Dort hat er seine Fröhlichkeit verloren«, hatte ihre Mutter gesagt. »Als er schließlich nach Bamberg kam, musste er sich zur Ruhe setzen, weil ihm die Kraft für seine Arbeit fehlte. Ich werde es nie begreifen. Kein Mensch hat das

Recht, einen kaiserlichen Generalkonsul, der diplomatischen Schutz genießt, so einfach verhaften zu lassen, auch ein Zar von Russland nicht.«

Das war alles.

Nina war es genug.

Sie kannte ihren Vater nicht anders als ernst und ein wenig in sich gekehrt wie ein Pullover nach der Wäsche, aber sie liebte ihn deshalb nicht weniger. Er war still und las ihr keine Geschichten vor, spielte mit ihr und ihrer Mutter nicht Quartett. Aber er hatte sie das Reiten gelehrt und teilte seine Liebe zu Pferden mit ihr. Wenn er sie so wie heute in der Frühe wissen ließ, dass er nach dem Frühstück mit ihr ausreiten wollte, freute sie sich auf die Zeit, die nur ihnen beiden gehörte.

Sie ritten beide, bis sie genauso erschöpft waren wie ihre Pferde, dann lockerten sie die Sattelgurte, ließen sie am Waldsaum grasen und setzten sich zwischen die hohen Halme, um ihre Vesper zu verzehren. Wenn es dabei schweigend zuging, war es Nina recht, obwohl sie sonst eine ziemliche Plaudertasche war. War sie mit ihren Cousinen oder ihren Freundinnen zusammen, kam ihr langes Schweigen beunruhigend vor, als stünde etwas im Raum, das man voreinander verbarg. Bei ihrem Vater aber fühlte sie sich im Schweigen geborgen, biss herzhaft in ihr Brot mit Leberwurst und hörte zu, wie er seines verzehrte.

Zusätzlich zur Wegzehrung nahmen sie häufig auch ihre Zeichenblöcke auf die Ausritte mit, und wenn sie dann Rast machten, zeichnete der Vater Pferde. Niemand konnte so hervorragend Pferde zeichnen wie Ninas Vater, und er zeichnete nie irgendeines, sondern immer ein bestimmtes: seinen Fuchswallach *Kaiser* zum Beispiel oder *Venus*, ihre braune Stute. Das Unglaublichste war, dass man auf den Zeichnungen des Vaters stets erkennen konnte, welches Pferd er gezeichnet hatte, denn er hielt jede Einzelheit fest. Einen Wirbel am Ansatz der Mähne, einen herausragenden Widerrist, eine Verdickung am Sprunggelenk.

»Dazu ist das Zeichnen hilfreich«, hatte er Nina erklärt. »Es hilft dir, die Vorzüge und die Schwächen eines jeden Pferdes genau zu erkennen.«

Weil sie beide Pferde liebten und weil ihr Vater ein so phänomenaler Pferdezeichner war, hatte auch Nina schon früh mit dem Zeichnen von Pferden begonnen. In der Schule der Englischen Fräulein, die sie besuchte, war sie für ihre Zeichnungen häufig gelobt worden, doch ihr Vater blieb unbeeindruckt.

»So sieht doch kein Pferd aus«, hatte er trocken bemerkt, als sie ihm das Bild eines prächtig gesattelten und aufgezäumten Schimmels überreicht hatte, das sie in ihren sämtlichen Lieblingsfarben schraffiert hatte. Aus seiner Westentasche hatte er den Stift gezogen, den er an seiner Uhrkette bei sich trug, und mitten hinein in den Leib des herrlichen Rosses dessen Knochengerüst entworfen, sodass sie zu sehen bekam, dass der Körperbau hinten und vorne nicht stimmte.

Das erste und vielleicht auch noch das zweite Mal war Nina wütend gewesen, war davongestampft und hatte sich vorgenommen, für den Vater, diesen Banausen, nie wieder etwas zu zeichnen. Als sie ihrer Freundin Bruni davon erzählte, hatte die jedoch gesagt: »Du hast es gut! Für meinen Vater sind meine Zeichnungen Kinderkram, und für so was hat er keine Zeit. Dein Vater nimmt dich ernst. Er behandelt dich, als wenn du eine Erwachsene wärst. Oder wenigstens ein Sohn.«

Sie hatte recht. Zwar brachte der Vater Ninas Zeichnungen nicht die erhoffte Begeisterung entgegen, aber er nahm sich unendlich viel Zeit, um ihr geduldig immer wieder zu erklären, wie sie ihren Stift führen musste, damit das Pferd am Ende doch noch als ein solches zu erkennen war.

Und dabei bin ich kein Sohn, dachte Nina, als sie jetzt in

der Augustsonne neben ihm saß und den Pferden beim Grasrupfen zusah. Einen Sohn hatte der Vater ja nicht, denn der einzige, den er gehabt hatte, war gestorben. Spontan lehnte sie ihren Kopf an seine Schulter. Ein wenig erstaunt wandte der Vater das Gesicht von seiner Zeichnung und sah auf sie hinunter, aber er schien sich an der ungewohnten Zärtlichkeit nicht zu stören. Nach einer Weile schob er die Zeichensachen ganz beiseite, legte den Arm um sie, und sie blickten beide in dieselbe Richtung, über die Wiese und die müden Pferde hinweg zu den Dächern und Türmen der Stadt.

Es war friedlich und schön. Irgendwann aber drängte die Frage aus ihr heraus. »Väterchen«, sagte sie, weil sie ihn so am liebsten nannte. »Macht es dich traurig, dass du nur eine Tochter hast und keinen Sohn und Erben?«

Was es bei ihm zu erben gab, wusste sie nicht. Da war das hübsche Bamberger Stadthaus mit dem noch hübscheren Garten, und sicher besaß der Vater auch Kapital, denn er war lange Zeit ein wichtiger Mann gewesen, und es fehlte ihnen an nichts. Außerdem stellten ja alle Männer ihre Jungen so vor: *Hier habt ihr meinen Sohn und Erben,* und dabei bebten ihre Stimmen ein wenig vor Stolz.

Ihr Vater sah sie kurz an und dann wieder in die Ferne, um zu überlegen. Nina mochte das an ihm: Er war nie schnell mit einer Antwort bei der Hand, sondern wog alles ab. »Ich bin ja kein Rittergutsbesitzer«, sagte er endlich. »Und dafür, dass der Name Lerchenfeld weitergetragen wird, haben die anderen Zweige der Familie bereits reichlich gesorgt. Außerdem wird es bei der einen Tochter ja nicht bleiben, sondern da werden doch wohl Enkel kommen.«

»Und wenn nicht?«, entfuhr es Nina. »Wenn ich deine einzige bliebe – wäre ich dir genug?«

Sie hatte das nicht fragen wollen. Hetty, von ihrer Mutter das ›Mädchen für alles‹ genannt, sagte immer, man solle keine Fragen stellen, solange man nicht sicher war, dass man die Antwort hören wollte. Wie üblich dachte ihr Vater nach, ehe er etwas sagte, und dieses eine Mal fiel es Nina schwer, nicht vor Ungeduld zu zappeln.

»Man wird als Mann ja so aufgezogen«, sagte er endlich. »Von klein auf lernt man, was man für Pflichten zu erfüllen hat, wenn man einmal erwachsen ist, und eine der ersten Pflichten lautet: Du hast einen Sohn zu zeugen. Wenn der Sohn dann auf der Welt ist, wird man beglückwünscht, als hätte man einen Orden erhalten oder wäre befördert worden. Das hat seinen Sinn, denkt man. Ein Mann braucht einen Erben. Aber wo du mich jetzt so fragst – die Zeiten haben sich ja geändert, und wenn ich es mir recht überlege, fällt mir nicht genau ein, wozu für mich nun so dringend ein Erbe nötig ist.«

Ihr Vater machte eine Pause und strichelte mit seinem Stift am Schweif des Pferdes herum. Dass er freiwillig so viel redete, war Nina nicht gewohnt, und sie glaubte schon, er sei fertig. Dann aber blickte er wieder auf und setzte noch einmal an:

»Also ja«, sagte er langsam. »Ich denke schon, dass du mir genug wärst, wenn nicht alle Welt dazu ihre Meinung abgeben würde. Dass man einfach froh und dankbar sein könnte, ein liebes Kind zu haben und mit seiner Familie in Frieden zu leben.«

Wieder strichelte er noch ein wenig auf dem Papier herum, dann betrachtete er seine Zeichnung von allen Seiten und reichte sie Nina.

»Für dich. Deine *Venus*. Damit du sie in guter Erinnerung behältst, während du nicht hier bei ihr sein kannst.«

Nina betrachtete das Bild. Es war eines von seinen besten, und das, was er zu ihr gesagt hatte, war noch besser. Es kam ihr vor wie ein Geschenk. »Warum soll ich denn nicht hier bei ihr sein können?«, fragte sie.

»Darüber habe ich mit dir sprechen wollen«, erwiderte ihr Vater. »Auf die Schule der Englischen Fräulein bist du gern gegangen, nicht wahr? Obwohl du die einzige Protestantin auf einer katholischen Klosterschule warst?«

Nina nickte. Wenn sie ehrlich war, spielte die Religion weder in ihrem Leben noch in dem ihrer Familie eine wesentliche Rolle, und mit ihren Mitschülerinnen war sie immer gut ausgekommen. Es hatte ihr gefallen, ein wenig anders, ein wenig besonders zu sein und dennoch dazuzugehören. Sie hatte die überladene Pracht des alten Barockklosters lustig gefunden und in dem weitläufigen Innenhof gerne gespielt.

»Deine Mutter und ich haben uns darüber beraten, wie es für dich nun nach den Ferien weitergehen soll«, sagte ihr Vater. »Und wir sind zu dem Schluss gekommen, dass das Lyzeum hier in Bamberg nicht das Richtige ist. Es gilt als äußerst konservativ, den neuen Entwicklungen in der Mädchenerziehung gegenüber nicht aufgeschlossen, und wir haben Sorge, dass du darin nicht gut aufgehoben bist.«

»Aber alle meine Freundinnen und die Cousinen gehen dorthin!«, rief Nina erschrocken.

»Ich weiß«, sagte ihr Vater. »Wir haben uns die Entscheidung nicht leicht gemacht, und vielleicht wärst du besser dran, wenn wir mehrere Kinder und daher gar keine Zeit gehabt hätten, uns all diese Gedanken zu machen. Wie dem aber auch sei, wir haben beschlossen, dass du nach Wieblingen auf das Landerziehungsheim des Fräuleins von Thadden gehen sollst, die einen modernen Erziehungsstil pflegt.«

»Und wo ist dieses Wieblingen?« Obwohl sie gerade erst Wurstbrote gegessen hatte, breitete sich in Ninas Magen eine Leere aus, die ihr Angst machte.

»Bei Heidelberg«, sagte ihr Vater. »Mit dem Zug vier Stunden von hier, doch zu den Ferien werde ich dich mit dem Automobil abholen.«

»Vier Stunden von hier?« Nina sprang auf. »Aber ich will

das nicht, Papi! Ich will hier bei euch sein, bei dir und Mami und Hetty und den Cousins und Cousinen!«

Jäh blickte sie hinüber zu den Häusern der Stadt, die an diesem wolkenlosen Sommertag auf einmal wie in Nebeln zu verschwinden schienen.

»Das verstehe ich.« Ihr Vater stand ebenfalls auf, legte den Arm um Nina und zog sie behutsam an sich. »Fort von denen zu sein, die man liebt, ist hart, aber man muss es lernen, und besser, man tut es auf die sanfte Art. Zu jeden Ferien hole ich dich nach Hause, das verspreche ich dir. Und die Mami wird dir schreiben. Und dich vielleicht sogar besuchen.«

»Aber warum muss ich denn auf diese Schule in Heidelberg gehen?«, rief Nina hilflos. »Ich will doch keine Gelehrte werden, ich will nur hier bei euch und unseren Pferden sein und genau so weiterleben, wie wir es immer getan haben.«

»Ja, meine Nina. Das wäre schön.« Sacht nahm ihr Vater sie am Ellbogen und führte sie hinüber zu den Pferden. »Aber weil das vielleicht nicht möglich ist und weil die Zeiten sich schneller ändern, als ein alter Zausel wie ich ihnen folgen kann, ist es mir wichtig, dich nicht im Althergebrachten festzuhalten. Dich auf eine Schule zu senden, wo sie dir dein Rückgrat und deinen eigenen Kopf lassen. Du bist mein einziges Kind, und für mich wirst du immer etwas Besonderes bleiben. Wenn aber auch das Leben etwas Besonderes in dir sieht und dir Besonderes abverlangt, dann will ich, dass du dafür gerüstet bist.«

4

Nina
1930

Endlich wieder in Bamberg, endlich wieder zu Hause! Nina war keines der Mädchen gewesen, die in den Jahren im Internat bitter litten, sondern hatte sich auf Schloss Wieblingen rasch eingelebt und ebenso rasch Freundschaften geschlossen. Die Schule war fortschrittlich, reformpädagogisch ausgerichtet. Niemand verübelte es einer Schülerin, wenn sie lieber Pferde als Kleiderpuppen zeichnete und als Bettlektüre *Winnetou* und *Die drei Musketiere* dem *Trotzkopf* vorzog. Sie hatten Sport getrieben, moderne Tänze von Charleston bis Lindy Hop gelernt und französische Konversation studiert und waren auf ihren Klassenfahrten bis nach Venedig gelangt. Elisabeth von Thadden, die Schulleiterin, hatte auf diesen Reisen mehr die ältere Freundin als die gestrenge Rektorin herausgekehrt und bei dem, was ihre Schützlinge trieben, beide Augen zugedrückt.

Alles in allem ließ sich gegen die Schulzeit in Wieblingen, so dicht bei der hübschen Stadt Heidelberg gelegen, also nichts sagen. Der Vater hatte klug für Nina gewählt, und als Rektorin von Thadden ihr im Festsaal des Schlosses das Zeugnis der Mittleren Reife überreicht hatte, waren Nina ebenso wie all den anderen flüchtig die Tränen gekommen. Dann aber war sie von der Bühne gesprungen, in die Arme ihrer wartenden Eltern geeilt und hatte sich so leicht und befreit gefühlt wie vielleicht zum letzten Mal als Kind.

Befreit nicht von der Bürde der Schulzeit, durch die sie zwar nicht gerade mit Glanz und Gloria, aber doch ohne sonderliche Mühen gesegelt war, sondern vom Gewicht des

Heimwehs, das sich manchmal, vor allem in der Stille einer Winternacht, angefühlt hatte wie ein Wackerstein auf ihrer Brust.

So eine seltsame Angst war das gewesen, düster, wie Nina es bei Tag nicht von sich kannte, als könnte das Haus in Bamberg, wenn sie dorthin zurückkam, auf einmal nicht mehr da sein. Auch ihr erstes Zuhause war auf einmal nicht mehr da gewesen, so ganz und gar nicht mehr da, dass sie sich beim besten Willen nicht daran erinnern konnte. An ihren Bruder, den Ludwig, konnte sie sich auch nicht erinnern, obwohl ohne die Erinnerung doch nichts von ihm übrig war, und all das machte ihr in solchen dunklen Nächten Angst.

Nina konnte der Dunkelheit nichts abgewinnen. Sie liebte Licht, Sonnenschein, strahlende Tage, und vor allem liebte sie Menschen. Am liebsten hatte sie so viele wie möglich um sich, sodass sie in ihren Lärm und ihren Trubel eintauchen und sich darin aufgehoben fühlen konnte. Ihre Familie in Bamberg bildete den Pulk ihrer Lieblingsmenschen: der Vater, die Mutter, die Schar der Onkel und Tanten und das laute, lebhafte Gewirbel der Cousinen und Cousins.

»Kein Wunder, dass die Nina an ihren Basen und sogar an diesen wilden Vettern so sehr hängt«, hatte vor Jahren die alte Großtante Friedel bemerkt. »Kinder zieht's nun einmal zu Kindern, und Geschwister hat sie ja keine, das arme, einsame Ding.«

Als einsames Ding fühlte Nina sich keineswegs, aber ansonsten hatte die Großtante nicht unrecht. Ohne die Vielzahl von Kindern in der Familie wäre es in ihrem Leben vielleicht allzu still und allzu erwachsen zugegangen. Stattdessen hatten sich ihre Verwandten jedes Mal, wenn sie in den Ferien heimgekommen war, überschlagen, um ihr einen nicht enden wollenden Reigen von Kindergesellschaften, später Tanztees und schließlich Bällen zu bieten. »Damit das

Mädele etwas erlebt«, pflegte ihre Tante Künßberg zu sagen und veranstaltete die schönsten und aufwendigsten dieser Zusammenkünfte gleich selbst. Tante Künßberg wurde von allen, die sie kannten, beim Familiennamen genannt, weil sie mit dem Vornamen Hertha hieß wie ihre Tochter, Ninas Lieblingscousine. In der Verwandtschaft gab es noch weitere Herthas, und um die Verwirrung in Grenzen zu halten, hatte sich für die Tante das Künßberg eingebürgert, meist zu einem liebevollen ›Künßi‹ verkürzt.

Tante Künßi und ihr Mann hatten am Rand von Bamberg ein stattliches Anwesen erworben, zu dem ein mehrstöckiges Lagergebäude gehörte. Da die beiden keine Landwirtschaft betrieben, hatten sie sich dieses zu einem Festsaal ausbauen lassen, in dem spielend eine Hundertschaft von Gästen Platz fand. Hier gab Tante Künßi ihre Festlichkeiten ›für die Jugend‹, welche mit ein paar diskret platzierten Aufsichtspersonen unter sich bleiben durfte, während die älteren Generationen sich im Wohnhaus vergnügten.

Nina hatte all diese Gesellschaften von Herzen genossen. Sie tanzte gern, liebte Musik und war glücklich, weil so viele ihrer Lieben um sie herumtollten. Ein winziger Tropfen Wehmut war in dem bunten Cocktail aus Frohsinn jedoch mitgeschwommen, weil sie ja gewusst hatte, dass die anderen in Bamberg bleiben würden, während sie selbst binnen Kurzem wieder abreisen musste. Diesmal aber würde es solche trüben Gedanken nicht geben. Sie war zu Hause, ihre Schulzeit abgeschlossen, ihr Nachttisch und Spind auf Schloss Wieblingen leer geräumt. Zwar sprachen ihre Eltern davon, sie für eine Weile nach Lausanne zu schicken, damit sie ihr Französisch aufbessern konnte, doch das war noch Zukunftsmusik, und in diesen schönen Frühlingstagen brauchte sie sich damit nicht zu befassen.

Es gab ja so viel anderes, an Ablenkung herrschte kein Mangel. Seit einer halben Woche war Nina erst hier, und seit dem Moment ihrer Ankunft waren ihre Cousinen ihr kaum einen Augenblick von der Seite gewichen. Sie belagerten sie von morgens bis abends und überhäuften sie mit Neuigkeiten. Da sie nun alle keine Kinder mehr waren, drehte es sich bei diesen Neuigkeiten vor allem um jüngst erworbene Kleider, jüngst im Rundfunk gehörte Musik, angesagte Filmstars und junge Männer.

Bamberg war Garnisonsstadt. An jungen Männern gab es somit, wie Tante Künßi sich ausdrückte, einen unerschöpflichen Zufluss. Zumindest hatte es den gegeben, ehe der verlorene Krieg Deutschland gezwungen hatte, sein Heer auf einen nicht nennenswerten Rumpf zu reduzieren. Nach Bamberg aber strebten selbst jetzt noch reichlich Offiziere und Anwärter, um Aufnahme in die Reitereskadronen unter Oberst Zürn zu erlangen. Und über diese Neuankömmlinge wusste niemand besser Bescheid als Cousine Hertha, die zwei ältere Brüder hatte und diese wie eine Spionin aushorchte. Wer bei welcher Eskadron eingetroffen war, wer auf welcher Gesellschaft erwartet wurde und bei wem es sich lohnte, sich offiziell vorstellen zu lassen – ihren gespitzten Ohren entging nichts. »Fragen Sie Fräulein Hertha«, alberte Nina. »Unsere einzigartige Bamberg-Führerin für heiratswillige junge Damen.«

»Bist du denn das jetzt, Nina? Eine heiratswillige junge Dame?« Die Frage kam von Amelie, einer Cousine entfernteren Grades, die zwei Jahre älter und bereits einmal haarscharf an der Verlobung mit einem Oberleutnant der Kavallerie vorbeigeschrammt war. »Zu Weihnachten hatte ich noch den Eindruck, du hättest an gut gebauten Pferden mehr Interesse als an den Buben, die auf ihnen sitzen.«

Die Schar der Cousinen – mit Nina sechs an der Zahl – lümmelte auf Bett und Sesseln verteilt in Herthas Schlafzimmer, das in ihr Ankleidezimmer überging. Noch ein wenig schwatzen, albern, Gedanken und Gerüchte austauschen, dann würden sie einander helfen, pastellfarbene Frühlingskleider über Unterröcke und Mieder zu streifen, Frisuren zu richten und Haken und Ösen an Schmuckstücken zu schließen. Drüben im Festsaal erwartete sie Tante Künßis neuester Streich, ein Frühlingsball ›für den jungen fränkischen Adel‹, und mit jeder Minute, die verstrich, wuchs die wundervolle kribbelnde Erregung, die oft schöner war als die Veranstaltung selbst.

Über Amelies Frage dachte Nina nach. War sie eine heiratswillige junge Dame? Um sogleich aufs Heiraten zu zielen, war sie noch reichlich jung, und bei dem Gedanken, sich an einen Einzigen für immer zu binden, wurde ihr ein wenig mulmig im Bauch. Ein paar Männer, deren Gesellschaft sie genossen hatte, waren ihr durchaus schon begegnet, aber woher sollte sie wissen, ob einer der Richtige war, ob er sie noch in zwanzig oder gar in dreißig Jahren lieben würde, und sie ihn am besten auch? Wie ließ sich vorhersagen, dass man einander nicht überdrüssig würde, den Anblick, die Stimme, selbst den Duft des andern nicht sattbekäme und sich miteinander langweilte? Nina brauchte eine Pause beim Denken. Aus ihrer Ballhandtasche zog sie ein zerknautschtes Päckchen der Marke *Juno,* klopfte eine Zigarette heraus und zündete sie sich an.

Die Augen der Cousinen, bald so groß wie die Scheinwerfer von Automobilen, brachten sie zum Lachen. »Nun fragt schon«, rief sie übermütig. »Ehe ihr vor Neugier platzt.«

»Du rauchst?«, sprudelte Hertha heraus. »Ach, ich möchte ja auch so gern, aber meine Frau Mama …«

»Du solltest es versuchen«, sagte Nina und hielt der Cousine das Päckchen hin. »In der Abschlussklasse in Wieblingen haben wir es alle ausprobiert, aber nur ich bin dabei geblieben.«

»Warum?«, fragte Amelie.

»Weil es mir schmeckt.«

Irgendwie tat es das tatsächlich, zumindest seit sie sich daran gewöhnt hatte. Wenn sie ehrlich war, hatte sie jedoch damit angefangen, weil ihr das Bild von sich selbst mit der Zigarette im Mund gefiel. Auch jetzt betrachtete sie sich klammheimlich im Spiegel über Herthas Toilettentisch. Der Anblick glich in nichts mehr dem braven, blond bezopften Mädchen auf den Fotografien, die gerahmt in ihrem Elternhaus auf dem Kaminsims standen. Mit ihrem nachgedunkelten, fesch auf Kinnlänge geschnittenen Haar und der Zigarette auf den Lippen war sie ohne Zweifel eine Frau, und zwar eine, zu der ihr auf Anhieb Geschichten einfielen.

Wenn das hier eine Geschichte wäre, dachte Nina, dann würde mich heute Abend ein umwerfender Feuerkopf von den Füßen fegen und entführen. Ein Tunichtgut natürlich, einer, dessen Namen die Leute hinter vorgehaltener Hand flüsterten. Bei der Vorstellung musste sie lachen. Dass Tante Künßi einen feurigen Tunichtgut auf ihren gediegenen Adelsball einlud, war alles andere als wahrscheinlich.

Unterdessen griff Cousine Hertha zögerlich nach der angebotenen Zigarette, zog sie halb aus dem Päckchen und schob sie gleich wieder zurück. »Ach, ich würde ja so schrecklich, schrecklich gern«, bekundete sie. »Aber da ist eben meine Frau Mama …«

»Papperlapapp«, beschied Nina sie. »Deine Frau Mama ist kein Hausdrachen, sondern meine liebste Tante Künßi. Außerdem ist sie zurzeit gar nicht hier und kann, soweit ich weiß, nicht durch Wände sehen.«

»Darum geht es nicht«, fiel Amelie ihr ins Wort. »Herthas Mutter ist genau wie die meine der Ansicht, dass sich das Zigarettenrauchen für Damen nicht gehört. Ein junger Mann von Stand wird sich daran stören, wenn eine Dame nach Rauch riecht, und du hast nicht einmal ein zierliches, damenhaftes Etui. Ich denke, du lässt es heute Abend besser bleiben, Nina. Zumindest wenn du dich inzwischen wirklich als heiratswillig betrachtest und die Absicht hegst, jemanden, der infrage käme, kennenzulernen.«

»Jemanden wie den Claus.« Margarete, die jüngste der Cousinen, schlang die Arme um sich selbst und verdrehte schwärmerisch die Augen.

»Was für einen Claus?«, fragte Nina.

Einen Herzschlag lang herrschte ein Schweigen von der Art, in der man sicher war, verstohlenes Kichern und Tuscheln zu vernehmen. Claus, dachte Nina. Immerhin ein erfreulicher Name, aparter als die ewigen Ottos, Fritze und Hänse. So wie Nina. In ihrem gesamten Kreis kannte sie niemanden, der Claus hieß, und die einzige Nina war sie selbst.

»Claus Schenk Graf von Stauffenberg«, beantwortete Hertha, die Expertin, schließlich Ninas Frage. »Einer von den neuen Offizieren im Siebzehnten. Nach allem, was man hört, ein Adonis und Charmeur vor dem Herrn.«

Amelie ließ sie kaum ausreden, sondern kam noch einmal auf ihr Thema zurück. »Als Mädchen aus unseren Kreisen kann man sich einfach keinen Fauxpas erlauben«, erklärte sie. »So gut wie unseren Müttern ergeht es uns schließlich nicht. Die hatten die freie Auswahl unter den Offizieren des kaiserlichen Heers, und mit dem Patent kamen Ansehen und Auskommen. Uns hingegen bleiben nur die kümmerlichen Überbleibsel eines Rumpfheers, das schlecht bezahlt wird und dank Versailles auch bei niemandem mehr Respekt genießt.«

»Aber dem Claus!«, rief Margaretchen dazwischen, obwohl Amelie sichtlich noch nicht fertig war. »Dem Claus muss man doch einfach mit Respekt begegnen, so galant und manierlich und obendrein noch so hübsch, wie er ist. Ich glaube ganz gewiss, alle Welt hat ihn gern.«

»Vom Gernhaben kannst du dir kein Haus kaufen«, schnauzte die Ältere sie an. »Und dein Claus, Drittgeborener aus Dienstadelsfamilie und erst Leutnant, dürfte dir frühestens nach sieben Jahren einen Antrag machen. Bis dahin bist du ein spätes Mädchen, und selbst dann musst du deinen Haushalt von einem Hungerlohn bestreiten.«

»Von einem Hungerlohn wohl kaum«, unterbrach Elsbeth, die sich gern politisch gab und behauptete, Sympathien für die Sozialisten zu hegen. »Die Scharen von Menschen dort draußen, denen die Wirtschaftskrise das Nötigste zum Leben raubt, würden mit einem Claus von Stauffenberg sicher liebend gern tauschen.«

Wenn das hier eine Geschichte wäre, dachte Nina, dann wäre dieser heiß umstrittene Claus, der sich an meinen Zigaretten stört, mir von meinen Eltern zugedacht, und der andere, der feurige Tunichtgut, der mir das Herz gestohlen hat, müsste mich zu meiner Rettung noch heute Nacht entführen. Wieder verspürte sie Lachlust. Das war allzu schmalzig. Außerdem waren ihre Eltern die liebsten und besten und hätten ihrer Tochter nie irgendeinen Claus aufgezwungen, den sie nicht wollte.

»Ich würde auf einen wie den Claus sieben Jahre warten«, schwärmte das tapfere Margaretchen unberührt weiter. »Der hat so etwas – so etwas Ritterliches, wisst ihr, was ich meine? Bei dem wäre man beschützt, was immer in der Welt auch geschieht, da käme es aufs Geld nicht an. Und dann sieht er auch noch so romantisch aus. Und tanzt wie ein Gott.«

Mehrere andere fielen ein und schwatzten durcheinander. Nina stand auf, strich sich das Unterkleid glatt und betrachtete ihre Beine, die in den zarten Strümpfen auf einmal äußerst erwachsen wirkten. »Zankt euch nur weiter, ihr Schnattergänse«, sagte sie. »Ich für meinen Teil werde mich jetzt hinüber in den Festsaal schleichen und all die romantischen Cläuse, oder wie sie heißen, abstauben, denn von euch ist ja keine da.«

Hertha sprang ebenfalls auf und warf ihr Haar in den Nacken. »Im Unterzeug, Ninchen?« Sie lachte.

»Wenn du mir nicht gleich hilfst, mich in Schale zu werfen, sogar das.« Nina drehte sich ein wenig und fühlte sich federleicht.

»Also schön«, sagte Hertha und trottete zum Tagesbett, wo Ninas Kleid bereitlag. »Du hast heute so etwas Strahlendes an dir, da haben wir anderen ohnehin verloren. Fast so, als wärst du schon verliebt.«

Bin ich, dachte Nina und drehte sich in ihrem Unterkleid einmal um die eigene Achse. Verliebt in mich selbst. Und verliebt in mein Leben. Die Zeiten ihrer Mütter mochten besser gewesen sein, aber die jetzigen gehörten niemandem als ihnen. Und wenn das hier eine Geschichte war, dann war es wundervoll, dass sie das Ende noch nicht kannten.

5

Tante Künßis illustrer Festhalle war von ihrer Vergangenheit als Lagergebäude nichts mehr anzumerken. Die Reihen von hohen Fenstern, die Onkel und Tante hatten einziehen lassen, verliehen dem Bauwerk eine klassische, erhabene Fassade, und die Beleuchtung aus unterschiedlich hoch befestigten Kronleuchtern ließ die gesamte Weite des Raumes erstrahlen. Erhalten geblieben waren nur die ungewöhnlich hohe Decke, die für eine phänomenale Akustik sorgte, und eine Besonderheit, die Tante Künßi so gut gefallen hatte, dass sie entschlossen gewesen war, sie sich zunutze zu machen.

An der Längsseite führte eine Treppe hinauf zu einer Tür auf die Galerie. Jene Galerie und ebenso die Treppe hatte Tante Künßi verbreitern lassen und zugleich eine ebensolche Treppe im Innern in Auftrag gegeben, die nun mit weiten Stufen hinunter in den Saal führte.

Der Effekt war atemberaubend: Eintreffende Gäste konnten in großem Stil angekündigt werden, und sämtliche Blicke wandten sich ihnen zu, während sie die Stufen hinunterschritten. Nina liebte es, wie der Rock ihres Kleides sich zu bauschen schien, sobald der Ruf des Zeremonienmeisters ertönte: »Nina, Freiin von Lerchenfeld.« Als hätte das Kleid ein eigenes Leben und sie wäre gewichtslos und würde von dem schwebenden Kleid hinuntergetragen, in eine Welt voller Glanz und Musik.

Alles, worüber sie eben noch geredet hatten, löste sich auf. Rumpfheere, Wirtschaftskrisen, Arbeitslose, Nöte von Menschen, deren Existenzen Nina höchstens aus weiter Ferne erahnte und die es in dieser glitzernden Welt nicht gab. Die

Kapelle spielte einen Walzer, der ein wenig angestaubt war, jedoch an diesen Ort passte. Märchen waren schließlich auch angestaubt und machten an manchen Tagen mehr Spaß als die Wirklichkeit.

Die zahlreichen Uniformen, die sich zwischen den schillernden Roben der Damen und ihrem funkelnden Schmuck bewegten, hatten auch etwas Märchenhaftes. In einem Land, in dem es keinen Kaiser und keinen Krieg mehr gab, diente das Heer ja im Grunde nur noch der Dekoration. Das zu Pferd allemal, denn was war dekorativer als ein Reitersmann? Schon als kleines Mädchen hatte Nina die Kavalleristen bestaunt, die in ihren Paradeuniformen vorüberritten und bei denen sie an die Zinnsoldaten denken musste, die seit dem Tod ihres Bruders in seiner Spielzeugkiste schliefen.

Aber an den Tod wollte Nina heute nicht denken, sondern leben, in vollen Zügen leben! Am Fuß der Treppe wartete ihr Cousin Rudolf auf sie, der schon die Arme ausbreitete, um sie in den Tanz zu führen. Ob sie eine gute Tänzerin war, vermochte Nina nicht zu beurteilen, aber eine beliebte Tänzerin war sie, eine, die sich vor Bewerbern nicht retten konnte. Vielleicht weil sie einen solchen Heidenspaß daran hatte und ein paar unbeholfene Püffe oder Tritte nicht krummnahm, sondern darüber lachte. Auf ihren Vetter Rudolf folgte ihr Vetter Max, dann die Freunde der Vettern und Freunde von Freunden, eine vielgliedrige Kette von Tänzern, die nicht abriss. Nina flog von Arm zu Arm, glaubte, den einen kaum noch vom andern unterscheiden zu können.

Es schien die Nacht der Komplimente zu sein.

»Sie sehen bezaubernd aus, verehrte Freiin.«

»Da schau her – ehe man sichs versieht, ist die kleine Nina Lerchenfeld zu einer Schönheit erblüht.«

»Hat Ihnen schon einmal jemand gesagt, dass dieser zarte Elfenbeinton Ihnen die Erscheinung einer Königin verleiht?«

Manche gaben sich Mühe, aber große Wortkünstler waren sie alle nicht, und die meisten sagten immer das Gleiche. Für gewöhnlich machte Nina das Geschwafel nichts aus, sondern amüsierte sie. Heute aber, inmitten der unzähligen Lichter, die sich wie Goldregen um sie versprühten und eigens für sie zu glitzern schienen, spürte sie unvermittelt Leere und Erschöpfung. Das Fest hatte gerade erst begonnen, noch war nicht einmal das Büfett eröffnet, und doch war ihr plötzlich, als wäre schon alles zu Ende, die Tänze ausgetanzt, die Dekoration zu ein paar Fetzen zerfleddert und die Musik verklungen.

»Bitte entschuldigen Sie mich«, bat sie höflich ihren Kavalier, als er sie nach dem Walzer aus seinen Armen entließ. »Ich brauche einen Augenblick oder zwei für mich allein.«

Das klang immerhin besser als die übliche Behauptung, man müsse sich die Nase pudern. Ninas Nase brauchte keinen Puder, aber ihr Kopf, der heute allzu oft verrückt spielte, vielleicht ein Glas Champagner. Im Vorbeigehen nahm sie sich eines von dem Tablett, das ein Kellner umhertrug, blieb dann abrupt stehen und lehnte sich an einen Pfeiler. Sie schenkte ihrem Blick wie einem Vogel die Freiheit, ließ ihn schweifen, hatte jedoch das Gefühl, als bekäme sie gar nichts zu sehen, weil jede scharfe Kontur vor ihren Augen verschwamm.

Wenn dies also wirklich eine Geschichte wäre, dachte sie, dann hätte das alles eine Bedeutung, die wir erst begreifen, wenn die Geschichte fertig erzählt ist. Sie stellte ihr Glas auf einen Beistelltisch, zog eine Zigarette aus der Schachtel, die sie in einer Tasche des Kleides verborgen hielt, und zündete sie an. Falls sie damit tatsächlich heiratsfähige Männer vertrieb, sollte es ihr heute Abend recht sein. Sie hatte für Männer gerade gar keine Kraft, für heiratsfähige schon gar nicht. Mitten im Lichtermeer hatte sie das Dunkel angesprungen, und sie wusste nicht, warum.

Alle vertrieb sie jedoch offenbar nicht. Einer kam auf sie zu, ein Reiteroffizier, den sie noch nicht kannte, groß, glatt rasiert, das Haar recht dunkel, die Schultern breit im Rock der Uniform. Seine Gesichtszüge waren klar, wie in Glas geritzt. Und wer wäre der jetzt in meiner Geschichte?, fragte sich Nina, konnte aber nicht lachen: der feurige Tunichtgut oder der manierliche Claus?

»Sie gestatten?«, fragte der Mann und blieb vor ihr stehen.

»Oh, ich bitte Sie!«, entfuhr es Nina. »Nicht schon wieder tanzen. So leid es mir tut, ich brauche eine Pause.«

»Ich auch«, sagte er. »Um zu tanzen, bin ich nicht gekommen. Sie machten auf mich nur den Eindruck, dass Sie gerade jetzt nicht gern alleine wären.«

»Tatsächlich?«

»Tatsächlich. Wir brauchen auch nicht zu reden. Ich würde, wenn es recht ist, nur gern derjenige sein, der ein wenig hier mit Ihnen steht.«

Seine Stimme war schön. Kraft lag darin, obwohl sie nicht laut war, Kraft, die ausgereicht hätte, um quer über das Brachland, über das Nina mit ihrem Vater geritten war, ein durchgehendes Pferd zurückzurufen.

»Und warum?«, fragte sie und sah ihn sich an. Er war kein Junge mehr, sondern ein richtiger Mann, sicher fünf oder sechs Jahre älter als sie. Und er roch gut. Sehr sauber, sehr gepflegt und trotzdem nach Pferd.

»Weil es Ihnen nicht gut geht«, sagte er.

»Woher wollen Sie das wissen?«

»Ich habe es Ihnen angesehen, weil es mir manchmal genauso geht.«

Nina zog an ihrer heruntergebrannten Zigarette. In seiner Stimme hörte sie, dass es zutraf, dass das, was ihm manchmal geschah, das Gleiche war wie bei ihr. Und wenn sie sich noch so sehr beschwor, sich keinen Unsinn einzureden, sondern auf dem Teppich zu bleiben.

»Aber warum um alles in der Welt wollen Sie hier bei mir stehen, statt zu tanzen?«, fragte sie. »Und das, wo Sie noch nicht einmal etwas zu trinken haben?«

Jetzt wird er mir eine dieser Banalitäten zur Antwort geben, die ich schon den ganzen Abend höre, dachte sie. Er wird mir erklären, dass er von meiner Schönheit geblendet oder der Ansicht ist, ich würde mit den Lichtern im Saal um die Wette strahlen. So etwas zu hören, hat ja auch seinen Reiz. Aber wenn in mir diese Dunkelheit ist, erreicht es mich nicht, und ich fühle mich inmitten von hundert Menschen allein.

Der Mann sah sie an. Eine Sekunde lang kamen seine Augen ihr blau vor, dann entdeckte sie, dass sie grau waren. Regengrau. Schillernd. Ein Teil von ihr verlor sich in ihnen, als werfe sie etwas, das ihr lieb war, in die Tiefe eines Brunnens. Als Kind hatte sie das getan. Es war ein Anhänger an ihrem Armband gewesen, ein goldenes Herz, das ihr die Großmutter geschenkt hatte, und auf einmal hatte sie diesen Zwang verspürt, es von sich zu werfen, obwohl es ihr liebster Schmuck gewesen war.

Die Brauen des Mannes waren schwarz und dicht wie Balken. Nina zog an ihrer Zigarette, wusste nicht, wohin sie den Rauch blasen sollte.

»Sie wollen wissen, warum ich derjenige sein will, der hier mit Ihnen steht?«, fragte er.

»Allerdings.«

»Weil ich Sie vorhin gesehen habe, als Sie die Stufen heruntergekommen sind«, sagte er. »Und weil ich mir dabei gedacht habe: Ich möchte, dass diese Frau die Mutter meiner Kinder wird.«

Nina erschrak bis ins Mark. Sie sah auf ihre Finger, sah dem bisschen Asche zu, das auf den Boden rieselte, und dann wieder zu ihm auf. Sie hätte lachen wollen, doch sie verschob das Lachen auf später. »Aha«, rang sie sich ab.

»Und dass die Mutter Ihrer Kinder raucht, das stört Sie nicht?«

Er schien ebenfalls zu erschrecken und sah dann wie sie zuvor auf ihre Finger. »O ja, Sie rauchen«, murmelte er, als hätte er es gerade erst bemerkt. »Nein, das stört mich nicht.«

Nina schwieg, und er räusperte sich.

»Ich stehe im Ruf, bei den Damen leichtes Spiel zu haben«, sagte er. »Aber das sieht nur so aus. In Wahrheit bin ich unbeholfen. Schüchtern auch. Ich habe sogar Angst.«

»Das habe ich bemerkt«, sagte Nina.

»Und es stört Sie nicht?«

»Wenn es Sie nicht stört, dass ich rauche.«

Endlich lachten sie. Nina befreit, und der Mann mit den Regenaugen heiser und leise.

»Sie heißen nicht zufällig Claus?«, fragte sie.

»Doch«, sagte er. »Ist das schlimm?«

»Das weiß ich noch nicht«, erwiderte Nina aufrichtig und drückte ihre Zigarette auf einem Untersetzer aus.

Der Mann, der Claus hieß, deutete mehr ein Nicken als eine Verbeugung an. »Claus Schenk Graf von Stauffenberg«, sagte er. »Seit vier Wochen Leutnant des Siebzehnten Reiterregiments unter Oberst Zürn.«

6

Ninas Cousinen neigten zu Übertreibungen, umso mehr, wenn es um Männer ging. Dass Claus von Stauffenberg wirklich wie ein Gott tanzte, hatte Nina daher nicht angenommen, zumal es vermutlich auch unter den Göttern solche und solche gab. Claus allerdings tanzte tatsächlich ausnehmend gut. Für Nina, die selbst als gewandte Tänzerin galt, war das ein viel größeres Vergnügen, als sie erwartet hatte. In seinen Armen wurde selbst der ödeste Walzer zu einem kleinen Rausch wie vom Champagner. Nina kam es vor, als tanzten sie den ganzen Sommer, tanzten vorbei am erneuten Zusammenbruch der Regierung, an der Auflösung des Reichstags, dem Abzug alliierter Truppen aus dem Rheinland, den steigenden Arbeitslosenzahlen, ruinierten Banken und schließlich den Neuwahlen im September, aus denen die Nationalsozialisten unter Adolf Hitler als zweitstärkste Partei hervorgingen.

Ninas Vater konnte die Nazis nicht leiden. »Bei Leuten, die so viel Krawall schlagen, steckt meist nichts als heiß Luft dahinter«, sagte er.

Ihr Cousin Rudolf, der deutschnational wählte, fand, es werde Zeit, dass Deutschland aufwachte und sich auf sich selbst besann, und als ein solcher Weckruf sei der Erfolg des Herrn Hitler gar nicht so schlecht.

»Den Schreihals werden sie schon nicht zum Kanzler machen, aber wenn er die phlegmatischen Pfeffersäcke an den Parteispitzen ein wenig aufrüttelt, hat er meinen Segen.«

Nina fragte Claus, was er über das Wahlergebnis dachte, und seine Antwort passte haargenau zu dem Mann, den Nina in diesen Sommerwochen kennengelernt hatte: »Die einzige Partei, mit der ich mich einlassen würde, wäre eine, die ich selbst erfunden hätte«, sagte er. »Und außerdem habe ich als Offizier doch gar kein Wahlrecht. Aber da ist diese Maxime der Nationalsozialisten, die ich nur zu gern über unser aller Leben geschrieben sehen würde: dass nämlich das Wohl des Gemeinwesens grundsätzlich über dem Wohl des Einzelnen steht.«

So war Claus. Über Politik redete er eigentlich gar nicht, selbst wenn er behauptete, es zu tun. Genauso wenig redete er über das Militär, dem er sein Leben verschrieben hatte, über Automobile und über Technik, worüber alle Männer, die Nina kannte, redeten. Claus war ein Poet. Ein Philosoph. Der Kreis von jungen Schwärmern, den der von ihm angebetete Dichter Stefan George um sich geschart hatte, war ihm wichtiger als die Gesellschaft seiner Kameraden, und an den Abenden übte er lieber auf seinem Cello, statt sich im Offizierscasino volllaufen zu lassen. Nicht selten musste Nina lachen, wenn er auf eine einfache Frage etwas von sich gab, das ihr so gehaltvoll und schwer verdaulich vorkam wie Tante Künßis Weihnachtsbraten, und nicht selten zog Claus dann ein gekränktes Gesicht.

Aber das legte sich.

Im Laufe des Sommers legte es sich.

»Wenn du mit mir zusammen sein willst, wirst du es aushalten müssen, dass ich dich ein bisschen verspotte«, sagte sie. »Ich mache das mit allen Leuten. Als ich klein war, hatte ich Angst vor meines Vaters Kaninchen, weil sie an meinen Knöcheln knabbern wollten, aber mein Vater hat mir erklärt: Das meinen Kaninchen nicht böse, sondern sie tun es, um dich wissen zu lassen: Schau mal, hier ist ein Kaninchen. Und genauso ist es bei mir. Mit meinem Veralbern will ich dich nur wissen lassen: Schau mal, hier ist eine Nina.«

Claus hatte lachen müssen, und Claus' Lachen hatte etwas von einem Sommergewitter: Erst herrschte die Ruhe vor dem Sturm, wiegte einen in dem Glauben, es würde gar keines geben, aber dann blitzte auf einmal der Himmel auf, und ein Tosen überrollte ohne Wenn und Aber das Land.

»So, so«, brummte er. »Hier ist also eine Nina. Entgangen ist mir das nicht, denn im Umkreis von zehn Schritten riecht es nach Zigarettenrauch. Aber doppelt genäht hält ja angeblich besser. Und weißt du was? Hier ist auch ein Claus.«

Er beugte sich zu ihr hinunter, und einen Herzschlag lang glaubte Nina, er werde sie küssen. Aber das tat er nicht. Er schnupperte nur, indem er seine große Nase kraus zog wie ein Kaninchen an ihrem Gesicht und richtete sich dann wieder auf. Ein Mann aus ihren Kreisen küsste kein standesgemäßes Mädchen, es sei denn, er hätte seine ernsthafte Absicht erklärt. Claus aber wurde im November erst dreiundzwanzig, er hatte kein nennenswertes Einkommen, und Nina war im August gerade siebzehn geworden. Von ernsthafter Absicht konnte also keine Rede sein, sie plänkelten miteinander durch den Sommer, und lediglich in der Gerüchteküche ihrer Cousinen brodelte es in sämtlichen Töpfen.

Frische Nahrung bekam das Brodeln, als Claus eines Morgens mit einem sagenhaft langen tannengrünen Automobil vor der Tür des lerchenfeldschen Anwesens stand und erklärte, er wolle sowohl die Tochter des Hauses als auch ihre Eltern zu einer Ausfahrt abholen.

Nicht zu irgendeiner. Drei Stunden lang quer durch das Land wollte er fahren, um an seinem freien Tag die Familie Lerchenfeld seiner eigenen Familie, die in ihrer Sommerresidenz in Lautlingen weilte, vorzustellen.

Nina war sicher gewesen, dass ihr Vater sich weigern würde und dass ihre Mutter diesen in ihr Leben platzenden Jungspund vielleicht für recht anziehend, aber vor allem für verrückt erklären würde. Sie hatte jedoch Claus' Gewittereigenschaften nicht mitbedacht, seine Fähigkeit, alles zu überrollen, an die man bei seinem anfangs wohltemperierten Auftreten kaum zu glauben vermochte. Ehe Nina sichs versah, saßen sie alle in dem Auto, das er sich von irgendwem geborgt hatte, und brausten im Sommerwind über die Landstraße.

»Das kleine Schloss ist ganz reizend«, erzählte ihre Mutter später, wenn sie nach diesem eigenartigen Ausflug gefragt wurde. »Und die Umgebung, dieses liebliche Tal und die Schwäbische Alb drum herum, einfach zauberhaft.«

Nina war sicher, dass das zutraf, aber sie hatte vor Aufregung keinen Blick dafür gehabt. Viel zu gespannt war sie auf die Familie Stauffenberg gewesen, und wenn sie ganz ehrlich war, sogar ein bisschen nervös.

Aber warum?

Sie war es gewohnt, dass Menschen sie mochten, und wenn einmal der eine oder andere nicht so empfand, ging davon ja die Welt nicht unter. Weshalb also war es ihr so wichtig, dass die Eltern und Brüder von ihrem Sommerfreund Claus sie mochten? Schließlich war nicht sie, sondern er auf die Schnapsidee mit dem spontanen Besuch gekommen, und wenn daraus kein Erfolg wurde, hatte den Schaden auch er und nicht sie.

Trotzdem konnte sie eine Art von Lampenfieber nicht ganz abschütteln, und als Claus' Vater, der elegante weißhaarige Graf Alfred, sie mit einem herzlichen Lächeln begrüßte, fiel ihr ein mächtiger Stein vom Herzen.

»Seien Sie mir willkommen, meine liebe Freiin«, sagte er und deutete zwar ein wenig steif, doch formvollendet einen Handkuss an. »Es ist uns immer eine Freude, die Freunde unserer Söhne kennenzulernen, und wenn sie so liebenswert daherkommen, gilt das umso mehr.«

Sie glaubte dem alten Herrn, was er sagte. So, wie sie Claus glaubte. Vielleicht war das das Verblüffendste an ihrer Bekanntschaft: dass sie praktisch vom ersten Abend an jedem

Wort aus seinem Mund Glauben geschenkt hatte. Dabei wusste doch jede junge Bambergerin, dass die Reiteroffiziere Charmeure waren, die das Blaue vom Himmel herunterschwadronierten. Und ausgerechnet dieser Claus von Stauffenberg, von dessen Attraktivität nicht nur ihre Cousinen, sondern die halbe Weiblichkeit der Stadt in den höchsten Tönen schwärmten, sollte den Honig, den er ihr um den Mund schmierte, ernst meinen?

Es klang unglaublich.

Aber es war so.

»Ich glaube, dieser bildhübsche Kerl kann nicht lachen«, hatte Hertha gesagt, nachdem sie auf einer Soiree bei Bekannten nebeneinander am Tisch gesessen hatten.

»Lachen kann er schon«, hatte Nina spontan erwidert, »aber lügen nicht.«

Sie wusste nicht, warum sie sich dessen so sicher war, und doch war sie es. Claus von Stauffenberg hätte selbst dann nicht lügen können, wenn er es gewollt hätte, und hätte sie ihn mit einem einzigen Wort beschreiben müssen, dann hätte sie weder ›hübsch‹ noch ›charmant‹ oder ›hinreißend‹ gewählt, sondern das ein wenig altmodische, fast weihevolle ›gewissenhaft‹.

Jetzt, da sie seinem Vater begegnet war, besaß sie ein wenig Hintergrund dazu, auch wenn der Sohn den Vater um Längen übertraf. Aber das verwunderte sie nicht. Claus übertraf jeden um Längen, er machte alles hundertprozentig und setzte sich Ziele nur, um über sie hinauszuschießen. In den Augen seines Vaters blitzte gelegentlich ein verstohlenes Schmunzeln auf, wenn er seinen jüngsten Sohn reden hörte, und bei seinen Brüdern, die nur einmal flüchtig hereinschneiten, zeigte sich das gleiche Schmunzeln geradeheraus.

»Und Sie haben sich allen Ernstes unseren Clausi angelacht?«, alberte Berthold, der selbstbewussteste der drei. »Wer hätte das gedacht – ich hatte schon angenommen, unser Kleiner kennt Mädchen im besten Fall aus dem Märchenbuch der Gebrüder Grimm.«

»Und ich dachte, er habe ausschließlich Augen für Stuten.« Die Frotzelei von Alexander war ein wenig anzüglich, aber so etwas nahm Nina nicht krumm. Ihre Cousins betrugen sich im Rudel nicht anders, und sie war froh, dass Claus' Brüder mit ihr so ungezwungen umgingen, als wäre sie ein Mitglied der Familie.

Sie mochten sie, diese zwei älteren Brüder, die Claus so unverhohlen bewunderte. Auch Claus' Vater hatte sie in der kurzen Zeit, die sie gemeinsam am Kaffeetisch auf der Terrasse verbrachten, für sich gewonnen, und Rex, der Jagdhund, legte ihr seinen schweren Kopf in den Schoß.

Wie aber sah es mit Claus' Mutter aus, mit der Gräfin Caroline von Stauffenberg, geborene Uexküll-Gyllenbrand?

Die mag mich nicht, stellte Nina ohne jeden Zweifel fest. Sie saß der schönen, hoch aufgerichteten *Grande Dame* gegenüber, erkannte mit seltsamer Rührung, dass sie Claus so viel ähnlicher sah als sein Vater, und fühlte sich von ihrem scharfen Blick gewogen und für zu leicht befunden. Dabei behandelte die Gräfin sie freundlich, aber eher so, wie man mit einer Nachbarin oder einer entfernten Bekannten umging, die man nicht spüren lassen wollte, dass sie einem lästig fiel.

Aus dem Augenwinkel beobachtete Nina, wie ihr sonst so verschlossener Vater sich mit Claus in ein immer intensiveres Gespräch vertiefte, und gab sich alle Mühe, mit seiner Mutter das Gleiche zu tun. Sie verkniff sich sogar das Rauchen. Doch sie hatte keine Chance. Prallte an der perfekten Fassade der Gräfin ab wie an einer Wand.

»Sie haben es so schön hier«, begann Nina einen ihrer hilflosen Versuche. »Besonders zum Reiten. Bestimmt kommt Claus, wenn er hier ist, aus dem Sattel gar nicht mehr heraus.«

»O ja, wir reiten alle recht gern«, erwiderte die Gräfin desinteressiert. »Was jedoch beileibe nicht bedeutet, man hätte keinen Sinn mehr für anderen Zeitvertreib.«

»Nein, natürlich nicht«, beeilte sich Nina zu versichern und fand sich albern, weil sie sich derart bei Claus' Mutter anbiederte. »Das habe ich ja nicht sagen wollen. Es ist nur so, dass wir alle Claus' Reitkünste bewundern, und er …«

Sie brach ab. Ihr Redestrom hatte sich totgelaufen wie ein müdes Pferd. Die Gräfin betrachtete sie mit einer Mischung aus Mitleid und Befremden. »Gewiss haben Sie das nicht sagen wollen«, erklärte sie milde. »Zerbrechen Sie sich nicht den Kopf. Sie sind ein so reizender Fratz, da kommt es auf das, was Sie sagen, gar nicht an.«

Nina wusste nicht, wie eine Ohrfeige schmerzte, denn sie hatte noch nie eine bekommen, aber das Wort ›Fratz‹ fühlte sich so an. Sie gab auf. Wer nicht will, der hat schon, dachte sie wütend, und überhaupt, was bildete sich diese Caroline von Stauffenberg eigentlich ein? Ihre eigene Mutter, Anna von Lerchenfeld, die in ihrem unverkennbar baltendeutschen Zungenschlag mit jedem in der Runde ungezwungen plauderte, ohne sich einen Zacken aus der Krone zu brechen, war nicht weniger wert als sie!

Nina griff nach ihren Zigaretten, steckte sich eine an und blies die Rauchwolke quer über den Tisch. Irgendwie brachte sie den Rest des Nachmittags hinter sich und war heilfroh, als sie schließlich aufbrachen. Die Rückfahrt verlief recht schweigsam, wohl auch, weil rasch die Dunkelheit hereinbrach und sie alle müde waren. Daheim angekommen, als Claus sich verabschiedet hatte und es Zeit war, schlafen zu gehen, hielt Ninas Vater sie auf der Treppe noch einmal zurück.

»Das war einmal eine bemerkenswerte Landpartie«, sagte er. »Ich gebe zu, ich war überrumpelt, denn zu meiner Zeit stellte man eine junge Dame seinen Eltern nur dann vor, wenn es einem ernst war. Aber ich werde dich deswegen nicht drängen. Ich möchte dich nur gern wissen lassen, dass mir dein junger Mann gefällt.«

Mir auch, dachte Nina. Weil er dir gefällt, gefällt er mir sogar noch ein bisschen besser. Und was seine Mutter denkt, ist mir bis dorthinaus egal.

7

Der Sommer verflog. Aber die Sache mit Claus nicht. Nina hätte nach Lausanne gehen sollen, doch sie blieb in Bamberg. Dieser seltsame Schwebezustand zwischen Baum und Borke, ohne zu wissen, wie ihre nächste Zukunft sich gestalten würde, sorgte für eine ständige Anspannung, die Nina von sich nicht kannte. Es war anstrengend. Aber es war zugleich die erregendste Zeit, die sie bisher erlebt hatte, und wenn sie in den Nächten schlecht schlief, dann weil sie darauf brannte, zu erfahren, was der neue Tag für sie bereithielt.

»Bist du verliebt?«

Diese Frage stellten ihr nicht nur ihre Cousinen und Freundinnen, sie stellte sie sich auch selbst. Woher sollte man darauf aber eigentlich eine Antwort wissen, wenn man keinen Vergleich hatte, wenn man für einen Menschen etwas empfand, das man nie zuvor empfunden hatte?

Sie war süchtig nach Claus. Die größte Angst hatte sie davor, dass er ihr mitteilen könnte, er müsse aus Bamberg fort. Ihr Leben war ihr zuvor nicht leer vorgekommen, aber jetzt schien es ihr leer ohne Claus. Mit ihm zu tanzen, ihn bei sich zu spüren und seinen unverwechselbaren Duft einzuatmen, war himmlisch, und sie war sicher, sie würde nie genug davon bekommen. Aber Tanzen war lediglich ein vergnüglicher Zeitvertreib, viel mehr bedeuteten ihr die Gelegenheiten, zu denen sie und Claus alleine waren. Sie ritten zusammen aus, denn Claus war mindestens so verrückt nach Pferden wie ihr Vater, sie gingen manchmal in ein Konzert oder ins Theater, doch am schönsten war es, wenn sie ohne Unterlass miteinander redeten.

Er redete mit ihr, wie ihr Vater mit ihr geredet hatte. Nein, nicht ganz so. Manchmal wurde er gönnerhaft und erklärte ihr Dinge, als wäre sie noch ein kleines Mädchen und hätte von Tuten und Blasen keine Ahnung. Zum Ausgleich machte sie sich über ihn lustig, nannte ihn ihr Professorchen oder Herrn Doktor Neunmalschlau, und dann brachen sie zusammen in Gelächter aus.

Es war so schön, dass sie das gelernt hatten, dass sie sich beide miteinander sicher fühlten und wussten, es wollte keiner von ihnen dem anderen wehtun. Der Stolz, den Nina deswegen empfand, glich ein wenig dem Gefühl von damals, als ihr Vater ihr die Stute *Venus* geschenkt hatte, die noch ein halbes Füllen gewesen war und nur ganz allmählich Vertrauen fasste. Claus' Vertrauen kam ihr vor wie das kostbarste Juwel, das sie mit aller Vorsicht in den Händen hielt, um ihm keinen Schaden zuzufügen.

Er vertraute ihr genug, um ihr – der siebzehnjährigen Nina, die seine Mutter einen ›Fratz‹ nannte – zu erzählen, was er sonst niemandem erzählte. Dass er in manchen Nächten von seinem verstorbenen Zwillingsbruder träumte, erzählte er ihr, und sie wiederum erzählte ihm, dass sie ihn beneidete, weil sie sich nicht einmal erinnerte, wie ihr Bruder ausgesehen hatte, und daher von nichts als Schwärze träumte.

»Ich weiß auch nicht, wie Konrad ausgesehen hat«, sagte Claus. »In meinen Träumen sehen wir beide gleich aus, wie zwei von diesen Lebkuchenkindern, und wir haben die gleichen kurzen Hosen und weißen Hemden an.«

»Und was macht ihr?«

»Alles, was ich als kleiner Junge gern gemacht habe. Mit langen Wanderstäben durch das Eyachtal stapfen, zu zweit einen Heuballen auf einen Bauernwagen stemmen, uns in den Boxen zwischen den Beinen der Pferde herumtreiben, auf unseren Kinderskiern einen Hang hinuntersausen. Ich sehe mich selbst in meinen Erinnerungen sozusagen verdoppelt, sehe all das, was Konrad hätte erleben sollen und was nur ich allein erleben durfte. Manchmal kommt mir mein Leben so vor, weißt du? Als wäre es meine Pflicht, alles mit doppelter Kraft zu erleben – für mich selbst und für Konrad zugleich.«

Nina hatte keine Worte, um ihm zu sagen, wie sehr sie das, was er ihr erklärt hatte, liebte. Stattdessen warf sie ihm die Arme um den Hals. Sie spürte, wie er ein wenig zusammenzuckte, und sie selbst zuckte ebenfalls und hielt sich leicht an ihm fest. Ihm beim Tanzen in den Armen zu liegen, war das eine, doch es hier zu tun, unter einem schon Blätter und Früchte verlierenden Kastanienbaum, auf dem Weg zu den Kasernen, wo sie miteinander allein waren, war etwas völlig anderes.

Er schloss die Hände um ihre Handgelenke und sah ihr in die Augen, während er sich sehr sanft aus ihrer Umarmung befreite.

»Ich will es auch so machen«, sagte Nina mit krächzender Stimme. »Doppelt leben. Für mich und für Ludwig mit.« Es war das erste Mal, dass sie den Namen ihres Bruders vor einem anderen Menschen aussprach, und es tat ihr gut. Es klang, als spreche sie von jemandem, den sie lieb hatte, und bei Claus war Ludwig sicher aufgehoben.

Durchaus nicht all ihre Gespräche verliefen derart harmonisch. Manchmal stritten sie sich, vor allem wenn es um seine Mutter ging. Nina kam es vor, als ob er diese Frau, die auf sie herabsah, geradezu vergötterte. Sprachen Sie über Literatur, über Gedichte, die er mit Leidenschaft liebte, vergaß er nie, zu erwähnen, dass es seine Mutter gewesen war, die ihn und seine Brüder an all diesen Reichtum herangeführt hatte: »Meine Mutter ist eine hochgebildete, belesene Frau, auch wenn sie nie eine Universität besucht hat. Nicht umsonst bestand Württembergs Königin jahrelang darauf, sie als Gesellschafterin um sich zu haben. Der George-Kreis nimmt natürlich nur Männer auf, aber wenn es eine Ausnahme gäbe, dann wäre sie die eine. Rilke, ihr Lieblingsdichter, hat bis zu seinem Tod mit ihr korrespondiert.«

»Und wenn sie den Mund öffnet, scheint mitten in der Nacht die Sonne«, platzte ihm Nina ins Wort. »Weißt du, dass du dich anhörst wie ein Muttersöhnchen, wenn du so vor dich hin schmachtest, Claus? Es ist natürlich deine Sache, nicht meine, aber ich könnte mir vorstellen, dass deine Kameraden in der Kaserne sich darüber vor Lachen ausschütten.«

»Das ist mir egal«, verwies sie Claus in einem Ton, der ihr deutlich machte, dass es ihm nicht egal war. »Ich habe meiner Mutter wie meinem Vater viel zu verdanken, und ich werde daraus keinen Hehl machen, nur weil womöglich ein paar dumme Jungen nicht wissen, was sie ihren Eltern schuldig sind.«

»Und was ich denke?«, rief Nina erzürnt. »Ist dir das auch egal? Deine Mutter hält nichts von mir, und wenn dir ihre Meinung so Gott weiß wie wichtig ist, solltest du besser nicht länger mit mir befreundet sein, denn davon hält sie schon gleich dreimal nichts.«

»Meine Mutter mischt sich in meine Freundschaften nicht ein«, sagte er mit einer Ruhe, die Nina zur Weißglut trieb. »Wenn du aber glaubst, sie hielte nichts von dir, hätte ich gern, dass sich das ändert. Ich nämlich halte von euch beiden eine ganze Menge und würde mir wünschen, dass ihr ebenso zueinander stündet. Meine Mutter mag nicht so offen und überschwänglich sein wie deine, aber sie ist ein Mensch, auf den du dich in jeder Lebenslage wirst verlassen können, sobald du sie einmal für dich gewonnen hast.«

»Und wenn ich sie gar nicht für mich gewinnen will?«, blaffte Nina.

»Sei nicht kindisch«, sagte er. »Du beträgst dich gerade, als wärst du allerhöchstens siebzehn Jahre alt.«

»Ich *bin* siebzehn Jahre alt!«, fuhr sie ihn an.

»Das weiß ich«, sagte er. »Aber du bist anders als die anderen.«

Sie war entschlossen, ihm noch mindestens drei Tage lang böse zu sein, aber mit diesen letzten Worten im Ohr hielt sie es kaum drei Tage lang aus. Dass sie ihm böse war, hinderte sie außerdem nicht daran, sich nach ihm zu sehnen.

Seine Schwärmerei für Stefan George und dessen Kreis, in den seine älteren Brüder ihn eingeführt hatten, ging ihr an manchen Tagen ebenso auf die Nerven wie die für seine Mutter, und an anderen musste sie darüber lachen. Für Claus war dieser heilige Zirkel des Dichterfürsten, über den er ohnehin nur in Andeutungen und Rätseln sprechen durfte, der Quell, dem ein neues und wer weiß wie wundervolles Deutschland entspringen und die Schmach des verlorenen Krieges auslöschen würde. Zu Treffen des Kreises in der Schwabinger Wohnung des Schriftstellers Karl Wolfskehl, der ebenso wie George sein Vater hätte sein können, reiste Claus regelmäßig nach München und kehrte jedes Mal regelrecht beseelt zurück. Nina hingegen kam der exklusive Männerbund eher vor wie die Banden, die ihre Cousins als kleine Jungen gebildet und mit Blut aus selbst geritzten Wunden feierlich besiegelt hatten.

Das Ganze war so pathetisch, so überdramatisch, und der Inhalt, der in den aufgeblasenen Worthülsen steckte, ließ sich kaum ergründen. Ein ›geheimes Deutschland‹ wollten die Jünger des Poeten zum Leben erwecken, eines, das unter der schnöden Hülse des vorhandenen verborgen lag und viel strahlender, erhabener und welterschütternder war. Nina las ein paar von Georges Schriften, die Claus ihr gab, doch sie schienen ihr allzu verschwurbelt und verklärt. Sie war jedes Mal froh, wenn sie das Thema George und sein geheimes Deutschland hinter sich ließen. Schließlich gefiel es ihr ja alles andere als schlecht in dem realen Deutschland, das zwar weniger ätherisch und perfekt war, in dem aber ein Claus von Stauffenberg aus Fleisch und Blut an ihrer Seite stand.

Und dennoch gab es immer wieder Momente, in denen seine Begeisterung für diesen verschrobenen Verein sie berührte. Es war seine Rückhaltlosigkeit, die ihr naheging, das tiefe Vertrauen, mit dem er sich dieser Sache und ihren Menschen ohne Wenn und Aber hingab. Claus war keiner, der halbe Sachen machte. Eine gewisse Gefahr lag in der Absolutheit, mit der er sich allem verschrieb, was ihm lieb war, aber ebenso ein Zauber: Dass er auch bei ihr keine halbe Sache machen würde, dass er sich auch in ihrer Freundschaft ganz gab, wusste sie, obwohl sie beide nicht hätten sagen können, worauf es mit jener Freundschaft hinauslief.

Dieses Wissen verlieh ihr eine Sicherheit, in der sie sich frei fühlte, sie selbst zu sein.

Kamen Mitglieder des George-Kreises nach Bamberg, so stellte Claus sie ihr vor und schien ebenso stolz auf den jeweiligen Freund wie auf Nina. Am sympathischsten war ihr ein Mann namens Ernst Kantorowicz, der häufiger auf Besuch kam. Er war mehr als zehn Jahre älter als Claus, schien aber dessen tiefe freundschaftliche Gefühle zu erwidern. Er war Historiker, hatte eine Professur in Frankfurt inne und ein umfassendes Werk über den Stauferkaiser Friedrich II. verfasst. Nina fühlte sich äußerst geschmeichelt, als er ihr den Band als Geschenk überreichte.

»Wenn Ihnen als moderner junger Frau das Ansinnen Ihres Herzensfreundes Claus zuweilen fremd erscheinen mag, könnte die Beschäftigung mit dem großen Friedrich von Nutzen sein«, sagte er zwar feierlich, doch mit einem kleinen verschmitzten Zucken um den Mund. »*Stupor mundi* nannten ihn seine Zeitgenossen, das Staunen der Welt. Er war ihnen um Jahrhunderte voraus und wäre wohl noch heute in der Lage, dieses herrliche Land der Größe und Schönheit zuzuführen, die es der Welt zu bieten hat.«

Sie gingen zu dritt in der Bamberger Innenstadt essen, nicht gutbürgerlich, sondern höchst schick und ein wenig dekadent in ein neu eröffnetes französisches Restaurant. Es wurde ein fröhlicher Abend, an dem Claus und Kantorowicz, den Nina Ernst nennen sollte, von ihren Italienreisen schwärmten, Pariser *Amuse-Bouches* genossen und einem Wein aus dem Burgund zusprachen.

»Nach Italien möchte ich auch einmal«, sagte Nina. »Wann immer jemand davon spricht, scheint auf einmal sein Gesicht zu leuchten.«

»Und unser gemeinsamer Freund Claus wäre Ihrer Freundschaft nicht wert, wenn er nicht dafür sorgen würde, dass auch in Ihr schönes Gesicht jenes Leuchten tritt«, erwiderte Ernst und zwinkerte ihr über den Rand seines Glases zu.

An diesem Abend, an dem sie schließlich ein wenig beschwipst zwischen den beiden Männern nach Hause tänzelte, fand Nina an dem obskuren ›geheimen Deutschland‹, das von toten Wunderkaisern, Helden und Künstlern geleitet wurde, nichts auszusetzen. »Deinen Freund Ernst mag ich gern«, sagte sie ein paar Tage später zu Claus, als sie vor einem herbstlichen Regenguss in einen Hauseingang geflüchtet waren.

»Er mag dich auch gern«, sagte Claus. »Er findet, dass du vor Jugend und Lebensfreude strahlst.«

Das Wetter wurde mit jedem Tag schlechter und erschwerte es ihnen, sich allein zu treffen. Hatten ihnen im Sommer alle freien Plätze und das ganze herrliche Umland von Bamberg zur Verfügung gestanden, so blieben ihnen neben den üblichen gesellschaftlichen Veranstaltungen jetzt nur noch kurze Stunden in Cafés, in denen sie jedoch nicht wirklich zu zweit sein konnten. Und bei einem solchen Treffen über einem Mokka für Claus und einer Schokolade mit Sahne für Nina geschah es schließlich, dass ihre schlimmste Befürchtung sich bewahrheitete:

»Ich muss Mitte des Monats von hier weg«, sagte Claus, der in seiner Uniform auf einmal förmlich und unnahbar wirkte. »Nach Potsdam. Auf einen Lehrgang für Minenwerfer.«

»Minenwerfer?«, sprudelte Nina fassungslos heraus. »Aber du bist doch Kavallerist.«

»Was mich nicht von der Pflicht befreit, im Kriegsfall zu wissen, wie man einen Minenwerfer handhabt«, erwiderte Claus. »Es ist mein Bestreben, meinen Vorgesetzten vor Augen zu führen, dass das Pferd in der Kriegsführung keineswegs ausgedient hat. Aber gerade deshalb muss die Kavallerie bereit sein, sich mit modernen Waffengattungen zu befassen.«

»Du redest ja, als würde es Krieg geben!«, rief Nina. »Dabei ist doch Deutschland nach dem Versailler Vertrag nur dieses Rumpfheer gestattet, über das meine Cousine Amelie sich so gern ereifert.«

Claus stellte seine Mokkatasse ab und sah sie geradewegs an, obwohl der Rauch ihrer Zigarette ihm sichtlich in den Augen brannte. »Dieser Vertrag kann ja nicht länger in Kraft bleiben«, sagte er dann. »Es ist ein Unrecht, ein Land auf solche Weise zu demütigen, ein Unrecht, das endlich korrigiert werden muss. Mein Vater hat übrigens seinerzeit so ähnlich reagiert, als ich ihm mitgeteilt habe, dass ich die Offizierslaufbahn anstrebe. In einem Land, das kein kriegsfähiges Heer unterhalten darf, ist ein Offizierspatent nicht die Tinte wert, mit der es gedruckt ist, hat er gesagt.«

»Aber du hast dich trotzdem nicht abbringen lassen?«, fragte Nina. »Warum, Claus?«

Es war das erste Mal, dass sich ihr diese Frage stellte. Den Anblick von Soldaten und Offizieren war sie von klein auf gewohnt. Er gehörte zum Bamberger Stadtbild, und dass Männer militärische Karrieren einschlugen, war für sie immer selbstverständlich gewesen. Jetzt aber fiel ihr mit einem Mal auf, dass dieser Weg zu Claus nicht recht passte. Gewiss, er war ein formidabler Reiter, aber von seinem Naturell her hätte sie ihn sich eher als Gelehrten an einer Universität vorstellen können wie seinen Freund Ernst Kantorowicz.

Nein, das passte auch nicht. Claus mit seiner schwärmerischen, hochfliegenden Ader gehörte nicht in eine Schreibstube. Ein Künstler war er. Seinem Freund, dem Bildhauer Frank Mehnert, den er aus seinem geliebten George-Kreis kannte, saß er stundenlang Modell, debattierte über die großen Werke der Kunstgeschichte und blühte regelrecht auf. Andererseits übte er ja gar keine Kunst richtig aus, malte keine Bilder und betrieb sein Cellospiel ohne ernsthafte Ambition.

Die Antwort gab er ihr selbst. »Eine Zeit lang habe ich Architekt werden wollen«, sagte er. »Etwas aufbauen. Das gefiel mir.«

»Mir hätte es auch für dich gefallen«, sagte Nina spontan. In seinen Reden baute er so viele Wolkenschlösser, er hätte gewiss auch wunderschöne auf der Erde gebaut.

»Ja, vielleicht«, murmelte er in Gedanken. »Mein Vater war allerdings davon wenig begeistert, weil es zu Familien wie der unseren eben nicht passt.«

So viele Berufe, die zu Familien wie den unseren passen, gibt es gar nicht mehr, dachte Nina. Ihr Vater war kaiserlicher Generalkonsul gewesen und der seine eines Kaisers Hofmarschall. Junge Leute wie Nina wussten heutzutage kaum mehr, worin die Arbeit dieser Männer bestanden hatte, und man hätte auf die Idee kommen können, dass die neue Zeit für Familien wie die ihren keine Verwendung mehr hatte.

»Ich hätte Jura studieren sollen wie meine Brüder«, sagte Claus. »Obwohl ja Alexander nach zwei Semestern zu den Altertumswissenschaften gewechselt ist. Für mich kam beides nicht infrage. Recht und Geschichte in allen Ehren, aber zwischen staubigen Regalen wollte ich nicht eingesperrt sein.«

»Lieber wolltest du reiten«, entfuhr es Nina. Selbst ihr Vater bewunderte, wie Claus sich auf Pferde verstand. Zurzeit trainierte er sechs von ihnen gleichzeitig und wurde der Beschäftigung mit ihnen nie müde.

Über sein Gesicht zuckte ein Lächeln. »Ja, daran habe ich wohl als Erstes gedacht. »Ich habe schon, als ich mein erstes Steckenpferd bekam, zu meiner Mutter gesagt: Ich will einmal ein Reiter sein. Und ein richtiger Mann wollte ich sein. Kein kränkliches Jüngelchen mehr, das sich beim kleinsten Windhauch mit Angina niederlegt. Aber so einfach ist es ja nicht mit den Beweggründen. Wer zum Militär geht, ist sich natürlich bewusst, zu welchem Zweck das Militär unterhalten wird. Mit der Möglichkeit eines Krieges müssen wir jederzeit rechnen und uns darauf vorbereiten, denn ansonsten erklärten wir uns ja für überflüssig.«

Nina nickte. Die Beklommenheit, die sie anflog, schüttelte sie ab. Das Militär war nicht nur Teil ihrer Stadt, sondern Teil ihrer Familiengeschichte. Und vielleicht passte es ja besser zu Claus, als es auf den ersten Blick den Anschein hatte. Ein Offizier war verlässlich und schwor Eide. Beides klang wie für Claus und seine Welt aus Treue, Pflicht und Vaterland gemacht.

»Wenn man einem Mann das Recht nimmt, zu seiner Verteidigung Waffen zu tragen, entmannt man ihn«, sagte Claus. »Und wenn man einem Land dieses Recht nimmt, ist es in etwa das Gleiche. Aber darüber habe ich nicht mit dir sprechen wollen. Bevor ich nach Potsdam abreise, möchte ich mit dir meinen Geburtstag feiern. Im *Polarbär.* Ich habe dort um ein Separee gebeten, weil ich mit dir allein sein will, und hoffe, das ist dir recht. Dass du dich davon in deiner Ehre verletzt fühlst, möchte ich nicht, und habe dies auch dem Wirt erklärt.«

8

Der *Polarbär* war eine der ältesten Brauereien Bambergs. Sie befand sich in der Altstadt, in der Judengasse, und man betrieb dort auch eine Wirtschaft mit schlichter, aber ausgezeichneter Küche. Über dem hölzernen Eingangstor prangte die Skulptur eines Eisbären, der nichts Bedrohliches, sondern eher etwas von einem Kinderspielzeug hatte. Nina musste lächeln. Es war typisch Claus, dass er ausgerechnet dieses Lokal für die Feier seines Geburtstags auswählte: nichts Raffiniertes, sondern etwas Behagliches, Urwüchsiges, eine Gaststätte, in die Eltern am Sonntag ihre Kinder führten.

Das Separee, das er reserviert hatte, war ein Erker, in dem er bereits auf sie wartete. Zwar war es durch eine halbhohe, hölzerne Wand vom Rest des Schankraums getrennt und auch ein gutes Stück hinter dem Tresen gelegen, aber doch so weit einsehbar, dass Nina um ihren Ruf nicht zu fürchten brauchte.

So war Claus: Er sorgte für alles, sodass Nina sich um gar nichts sorgen musste. Nur darum, dass er ab morgen nicht mehr da sein würde, und dass sie vergessen hatte, wie sie ohne die Freude über die Begegnungen mit ihm ihre Zeit verbracht hatte.

Als sie hereinkam, stand er auf und begrüßte sie stumm und strahlend. An ihren Tisch, auf dem eine Kerze brannte, hatte er bereits kalte Platten bestellt. Bergkäse, Bibiliskäs, Wurstsalat und Schwarzwälder Schinken, dazu kein Bier, das Nina nicht mochte, sondern goldenen badischen Wein.

Nina blieb stehen, während ihr ein Kellner den Mantel

von den Schultern nahm, sah ihn an, wie er dort neben dem Tisch stand, und dachte: Es ist mir ja geschehen. Es gibt gar keinen Zweifel. Ich liebe diesen Mann.

»Guten Abend, Nina.« Seine Stimme klang so scheu, wie sie selbst sich auf einen Schlag fühlte.

»Herzlichen Glückwunsch zum Geburtstag, Claus.«

»Danke, dass ich ihn mit dir feiern darf.«

Sie setzten sich, nahmen die Gläser, die ihnen schon eingeschenkt worden waren, und stießen an. Ehe Nina das Geschenk, das sie für ihn vorbereitet hatte, aus ihrer Handtasche holen konnte, hatte er schon selbst drei kleine Geschenkpakete herbeigeholt und baute sie stolz wie ein Zauberkünstler vor ihr auf.

»Weshalb bekomme denn ich Geschenke?«, rief sie. »Ich habe doch gar nicht Geburtstag.«

»Aber du bist Nina«, sagte er, als wäre das jetzt und für alle Zeit genug.

Er bestand darauf, dass Nina zumindest zwei der Pakete auswickelte, ehe er das seine bekam. Das erste enthielt ein vergoldetes Zigarettenetui, in dem ihre filterlosen Orientzigaretten von *Yenidze,* die sie seit Kurzem rauchte, nicht ständig abbrechen würden, und das zweite ein elegantes Fläschchen Parfüm mit dem Schriftzug *Vol de Nuit,* Nachtflug. »Da ich dich das ganze Jahr über vom Französischlernen abhalte, fand ich, du müsstest wenigstens französisches Parfüm bekommen«, sagte er.

Nina öffnete den kleinen Flakon, roch an der Flüssigkeit und freute sich, weil er genau ihren Geschmack getroffen hatte. Nein, mehr als ihren Geschmack. Das Parfüm duftete, wie Nina sich selbst gern sah: nicht allzu auffällig, aber ein bisschen besonders. Nicht dunkel, aber auch nicht schrill, sondern im Verborgenen glitzernd. Sie gab einen Tropfen auf ihre Fingerspitze, tupfte ihn sich hinter beide Ohren und freute sich daran, wie Claus sich freute.

»Aber das letzte hebe ich mir auf, bis du deines ausgepackt hast«, insistierte sie und schob das Päckchen zu ihm hinüber. Nach einer Beratung mit ihrem Vater hatte sie ihm von ihrem bisschen Ersparten einen Füllfederhalter gekauft und ein Etui aus festem Leder mit seinen Initialen bestickt. Er freute sich wie ein Kind, über das Etui noch weit mehr als über das Schreibgerät, das drinsteckte.

»Dass du das selbst gemacht hast – für mich«, rief er aus und fuhr mit dem Finger über die eingestickten Buchstaben, die Nina nicht einmal sonderlich gut gelungen waren. »Ich werde das Etui immer bei mir tragen, und es wird sein, als hätte ich dich bei mir.«

Ninas Magen wurde hart. »Bleibst du denn von jetzt an ganz in Potsdam?«, wagte sie sich mit der Frage heraus, die sie seit Tagen quälte.

Claus, der noch immer tief in Gedanken die Stickarbeit gestreichelt hatte, blickte auf. »Nein, natürlich nicht«, antwortete er. »In drei Wochen, wenn der Kurs zu Ende ist, bin ich wieder zurück. Dann ist ja schon fast Weihnachten, und das möchte ich nicht ohne dich feiern. Dabei fällt mir ein: Hast du schon einmal darüber nachgedacht, dass du Protestantin bist und ich Katholik? Macht es dir etwas aus?«

»Ist das dein Ernst?«, rief sie. Es war wiederum so typisch Claus, dass sie lachen musste und zugleich ein wenig wütend war. Mit seinem Sinn für Dramatik inszenierte er einen feierlichen Abschied, ließ sie in dem Glauben, er ginge auf unbestimmte Zeit von ihr fort, nur um dann fallen zu lassen, dass er lediglich drei Wochen wegblieb, und gleich darauf ein anderes Thema anzuschneiden, das sie im Augenblick nicht im Geringsten interessierte.

»Warum sollte es nicht mein Ernst sein?«, fragte er und hob die hübschen Brauen, als könne er kein Wässerchen trüben. »Ich habe dich das schon seit Langem fragen wollen, weil es ja sein kann, dass du dir darüber Sorgen machst. Deswegen wollte ich, dass du weißt: Meine Mutter ist ebenfalls Protestantin, und das war für meinen Vater kein Hinderungsgrund. Ich habe ohnehin immer gedacht, hätte Luther nur ein wenig mehr Geduld aufgebracht, hätte es keine Kirchenspaltung geben müssen, und auch mein Vater ist in dieser Frage tolerant. Die Trauung allerdings hat nach katholischem Ritus stattfinden müssen, und wir Kinder sind katholisch erzogen worden.«

»Herrgott, Claus, und warum erzählst du mir das?«, sprudelte es aus Nina heraus. »Ich habe geglaubt, ich bekomme dich Gott weiß wie lange nicht mehr zu sehen, und statt dich zu entschuldigen, weil du mir einen solchen Schrecken eingejagt hast, erzählst du mir irgendwelches Zeug über deine Mutter und ihre Religion.«

»Es ist kein Zeug«, erwiderte Claus. »Auch wenn ich kein Kirchgänger bin, ist mein Glaube mir nicht unwichtig, und über diese Dinge muss man sich nun einmal verständigen.«

»Über was für Dinge?«

Er schob ihr das letzte der drei Päckchen zu. »Hier. Mach dein Geschenk auf.«

»Ich habe dich etwas gefragt.«

»Gleich.« Er nickte in Richtung des Päckchens. »Wenn du ausgepackt hast.«

Nina seufzte und öffnete die Schleife, die um das würfelförmige Geschenk gewunden war. Sie kannte ihn. Er mochte galant sein, aber wenn er stur sein wollte, war er stur, und sie würde von ihm nichts mehr erfahren, ehe sie ihm nicht seinen Willen ließ. Unter dem Geschenkpapier kam eine mit Samt bezogene Schachtel zum Vorschein, die aufsprang, als Nina leicht auf die Seiten drückte. Ohne ganz zu begreifen, was der Anblick bedeutete, starrte sie auf den glitzernden Diamanten auf dem Ring.

Claus erhob sich von seinem Stuhl, kam um den Tisch herum und ließ sich vor ihr auf ein Knie nieder.

»Nina Freiin von Lerchenfeld«, sagte er. »Wirst du mir die Ehre erweisen und meine Frau werden?«

Sie sah von dem Ring in seine schillernden Regenaugen und wieder zurück auf den Ring. Wenn das hier eine Geschichte wäre, schoss es ihr durch den Kopf, dann müsste jetzt etwas geschehen, das alles anders macht, als es eben noch war. Vor den Türen müsste ein Krieg ausbrechen und die Liebenden auseinanderreißen, oder ein Sturm müsste über das Land fegen und keinen Stein auf dem anderen lassen.

Aber es war ja keine Geschichte.

Es war ihr Leben, und in diesem Leben hatte Claus von Stauffenberg sie soeben gefragt, ob sie seine Frau werden wollte.

»Willst du das wirklich?«, fragte sie, noch immer ohne sich fassen zu können. »Ich bin doch erst siebzehn. Und du bist …«

»Dreiundzwanzig«, beendete er ihren Satz. »Seit heute. Drei Jahre Verlobungszeit schreibt mein Regiment mir mindestens vor, und noch weit länger wird es dauern, bis ich über ein nennenswertes Einkommen verfüge. Aber ja, ich will es. Ich will mich heute, an meinem Geburtstag, mit dir verloben.«

»Aber warum denn?«, rief sie und wünschte sich sehnlichst eine Zigarette. Doch jetzt zu rauchen, kam ihr wie ein Sakrileg vor.

»Weil ich nicht in der Lage bin, diese Frage einer anderen Frau zu stellen«, sagte er. »Als deutscher Offizier und als Stauffenberg betrachte ich es als meine Pflicht, zu heiraten und eine Familie zu gründen. Aber sooft ich versucht habe, mir eine andere Frau als dich an meiner Seite vorzustellen, bin ich gescheitert. Ich sehe dich in einem weißen Kleid, wenn ich an eine Trauung denke, ich sehe dich mit einem Kind im Arm, wenn ich an eine Zukunft denke, und wenn ich an die Stürme denke, die das Leben vielleicht für uns bereithält, sehe ich uns beide Rücken an Rücken stehen. Mein Vater hat einmal gesagt: Es gibt eine ganze Menge Frauen, mit denen man leben könnte, und nur wenige, mit denen es gar nicht ginge, aber auf mich trifft das nicht zu. Ich frage dich heute, ob du meine Frau werden willst, weil ich mit einer anderen Frau nicht leben könnte. Nur mit dir.«

Es geht mir ja nicht anders, erkannte Nina und war zu Tode erschrocken. Was sollte sie tun? Dieser Schritt war so gewaltig, er war die erste und womöglich auch die letzte Entscheidung, die sie über ihr Leben fällen konnte, und alles Weitere, was ihr in Jahren und Jahrzehnten geschehen würde, hing davon ab. Das Herz hämmerte in ihrer Brust wie eine Hacke, die eine Eisdecke aufbrach.

Sie musste ihm eine Antwort geben, er lag hier vor ihr auf den Knien, und sie konnte ihn doch nicht einfach so liegen lassen!

Weil sie den Blick nicht von seinen Augen wenden konnte, sah sie nicht, sondern spürte nur, wie er ihre Hand in seine nahm. Er führte sie an sein Gesicht und schnupperte daran. »Hab doch nicht solche Angst, mein Kleines«, sagte er mit einer Zärtlichkeit, die zu ihr durchdrang. »Schau mal. Hier ist doch nur ein Claus.«

In ihrem Herzen, das so schrecklich hämmerte, bewegte sich etwas. »Kannst du bitte aufstehen?«, fragte sie ihn leise. »Und dich wieder hinsetzen?«

»Aber natürlich«, sagte er, erhob sich, ohne ihre Hand loszulassen, und küsste ihre Fingerspitzen. Dann kehrte er auf seinen Platz zurück, stützte die Ellbogen auf den Tisch und das Kinn auf die Hände, um sie anzusehen.

Sie sah ihn auch an, prägte sich jeden Zug seines Gesichts ein, als betrachte sie ihn zum ersten Mal. Ganz langsam breitete sich in ihr ein Vertrauen aus, das dem Kaminfeuer im

Salon ihrer Eltern glich, wenn sie nach einem Wintertag aus der Kälte hereinkam.

Sie konnte es wagen. Mit Claus zusammen konnte sie den Sprung über diesen riesenhaften Abgrund wagen. Den Sprung in das Abenteuer Leben. Wo immer sie hingestellt werden würde, würde Claus in ihrem Rücken stehen. Und sie in seinem.

»Ja«, sagte sie. »Ja, ich werde deine Frau.«

Er nahm ihre Hände in seine und hielt sie eine ganze Weile fest. Erst war Nina sicher, sie müsse sich geirrt haben, doch der Anblick blieb derselbe, auch als sie genauer hinsah. Er weinte. Über das Gesicht des Kavallerieoffiziers Claus von Stauffenberg liefen Tränen.

»Claus …«, rief sie ihn zögernd.

Er blickte auf und lächelte und schüttelte den Kopf. »Keine Sorge«, sagte er. »Ich bin glücklich. Ich habe nur kurz an Konrad gedacht und daran, was ich zu ihm gesagt hätte, wenn er am Leben wäre.«

»Und was hättest du zu ihm gesagt?«

»Junge, du musst mir den Trauzeugen machen«, antwortete Claus, nahm ihre Hand und schob ihr den Ring auf den Finger. Er war ihr ein wenig zu groß, aber sie fand, ihre Hand sah wundervoll erwachsen aus. »Und jetzt will ich unbedingt sehen, wie er wirkt, wenn du eine Zigarette in den Fingern hältst.«

»Willst du das wirklich?«

Er grinste. »Nicht unbedingt. Aber du armes Ding zitterst schon seit einer guten Viertelstunde, weil du so dringend eine willst. Rauch ruhig. Nimm dir Zeit. Ich habe extra Essen bestellt, das nicht kalt werden kann, weil es bereits kalt ist.«

Nina lachte, zog eine der Zigaretten, die Claus bereits in ihr neues Etui eingeordnet hatte, heraus und fühlte sich mit einem Mal federleicht.

»Was werden meine Eltern wohl sagen?«, überlegte sie. »Ihr Einverständnis werde ich ja brauchen.«

»Lass es bis Weihnachten unser Geheimnis bleiben«, sagte er. »Dann erzählen wir es deinen und meinen Eltern. Aber sonst niemandem, Nina. Wenn jemand nach dem Ring fragt, sag, er ist ein Erbstück. Von deiner Tante aus Litauen oder so etwas.«

»Warum?«, fragte sie.

»Weil du noch so jung bist«, sagte Claus. »Weil ich zwei Dinge erreichen wollte: zum einen dich wissen lassen, dass du die einzige Frau bist, die ich heiraten will; zum anderen dich auch wissen lassen, dass du dich nicht allzu fest an mich gebunden fühlen musst.«

»Aber eine Verlobung ist doch ein festes Band, oder nicht?«, fragte Nina verwirrt.

Er streichelte ihre Hand. »Ja, das ist sie. Und ganz egal, was alle Welt von neuen Zeiten faselt – eine gelöste Verlobung beschädigt den Ruf eines Mädchens.«

»Den eines Mannes nicht?«

Er zuckte mit den Schultern. »Wenn du mich fragst, schon. Aber für einen Mann galt es von jeher als geradezu erstrebenswert, einen etwas angekratzten Ruf zu haben. Wie dem auch sei – wenn von einer Verlobung niemand weiß, weiß auch niemand von ihrer Auflösung. Deshalb will ich, dass wir unser Geheimnis noch eine Weile für uns behalten. Bis du dein Herz genug geprüft hast und dich sicher in deinem Entschluss fühlst.« Er sandte ihr ein Lächeln aus den Augenwinkeln. »Selbst ohne Zigarette zum Festhalten.«

Nina überlegte. »Und wie steht es mit dir?«, fragte sie. »Fühlst du dich dann auch nicht allzu fest an mich gebunden?«

Claus setzte sich auf, ließ ihren Blick nicht los. »Ich fühle mich an dich so fest gebunden wie an mich selbst«, sagte er. »Mein Herz braucht keine Prüfung. Ich habe dir heute mein

Heiratsversprechen gegeben, das für mich einem Eid gleichkommt, und ein Eid ist etwas, das ein Offizier niemals bricht.«

Ach doch, dachte Nina. Er passt schon zu ihm, dieser Militärzirkus mit all seinen erhabenen Gesten und Schwüren. Er passt zu meinem Claus, der mich manchmal mit alledem dazu bringt, mich vor Lachen auszuschütten, der mir damit aber auch eine so große Sicherheit schenkt, dass mir gar nichts einfällt, vor dem ich mich in meinem Leben fürchten müsste.

Ehe sie sich eines Besseren besinnen konnte, hatte sie sich vorgebeugt, sein Gesicht mit ihren Händen umfasst und es zu sich herangezogen. Und ehe einer von ihnen dem anderen Einhalt gebieten konnte, fanden sich ihre Lippen, und sie küssten sich innig, voller Sehnsucht, Verlangen und Besitzerstolz zum ersten Mal.

9

Caroline

Wenn einem ein Kind stirbt, dachte Caroline, ist man für den Rest seines Lebens besessen von der Angst, es könnte noch einmal geschehen. Für jedes Jahr, das verstrich, ohne dass einem eines der verbliebenen Kinder geraubt wurde, war man dankbar, und dabei bemerkte man nicht, wie man sie dennoch verlor. Nicht an den Tod, sondern an das Leben. Sie wuchsen einfach aus ihrem Nest heraus, und ihre Mutter blieb wie eine alte Glucke mit der Leere zurück.

Caroline schmückte den Weihnachtsbaum. Sie tat es jedes Jahr selbst, dekorierte die fast zweimal mannshohe Tanne, die Schlaggi im Wald um Lautlingen geschlagen hatte, mit dem jahrzehntealten Baumschmuck der Familie und hing ihren Erinnerungen nach. Als ihre Söhne klein gewesen waren, hatte sie dabei die Tür verschlossen gehalten, damit sie in ihrem Kinderglauben blieben, es sei das Christkind, das für all den Zauber und Glanz sorgte. Dann, als sie älter wurden und zur Schule gingen, hatten sie ihr beim Schmücken helfen dürfen und einander vor Eifer übertroffen. Der emsigste war natürlich Claus gewesen, ihr Kleinster, er wandte die größte Sorgfalt auf und war auch der mit dem besten Geschmack und Gespür.

Im Rückblick waren das ihre schönsten Jahre gewesen. All die Vorfreude, die Aufregung der Jungen und ihre Begeisterung. Jene aber hatte von Jahr zu Jahr abgenommen, und schneller, als Carolines Herz mitkam, hatten Berthold und Alexander am Baumschmücken kein Interesse mehr gezeigt.

Lediglich Claus hatte das alte Ritual mit ihr weitergeführt, war stets rechtzeitig nach Lautlingen gereist, von wo auch immer er sich gerade aufhielt, und hatte darauf bestanden, mit seiner Mutter die heilige Pflicht des Baumschmückens zu absolvieren. Er liebte die großen stauffenbergschen Weihnachtsfeiern, zu denen aus sämtlichen Himmelsrichtungen Verwandte – die Yorcks von Wartenburg, die Hofackers, Carolines Schwestern Aja und Lasli, und wie sie alle hießen – anreisten und die Tafeln sich unter der Üppigkeit des Aufgetischten bogen. Dieser Reigen ausgelassener Geselligkeiten währte im Grunde volle zwölf Tage bis zur Dreikönigsnacht, und Claus hatte sich nie auch nur einen davon entgehen lassen.

Auch seine Brüder waren meist schon mehrere Tage vor dem Fest hereingeschneit und hatten es genossen, sich von Küche, Keller und Kammern des Schlosses, in denen nie an etwas Mangel herrschte, verwöhnen zu lassen. Nun aber war Berthold als Referent am Kaiser-Wilhelm-Institut für ausländisches Recht tätig, lebte seit einem Jahr in Berlin und würde erst morgen, am Vormittag des Heiligabends, eintreffen. Alexander schrieb in Halle an seiner Promotion in den Klassischen Altertumswissenschaften und wurde ebenfalls erst morgen, praktisch im letzten Augenblick, erwartet.

Und Claus?

Caroline hängte einen filigranen, aus Glas geblasenen Trompeterengel, den Claus ihr als Sextaner geschenkt hatte, an einen Zweig und musste sich eingestehen: Wäre wenigstens ihr Claus wie gewöhnlich beizeiten eingetroffen, hätte sie sich das späte Kommen der älteren Söhne nicht so zu Herzen genommen. Im Gegenteil, sie hätte es insgeheim sogar genossen, ein wenig Zeit mit ihrem Jüngsten allein zu verbringen. Gehofft hatte sie, dass er nach seinem Lehrgang direkt nach Lautlingen reisen würde, da er sich erst im Januar wieder bei seinem Regiment melden musste. Als er aus Potsdam angerufen hatte, hatte sie ihm angeboten, ihm die Fahrkarte zu schicken. Schließlich war es kein Geheimnis, dass er als junger Offizier notorisch knapp bei Kasse war und diesen kleinen Zuschuss, von dem sein Vater nichts erfahren musste, gut würde brauchen können.

»Ach, Duli, du liebe«, sagte er mit jener Art von Anhänglichkeit, die seine Brüder ebenso verloren hatten wie ihre Kinderstimmen und die weichen Locken. Wie gewohnt traf er sie damit im Innersten, dort, wo sie ohne jeden Schutz war. »Ich weiß ja, du bist die Liebste von allen, aber so verwöhnen darfst du mich nicht mehr, hörst du? Ich bin ja jetzt ein Mann und muss für meine Ausgaben selbst aufkommen.«

»Es könnte als ein verfrühtes Weihnachtsgeschenk durchgehen«, sagte Caroline. »Das Christkind wird eben trottelig wie wir alle. Es hat sich im Tag geirrt.«

Er lachte, und sie glaubte, ihn samt dem kleinen Blitzen in den Augen vor sich zu sehen. »Dass du das liebste und großzügigste Christkind aller Zeiten bist, ist dir bekannt, nicht wahr? Aber für dieses Mal nehme ich dein Angebot trotzdem nicht an, denn ich habe meine Rückreise nach Bamberg bereits festgemacht, und von dort kommen wir mit dem Auto nach Lautlingen.«

»Nach Bamberg?«, entfuhr es Caroline. »Warum kommst du nicht geradewegs hierher, und mit was für einem Automobil willst du denn fahren?«

»Baron von Lerchenfeld fährt uns«, erwiderte Claus. »Ich habe ihm gesagt, ihr hättet ihn und seine Familie eingeladen, und er lässt euch danken.«

»Wie bitte?«

Wieder lachte Claus. »Ja, ich weiß, das war eine ziemliche Frechheit von mir, aber wir haben etwas Wichtiges mit euch zu besprechen. Und du hast uns schließlich immer erklärt, dass unsere Freunde auch deine Freunde und in deinem Haus willkommen sind.«

»Aber zu Weihnachten?«, war alles, was ihr einfiel. »Da

will man nun nicht gerade wildfremde Leute im Haus haben.« In Wirklichkeit hätte ihr das nichts ausgemacht. Baron Lerchenfeld war ein echter Kavalier alter Schule und seine Frau eine amüsante Gesprächspartnerin, das Schloss war groß, und neue Gesichter würden belebend auf den vertrauten Kreis wirken. Was ihr an dem Besuchsplan aufstieß, hätte sie so genau nicht zu sagen vermocht, zumindest nicht, ohne sich ein paar unangenehme Fragen zu stellen.

»Wildfremd sind die Lerchenfelds ja nun wohl nicht mehr«, sagte Claus. »Wir haben geplant, am Dreiundzwanzigsten bei euch zu sein. Wenn ihr uns für eine Nacht unterbringen könntet, wären wir dankbar, andernfalls fallen wir euch nicht zur Last, sondern reisen am selben Abend wieder ab.«

»An welchem Abend reist ihr ab?«, hatte Caroline ausgerufen und nicht glauben wollen, was sie gehört hatte. »Hast du mir gerade erklärt, du kommst mit deinen Bekannten am Tag vor dem Heiligen Abend her, fährst mit ihnen wieder ab und lässt deine Familie an Weihnachten allein hier sitzen?«

»Nun, allein seid ihr wohl kaum.« Claus lachte noch einmal, aber es war nicht länger sein Blitzen-in-den-Augen-Lachen. »Soweit ich gehört habe, werden meine sämtlichen Cousins, mindestens vier Tanten, mein geliebter Patenonkel Nux samt weiteren Onkeln und für den zweiten Feiertag die komplette Nachbarschaft erwartet.«

»Stell dich nicht dumm«, verwies sie ihn. »Du weißt, was ich meine. Zumindest zu meiner Zeit gehörte es sich, dass ledige Söhne die hohen Feiertage bei ihren Familien verbrachten.«

»Ja, natürlich, daran wollte ich auch nicht rütteln«, versuchte er, sie zu beschwichtigen. »Aber wenn nun einmal die Lerchenfelds den weiten Weg auf sich nehmen, um meine Familie zu besuchen, gehört es sich auch, dass ich sie wieder zurückbegleite. Zu Heiligabend komme ich ja dann wieder zu euch, zumindest wenn sich noch ein Platz im Zug finden lässt.«

Natürlich hatte Caroline ihm daraufhin versichert, dass ihr die Lerchenfelds als Logiergäste willkommen wären, solange er im Gegenzug am Weihnachtsmorgen nicht mit ihnen zurück nach Bamberg fuhr. Er hatte sich überschwänglich bedankt, ihr beteuert, wie sehr er sich auf Weihnachten mit ihnen allen freue, und kurz vor der Verabschiedung hinzugefügt, er werde seine Rückfahrt für den dritten Feiertag reservieren, denn er habe noch einiges an Arbeit zu erledigen, und an Silvester erwarte man seine Eskadron auf einem Ball.

Caroline, die seit geraumer Zeit eine silberne Kugel in den Fingern hielt, ohne sie in den Baum zu hängen, war auch jetzt noch zumute, als hätte er ihrer Weihnachtsvorfreude den Todesstoß versetzt. Keine letzten Vorbereitungen, die sie gemeinsam verrichten würden, kein Gelächter beim Abschmecken von Lebkuchenteig in der Küche, kein vorweihnachtlicher Abend im kleinen Salon, bei dem Schlaggi ein wenig eindöste, während Caroline und Claus sich über Poesie, Musik und Kunst die Köpfe heißredeten. Vor allem aber: keine seligen, träge verstreichenden Tage ›zwischen den Jahren‹, an denen in jedem Zimmer langbeinige junge Männer lümmelten und sich noch einmal für kurze Zeit bemuttern ließen wie als kleine Jungen.

Stattdessen würde Claus heute Nachmittag gemeinsam mit den Lerchenfelds eintreffen und sich als der wohlerzogene junge Mann, der er nun einmal war, ganz seinen Gästen widmen. Während der Feiertage würde er praktisch schon auf dem Sprung sein und, sobald diese vorüber waren, abreisen. Die Zeit würde nicht einmal ausreichen, um ein paar persönliche Worte zu wechseln, und sie würde ihren Jüngsten ziehen lassen müssen, ohne wirklich zu wissen, wie es ihm ging.

Du beträgst dich wie eine alberne Gans, schalt sie sich. Dass Kinder erwachsen wurden, war der Lauf der Welt, und ganz gewiss würde sie sich nicht die Blöße geben, sich von diesen übersteigerten Gefühlen etwas anmerken zu lassen. Stattdessen würde sie die vollendete Gastgeberin sein, als die man sie kannte, würde nachsichtig-amüsierte kleine Bemerkungen über ihre erwachsenen Söhne fallen lassen und ihren Schmerz dort begraben, wo er hingehörte: in ihrem Innern, das niemanden etwas anging.

»Caroline!«

Das war Schlaggi. Seine Stimme kam von vorne, aus der Empfangshalle. Caroline lief zur Tür und stieß sie weiter auf. »Was gibt es?«

»Bist du fertig mit dem Baum?«, rief er zurück. »Claus und die Lerchenfelds fahren gerade vor.«

Aber sie hatten doch erst am späteren Nachmittag eintreffen wollen! Caroline war noch nicht bereit, ihnen gegenüberzutreten, hatte sich noch nicht wieder in der Gewalt. »Eine kleine Weile brauche ich noch«, rief sie mit aller Ruhe, die sie aufbringen konnte. »Sei so gut und heiße unsere Gäste schon einmal ohne mich willkommen. Ich beeile mich und schließe mich euch so bald wie möglich an.«

»Was ist denn jetzt los?« Schlaggi, der seinen aus der Form geratenen, gemütlichen Anzug trug und sichtlich schon in Feiertagsstimmung war, schlenderte ihr durch den Korridor entgegen. »Dein Herzenssohn trifft ein, und du flitzt nicht wie ein junges Mädchen quer durchs Haus, um ihn als Erste in die Arme zu schließen?«

»Ich möchte eben gern, dass der Baum fertig ist«, erwiderte Caroline, ohne ihm in die Augen zu sehen. »Außerdem ist selbst unser jüngster Sohn nicht mehr in einem Alter, in dem man Liebesbekundungen seiner Eltern vor anderen Leuten zu schätzen weiß. Darüber hinaus sind sie alle drei meine Herzenssöhne, und ich ziehe keinen den anderen vor.«

»Aha«, kam es von Schlaggi ein wenig perplex. »Mein Eindruck war bisher zwar ein anderer, aber der Mensch wird eben älter als eine Kuh und lernt immer noch dazu.«

»Freut mich für dich. Und jetzt verschiebe bitte deine Lernerfahrungen als Kuh auf später und kümmere dich um Claus' Gäste.«

Sie drehte sich um und rauschte zurück in den großen Salon, zog die Tür hinter sich zu und betrachtete den mächtigen Baum. Nie hatte es im Hause Stauffenberg einen kleineren gegeben, den man womöglich ohne Leiter hätte dekorieren können. Die Leiter würde der Hausdiener noch rasch wegräumen müssen, doch ansonsten strahlte der Baum in seiner rundum geschmückten Pracht. Lediglich die kleine Silberkugel ruhte noch in ihrer Hand. Kurz entschlossen schob Caroline sie in die Tasche ihres Jackenkleids, statt sie in das duftende Grün der Tanne zu hängen. Auf einmal verspürte sie den heftigen Wunsch, etwas von diesem Ritual des Baumschmückens, dieser ureigenen Tradition zwischen ihr und ihren Kindern zu bewahren. Im nächsten Jahr würde sie es den Bediensteten überlassen, wie es in anderen Familien üblich war.

Die kleine Kugel war ein Relikt, ein Überbleibsel. Caroline erinnerte sich dunkel, einen ganzen Satz davon bei einem Besuch in Berlin erstanden zu haben, weil ihr die zarte Ziselierung gefiel. Damals hatte sie Schlaggi auf einer dienstlichen Reise begleitet, ohne zu ahnen, dass sie schwanger war.

Noch immer zögerlich, doch bereits entschlossen, sich auf den Weg zu machen, stand sie im Raum, als die Tür aufflog.

»Duli! Meine liebe Duli! Bist du etwa krank? Ich komme zu Weihnachten nach Hause, und du stehst nicht an der Tür?«

Einmal hast du darauf bestanden, ich soll dort bei der Blutbuche stehen und dir winken, wenn du in den Krieg ziehst, erinnerte sie sich. Im nächsten Augenblick sprang ihr wilder, großer, prachtvoll geratener Sohn auf sie zu, und sie spürte seine Arme um sich.

»Ich habe den Christbaum geschmückt. Mit dir hatte ich erst später gerechnet.«

»Aber dass ich nun schon früher da bin, ist dir doch recht, oder soll ich wieder abfahren?« Spitzbübisch grinste er auf sie hinunter, hielt sie in seinen Armen, wirbelte sie mühelos um die eigene Achse. »Ach, ich freu mich ja so. Endlich wieder daheim, in unserem Lautlingen, und wir alle beisammen.«

»Deine Brüder kommen erst morgen«, erwiderte Caroline spröde.

»Ich weiß«, rief er unbekümmert. »Aber dich und den Pappa habe ich schon einmal für mich. Und den Baum hast du wieder so herrlich geschmückt, du hast dich selbst übertroffen, Duli.«

»Du hast mir ja nicht geholfen.« Ihr Versuch, es scherzhaft klingen zu lassen, misslang.

»Du brauchst auch keine Hilfe. Du bist Duli, die Christbaumkünstlerin. Aber nun komm schnell, denn vorn im Morgenzimmer sitzt ein zappeliges kleines Geschöpf, das es nicht erwarten kann, dich zu begrüßen.«

»Was denn für ein kleines Geschöpf? Dein Lerchenfeld-Fratz?«

»Nina«, sagte Claus auf einmal in einem ganz anderen Ton. »Meine Nina.«

Er gab Caroline frei, ging los, und ihr blieb nichts übrig, als ihm zu folgen.

Im Morgenzimmer, wo die Mädchen rasch Tee und Gebäck aufgetragen hatten, waren sie alle versammelt: Schlaggi, die Eltern Lerchenfeld und das Mädchen Nina, das sich so sehr verändert hatte, dass Caroline erschrak. Als Claus das erste Mal mit ihr gekommen war, hatte sie nicht begreifen können, warum er sich mit dem albernen kleinen Ding abgab, aber jetzt erhob sich von ihrem Stuhl eine strahlende junge Frau. Die wenig kleidsame Prinz-Eisenherz-Frisur trug sie noch immer, doch ihr Haar glänzte mit ihren Augen um die Wette und schmiegte sich schmeichelnd um ihren Kopf. Ihr Mund war ein wenig zu groß, aber ihre schönen Zähne und das Selbstbewusstsein, mit dem sie lächelte, machte das wett.

Sie war keine Schönheit und würde keine werden.

Sie war mehr.

Und an ihr Bein schmiegte sich Rex, Carolines bis dorthinaus verwöhnter Jagdhund, den sie am liebsten einen Verräter geschimpft hätte.

Claus trat zu ihr. »Mutter, Vater«, sagte er förmlich, »verehrte Freifrau, verehrter Freiherr von Lerchenfeld. Da wir nun alle hier so herzlich versammelt sind, möchten Nina und ich euch und Ihnen etwas mitteilen. Etwas Freudiges, wie es sich zum Weihnachtsfest gehört, finden wir. Wir beide haben uns verlobt. Aufgrund von Ninas Jugend und meiner noch nicht gefestigten Stellung wollen wir unsere Verbindung vorerst nicht öffentlich bekannt geben. Wir erbitten jedoch das Einverständnis unserer Eltern, uns im Geheimen als einander versprochen zu betrachten, und wir wollen mit euch feiern.«

Natürlich.

Was sonst hätten diese mehr als eigenartigen Überfälle im Sommer und auch jetzt bedeuten sollen? Caroline hätte es sich denken müssen, und dass sie es sich nicht gedacht hatte, lag lediglich daran, dass es nicht in ihren Kopf wollte.

Ihr Claus?

Welchen Grund konnte es geben, dass er mit seinen erst dreiundzwanzig Jahren, kaum den Kinderschuhen entwachsen, darauf brannte, sich zu binden? Sein Vater Schlaggi war mehr als zwanzig Jahre älter gewesen, Claus' ältere Brüder erfreuten sich ihres Lebens als Junggesellen, und unter seinen Offizierskameraden dachte gewiss keiner daran, sich vor dem dreißigsten Geburtstag nach einer Braut umzusehen.

War er verliebt?

Und wenn schon – das würde ihm, wenn er es zuließ, noch unzählige Male geschehen. Aber er ließ es nicht zu. Warum um alles in der Welt war dieser Sohn von ihr nur nicht in der Lage, irgendetwas ohne Brief, Siegel und tödlichen Ernst zu tun?

Weil ich es ihn so gelehrt habe, fiel ihr ein. Weil ich ihm wie seinen Brüdern erklärt habe, was ein Ehrenmann tut und was nicht, und weil er empfänglich dafür war, weil er alles, was andere halbherzig erledigten, hundertprozentig machen wollte.

»Ich gebe zu, das kommt nicht ganz überraschend«, bemerkte Schlaggi, der doch sein Veto hätte einlegen müssen, schmunzelnd. »Nun, ehe wir uns daranmachen, in Einzelheiten das uns Mitgeteilte zu erörtern, ist es wohl an der Zeit, dieser neuen Verbindung unserer Familien gebührend Rechnung zu tragen. Ich nehme an, dies ist ein Anlass, um eine ›Witwe Klicko‹ zu schlachten, wie meine Söhne es ausdrücken würden.«

»Nur Berthold und Alex.« Claus strahlte. »Ich sage so etwas nie.«

Ehe Caroline protestieren konnte, hatte Schlaggi bereits dem Hausdiener gewinkt, der wenig später eine Flasche *Veuve Clicquot,* von der Jugend ›Witwe Klicko‹ genannt, samt Champagnerkelchen auftrug.

»Mir schwante ja bereits im Sommer, dass das keine gewöhnliche Spazierfahrt war«, bemerkte Anna von Lerchenfeld, die wie Caroline dem baltendeutschen Adel entstammte, jedoch anders als diese mit unüberhörbarem Akzent sprach. Sie lachte fröhlich. Ihr Mann, dessen ruhige Vornehmheit etwas Britisches hatte, half derweil stumm dabei, die gefüllten Gläser weiterzureichen.

»Einen Augenblick bitte«, gelang es Caroline, das Wort zu ergreifen, sobald alle ein Glas erhalten hatten. »Bitte verstehen Sie mich nicht falsch, liebe Freifrau, lieber Freiherr ...«

»Gustav und Anna bitte«, zwitscherte die unverwüstliche Anna von Lerchenfeld mit ihrem schon fast russischen Zungenschlag dazwischen. »Ich denke, genau dabei soll das edle Getränk helfen – die Schranken der Förmlichkeit zu überwinden.«

»Sehr gern«, erwiderte Caroline. »Mein Mann Alfred und ich freuen uns, Sie an diesem besonderen Tag bei uns auf Lautlingen willkommen zu heißen und die Freundschaft zwischen unseren Familien bei einem Glas Champagner zu festigen.« Sie hob das ihre, alle stießen an und waren einen Moment lang mit Trinken beschäftigt.

»Was eine Verlobung unserer Kinder betrifft, ist unser Sohn allerdings über das Ziel hinausgeschossen«, nahm Caroline schnellstmöglich den Faden wieder auf. »Wie Ihnen bekannt sein wird, ist es nicht üblich, dass der jüngste Sohn vor den älteren heiratet, und Claus' Brüder sind noch bis auf Weiteres ledig. Claus ist auch gerade erst dreiundzwanzig Jahre alt geworden, und wir Eltern fragen uns, aus welchem Grund man in einem solchen Alter ans Heiraten denken sollte.«

»Das ist sehr einfach«, kam es von Claus. »Mein Grund ist der Wunsch, möglichst viel von der Zeit, die ich habe, mit Nina zu verbringen.«

»Aber Claus!«, rief Caroline. »Du hast doch noch unendlich viel Zeit und keinen Grund zu solcher Eile.«

»Das weiß man nie«, erwiderte Claus. »Mein Bruder Konrad hatte nur einen einzigen Tag.«

Caroline hielt inne. Mit keinem anderen Schlag hätte er ihr derart vollständig den Wind aus den Segeln nehmen können.

»Diese Jahre seit dem Krieg, in denen sich fortwährend

alles ändert, wecken eben den Wunsch nach Sicherheit«, sagte Anna von Lerchenfeld. »Ich kann die jungen Leute verstehen. In einem Europa der Vertriebenen, der Heimatlosen sehnt man sich danach, bei einem Menschen zu Hause zu sein.«

»Daran ist sicher etwas Wahres«, schnitt ihr Caroline das Wort ab. »Aber man hat nun einmal auch die praktischen Belange zu bedenken. Das ist dein Part, Alfred. Ich bitte dich, unseren Gästen darzulegen, dass schon aus finanziellen Gründen ein überstürztes Heiratsversprechen unseres Sohnes außer Frage steht. Er verfügt über kein eigenes Einkommen, mit dem er einen Haushalt gründen könnte.«

Wenn sie ihn nicht Schlaggi, sondern Alfred nannte, wusste ihr Mann, dass er sich besser in Acht nahm. »Das ist in der Tat richtig«, beeilte er sich daher, zu versichern. »Was Caroline vorbringt, richtet sich keineswegs gegen Ihre reizende Tochter. Im Gegenteil – ich habe meinen Sohn schon vor einer ganzen Weile ins Bild gesetzt, dass es junge Damen gibt, die man heiraten kann, und junge Damen, die man nicht heiraten kann. Und unsere liebe Nina gehört ohne jede Frage zu Ersteren.«

Caroline stockte der Atem. Wie konnte er so töricht daherschwafeln, war ihm nicht klar, dass er ihr damit in den Rücken fiel?

»Aber unser Claus ist als junger Offizier nun einmal nicht in der Position, eine Frau ernähren zu können«, fuhr er zu ihrer Erleichterung fort. »Und die bedauerliche Lage unseres Landes macht ja daran nichts besser.«

»Aber die Lage unseres Landes wird sich doch ändern«, rief Claus, obwohl es ihm nicht zukam, in dieser Beratung der Eltern die Stimme zu erheben. »Dass im Augenblick ein Umbruch den anderen jagt, ist ein Zeichen, dass Erneuerung hermuss. Und dass man Deutschland in Versailles unrecht getan hat, wird endlich auch das Ausland einsehen müssen.«

»Bei Tisch bitte keine Politik«, murmelte Schlaggi unbehaglich. »Zumal an deiner finanziellen Lage ja vorerst keine Änderung zu erwarten steht.«

In die kurze Stille drang Gustav von Lerchenfelds Räuspern. »Nina ist meine Einzige«, sagte er. »Meine einzige Tochter ist sie, und Sie können davon ausgehen, dass ich sie entsprechend versorgen werde. Hungern müssen wird sie schon nicht. Nicht mein einziges Kind.«

Damit beschämte er sie. In formlosen, beinahe flapsigen Worten hatte er die Stauffenbergs wissen lassen, dass seine Tochter Mitgift und Apanage erhalten würde, die ihr und ihrem Ehemann ein standesgemäßes Leben ermöglichten. Soweit es die Lerchenfelds betraf, stand einer Verbindung der jungen Leute nichts im Weg, und dass Claus' Regiment auf einer langen Verlobungszeit bestehen würde, schien Ninas Vater nicht zu schrecken.

Caroline kam sich vor wie ein gefangenes Tier, das verzweifelt nach einem Schlupfloch suchte. Claus war noch lange nicht reif genug für eine solche Entscheidung. Ihm durfte nicht gestattet werden, einen Fehler zu begehen, der nicht mehr rückgängig zu machen war, weil ihn seine gefühlvolle, schwärmerische Natur dazu drängte.

Sie wusste nicht, was das Leben mit ihrem Sohn Claus vorhatte. Nur dass es nichts Gewöhnliches war, dessen war sie sicher. Er war kein gewöhnlicher Mensch, und zudem war er nicht imstande, eine Aufgabe, die er als seine Pflicht betrachtete, zurückzuweisen. Er brauchte eine Frau an seiner Seite, die ihm das Wasser reichen konnte, eine Gefährtin, die jede Widrigkeit mit ihm durchstehen würde, kein niedliches Mädchen ohne Bildung und Verstand.

Caroline riss sich zusammen. »Ihr Angebot ist sehr ehrenwert«, sagte sie. »Dennoch handeln wir auch im Interesse Ihrer Tochter, wenn wir unsere Zustimmung verweigern. Und Sie sollten sich anschließen. Als Gattin eines Kavallerieoffiziers würde Nina ein unstetes Leben an wechselnden Wohnsitzen erwarten, ein Mann, der über Monate nicht an ihrer Seite sein kann, und eine ungewisse Zukunft, denn was aus Deutschlands Heerwesen werden soll, weiß doch kein Mensch. Claus, auch an dein Gewissen appelliere ich. Nina ist ein so lieber Fratz, sie hat nicht verdient, dass du so etwas von ihr verlangst.«

»Ich verlange gar nichts von ihr«, sagte Claus und nahm Ninas Hand. »Ich habe sie gefragt, ob sie mein Leben mit mir teilen möchte, und auch wenn ich fest entschlossen bin, ihr ein sehr schönes, erfreuliches Leben zu bieten, habe ich ihr nicht verschwiegen, dass es auch anders kommen kann. Sie hat Ja gesagt. Und um zu besiegeln, wie ernst es uns ist, haben wir uns geküsst.«

In dem Schweigen, das sich über den Raum senkte, hörte man die Versammelten nach Luft schnappen. Caroline schnappte ebenfalls, aber statt nach Luft schnappte sie nach irgendeinem Strohhalm, der sie aus dieser Lage noch retten könnte. Dann gab sie auf. Sie war so erzogen worden und hatte so ihr Leben verbracht: Man kämpfte gegen Unbill, die sich einem in den Weg stellte, solange es eine Möglichkeit zum Kämpfen gab. Gab es keine mehr, fügte man sich in sein Schicksal und trug es mit Haltung. Ein totes Kind nicht anders als eines, das eine Dummheit begangen hatte und nun dazu stehen musste.

Wer in keine Familie wie die ihre hineingeboren war, der mochte nicht begreifen, was Claus sich mit diesem Kuss angetan hatte. Schließlich küsste sich neuerdings ja alle Welt ganz ungeniert und in jedweder Lebenslage, der Verfall jeder Form wurde als neue Zeit gefeiert und das zwanzigste Jahrhundert als der Weisheit letzter Schluss. Wenn aber Familien wie die ihre an ihren durch Jahrhunderte bewahrten Formen und Regeln nicht festhielten, dann gab es bald nichts mehr, was sie ausmachte, nichts mehr, an dem sich erkennen ließ, was sie waren. Und eine dieser Regeln schrieb nun einmal vor, dass ein anständiger Mann, der ein anständiges Mädchen küsste, diesem Mädchen die Ehe antrug, oder es war mit beider Anstand vorbei.

Claus hatte sich selbst in die Tinte geritten, und er hatte es sehenden Auges getan.

»Wenn das so ist, lässt sich daran wohl nichts mehr ändern«, sagte Caroline und winkte dem Hausdiener, damit er eine weitere Flasche Champagner brachte. »Selbstverständlich wird unser Sohn seine Pflicht tun und sich als Ehrenmann erweisen. Wir heißen also Sie, liebe Nina, als künftige Schwiegertochter willkommen und begrüßen Sie, Gustav und Anna, in unserer Familie.«

10

Claus
1933

Sein Oberst hatte Claus und ein paar weitere Kameraden zu einer kleinen Soiree in seinem privaten Heim eingeladen. Albrecht würde auch kommen, Albrecht Mertz von Quirnheim, den Claus im Offizierslehrgang auf der Dresdener Infanterieschule kennengelernt hatte und der unter den Männern, mit denen er seine Tage verbrachte, sein engster Freund war.

Claus tat sich schwer mit der Kameraderie unter Offizieren, obwohl er beliebt war und mit fast jedem gut auskam. Ihm fehlte der seelische und geistige Gleichklang, den er bei den Gefährten aus dem George-Kreis empfand, die verfeinerten Gedanken. Auch wenn sich in letzter Zeit die alte Harmonie der Gemeinschaft nicht mehr so leicht einstellen wollte. Stefan George hatte an mehreren Treffen nicht teilnehmen können, und seinen Anhängern fehlte seine Leitung. Immer häufiger kam es zu Streitigkeiten, und selbst Ernst, den Claus wie einen Bruder liebte, distanzierte sich von einst geteilten Maximen.

Dennoch blieb der Kreis um George, ihren geistigen Führer, die Heimat seiner Gedanken. Dem rauen Klima in den Kasernen vermochte er sich zwar anzupassen, aber es blieb ihm fremd. Albrecht war eine Ausnahme. Sie waren sich nah, und Claus freute sich darauf, ihn heute Abend zu sehen, auch wenn er ansonsten auf die Einladung gern verzichtet hätte.

Verheiratete Generäle und Stabsoffiziere luden häufig junge, rangniedrigere Männer zum Essen ein, um diesen ein wenig häuslichen Alltag zu bieten. Claus aber riefen diese Anlässe lediglich in Erinnerung, was er selbst gern gehabt hätte. Im Vorbeigehen sah er die warmen Lichter, die aus den Fenstern der Häuser drangen, und jedes Licht weckte die Sehnsucht, sich selbst ein solches Heim zu schaffen, einen sicheren Hafen für die Rückkehr aus Stürmen. Nina würde im Sommer ihren zwanzigsten Geburtstag feiern, und er selbst war vor ein paar Wochen fünfundzwanzig geworden. Seit mehr als zwei Jahren waren sie nun schon verlobt, und ein Ende war nicht abzusehen. Sieben Dienstjahre oder ein Mindestalter von siebenundzwanzig wollte man ihm aufbrummen, und all seine Bittgesuche wurden abgelehnt.

»Wenn wir Krieg hätten, wäre es etwas anderes, Stauffenberg«, hatte letzthin sein Major gesagt. »Dann bekämen Sie unter gewissen Umständen Ihre Nottrauung. Aber die brauchen Sie ja nicht, oder etwa doch?« Dieses Lachen, diese vertrauliche Anzüglichkeit war es, die Claus am Umgang der Offiziere untereinander zuwider war. Es kam ihm vor, als würde Nina dadurch beschmutzt, und am liebsten hätte er sich so einen Ton verbeten.

Das Wetter war abscheulich, der Abendhimmel so dicht und graugelb bezogen, als würde es noch einmal schneien. Durch den dicken Wollstoff von Claus' Uniformmantel drangen Feuchtigkeit und Kälte, während er durch stille, schwach erleuchtete Straßen in Richtung Innenstadt eilte. Still zumindest blieb es jedoch nicht lange. Je näher er dem Zentrum kam, desto stärker glaubte er eine Art Rauschen oder Grölen wahrzunehmen, das zunächst wie das Anrollen eines Orkans, dann aber zunehmend wie ein Chor aus Menschenstimmen klang.

Kein melodischer Chor, sondern ein wütender, wilder. Triumphierend und zugleich bedrohlich, erschreckend und dennoch mitreißend. Wie von selbst beschleunigte Claus seine Schritte. Als das Rathaus in Sicht kam, sah er auch den gewaltigen Pulk von Menschen, der sich wie ein fetter Lindwurm durch die Enge der Straße wälzte. Von dem, was sie grölten, johlten, brüllten, konnte er nur Bruchstücke verstehen. Vielleicht waren es überhaupt keine Worte, sondern Ausdruck von Ekstase, Rausch und Siegesfreude.

»Deutschland erwache!«
»Heil unserem Führer, heil Hitler!«

Die Fahnen, die die Anführer des Zuges trugen, waren weithin erkennbar: das Rot, das Schwarz und das Hakenkreuz. Also war es tatsächlich geschehen, das, was Claus noch zu Weihnachten im Gespräch mit seinen Brüdern und Vettern für unmöglich erklärt hatte: Reichspräsident Hindenburg hatte Hitler zum Reichskanzler berufen. Ein regierungsunfähiges Kabinett war auf das nächste gefolgt, und das alles hatte schließlich dazu geführt, dass die Nationalsozialisten ihr Ziel erreicht hatten: Ihr Führer hatte sich an die Spitze des an allen Ecken und Enden in die Knie brechenden Staates gestellt.

Und er?

Was empfand er dabei?

Die Frage war nicht so einfach zu beantworten.

Zumindest waren die Nazis keine laue, halbherzige Truppe wie die zahllosen Provisorien zuvor. Im April, bei der Wahl zum Reichspräsidenten, hatte Claus sich Feinde unter seinen eigenen Freunden gemacht, indem er sich gegen den alten Amtsinhaber Hindenburg und für den Herausforderer Hitler aussprach.

»Der ist ein Schreihals und kein Staatsmann«, hatte sein Cousin Peter Yorck von Wartenburg sich ereifert und hatte damit zweifellos nicht unrecht. Auf der anderen Seite wagten die Nazis etwas Neues, Radikales, hatten erkannt, dass es so wie bisher nicht weitergehen konnte. Ihre Ideen von Volksgemeinschaft und nationaler Erneuerung sprachen Claus an, und ihre Forderung, den Vertrag von Versailles für null und nichtig zu erklären, hielt er seit Langem für notwendig.

Man zähmte kein Pferd, indem man ihm die Würde nahm, man machte sich einen Gegner zum Feind, wenn man ihn erniedrigte, und eine gedemütigte Nation konnte keine Ruhe finden. Deutschland musste das Recht zugesprochen werden, sich erneut zu Größe zu erheben und ein Heer zu unterhalten, das ihm die Verteidigung seiner Grenzen ermöglichte. In alledem lag Hitler nicht falsch. Und außerdem war Hindenburg bereits vierundachtzig Jahre alt und vermutlich seit Längerem nicht mehr ganz klar im Kopf.

Aller Aufregung zum Trotz hatte Hitler den angestrebten Wahlsieg verfehlt, und der Tattergreis war Präsident geblieben. Bei den Reichstagswahlen im Herbst hatten die Nationalsozialisten Stimmverluste hinnehmen müssen, und Claus hatte bereits angenommen, dass die vollmundig angepriesene nationale Bewegung sich als Sturm im Wasserglas entpuppt hatte. Nun aber hatte der viel geschmähte Hitler offenbar doch noch bewiesen, dass mit ihm zu rechnen war.

Der Strom der Marschierenden schwoll an. Von überallher, aus Häusern und Seitenstraßen schienen Menschen zu quellen, um sich den Fahnenträgern anzuschließen. Fackeln erhellten den finsteren Abend, und immer lauter hallte der Jubel durch die Gassen.

Claus wusste nicht, wie ihm geschah. Er musste in dieselbe Richtung und fühlte sich auf einmal von der Begeisterung der Menschen erfasst. Immerhin hatte es hier ein Ereignis gegeben, das wieder Mut machte, Hoffnung schenkte, vielleicht sogar der am Boden liegenden Wirtschaft Auftrieb verschaffte. Aufrüstung und Ausbau der Reichswehr gehörten zu den wichtigsten Punkten in Hitlers Programm. Sofern der Mann sein Wort hielt, würde das womöglich sogar Claus selbst der Erfüllung seiner Sehnsucht näherbringen. Seine Stellung mochte sich verbessern, und dann war es denkbar, dass er mit einem weiteren Gesuch Erfolg hatte und Nina heiraten durfte.

Er wollte mit ihr zusammen sein, in jedem Sinne des Wortes. Er wollte sie an seiner Seite haben, wenn die Tage hell und heiter waren, und sich von ihrer Lebensfreude anstecken lassen. Und er wollte sie an seiner Seite haben, wenn ihn das unerklärliche Dunkel erfasste, weil er wusste, dass sie die Erfahrung teilte und wortlos verstand. Ohne sie fühlte er sich nicht vollständig und wurde den Eindruck nicht los, sein Leben habe noch gar nicht richtig begonnen.

Ich sehe mir an, was die Nazis auf die Beine stellen, dachte er, während er sich von der jubelnden Menschenmasse förmlich mitgerissen fühlte. Ich warte ab und beobachte, wie viele hochfliegende Versprechen tatsächlich verwirklicht werden und wie sich das Ganze entwickelt. Dass etwas sich änderte und etwas Neues begann, war auf jeden Fall eine gute Sache. Und alles Weitere würde die Zeit zeigen.

Ein wenig merkwürdig, beinahe feierlich war ihm schon zumute, als er sich, buchstäblich von dem Jubelmarsch getragen, vor der Haustür seines Kommandanten wiederfand. Erst jetzt bemerkte er, dass ein Großteil des weiterstapfenden Zuges aus Angehörigen der SA bestand. Eine Schlägertruppe ohne Disziplin, die Hitler jetzt, als Staatsmann, würde zurückpfeifen müssen, statt sie in Konkurrenz zur Reichswehr zu setzen. Aber all das würde sich schon finden. Er betätigte den Klopfer. Kein Bediensteter, sondern die Hausfrau persönlich, eine Dame namens Ilse von Perfall, öffnete ihm mit sauertöpfischer Miene die Tür.

»Sie sind spät dran, Leutnant«, tadelte sie ihn. »Wenn unsere anderen Gäste ihr Essen nun kalt vorgesetzt bekommen, dürfen Sie sich bei Ihnen beschweren.«

»Ich bedaure zutiefst.« Claus verbeugte sich. »In der Stadt gab es aufgrund der jüngsten politischen Entwicklung eine Kundgebung.«

»Hat dieser Pöbel Sie aufgehalten, Stauffenberg?« Oberst von Perfall und mehrere andere traten ebenfalls in den Korridor, um den Neuankömmling zu begrüßen.

»Eigentlich nicht«, bekannte Claus aufrichtig. »Ich bin ein Stück weit mit ihnen mitgelaufen.«

»In Ihrer Uniform?«, wetterte Perfall. »Haben diese grölenden Horden Sie etwa vergessen lassen, dass Ihnen als Offizier der Reichswehr jegliche parteipolitische Betätigung strengstens untersagt ist?«

»Ich habe mich nicht parteipolitisch betätigt«, erwiderte Claus. »Ich bin ein Stauffenberg, für mich käme dergleichen auch dann nicht infrage, wenn ich nicht der Reichswehr angehörte.«

Und einem selbst ernannten Führer würde ich ohnehin nicht hinterherlaufen, fügte er in Gedanken hinzu. Für mich gibt es nur einen Führer, unseren Meister Stefan George, dem wir uns unterordnen, weil er uns überlegen ist.

»Aber dass du in Uniform mit den Hitler-Leuten läufst, setzt ja schon ein Zeichen«, gab Albrecht Mertz von Quirnheim, der ebenfalls aus dem Salon gekommen war, in seiner leicht betulichen Art zu bedenken. »Du stellst dich damit in eine Ecke, in die du ja wohl kaum gehören willst, Claus.«

»Ich stelle mich in überhaupt keine Ecke«, entgegnete Claus schärfer als beabsichtigt. »Ich bestreite allerdings nicht, dass mir der Erfolg des Herrn Hitler Anerkennung abnötigt. Dass er tatsächlich zu solcher Höhe aufsteigt, hätte wohl niemand von uns ihm zugetraut, und nun sollte man ihm aus meiner Sicht auch die Chance lassen, sich in diesem Amt zu beweisen.«

Die mürrische Wortkargheit, die folgte, ließ keinen Zweifel daran, dass die Versammelten mit seiner Haltung nicht einverstanden waren. Der Abend verlief unerfreulich, und Claus war froh, als das Dessert abgeräumt war, die Zigarren und Zigaretten verteilt und geraucht worden waren und er

Müdigkeit als Grund für einen frühen Aufbruch vorschützen durfte. Mehr denn je wünschte er sich, er hätte nicht in seine einsame Stube, sondern zu seiner Nina heimkehren können, um mit ihr darüber zu sprechen, ob er mit seiner Einschätzung tatsächlich so falschlag.

Ein Mann seines Standes redete mit einer Frau nicht über Politik. Sein Vater nicht mit seiner Mutter, Ninas Vater nicht mit ihrer Mutter und keiner seiner Onkel mit den Tanten. Aber die Zeiten änderten sich. Das Leben war viel komplexer und verwirrender als in den Jahren, als sein Vater jung gewesen war. Auch wenn Claus nie und nimmer gewollt hätte, dass seine zukünftige Frau an einer politischen Debatte teilnahm, hatte er es in den vergangenen Jahren genossen, Nina nicht nur zur Liebsten, sondern auch zur Gefährtin zu haben.

Nina war klug.

Sie war nicht so belesen und hochgebildet wie seine Mutter, aber sie verfügte über eine Art von Lebensklugheit, mit der sie ihm schon oft geholfen hatte, eine Entwicklung einzuschätzen oder eine Entscheidung zu treffen.

Er sah sie erst in der folgenden Woche wieder, denn die Tage, die auf Hitlers Ernennung folgten, waren angefüllt mit Besprechungen. Oberst Perfall erwähnte den Vorfall an jenem Abend nicht mehr, sondern gab sich so tatkräftig und optimistisch, als hätte er persönlich die neue Regierung ernannt. Seinen Offizieren verlas er eine Erklärung des neuen Reichswehrministers Werner von Blomberg, der Kurt von Schleicher in einer Blitzaktion abgelöst hatte. Auch Generalmajor Ferdinand von Bredow, Schleichers Stellvertreter, den Claus persönlich schätzte, hatte sein Amt sofort zur Verfügung stellen müssen.

Blomberg versicherte in seiner Rede jedoch, vom Personellen abgesehen werde es keine einschneidenden Änderungen geben. Wie gewohnt habe das Heer ausschließlich äußere Gegner als seine Feinde zu betrachten und werde aus möglichen inneren Konflikten herausgehalten. Formal war die Reichswehr ja ohnehin dem Oberbefehl des Reichspräsidenten, nicht des Kanzlers unterstellt. Das beruhigte. Zwar wurde Claus zusammen mit mehreren anderen Offizieren beauftragt, bei der Ausbildung von SA-Einheiten mitzuwirken, doch auch das war im Grunde nichts Schlechtes. Es schmeckte ihm nicht, das konnte er nicht leugnen, aber die ungebärdigen Horden waren schlimmer als Freikorps, hatten Schliff dringend nötig, und womöglich würden sie anschließend sogar zu gebrauchen sein.

Als er am Abend nach der letzten Sondersitzung endlich mit Nina in den *Polarbär* ging, entschloss er sich, den Abend bei den Perfalls nicht zu erwähnen. Er fragte sie aber, was sie von den jüngsten Ereignissen hielt.

»Ich weiß nicht, Claus«, antwortete sie. »Ich lese ja kaum einmal mehr als die Titelseite des *Bamberger Tagblatts* und weiß gar nicht gut genug Bescheid, um mir ein Urteil zu erlauben.«

Er liebte das an ihr: Sie gehörte nicht zu den Menschen, die zu allem und jedem eine Meinung vorbringen mussten, sondern gab zu, wenn sie von etwas nichts verstand.

»Ich habe nur an Fräulein von Thadden denken müssen«, fuhr sie fort.

»An Fräulein von Thadden?«

»Unsere Rektorin an der Schule in Wieblingen. Du erinnerst dich doch?«

Claus nickte. Anders als er brachte Nina nicht leicht für einen Menschen Bewunderung auf, aber diese Schulleiterin verehrte sie.

»Sie hat uns Folgendes beigebracht: Wenn wir uns nicht sicher sind, ob wir *für* etwas sind, sollen wir eine Weile ausprobieren, wie es ist, *dagegen* zu sein«, sagte sie. »Daran habe ich denken müssen. Ich weiß selbst nicht, warum.«

11

Kurz darauf reiste Claus zu einem Treffen des George-Kreises nach München. Wie so häufig fand es in der Schwabinger Villa seines väterlichen Freundes, des Schriftstellers Karl Wolfskehl, statt. Wolfskehl gehörte zu den geselligsten, unterhaltsamsten Mitgliedern des Kreises, er trank gern fränkischen Wein, liebte Musik und führte mit seiner Frau Hanna und den inzwischen erwachsenen Töchtern ein glückliches Familienleben. All dies machte ihn zu einem zufriedenen Zeitgenossen, und Claus freute sich darauf, ein paar Tage seine Gastfreundschaft und die Gesellschaft der Gleichgesinnten zu genießen. Seine Brüder waren zwar leider verhindert, aber eine Menge alter Freunde würden kommen.

Die Zusammenkünfte des Kreises hatten seinem Leben einen festen Kern, eine Richtung und Ordnung verliehen. Von alledem fand er jedoch nichts mehr vor, als er in Schwabing eintraf. Die seit Jahrzehnten beständige Gemeinschaft schien sich in Auflösung, ja in heller Erregung zu befinden. Der Meister, der ihnen in einer morschen, zerbrechenden Welt Anker und Halt gewesen war, war nur noch ein Schatten seiner selbst. Eine zehrende Krankheit raubte Stefan George die Kraft und ließ seinen Charakterkopf, dieses Sinnbild von Stärke und geistiger Jugend, auf einmal alt und zerfurcht wirken.

Für gewöhnlich hatte der Dichter diese Treffen zu ausführlichen Erörterungen und Vorträgen genutzt. Jetzt hingegen ergriff er nur selten das Wort und hielt seine Ansprachen kurz. In die Beiträge seiner Anhänger mischte er sich kaum ein und gebot ihnen auch nicht Einhalt, wenn ihre

Gespräche sich der Tagespolitik zuwandten, etwas, das er in all den Jahren, die Claus zum Kreis gehörte, so gut wie nie geduldet hatte.

»Veränderung tut not und ist zu begrüßen«, äußerte er sich sogar selbst zu dem gerade erfolgten Erdstoß, der die gesamte Nation erschütterte. »Nicht zu begrüßen hingegen ist das Geschrei der plebejischen Massen, die einer nationalen Bewegung niemals nutzen, sondern immer nur Schaden zufügen können.«

Ähnliches hatte Claus ja selbst gedacht, und dennoch fühlte er sich merkwürdig enttäuscht. Wären ein wenig Optimismus und Zuversicht nicht angebracht gewesen, ein wenig Mut, mit dem der Meister sie der neuen Zeit entgegenführte? Aber es fehlte ihm dazu derzeit wohl schlicht an Kraft. Gleich nach dem Essen, dem er kaum zugesprochen hatte, zog er sich erschöpft in sein Schlafzimmer zurück. Wenn er sich erst von seiner Erkrankung erholt hatte und körperlich wieder der Alte war, würde er ihnen in gewohnter Manier als leuchtendes Vorbild den Weg weisen, und der Aufruhr unter ihnen würde sich legen.

An diesem Abend aber brach jener Aufruhr aus wie ein Vulkan, kaum dass der Meister Wolfskehls behagliches Herrenzimmer verlassen hatte. Hanna, die Dame des Hauses, die sich zwar von den Debatten des Kreises fernhielt, in der Vergangenheit aber doch alle voll Herzlichkeit begrüßt und für üppige Bewirtung gesorgt hatte, versicherte sich nur noch mit einem prüfenden Blick, dass auf der Anrichte genügend Getränke bereitstanden, und verschwand dann stumm und mit tief unglücklichem Gesicht.

»Was treibt deine Hanna denn um?«, erkundigte Claus sich arglos. »Ich hoffe, in der Familie ist niemand krank?«

»Das fragst du noch?«, fuhr der ruhige, heitere Wolfskehl auf, und Claus sah, dass ihm die Hände ebenso wie die Lippen zitterten. »Wenn du darauf nicht selbst kommst, werde ich dir wohl mitteilen müssen, dass dies das letzte Zusammentreffen in unserem Haus sein wird.«

»Nun tu uns doch bitte den Gefallen und mach nicht sämtliche Pferde scheu, Karl«, sagte Frank Mehnert, der junge Bildhauer, dem Claus schon verschiedentlich Modell gestanden hatte. »Es wird schließlich das wenigste so heiß gegessen wie gekocht, und mit dem, was man so munkelt und was deine Holde so aufregt, sind national gesinnte, unbescholtene Bürger wie ihr doch gar nicht gemeint.«

»O doch«, meldete sich aus dem Erker beim Fenster Claus' Freund Ernst Kantorowicz zu Wort. »Wir sind sehr wohl damit gemeint, mein Lieber, und dass es Karl und Hanna mit der Angst zu tun bekommen, kann ich ihnen nicht verdenken. Mich haben übereifrige Kollegen in meinem Institut auch bereits davon in Kenntnis gesetzt, dass innerhalb der nächsten Wochen ein Gesetz in Kraft treten werde, aufgrund dessen sämtliche Beamte nichtarischer Herkunft unverzüglich in den Ruhestand zu versetzen sind.«

»Was ist denn das für ein Unsinn?«, rief Mehnert. »Selbst wenn Hitler ein solches Gesetz erlassen wollte, was ich mir schwerlich vorstellen kann, hätte er im Reichstag doch gar keine Mehrheit dafür.«

»Wartet die Wahlen ab«, unkte Karl Wolfskehl düster. »Weshalb hätte er wohl sofort den Reichstag auflösen und bereits für den 5. März Wahlen anberaumen lassen, wenn nicht, weil er sicher ist, die benötigte Mehrheit zu erringen?«

»Frank hat recht«, mischte Claus sich ein, weil ihm das alles allzu sehr aus dem Ruder lief und er diesen Kreis aus Dichtern, Denkern und Menschenführern so nicht kannte. »All diese Absichtserklärungen, die die Nationalsozialisten zur Judenfrage abgeben, gelten nicht euch. Es kann schließlich nur um eine nationale Abgrenzung und Neubesinnung gehen, nicht darum, verdiente Männer wie euch, die unsere Nation dringend braucht, aus dem Volkskörper auszusondern.«

»Volkskörper«, äffte Wohlskehl ihn nach. »Ihre Sprache hast du dir bereits angeeignet.«

»Jesus Maria, ich bin kein Philosoph wie ihr, sondern Offizier«, platzte Claus heraus. »Natürlich bin ich der Regierung meines Landes verpflichtet und sehe es auch als Deutscher als meine Pflicht an, einem neu ernannten deutschen Kanzler mit Vertrauen zu begegnen. Das heißt aber noch lange nicht, dass ich mich vor irgendjemandes Karren spannen lasse.«

»Doch, Claus, das heißt es«, sagte Ernst ruhig. »Vor den Karren bist du schon gespannt, und mit jedem Schritt, den du setzt, hilfst du, ihn zu ziehen. Ich sehe das Ganze womöglich noch hoffnungsvoller als Karl, was auch damit zusammenhängen mag, dass ich keine Kinder, sondern nur für mich und meine Mutter Sorge zu tragen habe. Wenn es aber so ist, dass ich als deutscher Jude einfach kraft meiner Herkunft als minderwertig, als verdächtig, ja sogar als möglicher Landesverräter gelte und dass ich meine nationale Gesinnung verbergen muss, weil sie von einem wie mir nicht erwünscht ist, dann kannst du dich nicht hinstellen und mir erzählen, ich wäre nicht gemeint.«

Claus fiel nichts ein, was er darauf hätte erwidern sollen. Darüber, dass Karl Wolfskehl, Ernst Kantorowicz und einige weitere seiner Freunde Juden waren, hatte er sich nie mehr Gedanken gemacht als darüber, dass andere Protestanten waren oder überhaupt keiner Religion angehörten.

Auch dass Ernst sich noch auf andere Weise von ihnen unterschied, dass er anders als die anderen war, hatte Claus nie sonderlich beschäftigt. Nina war es, die ihn einmal danach gefragt hatte: »Ein so netter Mann wie der Ernst«, hatte sie gesagt, »warum ist der eigentlich nicht verlobt?«

»Nun ja«, hatte Claus begonnen herumzudrucksen, hatte sich dann jedoch entschieden, es ihr rundheraus zu erzählen: »Ich möchte nicht, dass du etwas Falsches von Ernst denkst. Er gehört nicht etwa dem sogenannten dritten Geschlecht an, wie man das heutzutage nennt, sondern ist durch und durch ein Mann. Ihm gefallen nur Männer besser als Frauen. Gott mag wissen, warum.«

Nina hatte fasziniert zugehört und ihm noch ein paar Fragen gestellt.

»Macht es dir etwas aus?«, hatte Claus wissen wollen.

»Nein, warum sollte es?«, hatte Nina erwidert. »An meiner Schule hat es eine ganze Reihe Mädchen gegeben, die einander glühende Liebesbriefe schrieben und zur Musik vom Koffergrammofon eng umschlungen tanzten. Sie nehmen damit ja niemandem etwas weg und tun auch niemandem weh.«

Claus stimmte ihr zu. Wenn er ganz ehrlich war, hatte er selbst als blutjunger Mann durchaus Gefallen daran gefunden, dass der Meister George sich nur mit gut aussehenden Männern umgab. Auch unter den Offizieren gab es etliche, die so veranlagt waren wie Ernst, selbst wenn diese Dinge beim Militär unter Verschluss blieben und nicht offen zur Schau gestellt wurden wie unter Dichtern und Denkern. Von Ernst Röhm, dem großmäuligen Stabschef der SA, war jedenfalls allgemein bekannt, dass er dem eigenen Geschlecht zugetan war, und seiner Laufbahn schien dies bisher nicht geschadet zu haben.

Auf einmal musste Claus an das denken, was Nina ihm von ihrer Rektorin, Fräulein von Thadden, erzählt hatte: Ehe man sich entschloss, für etwas zu sein, mochte es helfen, eine Zeit lang auszuprobieren, dagegen zu sein. Für ihn als deutschen Offizier war das schwerlich durchführbar, aber seine Freunde schienen regelrecht dazu gezwungen zu werden. Das neue Regime hatte sozusagen für sie entschieden, dass sie dagegen sein mussten. Daran, wie sie mit diesen unfreiwilligen Gegnern umgingen, würden sie ebenso zu messen sein wie an den Versprechen, die sie ihren Anhängern nicht nur gaben, sondern auch hielten.

Die Freunde, die sich sonst oft bis zum Morgengrauen des neuen Tages die Köpfe heißgeredet hatten, zerstreuten sich bald. Claus war erleichtert, sich zu verabschieden, und hoffte, dass sich morgen die Spannung zwischen ihnen ein wenig gelockert haben würde.

Die Hoffnung wurde enttäuscht. Als er am Morgen das Haus verließ, um sich Zeitungen zu besorgen, schrien ihm die Jungen, die Extrablätter verkauften, schon entgegen:

»Nächtliches Feuer in Berlin!«
»Der Reichstag brennt lichterloh!«
»Verdächtige Person am Tatort festgenommen.«
»Die Polizei geht von Brandstiftung aus.«

Hastig kaufte er alles, was ihm angeboten wurde, und bemerkte, dass die *Münchner Post,* die die Sozialdemokraten herausgaben, fehlte. Gelesen hatte er das Blatt nie, aber es hatte doch seit Jahren als vertrauter Anblick zur Münchner Presselandschaft gehört. Als er einen der Jungen danach fragte, zuckte der die Achseln. »Die *Post,* die können's nicht mehr kriegen. Die kommt nicht mehr.«

Einigermaßen besorgt kehrte er in die Villa der Wolfskehls zurück und fand den Haushalt seiner Freunde in Auflösung begriffen. Hanna und das Hausmädchen eilten die Treppen hinauf und hinunter und schleppten Kleiderstapel, und der Hausherr stopfte in seinem Arbeitszimmer Manuskripte und Materialien in einen Aktenkoffer.

»Was treibst du denn hier, Karl?«, fragte Claus. »All diese Aufregung – was soll die? Ich dachte, wir würden uns mit den Zeitungen in euer herrliches Morgenzimmer setzen und zusammen frühstücken.«

»Lass dir in der Küche etwas richten, wenn du hungrig bist«, sagte Wolfskehl und blickte mit schreckgeweiteten Augen von seiner Tätigkeit auf. »Und dann muss ich dich bitten zu packen, Claus. Diese Zusammenkunft ist beendet. Wir bleiben nicht länger hier, und ihr müsst auch abreisen.«

»Aber warum denn so überstürzt?«, rief Claus. »Lass dir doch Zeit, überschlaf das Ganze, wart erst einmal ab, wie sich alles entwickelt.«

»Ich bin doch nicht lebensmüde«, entgegnete Wolfskehl mit bebender Stimme. »Gestern Nacht gab es ein Feuer im Reichstag, das Hitler wie gerufen kommt, um seine Notverordnungen zu erlassen, einerlei, wem er den Brand in die Schuhe schiebt. Der Staat ist bedroht, wird er sagen, und wenn der Staat bedroht ist, muss er vor seinen Feinden beschützt werden. Daraus, dass er mich und meinesgleichen zu diesen Feinden zählt, hat er nie einen Hehl gemacht. Sein Hass gegen *den Juden,* wie er sich ausdrückt, war wahllos, zügellos, gierig und bös, seit er vor mehr als einem Jahrzehnt das erste Mal den Mund aufgerissen hat. Es tut mir leid, aber ich werde nicht abwarten, bis er mir zeigt, wie er sich seiner Feinde zu entledigen gedenkt.«

»Du übertreibst.«

»Und du bist jung und privilegiert. Der ideale Stammvater einer Nazidynastie sozusagen.«

»Das habe ich überhört, weil ich für deine Sorge Verständnis habe. Aber ich bitte dich, jetzt Vernunft anzunehmen und dich zu beruhigen. Wir reden von Deutschland, Karl. Von unserem Deutschland, der jahrtausendealten Hochburg der Zivilisation, auf die wir alle stolz sind. Es mag ein paar unangenehme Erlasse geben, und wir werden in der nächsten Zeit offenbar einiges zu bedenken haben. Aber es werden keine Barbaren aus ihren Löchern springen und willkürlich über Menschen herfallen, das musst du dir doch selbst sagen.«

Karl stand auf und schloss die Schnalle seiner Mappe. »Dein Wort in Gottes großes Ohr«, sagte er.

»Verdammt, wo willst du denn überhaupt hin?«

»Erst einmal in die Schweiz«, antwortete Karl. »Dort fühlen wir uns immerhin ein wenig heimisch, das Klima tut Hannas Atemwegen gut, und wohin es von dort weitergeht, wird man sehen.«

Ehe Claus eine Erwiderung einfiel, fuhr er herum, weil jemand in die Tür getreten war. Auf der Schwelle stand sein Freund Ernst Kantorowicz in Hut und Mantel. »Ich bin fertig zum Aufbruch«, sagte dieser zu Karl. »Falls ihr so weit seid, nehme ich euch mit zum Ostbahnhof.«

Karl seufzte. »Danke. Es hilft ja nichts, es aufzuschieben.«

»Willst du etwa auch Hals über Kopf dein eigenes Land verlassen?«, fuhr Claus seinen Freund geradezu panisch an. Er brauchte Ernst, den Austausch mit ihm, er durfte nicht noch mehr Menschen verlieren, auf die er sein ganzes Erwachsenenleben hindurch hatte bauen können.

»Nein, ich fahre nach Frankfurt zurück und kümmere mich um meine Arbeit«, erwiderte Ernst. »Diese Arbeit habe ich immer mit ziemlichem Vergnügen getan, und solange man sie mich noch tun lässt, werde ich in meinem bequemen Professorensessel sitzen bleiben. Dass das noch lange so sein wird, erwarte ich allerdings nicht.«

Mit den Freunden war im Augenblick kein Reden, erkannte Claus. Es würde nur Streit geben, den er in dieser Lage nicht ertrug. Schweren Herzens packte er seine Sachen, hatte Mühe, beim Abschied von Wolfskehl die Tränen zurückzuhalten, und reiste heim nach Bamberg.

In seiner Stube erwartete ihn bereits eine Nachricht, obwohl er sich erst morgen hätte zurückmelden sollen. Er war zu Oberst Perfall bestellt. Hoffentlich hatte die Sache mit dem Jubelmarsch nicht doch noch ein Nachspiel. Claus hätte sich Sorgen machen sollen, doch alles, was er empfand, war eine Art von Einsamkeit, die er nicht kannte.

»Gut, dass Sie so schnell kommen konnten, Leutnant«, sagte Perfall, sobald Claus sein Zimmer betreten und salutiert hatte. »Ich habe eine erfreuliche Nachricht für Sie: Sie werden früher als vorgesehen, nämlich bereits zum 1. Mai, zum Oberleutnant befördert.«

Claus dankte ihm und fragte sich, warum er weder Stolz noch Freude empfand. Er wollte salutieren und sich zum Gehen anschicken, aber der Oberst war noch nicht fertig.

»Und dann ist da noch etwas«, sagte er. »Da derzeit ja überall die Steine ins Rollen geraten, habe ich mich in Ihrer Sache noch einmal verwendet, und siehe da, diesmal war mir Erfolg beschieden. Sie sind ein guter Mann, Leutnant. Verlässlich. Kein Drückeberger, aber auch kein Schwatzhans, der sein Herz auf der Zunge trägt. Von Ihnen erwarten wir uns noch große Dinge, und dass Sie ein befriedigendes häusliches Leben führen, ist in unserem Sinne. Sie erhalten also von Ihrem Regiment die Erlaubnis, Ihre Braut bereits vor Ablauf der vorgesehenen Verlobungszeit zu ehelichen. Reichen Sie Urlaub ein. Fahren Sie auf Hochzeitsreise. In unserem Betätigungsfeld weiß man schließlich nie so genau, wie lange einem ein solches Vergnügen noch vergönnt ist.«

HETTY KLÖTZKE

ZITATE AUS EINEM RUNDFUNKINTERVIEW

Bamberg
1965

12

Was ich im Haus Lerchenfeld war?

Na – Hausmädchen anfänglich. Später Haushälterin. Aber die Freifrau, Ninas Mutter, hat immer ›Mädchen für alles‹ gesagt, und in dem letzten Jahr, diesem traurigen, schweren, war ich wohl auch so was wie eine Freundin für sie. Wobei das zu unserer Zeit so nicht üblich war, Freundschaften zwischen der Herrschaft und dem Personal. Heute gibt's das ja öfter, aber ich weiß nicht, ob das für mich so das Richtige wäre. Es kommt doch alles durcheinander dabei, keiner hat mehr eine Ahnung, wo sein Platz ist und wo seine Grenze.

Und so was ist schon wichtig, denk ich mir. Nach dem Krieg, ich meine, nach dem ersten, lag ja kein Stein mehr auf dem andern, und keiner hat mehr gewusst, wo er hingehört. Vielleicht ist ja deshalb später alles so schiefgelaufen, und wir sind alle dahin gerannt, wo uns einer erzählt hat: Ich sag euch, wo's langgeht.

Aber wie auch immer. Zur Hochzeit, da hat die Nina drauf bestanden, dass ich mit eingeladen werd. Nicht nur zur Trauung, die ja in dieser riesigen, uralten Kirche auf dem Jakobsberg war, sondern auch hinterher, zum Empfang im Hotel *Bamberger Hof*. Ich meine, wann kommt denn eine wie ich schon mal in den *Bamberger Hof*? Die Freifrau hat mir sogar noch ein Kleid ändern lassen, eins von sich, aus grünem Taft, das war eine Pracht, das kann ich Ihnen sagen. Schließlich war die Freifrau viel schlanker als ich. Dieser Frechdachs Egon, den die Lerchenfelds für den Garten hatten, hat gesagt, ich seh aus wie eine Fregatte kurz vorm Sinken.

Als der Fotograf kam und alle sich aufstellen sollten, hab ich mich aber nicht dazugestellt. Hetty, hab ich mir gedacht, du und die Lerchenfelds, das ist was Besonderes, weil das so weit, noch bis ins Baltische, zurückgeht, aber dass du dann auch noch mit aufs Bild kommst, das ist dann doch des Guten zu viel.

Unsere Nina jedenfalls, die war eine bildhübsche Braut. Das Kleid ganz in Weiß natürlich und ganz schlicht, der Schleier auch. Etwas anderes hätte ja nicht zu ihr gepasst, aber gerade deshalb sah sie aus wie eine Königin mit den putzigen kleinen Jungen, die ihr die Schleppe trugen. Und der Claus, na ja, der sah ja immer blendend aus, sogar in dieser faden Uniform und mit seinem Deckel, also dem Stahlhelm unterm Arm. Obwohl die Freifrau da schon gesagt hat: »Ach Gottchen, zur Hochzeit hätt er ja wenigstens mal über seinen Schatten springen und sich im Anzug sehen lassen können.«

Aber darüber gab's mit dem Claus kein Reden. »Heiraten gehört zu den Pflichten des Soldaten«, hat er gesagt. »Und seine Pflicht erfüllt der Soldat in Uniform.«

»Lass ihn«, hat der Freiherr zu seiner Frau gesagt. »Ein feiner Kerl ist er trotzdem, unsere Nina ist bei ihm gut aufgehoben, und nur darauf kommt es an.« Die waren ja ein Herz und eine Seele, der Freiherr und der Claus. Die Freifrau, die hatte diesen typischen Humor von uns Baltendeutschen, die hat manchmal gewitzelt: »Ob meine Tochter und ihr Mann füreinander gemacht sind, kann ich nicht beurteilen. Aber mein Mann und sein Schwiegersohn – die sind's.«

Über die Sache mit der Uniform und diesem Gerede von Pflicht hat sie auch einen Witz gemacht: »Also schön, soll er sich halt für seinen Kommandanten in Schale werfen statt für seine Braut. Als Soldat lernt er ja schließlich kein eigenes Denken.«

Und ihr Mann, der Freiherr, der ja sonst mit Worten nicht

der Schnellste war, hat gekontert: »Das macht nichts. Das kann schließlich unsere Nina für ihn erledigen.«

Gelacht haben wir viel. An dem Tag besonders. So eine Hochzeit ist schließlich ein Freudentag, obwohl dabei auch immer viel geweint wird.

Ob ein Herr Kantowitz da war? Wie war noch gleich der Name? Kantorowicz?

Das kann ich Ihnen nicht sagen, die Herren, mit denen der Claus befreundet war, die haben wir bei Lerchenfelds ja nicht gekannt. Erinnern kann ich mich bloß an die zwei Brüder vom Claus, beide schneidige Burschen, denen haben die Mädel mit wer weiß was für Stielaugen nachgeschaut. Der ältere war sein Trauzeuge, Berthold, was mit dem dann später wurde, ist ja leider bekannt. Gekommen war der alleine, und gemunkelt worden ist, dass sein Vater und dieser verdrehte Dichter, den sie alle angehimmelt haben, seine Verlobte nicht leiden mochten. Der Dichter mochte, glaube ich, gar keine Frauen leiden, und zur Hochzeit gekommen ist der schon mal gar nicht.

Aber das mit der Nina, das hätt sich der Claus nicht vorschreiben lassen, nicht von seiner Mutter, die er ja heiß geliebt hat, und auch nicht von dem Dichter. Die Nina, die hätt er auf alle Fälle geheiratet, darauf verwette ich Stein und Bein, denn die Nina, die war für ihn die Einzige. Da war eine Verbundenheit zwischen den zweien, die hat jeder gesehen, und mir ist's immer vorgekommen, als ob sie mit'nander ein Geheimnis hätten, ein ganz großes und mächtig schönes, von dem sonst keiner was weiß.

Ob der Dichter den Nazis anhing?

Gott, was weiß denn ich, ich habe den ja nicht gekannt. Nur ein paarmal gehört, wie die Nina gesagt hat: »Der Claus ist wieder mal bei seinem Dichter …«

Und ob da Nazis waren auf der Hochzeit?

Gottchen, Gottchen, Sie stellen vielleicht Fragen. Über so

was haben wir an so einem Tag doch nicht nachgedacht, wir waren schließlich gewöhnliche Leute, die gefeiert haben, wir haben nicht überall Nazis gesehen. Es war eine schöne Hochzeit mit allem Drum und Dran, das Brautpaar glücklich, beide Familien glücklich, die ganze Welt hat denen glücklich zu Füßen gelegen. Weshalb hätte man da an Politik denken sollen, man hat doch von der Zukunft nichts gewusst.

Der andere Bruder, Alexander, der war jedenfalls mit seiner Verlobten gekommen. Die Verlobte, hat mir Nina erzählt, war eine waschechte Pilotin und Flugzeugingenieurin, und später ist die ja auch berühmt geworden.

Ob's der Nina was ausgemacht hat, dass die katholisch war, die Kirche? Herrgott, wenn Sie mich so fragen – ganz sicher kann ich mir ja nicht sein, aber ich glaub nicht, dass ihr das wichtig war. Mir wär's jedenfalls nicht wichtig gewesen, wenn ich so einen Mann wie den Claus geheiratet hätt. Aber so einer hätte natürlich mich nicht genommen, und für Kirche und Gott und so was hat unsereins ja nicht viel Zeit.

Eins weiß ich aber noch. Etwas, was der Pfarrer oder Priester, oder was immer das für einer war, gesagt hat. Nicht zu uns allen, die wir da in der Kirche versammelt saßen, sondern nur zum Claus und zur Nina:

»Bleiben Sie immer bei sich selbst«, hat er gesagt. »Gott kann Ihnen auf Ihrem Lebensweg nur helfen, wenn Sie bei sich selbst sind, aber wenn Sie es sind und wenn Er Sie dort findet, dann hilft Er Ihnen. Darauf können Sie sich verlassen.«

ZWEITER TEIL

»Soldaten sind Mörder.«
Kurt Tucholsky

13

Nina
1934

Noch kein Jahr lag ihre Hochzeit zurück.

Am 26. September 1933 hatten Nina und Claus einander in der katholischen Kirche St. Jakob zu Bamberg ihr Versprechen gegeben – »in guten wie in bösen Tagen« und »bis dass der Tod euch scheidet«.

Von den guten Tagen hatte es gleich darauf eine schier endlose Kette gegeben, denn noch am selben Abend, gleich nach dem feierlichen Empfang, hatte Berthold, Claus' Trauzeuge, sie an den Zug gebracht, mit dem sie in die Flitterwochen nach Italien fuhren.

Durch die Nacht.

In einem eigenen abschließbaren Abteil.

»Es war ein Traum«, hatte Ninas Freundin Bruni von ihrer eigenen Hochzeitsreise erzählt, und Nina, die gar nicht häufig oder spektakulär träumte, hatte sich gefragt, ob sich auch die ihre wie ein Traum anfühlen würde.

Aber das tat sie nicht.

Sie fühlte sich an wie die brandneue, unglaubliche Wirklichkeit von Nina und Claus.

Natürlich nicht die unzähligen Kirchen von Florenz, von denen sie kaum eine ausließen, nicht die antiken Baudenkmäler von Rom oder die verstreuten Schiffe auf dem sonnenglitzernden Meer vor Neapel, die durchaus etwas Traumhaftes oder Märchenhaftes hatten. Wohl aber ihr Zusammensein, das im ersten Augenblick in ihrem Abteil im Schlafwagen begann, und das nicht verträumt, sondern handfest, sinnlich, hellwach und so unwiderstehlich war, dass sie unmöglich jemals genug davon bekommen konnten.

Drei Jahre lang hatten sie darauf gewartet, sein zu dürfen, was sie jetzt endlich waren: Mann und Frau, König und Königin im Vereinigten Königreich von Nina und Claus. In jedem neuen Hotel, in dem ihre Eltern für sie reserviert hatten, freute sich Nina so sehr darauf, ihr Zimmer zu sehen, dass sie Claus bei der Hand nehmen und mit ihm die breiten Treppen hinaufspringen wollte, statt gesittet dem Liftboy zu folgen und sich samt Gepäck zu ihrer Zimmertür geleiten zu lassen. In sämtlichen Zimmern standen Champagner und prächtige Buketts aus Rosen für sie bereit, und alle hatten Balkone, deren gläserne Türen sie nur aufzureißen brauchte, um den schönsten Anblick der Stadt zu genießen, der sich vor ihnen ausbreitete.

Das Wahrzeichen von Florenz, Santa Maria del Fiore mit der weltberühmten roten Kuppel, Veronas Ponte Pietra über den schimmernden Fluss Etsch, Roms Kapitolsplatz mit dem Palazzo Nuovo und der Golf von Neapel mit dem Vulkan, der Pompeji verschlungen hatte. Es wurde ihr Ritual. Sobald der Hotelangestellte ihr Gepäck abgestellt, sein Trinkgeld entgegengenommen und sich verabschiedet hatte, riss Nina die Balkontüren auf und trat mit ausgebreiteten Armen an die Balustrade, wie um Italien, ihr Italien, das sich ihr zum Geschenk machte, zu umarmen. Claus öffnete derweil den Champagner, schenkte zwei überschäumende Gläser voll und trat lächelnd zu ihr nach draußen.

Manchmal zündete er ihr obendrein noch eine Zigarette dazu an.

Sie tranken auf sich.

Auf das Glück, das ganze Leben vor sich zu haben.

So schön, so vollkommen, so ohne einen Tropfen Bitterkeit konnte es ja kaum bleiben, und Nina erinnerte sich daran, dass sie sich damals, an dem Abend, als sie einander zum ersten Mal begegnet waren, gefragt hatte, wie sich vorhersagen ließ, ob man einen Menschen in zwanzig oder gar dreißig Jahren noch liebte. Ob man seiner nicht überdrüssig wäre, seinen Anblick, seine Stimme, selbst seinen Duft nicht sattbekäme und sich miteinander langweilte?

Wenn das hier eine Geschichte wäre, wäre sie längst zu Ende, durchfuhr es sie auf ihrem Balkon in Verona, der Stadt, in der Romeo und Julia sich geliebt hatten und gestorben waren, ehe sie so alt gewesen waren wie Claus und Nina jetzt. Glück taugte nicht für Geschichten, seine Schönheit bestand aus ständigen Wiederholungen, und kein Mensch wollte davon lesen.

Aber es taugte umso besser zum Leben.

Was immer da kommt, will ich mit dir teilen, dachte Nina und lehnte den Kopf an seine Brust. Wenn du irgendwann weiße Haare bekommst und wie dein Vater ein wenig schwer und gebeugt gehst, dann nehme ich deinen Arm, damit du gar nicht merkst, dass du dich bei mir unterhakst und nicht umgekehrt, und Seite an Seite watscheln wir die Straße hinunter. Dass unser Leben nicht für Geschichten taugt, ist mir ganz recht, denn diese eine Geschichte, die will ich nur für uns allein.

»Geht es dir gut, mein Ninchen?«, fragte er sie und vergrub seine Nase in ihrem Haar.

»Wenn ich dein Ninchen bin, bist du mein Cläuschen.« Nina musste lachen. »Und gut geht's mir so sehr, dass ich ganz vergessen habe, wie es ist, wenn es mir schlecht geht.«

»Das sollst du auch vergessen. Für immer. Zupf es dir aus dem Kopf und wirf es vom Balkon.«

Nina zupfte an ihren Haaren und an der Haut auf ihrer Stirn. »Geht nicht. Es ist gar nicht mehr da.«

»Gut so. Und gibt es nichts, das ich tun könnte, damit es dir noch besser geht?«

»Noch besser?« Sie lachte wieder und hatte das Gefühl,

dass ganz Verona sie hörte und sich mit ihr freute. »Ich weiß nicht, ob ich das aushalte.«

»Sei mutig, Nina«, raunte er dunkel. »Probier's aus.«

Er neigte sich zu ihr hinunter, verschloss ihre Lippen mit seinen und küsste sie, bis sie nach drinnen fliehen und sich lieben mussten. Einmal vergaßen sie dabei, die Balkontüren und die Vorhänge zu schließen. Claus wurde allen Ernstes rot, als es ihm auffiel, und Nina zerrte ihn so nackt, wie sie waren, vor den Spiegel, um ihm sein glühendes Gesicht zu zeigen. Darüber kicherten sie den ganzen Nachmittag lang.

Abends, nach ihren Erkundungstouren, speisten sie höchst vornehm und von beflissenen Kellnern umschwärmt in den Hotelrestaurants, wurden als ›Conte und Contessa Stauffenberg‹ angesprochen und hatten immer wieder aufs Neue ihre Freude daran.

»Werde ich mich daran irgendwann gewöhnen?«, fragte Nina über ihrer Vorspeise aus frischen Pilzen, aromatischen Kräutern und Sardellen.

Claus, der ein wenig prosaischer hauchdünn geschnittenen Schinken und bröckelnden Käse aß, lächelte und trank ihr mit dem blassgoldenen Weißwein zu, der *Gambellara* hieß, ein Wein wie ein Tanz. »Das wirst du wohl müssen. Ich möchte schließlich nicht bei einem Einsatz irgendwo auf der Welt angerufen werden, weil meine Frau ihren Namen vergessen hat.«

»Das ist Unsinn, Claus. Wenn ich meinen Namen vergessen habe, kann dich auch niemand anrufen.«

Während sie jedoch mit ihm frotzelte, hallten in ihrem Kopf seine Worte: *Bei einem Einsatz irgendwo auf der Welt.*

Sie sagte nichts dazu. Schließlich war sie ja nicht leichtfertig und ahnungslos Offiziersfrau geworden, sondern hatte gewusst, dass er, anders als ihr Vater, nicht Abend für Abend nach Hause kommen würde, um seine Frau auf ein Podest zu stellen. Ihre Cousine Hertha hatte erklärt, sie wäre einem solchen Leben nicht gewachsen. »Nicht einmal mit diesem hübschen Claus, denn was nützt dir all die Hübschheit, wenn du ihn kaum je zu Gesicht bekommst?«

Damit hat es noch Zeit, beschloss Nina, und die Hübschheit nützt mir heute Nacht. Sie freute sich auf Claus' Haut, auf seine schlanken, sehnigen Glieder, auf seine Art, sie mit Armen und Beinen gleichzeitig zu umschlingen, als hätte er Angst, sie könnte ihm entschlüpfen, und auf den Glanz seiner Augen in der Dunkelheit. Vorläufig war Claus in Bamberg stationiert und trainierte in erster Linie Pferde, von denen womöglich eines in drei Jahren an den Olympischen Spielen teilnehmen würde. Olympische Spiele. Kein Krieg. Deutschland war Mitglied des Völkerbundes und reiste nach wie vor zu den Zusammenkünften der Genfer Abrüstungskonferenz. Nach einiger Aufregung um erlassene Notverordnungen und Gesetze hatte das Ausland sich mit der neuen Regierung in Berlin arrangiert.

Es gab nichts zu befürchten.

Und das andere, das Zurechtkommen in den Zeiten, in denen Claus nicht bei ihr sein konnte, das würde sie lernen. Sie würde hineinwachsen, wie sie bisher in alles gemeinsam hineingewachsen, ja miteinander erwachsen geworden waren. Nina war Claus und dem Leben dankbar dafür, dass sie ihr dafür so viel Zeit gelassen hatten, und sie war sicher, dass sie auch weiterhin genug Zeit haben würde.

Von Oberitalien fuhren sie weiter nach Rom, wo sie fünf Tage lang blieben. Staunend durchwanderten sie die antike Stadt, die mitten unter der lärmenden, hochmodernen schlummerte, und danach die heilige Stadt, die still und erhaben mitten in der mondänen, weltlichen aufragte. Als sie am Morgen des fünften Tages ein wenig unschlüssig in der Halle standen, weil sie nicht wussten, wie sie ihre letzten Stunden in Roms Ewigkeit am besten nutzen sollten, empfahl ihnen der Empfangschef, der sie die ganze Zeit über höchst zuvorkommend betreut hatte, einen Besuch des Palazzo delle Esposizioni und der einzigartigen Ausstellung dort.

»Sie haben Glück«, erklärte der Mann in ausgezeichnetem Deutsch. »Die *Mostra della Rivoluzione Fascista* ist dort noch zwei Wochen lang zu sehen. Als hätte sie eigens auf Sie beide gewartet.«

»Was ist denn diese *Mostra?*«, platzte Nina heraus. Von daheim war sie es gewohnt, dass solche Gespräche vorwiegend von Männern geführt wurden. In Italien aber hatte sie erlebt, dass Männer sich geradezu überschlugen, um ihr gefällig zu sein und ihr mit Charme und Eifer ihre Wünsche zu erfüllen.

»Bella, bella, bella«, riefen ihr Männer im Vorüberfahren zu, und statt über diese vermeintliche Frechheit in Zorn zu geraten, legte Claus ihr den Arm um die Taille, lachte ihr in die Augen und sagte: »Was habe ich für ein Glück, dass du ganz allein meine Bella bist.«

»Die Ausstellung der faschistischen Revolution«, übersetzte der Empfangschef des Hotels stolz und straffte die schmächtigen Schultern. »Lassen Sie sich das nicht entgehen. Dort können Sie in grandiosen Bildwerken erleben, wie unsere Nation sich erhoben, ihre Geschichte neu geschrieben und zu alter Größe zurückgeführt hat. Und das gerade jetzt, wo auch Ihre Nation sich anschickt, sich ihre Geschichte künftig nicht mehr diktieren zu lassen, sondern sie selbst zu schreiben.«

Noch kein Jahr, ja noch nicht einmal ganze zehn Monate lag jener Tag zurück. Unzertrennlich waren sie damals gewesen, und weil Nina die geschwollene Ansprache des Empfangschefs amüsant fand und neugierig geworden war, waren sie Hand in Hand zur Via Nazionale geschlendert, um sich die Ausstellung anzusehen.

Gefallen hatte sie ihnen beiden nicht sonderlich. Sämtliche ausgestellten Werke waren gigantisch, einschüchternd, überlebensgroß. Wer wie Nina und Claus gerade von den unsterblichen Bildern und Skulpturen der italienischen Renaissance verzaubert worden war, der konnte den rohen, ungelenk und klobig wirkenden Darstellungen nicht viel abgewinnen.

»Ich glaube, wenn ich daheim an Italien denke, werde ich Botticellis *Venus* und Michelangelos *David* vor mir sehen, nicht diese Sachen«, sagte Nina. »Sie sind so riesig. Und es scheint gar kein Leben darin zu stecken, keine Details, nichts, was die dargestellten Menschen besonders macht.«

»Es ist einfach ein anderer Stil«, erwiderte Claus. »Mir liegt er auch nicht, aber das bedeutet ja nicht, dass er nichts taugt. Eine neue Epoche kann schließlich nicht einfach nachahmen, was andere vor ihr getan haben, sondern muss ihre eigenen Ausdrucksformen finden. Auch wenn wir auf den Schultern von Riesen stehen, wie Bernard von Chartres schrieb, sollte Kunst im Kern doch in die Zukunft und nicht rückwärts gerichtet sein.«

»Du hast recht«, sagte Nina. Es war schön, mit ihm über all diese Dinge zu reden, schön, dass er sich solche Gedanken machte, obwohl sein eigener Kunstgeschmack ihr durchaus rückwärts gerichtet vorkam. Er spielte Beethoven und Brahms auf seinem Cello, liebte klassische Literatur, die Baustile des Barock wie die Gemälde Caspar David Friedrichs, und was seinen vergötterten Dichtermeister Stefan George anging, so fand Nina dessen Schriften schon verstaubt, wenn sie gerade erst druckfrisch erschienen waren.

Aber gerade deshalb hatte Claus recht: Persönliche Vorlieben sagten über die Qualität eines Kunstwerks nichts aus. Und dass die Faschisten so augenfällig das Bedürfnis hatten, sich selbst in monumentalen Inszenierungen zu feiern, bedeutete auch nicht, dass man sie zu fürchten hatte. Schließlich bewährte sich Mussolinis Regierung bereits seit zehn

Jahren, und nicht nur in Deutschland, sondern auch beispielsweise in Spanien hatte sich mit der Falange von José Antonio Primo de Rivera eine faschistische Bewegung manifestiert.

Etwas musste an dieser Idee also dran sein, denn sonst würden nicht Scharen der unterschiedlichsten Menschen sich ihr anschließen. Allein diese Ausstellung, die den Siegeszug von Mussolinis Partei widerspiegelte, hatte vier Millionen Besucher angezogen.

Die ausgestellten Werke schienen sie anzuschreien. All das Schrille, Laute, das von ihnen ausging, weckte in Nina ein Bedürfnis nach Stille. Sie blieben nicht lange, sondern sprangen in ein Taxi und schlenderten kurz darauf Hand in Hand die sonnenbeschienene Via Appia Antica hinunter, auf der außer dem Rauschen der Blätter kein Laut zu vernehmen war. Der Anblick der jahrtausendealten Gebäude, auf deren Fassaden die Schatten von Zweigen tanzten, gab ihnen das beruhigende Gefühl von Ewigkeit zurück.

Nach den Tagen in Rom reisten sie weiter in das summende, brummende, vor Leben flimmernde Neapel, und von dort ging es zurück nach Bamberg, denn Claus' Urlaub war zu Ende. Von dem Inhaber ihres letzten Hotels, das auf dem idyllischen, viel besungenen Hügel Posillipo stand und kleiner und intimer war als die vorherigen, verabschiedeten sie sich besonders herzlich.

»Ihrem Land verdanke ich es, dass meine Ehe mit lauter guten Tagen begann«, sagte Nina und war glücklich, weil sie dem beinahe väterlich freundlichen Mann damit eine solche Freude gemacht hatte.

»Das Kompliment einer so zauberhaften Dame ist dem Italiener der schönste Lohn, *Signora Contessa*«, sagte er und rieb sich über die Augen, als gäbe es dort eine Spur Feuchtigkeit fortzuwischen. »Ihre Ehe soll aus einer nicht endenden Reihe von guten Tagen bestehen, und wenn es einmal anders zu sein droht – kommen Sie zurück. Italien ist das Land der guten Tage.«

»Wollen wir das tun?«, fragte Nina später, als sie erschöpft, ein wenig beschwipst und sentimental in Claus' Armen in ihrem Schlafwagenbett lag. »Zurück nach Italien fahren, wann immer uns schlechte Tage drohen?«

»Dass mir mit dir schlechte Tage drohen, ist ziemlich unvorstellbar, wenn wir uns in dieser Position befinden«, erwiderte Claus, zog sie noch näher an sich und küsste sie. »Aber wenn dem jemals so sein sollte, fahre ich mit dir, wohin auch immer du willst. Nach Italien natürlich am liebsten. Unser Italien werden wir für immer bei uns haben, nicht wahr?«

Nina nickte und sah ihm in die Augen, die vor schläfrig-benommenem Glück ein wenig glasig wirkten. Ich habe mir alles eingeprägt, dachte sie. Jedes Bild, jede Säule, jeden Augenblick, so als müsste es für den Rest meines Lebens reichen. »Du hast getan, was dein Freund Ernst gesagt hat«, raunte sie ihm zu. »Du hast mich nach Italien gebracht. Habe ich jetzt auch dieses Leuchten im Gesicht? Wir hätten Ernst eine Postkarte schreiben sollen.«

Zu ihrem Bedauern hatte Ernst, den sie von Claus' Freunden noch immer am liebsten mochte, zur Hochzeit nicht kommen können.

Der glückliche Ausdruck in Claus' Augen verflog. »Besser nicht«, sagte er. »Mit Ernst ist es in der letzten Zeit schwierig geworden.«

Nina horchte auf. »Was meinst du mit schwierig?«

»Lass uns darüber jetzt nicht reden. Es ist ja mein Problem, nicht deines, und ich möchte dir nicht den letzten Abend verderben.«

Sie drehte sich um. »Claus«, sagte sie und nahm sein Gesicht in ihre Hände. »Wenn eine Last auf dir liegt, dann möchte ich davon wissen, denn dafür haben wir einander doch geheiratet, oder? Um dich in Italien in der Sonne zu aalen, hättest du auch jede andere nehmen können.«

»Aber nicht doch«, rief Claus und lächelte kurz, wenn auch nicht wirklich froh. »In Italien in der Sonne aalen, das geht nur mit einer, und zwar mit meiner Bella-Bella-Bella, die eigentlich Nina Magdalena Elisabeth Lydia Herta heißt, was ich natürlich keinem deiner zahlreichen Verehrer verrate.«

Sie ließ ihn nicht los. »Lenk nicht ab«, sagte sie, obwohl es sie rührte, dass er sich all die Namen, mit denen die gesammelte Verwandtschaft sie überhäuft hatte, gemerkt hatte. »Was ist mit dem Ernst?«

»Er hat beim Ministerium ein Gesuch eingereicht und um seine Beurlaubung gebeten. Frag mich um Himmels willen nicht, welcher Teufel ihn reitet. Ich habe ihn beschworen wie ein Wanderprediger, damit er diesen idiotischen Schrieb zerreißt und an seine Fakultät zurückkehrt, aber mit dem Ernst ist zurzeit einfach nicht zu reden.«

»Warum will er denn beurlaubt werden?«, fragte Nina.

»Er sagt, er kann an keiner deutschen Universität mit der ihm eigenen Überzeugung deutsche Geschichte lehren, solange ihm das jüdische Blut in seinen Adern als ein Defekt in seiner Gesinnung ausgelegt wird. Ich und die anderen haben ihm hundertmal erklärt, dass er als verdienter Deutscher und Frontkämpfer aus dem Krieg nicht gemeint ist und dass er sich nicht jeden Schuh, der in der Gegend herumsteht, anziehen muss. Was ist denn mit Melitta, der Verlobten von meinem Bruder Alexander? Deren Vater war auch Jude, und macht die vielleicht solchen Wind? Ganz im Gegenteil, sie freut sich des Lebens, fliegt, was das Zeug hält, und macht in der Versuchsanstalt für Luftfahrt als Ingenieurin Karriere. Und Ernst ist genauso von den erlassenen Bestimmungen ausgenommen worden und kann seine Professur weiter innehaben.«

»Aber das will er nicht?«

Claus schüttelte den Kopf. »Er hört uns gar nicht zu. Er ist stur und verbohrt und will nicht begreifen, dass dieser ganze Übereifer in der Judenfrage sich noch legen wird, sobald die neue Regierung etabliert ist. Es interessiert ihn auch nicht mehr, dass das ›geheime Deutschland‹ ihn braucht. Der Meister hat die Präsidentschaft der neuen Akademie für Dichtung, die Goebbels ihm angeboten hat, abgelehnt, zweifellos weil er sich gesundheitlich noch nicht wieder ganz auf der Höhe fühlt. Dies ist der Moment, in dem wir für ihn einspringen müssen. Das ›geheime Deutschland‹ braucht Männer wie Ernst mehr denn je.«

Über sein ›geheimes Deutschland‹ hatte Nina früher des Öfteren geschmunzelt, aber jetzt war ihr danach nicht zumute. Was immer mit dieser mysteriösen Chiffre gemeint war, sie war Claus und seinen Freunden kostbar und verband sie. »Sag ihm, dass du ihn brauchst«, riet sie. »Und ich brauche ihn auch. Sag ihm, in unserer Wohnung in der Ottostraße soll er unser erster Gast sein, und du willst nicht, dass er wie euer Freund Wolfskehl aus deinem Leben verschwindet. Versprich ihm, dass du zu ihm halten und ihm zur Seite stehen wirst, wenn er in Schwierigkeiten gerät.«

»So einfach wäre das in meiner Stellung nicht«, murmelte Claus. »Aber Ernst gerät doch gar nicht in Schwierigkeiten. Er bereitet sich höchstens selbst welche, indem er reihenweise Teufel an die Wand malt.«

»Vielleicht hat er aber ein solches Versprechen von dir nötig«, beharrte Nina. »Um sich sicher zu sein, dass er zu eurem ›heiligen Deutschland‹ und in den Kreis seiner Freunde noch gehört.«

»›Geheimes Deutschland‹«, verbesserte Claus. »Aber womöglich hast du recht. Ich werde ihn anrufen, wenn wir zu Hause sind, und ihm sagen, er kann sich auf mich verlassen. Und jetzt schlaf, meine liebste Bella.«

Nina schmiegte sich wieder in seinen Arm, verbarg das Gesicht in der Grube an seinem Hals und schlief beim gleichmäßigen Rattern der Räder tatsächlich ein. Als sie am Morgen erwachte, waren sie bereits in München. Und kurz darauf begannen die weniger guten Tage.

14

Kaum dass sie in ihrer neuen Wohnung, die sie sich mit ein wenig Unterstützung ihrer Eltern in der Ottostraße eingerichtet hatten, angekommen waren, hatte Claus auf einen Lehrgang gemusst. Nina schimpfte sich eine dumme Gans, weil sie darüber wütend war, aber vielleicht wäre sie weniger wütend gewesen, wenn er sie bereits in Italien darauf vorbereitet hätte. Sie hatte noch nie allein gelebt, noch nie allein ihren Haushalt geführt und sich darauf gefreut, es mit ihm zusammen zu lernen.

Stattdessen stand sie mit allem allein da, und das Mädchen, das ihre Mutter für sie eingestellt hatte, warf nach drei Tagen heulend das Handtuch, weil sie von Ninas Mangel an Anleitung überfordert war. Kein Grund zur Verzweiflung, sondern eher einer zum Lachen, doch auf einmal fühlte sich Nina wie der einsamste Mensch auf der Welt. Sie wollte nicht länger eine zwanzigjährige Ehefrau, sondern ein höchstens sechzehnjähriges Schulmädchen sein, ihre Cousinen besuchen und die Probleme mit ihrem Haushalt und allem Drumherum vergessen.

Dabei fiel es ihr im Grunde nicht einmal schwer, die paar Dinge, die erledigt werden mussten, zu bewältigen. Ein neues Mädchen – Annemie – war auf die Empfehlung von Bekannten hin schnell gefunden, und da dieses über mehr Erfahrung verfügte, hatte es die anfallenden Arbeiten im Handumdrehen im Griff. Die Wohnung war so hübsch, so hell, die Einrichtung nagelneu und leicht zu pflegen. Statt zu jammern, hätte Nina dankbar sein sollen, weil sie es so gut hatte. Die reinste Made im Speck war sie, doch es war das Alleinsein, das ihr zusetzte, die Nächte, in denen sie ohne

Claus in ihrem viel zu großen Bett lag und auf das Hallen der Stille lauschte.

Das Dunkel kehrte zurück. Die Leere in ihr, von der sie geglaubt hatte, sie hätte sie für immer hinter sich gelassen.

Claus kam nach Hause, blieb drei Tage und wurde sogleich wieder abberufen. »Ich muss die Pferde, die ich ausgebildet habe, nach Berlin bringen, und anschließend werde ich in der Kavallerieschule in Hannover gebraucht. Es ist möglich, dass man mich ganz dorthin versetzt.«

»Nach Hannover? Weg von Bamberg?«

Claus nickte. »Besser, als hirnlose Bengel von der SA zu trainieren, ist es allemal. Wie der Röhm und Konsorten sich aufspielen – ein revolutionäres Volksheer wollen sie aus diesen brutalen SA-Schlägertruppen machen, womöglich die Reichswehr ablösen, und ich habe nicht die geringste Lust, ihnen dabei noch behilflich zu sein.«

»Aber wir sind doch hier gerade erst eingezogen!«, rief Nina entsetzt.

»Du hast doch gewusst, dass ich abberufen werden könnte«, war alles, was er darauf erwiderte. »Du hast gesagt, es macht dir nichts aus.«

Ja, das hatte sie gesagt und dabei geglaubt, sie meine jedes Wort. Sie hatte die Vorstellung abenteuerlich gefunden, mit Claus eine Art Wanderleben zu führen, neue Orte und Menschen zu erkunden. Jetzt aber sah sie sich allein in einer unvertrauten Wohnung, in einer fremden Stadt, in der sie niemanden kannte. Claus reiste ab, und sie fühlte sich wie eine Versagerin. Ganz gesund war sie auch nicht, hatte immer wieder Magenprobleme, obwohl sie zuvor nie kränklich gewesen war.

Ihre Mutter kam unangemeldet zu Besuch und setzte augenblicklich zu einer Schimpfkanonade auf Claus an: »Wie kann er dich so kurz nach der Hochzeit mit der ganzen Wirtschaft allein lassen? Er sollte bei dir sein und dir helfen, dich in deine Rolle einzufinden, wie es sich für einen Mann, der seine Frau liebt, gehört.«

»Claus ist aber nun einmal Offizier und hat in dieser Frage kein Mitspracherecht«, verteidigte Nina ihren Mann, als drängten nicht etliche verstohlene Stimmen in ihr darauf, ihrer Mutter zuzustimmen.

»Ich hätte dir zu dieser Hochzeit nicht zuraten dürfen«, ereiferte diese sich weiter. »Bereits seit Wochen quäle ich mich mit der Frage, ob wir für dich nicht eine völlig falsche Wahl getroffen haben.«

»Meine Wahl habe ich selbst getroffen, nicht ihr«, erwiderte Nina scharf. »Und es ist die richtige. Die einzige. Claus und ich wollen es so.«

»Wenn du Julius von Greifswald genommen hättest, wärst du jetzt nicht in dieser elenden Lage«, jammerte die Mutter weiter, als hätte Nina nichts gesagt. »Die Familie mag weniger vornehm sein, und der Julius ist kein Mann zum Schwärmen, aber die Sicherheit, die so eine Stellung als Ministerialbeamter mit sich bringt, ist nicht zu verachten.«

»Ich bin in keiner elenden Lage«, widersprach Nina. »Ich bin Nina von Stauffenberg, und niemand anders will ich sein. Claus ist mein Mann, von dem ich weiß, dass ich mich auf jedes Wort, das er mir gegeben hat, verlassen kann. Das ist mehr Sicherheit, als irgendein anderer mir zu bieten hat.«

Als ihre Mutter gegangen war, warf Nina sich aufs Bett und brach in ein so bitterliches Schluchzen aus, dass sie sich über sich wunderte. Sie war nie weinerlich gewesen. Warum also ausgerechnet jetzt? Am Abend kam ein Anruf von Claus auf dem neu gelegten Telefonanschluss.

»Ich musste dich sprechen. Hast du mich auch so sehr vermisst?«

»Ach, Claus«, sagte sie. »Du weißt nicht, wie sehr. Kommst du bald nach Hause?«

»Noch nicht so bald, wie ich es mir wünsche«, sagte Claus. »Das hier ist schwieriger, als wir gedacht haben, oder?«

»Ja, das ist es«, antwortete Nina und fand es bereits nicht mehr ganz so schwierig.

»Aber am 1. Dezember komme ich und bleibe dann bis nach dem Dreikönigstag«, sagte er. »Wir machen uns die Feiertage herrlich. Ein bisschen mit deiner Familie, ein bisschen mit meiner, aber die meiste Zeit ganz für uns.«

Als sie auflegten, fühlte Nina sich getröstet und schlief in dieser Nacht ruhig und tief. Sie würde es lernen, das Alleinsein. Mit Claus im Rücken würde sie es lernen.

Kaum war jedoch der ersehnte Dezember da und ihr Liebster endlich bei ihr, da starb in Locarno, wohin er sich seines Gesundheitszustands wegen zurückgezogen hatte, der Mann, den Claus sein ganzes Erwachsenenleben hindurch wie einen Heiligen verehrt hatte: Stefan George, sein Meister, der geistige Vater seines ›geheimen Deutschlands‹.

Claus' Gesicht wirkte wie erloschen. »Ich muss dort hin«, sagte er. »Zu ihm. Als er zu der Feier, die die Partei zu seinem Geburtstag gab, nicht anreiste, hätte ich wissen müssen, wie schlecht es um ihn stand. Jetzt ist es zu spät. Ich werde ihn so vieles nicht mehr fragen können, sondern nur noch über seine sterblichen Überreste wachen. Urlaub wird man mir hoffentlich gewähren. Wann ich wiederkomme, weiß ich nicht.«

»Aber du hast mir versprochen …«, begann sie und brach ab. Er hatte ihr nichts versprochen. Nur davon geschwärmt, wie schön diese Wochen sein würden, in denen sie endlich zusammen waren.

»Nina«, sagte er. »Ich habe dem Meister mein Wort gegeben, dass ich ihm die Totenwache halte, wenn er eines Tages von uns geht. Du verlangst nicht von mir, dass ich dieses Wort breche, oder?«

»Nein«, antwortete Nina matt.

»Das ist gut. Denn das könnte ich nicht«, sagte Claus und ging, um einen Koffer zu packen.

Und wenn du uns beiden ein Versprechen gegeben hättest, welches wäre dann stärker?, fragte sich Nina und war auf einmal froh, dass sie die Antwort nicht zu kennen brauchte.

Anderntags reiste Claus vor Sonnenaufgang ab, und kurz darauf wurden Ninas Magenbeschwerden so heftig, dass sie beschloss, ihren Arzt aufzusuchen. Bereits auf dem Weg, entlang an weihnachtlich geschmückten Schaufenstern, wurde ihr jedoch klar, dass sie sich den Gang hätte sparen können.

Sie war wirklich eine dumme Gans und keineswegs krank.

Sie war schwanger.

Das war sie auch jetzt noch. Ihr Leib so prall aufgetrieben und schwer, dass jede kleinste Bewegung in der Hitze des Sommers ihr den Schweiß aus sämtlichen Poren trieb. In der Wohnung waren die Kisten und Koffer schon wieder so gut wie gepackt, noch ehe sie richtig geleert worden waren. Ihr Kind würde hier zur Welt kommen, in Bamberg, dem Zuhause seiner Mutter, wo seine Großeltern und die weitere Verwandtschaft lebten. Aber es würde hier nicht aufwachsen. Im Oktober würde sein Vater den Dienst an der Kavallerieschule in Hannover antreten, und eine Wohnung für seine Familie war dort bereits reserviert. Lister Kirchweg 21, so lautete die neue, noch völlig fremde Adresse. An sein erstes Zuhause würde ihr Kind sich so wenig erinnern wie Nina sich an das ihre im Baltikum.

Würde ihrem Kind ebenso wie ihr eine dunkle Erinnerung daran bleiben, dass sein Vater nicht bei ihm gewesen war, als es ihn brauchte, dass seine Mutter allein ihren Haushalt zusammenpacken und mit ihm in der Trage hatte aufbrechen müssen?

Das war Unsinn. Sie waren ja keine Vertriebenen, sondern zogen um, weil der Vater ihres Kindes befördert worden war und eine glänzende neue Stellung antrat. Außerdem würde der Umzug erst im Oktober stattfinden. Claus seinerseits war lediglich zu Besprechungen in Berlin und kam später zurück als erhofft.

Das geschah häufiger. War kein Beinbruch. Sie konnte von Claus in seiner Position und bei den meist streng vertraulichen Missionen kaum verlangen, dass er es immer schaffte, ihr auf Tag und Stunde genau seine Ankunftszeit mitzuteilen. Wofür er nach Berlin bestellt worden war, hatte er ihr auch nicht sagen dürfen, hatte nur angedeutet, es gehe um eine wichtige Kampagne der Reichswehr, die klarstelle, dass diese die alleinige Waffenträgerin der Nation sein und bleiben sollte. Dieser Kampagne wegen war er zuvor schon einmal nach Berlin beordert worden. Dieses Mal aber wirkte er erregt, zerstreut, sogar bedrückt, und in den Nächten vor der Abreise hatte er unruhig geschlafen.

Aller Wahrscheinlichkeit nach ging es also um etwas weit Größeres, das er sogar vor ihr geheim halten musste. Nina hatte das hinnehmen wollen. Ein Mann tat, was er zu tun hatte, und er konnte von seiner Frau erwarten, dass sie es mit ihm trug, ohne Fragen zu stellen.

Hier aber saß seine Frau am Fenster, quälte sich schwer atmend in der Hitze und bekam sein Kind. Er hatte bei ihr sein wollen, hatte gesagt, er werde es sich von niemandem nehmen lassen. Schon damals, nach Stefan Georges Beisetzung, als sie ihm als schluchzendes Elend erzählt hatte, sie bekäme ein Kind und sie wisse auf einmal ganz genau, sie wäre nicht in der Lage dazu, hatte er ihr versichert, dass sie damit nicht allein sein würde.

»Ich bin viel zu jung, Claus. Eine dumme Göre, die keine gute Mutter sein kann.«

»Ich bin ja auch noch zu jung«, hatte er sie getröstet. »Also sind wir eben alle drei jung, das Ninchen, das Cläuschen und das Kindchen, spielen mit Steckenpferdchen und werden miteinander groß.«

Er hatte es ihr noch des Öfteren versichern müssen. Wann immer ihr der Mut sank, gab es keine bessere Abhilfe als Claus, der sie unweigerlich zum Lachen brachte. Die Gewissheit, dass er bei ihr in Bamberg sein würde, wenn sie die Geburt überstehen musste, hatte sie in all diesen Wochen beruhigt.

»Was hat Dr. Schneider gesagt?«, hatte er sie vor seiner Abreise gefragt. »Er erwartet die Ankunft des kleinen Stauffenberg für Freitag? Bis dahin bin ich hundertprozentig zurück, sogar ein paar Tage früher, falls unser Junior es eilig hat.«

Jene paar Tage früher war er jedoch nicht zurück gewesen und an dem bewussten Freitag, dem 22. Juni, auch nicht. Nina hatte den ganzen Tag in Angst verbracht, aber das Kind war genauso wenig gekommen wie sein Vater.

»Das wird ein Mädchen«, hatte Ninas Mutter, die jeden Morgen nach ihr schaute, verkündet. »Hetty hat ja schon damals behauptet, als du dir so viel Zeit gelassen hast, das wäre bei Mädchen immer so, denn die müssten sich erst noch putzen und das Haar richten.«

Nina war anderer Meinung gewesen. Hetty hatte schließlich überhaupt keine Kinder, und ihres hatte sich auf der Welt noch nicht blicken lassen, weil es auf seinen Vater wartete. Ob es ein Junge oder ein Mädchen sein würde, wusste sie nicht und kam sich unzureichend vor, weil offenbar sämtliche Mütter der Welt so etwas zuvor im Gespür gehabt hatten.

Jenes Gespür fehlte ihr vollkommen. Dass in ihr ein anderer Mensch lebte, war unvorstellbar, und selbst wenn sie seine Tritte und Püffe spürte, gelang es ihr nicht, eine Verbindung zu ihm herzustellen. Sie würde nicht in der Lage sein, ihr Kind zu lieben, sie würde eine furchtbare Mutter sein und ihm die Geborgenheit, die sie selbst von ihren Eltern bekommen hatte, niemals schenken können. Die Ängste rollten über sie hinweg, und es schien nichts zu geben, um sie aufzuhalten. Sie hätte Claus bei sich haben müssen, Claus, der ihr ins Ohr flüsterte, dass das alles gar nicht so schwierig, sondern ein Kinderspiel sein würde, dass sie es zusammen schon schaffen und jede Menge Vergnügen dabei haben würden.

Tatsächlich hatte sich Claus darüber, dass Nina ein Kind bekam, so gefreut, wie sie nicht für möglich gehalten hatte, dass ein Mensch sich freuen konnte.

Aber jetzt war er nicht hier. Nicht nur ein, sondern bereits der zweite Freitag war verstrichen, der ganze Monat Juni, für den die Geburt ihres Kindes errechnet worden war, war vorübergegangen, und weder Claus noch das Kind hatten sich gezeigt.

Inzwischen war Montag, der 2. Juli, ein weiterer drückend heißer Tag, der sich anschickte, in eine schwülwarme Nacht überzugehen. Ninas Mutter hatte sie gefragt, ob sie sie zu sich holen sollte, damit sie jemanden bei sich hatten, falls die Wehen einsetzten, aber Nina hatte das nicht richtig gefunden.

Sie liebte ihre Eltern, sie wäre nur zu gern zu ihnen und in den Schutz des behaglichen Hauses geflohen, statt allein mit dem Mädchen in der stillen Wohnung zu bleiben. Aber sie wurde doch nun selbst eine Mutter, sie gehörte in ihr eigenes Zuhause, das sie mit ihrem Mann teilte, und sie wollte nicht, dass ihre Eltern glaubten, sie käme nicht zurecht. Ihre Mutter, die sich unbändig auf ihr Enkelkind freute, sollte keinen Grund finden, neuerlich auf Claus zu schimpfen, sondern davon überzeugt sein, dass ihre Tochter Herrin der Lage und mit ihrem Leben rundum zufrieden war.

Also blieb ihr nichts übrig, als eine weitere Nacht allein

durchzustehen. Es ging ihr nicht gut. Ihre Gelenke waren geschwollen und schmerzten, in ihren Gliedern hatte sich Wasser gesammelt, was ihr bei jedem Schritt Qualen bereitete. Von der leichten Abendmahlzeit, die das Mädchen ihr gerichtet hatte, hatte sie kaum etwas essen können. Sie war todmüde, doch der aufgetriebene Leib, der das Kind beherbergte, machte es ihr unmöglich, eine bequeme Position zum Schlafen zu finden.

Ruhe fand sie auch nicht. Bei jedem Geräusch fuhr sie hoch, weil sie hoffte, es müsse Claus sein, der aus einem Auto sprang und die Vordertür des Hauses aufschloss oder sich zumindest über die Telefonverbindung bei ihr meldete. In solcher Erregung war es sinnlos, sich ins Bett zu legen. Also blieb sie im Salon am Fenster sitzen und starrte hinaus auf die Straße, sah, wie die letzten Arbeiter nach Hause hasteten, wie die Sonne sich senkte und die Laternen angezündet wurden und wie die Zeitungsjungen noch immer den *Völkischen Beobachter*, die *Münchner Neuesten Nachrichten* und das *Bamberger Tagblatt* anpriesen.

»So räumt der Führer auf!«
»Durchgreifende Aktion Adolf Hitlers!«
»Extrablatt zu den Ereignissen in Berlin!«
»Heute nur zehn Pfennige!«

Irgendetwas von Belang war also geschehen, denn so spät gab es sonst keine Ausgaben mehr. Nina hätte das Radio einschalten können, den klobigen Volksempfänger, den sie von irgendeinem von Claus' Kameraden zum Einzug geschenkt bekommen hatten, aber es interessierte sie nicht. Was immer dort draußen vor der Tür vor sich ging, ob ein Vulkan oder ein Krieg ausbrach, ein Erdbeben oder ein Volksaufstand durch Städte tobte, es würde den Vorgang, der sich in ihrem eigenen Körper abspielte, nicht aufhalten.

Was für eine seltsame, was für eine furchterregende Vorstellung.

Nichts hielt jenen Vorgang auf, kein Wunsch, kein Gewaltakt, kein Gebet. In einer von Männern gestalteten, von Männern beherrschten Welt besaß dennoch kein Mann die Macht, eine Frau daran zu hindern, ihr Kind zu gebären.

War sie krank im Kopf, stimmte etwas mit ihr nicht, oder gaben sich alle werdenden Mütter derart verdrehten Gedanken hin? Das Telefon läutete. Diesmal war es keine Einbildung. Nina erhob sich schwerfällig und schleppte sich hinüber in Claus' Arbeitszimmer, wo der Apparat stand. Die flinke Annemie war allerdings viel schneller auf den Beinen gewesen und kam ihr bereits aus dem Zimmer entgegen.

»Eine Verbindung aus Berlin, gnädige Frau. Ihr Herr Gemahl.«

»Danke, Annemie.«

Das Mädchen wollte ins Zimmer zurückeilen und ihr den Stuhl zurechtrücken, aber Nina wehrte dankend ab. »Bitte schließen Sie die Tür.« Endlich Claus. Sie wollte mit ihm allein sein.

»Nina?« Aus der Leitung drangen schnarrende, krächzende Geräusche, die seine Stimme verzerrten. Die Verzweiflung, die darin lag, erreichte trotzdem unüberhörbar ihr Ohr. »Meine Nina. Geht es dir gut?«

»Ja, es geht mir gut«, sagte sie, »aber was ist mit dir? Claus, was ist los, warum rufst du so spät an?«

»Du bekommst unser Kind«, stieß er hervor und klang, als wäre er betrunken oder würde weinen, aber sie hatte Claus noch nie betrunken erlebt. »Du bekommst unser Kind, und ich kann nicht bei dir sein. Ich kann nicht kommen, Nina, nicht heute, und ich weiß nicht, wann überhaupt. Es ist etwas passiert …«

»Aber was denn?«, rief Nina außer sich.

»Ich darf nicht mit dir darüber sprechen«, sagte er. »Es hat einen Putschversuch gegeben. Lies die Zeitungen oder hör morgen früh Nachrichten im Rundfunk.«

»Einen Putschversuch? Bist du verletzt, Claus?«

»Nein, nein. Ich war nicht dabei, und mir ist nichts geschehen. Ich bin gesund.«

Nina holte tief Atem. Wie zerbrechlich, wie gefährdet sein Leben war, begriff sie vielleicht in diesem Augenblick zum ersten Mal. »Gott sei Dank.«

Deutschland war aus dem Völkerbund ausgetreten. Die deutschen Vertreter hatten die Abrüstungskonferenz von Genf im Zorn verlassen. Krieg gab es trotzdem nicht, hatte Claus ihr versichert. Hatte er recht?, fragte eine bohrende Stimme in ihrem Kopf zum ersten Mal. Und selbst wenn es keinen Krieg gab – bedeutete das wirklich, dass er in Sicherheit war?

»Mach dir um mich keine Sorgen, meine Liebste«, sagte er. »Nicht um mich, nur um dich und das Kind. Es wird sich alles regeln. Leg dich schlafen. Du brauchst Kraft, und wenn du willst, kannst du morgen die Zeitungen lesen.«

Etwas an der Art, wie er mit ihr sprach, war merkwürdig, obwohl seine Stimme jetzt klarer klang. Wie er Pausen einlegte, als ließe er Worte aus, verriet ihr, dass das, was sie in der Zeitung würde lesen können, nicht die Wahrheit war, nicht das, was er ihr zu vermitteln versuchte. Er würde es ihr nicht sagen dürfen, aber er wünschte sich sehnlichst, dass sie es verstand, dass er damit nicht allein war. Seit Stefan George gestorben war, kam er ihr haltloser vor, nervöser, suchender, ein wenig wie ein Schwimmer, der gegen einen Strom anschwamm und die Richtung nicht fand, sondern zu beiden Seiten in Strudel geriet.

»Es tut mir so leid, meine Nina. Ich wollte bei dir sein, wenn das Kind kommt.«

»Zerbrich dir deswegen nicht den Kopf«, sagte sie ruhig. »Ich bin ja nicht die erste Frau, die ein Kind gebiert. Kaninchen und Kühe werden auch damit fertig, und seinen Vater bekommt der kleine Stauffenberg noch früh genug zu Gesicht. Kümmere dich um dich selbst, pass auf dich auf, versprich mir das.«

Eine Pause entstand.

»Weißt du, was ich mir wünsche?«, fragte er dann.

»Sag's mir.«

»Dass ich mit dir in Italien wäre. Oder irgendwo.«

Irgendwo, nur nicht hier.

»Ich denke, ich kriege erst mal den kleinen Stauffenberg«, sagte sie. »Und unsere nächste Reise geht dann an die Ostsee. Zum Sandburgenbauen.«

»Ich liebe dich, Nina.«

»Das trifft sich gut, denn mich wirst du nicht mehr los. Versprich mir, dass du nichts tust, das dich daran hindert, in ein paar Tagen, oder wie lange es eben dauert, heil und gesund bei mir und deinem Junior zu sein.«

»Ich komme, so schnell ich kann.«

»In Ordnung. Ich habe dein Versprechen.«

»Gute Nacht, *bella Nina.*«

»Gute Nacht, mein geliebter Claus.«

Die Verbindung wurde unterbrochen, und Nina legte den Hörer bedächtig auf die Gabel zurück. Dann erhob sie sich aus dem Stuhl, wobei sie sich mit beiden Händen auf den Schreibtisch stützen musste, und wankte in den Korridor.

»Annemie!«, rief sie krächzend. »Bitte machen Sie Wasser warm. Mein Kind kommt.«

15

Berthold Maria Schenk von Stauffenberg kam in den Morgenstunden des 3. Juli 1934 in der elterlichen Wohnung in der Bamberger Ottostraße zur Welt. Die Geburt verlief unkompliziert, geradezu nach dem Lehrbuch, und das Kind war mit seinen über neun Pfund Gewicht rundum gesund. Es gab das erwartete kräftige Geschrei von sich, beruhigte sich aber rasch, nachdem die Hebamme, die Annemie gerufen hatte, es angekleidet und seiner Mutter in den Arm gelegt hatte. Wenig später saugte es zufrieden die ersten Tropfen Vormilch aus ihrer Brust, als hätte es nie etwas anderes getan.

»Sie haben das großartig gemacht, Frau Gräfin«, lobte die Hebamme, eine stämmige Frau mittleren Alters, die ihr blondes Haar zu Schnecken geflochten trug. »Kein großes Gezeter und Theater, wie man's sonst bei den jungen Müttern oft erlebt. Wenn ich nicht wüsste, dass es Ihr erstes Kind ist, hätte ich gedacht, Sie hätten schon mindestens drei.«

Nina bedankte sich ganz leise, um Berthold nicht zu stören, und wollte, dass sie ging. Sie wollte auch, dass Annemie ging, denn sie wünschte sich, mit ihrem Sohn allein zu sein. Eine Woge von Liebe rollte über sie hinweg, wann immer sie einen Blick auf ihn warf. Er war perfekt. Die ganze Vollkommenheit des Menschseins in klein. Seine Augen waren blau, so als wäre ein Stück von dem Himmel, aus dem er gekommen sein mochte, darin vergessen worden. Die Woge aus Liebe rollte von Neuem, und Nina war sicher, sie würde sie über alles hinwegtragen, was das Leben ihnen in den Weg stellte.

Es gab überhaupt keine Angst mehr. Keine Zweifel. Kein Dunkel und keine Einsamkeit.

»Soll ich dafür sorgen, dass der Herr Graf benachrichtigt wird?«, fragte die Hebamme.

»Nein danke«, sagte Nina. »Nur meine Eltern. Aber darum kümmert sich Annemie.«

»Wie Sie wünschen.« Die Hebamme legte ein Buch auf den Nachttisch. »Schauen Sie, das lasse ich Ihnen hier. Ist ganz neu, erst in diesem Jahr erschienen, von einer Ärztin verfasst. Ich empfehle das all meinen frischgebackenen Müttern. Daraus lässt sich lernen, wie man so einen kleinen Menschen gesund und ordentlich zu versorgen hat, ohne Überspanntheit, ohne sich von ihm zum Narren machen zu lassen, wie es jungen Frauen gern passiert, und vor allem, ohne das Kind zu verweichlichen.«

Nina warf aus dem Augenwinkel einen Blick auf das Buch. Es hieß *Die deutsche Mutter und ihr erstes Kind* und stammte von einer Frau namens Dr. Johanna Haarer.

»Vielen Dank«, sagte sie.

»Dafür werden Sie mir noch oft danken«, sagte die Hebamme. »Ich nehme es wieder mit, wenn ich zur Nachuntersuchung komme.«

Nina bedankte sich noch einmal und atmete auf, als die beiden endlich gingen. Sie wandte sich ihrem Sohn zu, von Neuem überwältigt von Liebe. Er sah nicht wie Claus aus, und er sah auch nicht wie sie aus und doch auf nicht benennbare Weise wie sie beide. Sie beugte sich zu ihm und stupste ihn mit der Nasenspitze gegen die Wange. »Hallo, kleiner Spatz. Hier ist deine Mami.«

Die muschelförmigen Lider mit den glänzenden Wimpern blinzelten ein paarmal, dann schlossen sich die Himmelsaugen, und der kleine Berthold sank in ihrem Arm in friedlichsten Schlaf. Seine Namen hatte Nina ihm ausgesucht und war stolz darauf. Mit Claus hatte sie sich schon seit Wochen darüber beraten, sie waren sich noch nicht einig gewesen, aber nun hatte sie diese beiden gewählt, weil sie wusste, er würde sich darüber freuen: Berthold nach seinem Bruder, an den er sich nach Georges Tod noch enger angeschlossen hatte, und Maria, weil eben erstgeborene katholische Söhne diesen Namen aufgedrückt bekamen.

Nina musste lachen. »Wir zwei, wir werden den Papi schon um den Finger wickeln, was?«

Ihr Söhnchen schlief. Dass sie zu seiner Versorgung ein Buch brauchen würde, konnte sie sich nicht vorstellen, aber natürlich war es nett von der Hebamme, ihr eines zu geben.

»Verweichlichen werde ich dich aber trotzdem«, versprach sie ihrem schlafenden Kind. »Meine Eltern haben mich auch verweichlicht, ich habe auf fünf Daunendecken geschlafen wie die Prinzessin auf der Erbse und bin trotzdem so tapfer und stark wie eine Bärin geworden, denn ansonsten hätte ich einen solchen Prachtkerl wie dich ja nicht zur Welt bringen können. Wir sind Helden, wir zwei. Und wir werden unsere Sache schon gut machen.«

Ihre Eltern kamen keine Stunde später mit Blumen, Geschenken und Terrinen voll hausgemachter Speisen, überglücklich über ihren Enkel.

»Jetzt kann ich es ja sagen«, murmelte ihr Vater über die Wiege gebeugt, in der schon die drei Stauffenberg-Brüder gelegen hatten. Seine Stimme war vor Andacht belegt. »Als du mich damals gefragt hast, ob du mir denn genug wärst, habe ich gedacht: Was wäre ich denn für ein undankbarer Vater, dem so ein liebes, gutes Kind nicht genug ist? Aber jetzt, wo ich auch noch den Claus und obendrein den kleinen Burschen hier habe, muss ich doch eingestehen, dass es ein großes Glück für mich ist.«

Und nichts anderes will ich, dachte Nina, von den unbeholfenen Worten berührt. Dass wir alle zusammen dieses große Glück genießen dürfen. Ein ganz gewöhnliches Leben, das einem nicht mehr gewöhnlich vorkommt, wenn es so übervoll mit Menschen ist, die man liebt.

»Väterchen«, sagte sie zu ihrem Vater, weil sie ihn gern so nannte und weil ›Papi‹ ja nun ihr Mann geworden war. »Könntest du mir wohl rasch eine Zeitung kaufen? Ich habe seit Tagen keine mehr gelesen.«

»Daran tust du auch gut!«, rief ihre Mutter. »All diese widerlichen Nachrichten über unappetitliche Dinge, das ist nicht gut für die Milch.«

»Was für unappetitliche Dinge?«

»Ach, nicht doch, Nina.«

»Jetzt lass schon gut sein, Anna«, sagte ihr Vater. »Wenn das Mädel Bescheid wissen will, wird sie das ja wohl dürfen. Sie hat ihren eigenen Radioapparat, ihr Mann ist womöglich von der Entwicklung betroffen, und die Zeitungen würden doch nichts davon berichten, wenn es irgendwem schaden könnte.« Er wandte sich an Nina, trat aber von der Wiege fort, als fürchte er um die zarten Ohren seines Enkels. »Der Ernst Röhm von der SA, der ist abgesetzt. Der hat sich Verfehlungen zuschulden kommen lassen, über die man besser nicht spricht. Unnatürliche Verfehlungen. Und dann ist leider obendrein davon auszugehen, dass die Straftat des Landesverrats begangen worden ist – nicht von dem Röhm allein, sondern offenbar auch von General von Schleicher, Generalmajor von Bredow und weiteren.«

»Generalmajor von Bredow?«, fragte Nina. Der Mann war stellvertretender Minister der Reichswehr gewesen. Claus mochte ihn, er hielt ihn für einen besonnenen Befehlshaber, der bei seinen Untergebenen beliebt war und gute Beziehungen ins Ausland unterhielt. »Was für einen Verrat soll er denn begangen haben? Dass er an einem Putschversuch beteiligt war, kann ich mir nicht vorstellen.«

»So sieht es aber leider aus«, erwiderte ihr Vater. »Vielleicht hat deine Mutter doch recht, und wir sollten an diesem Freudentag von solch unerfreulichem Thema nicht reden. Die Zeitungen drücken sich nicht besonders klar aus, fest steht nur, dass die Versuche vereitelt worden sind und niemand zu Schaden kam. Versuch es zu vergessen, Ninchen. Dein Mann ist vermutlich dieser Sache wegen unabkömmlich, aber wenn er erst einmal hier ist, wird er es auch vergessen und vor Vaterstolz platzen.«

Da sie erschöpft von der Geburt war, beharrte Nina nicht auf ihren Fragen. Gegen Abend gingen die Eltern, und am folgenden Abend kam Claus. Er stürmte ins Schlafzimmer, als Nina Berthold nach dem Stillen in den Schlaf wiegte, und schloss sie beide zugleich in die Arme.

»Mein Ninchen. Meine zwei.« Die Woge von Liebe, die Nina überrollt hatte, spürte sie nun auch bei ihm. Lange Zeit konnten sie beide nicht sprechen, und über seine Wangen liefen Tränen, die fortzuwischen er sich nicht die Mühe machte. Zart nahm er ihr seinen schlafenden Sohn aus den Armen, um ihn in seine Wiege zu tragen, blieb dann jedoch stehen, um ihn zu betrachten, und Nina kam er vor wie ein Hirte.

Wie ein Wächter über das schönste Heiligtum der Welt.

»Ich habe meine Sache gut gemacht«, sagte Nina. »Hätte vorher gar nicht so ein Angsthase sein müssen. Sogar die Hebamme hat gesagt, ich habe mich angestellt wie eine Alte, und jetzt habe ich auch keine Sorge mehr, dass ich für meinen kleinen Spatzen keine gute Mutter sein könnte.«

»Die Sorge hatte ich nie«, sagte Claus. »Weißt du nicht mehr, was ich zu dir gesagt habe, als wir uns das erste Mal begegnet sind? Ich möchte, dass diese Frau dort die Mutter meiner Kinder wird. Du hast mich nicht ernst genommen, oder?«

»Natürlich nicht.«

»Du solltest mich immer ernst nehmen, Nina.«

»Tut mir leid, mein Lieber, aber das bringt die stärkste Frau nicht fertig. Und außerdem bin ich nur die Mutter *deines Kindes,* von Kindern im Plural kann gar keine Rede sein.«

»Ach, da werden schon noch welche kommen – jetzt, wo wir wissen, wie man es macht.«

»Damit könntest du allerdings recht haben. Ich zumindest bin ein Naturtalent.«

»In der Tat.«

Über den flaumigen Kopf ihres Sohnes hinweg lachten sie sich an, und das Glück, das Nina verspürte, erschien ihr so stark, als wären sie unverwundbar. Der schwere Schatten, der über ihnen geschwebt hatte, seit Claus sie aus Berlin angerufen hatte, war verflogen. Aber er kehrte zurück. Als sie zu Abend gegessen hatten und Claus vor dem Schlafengehen noch einmal an Bertholds Wiege trat, um ihm zuzusehen, bemerkte sie es. Er war glücklich, er sprudelte über vor Liebe für seinen Sohn, aber zugleich hatte ihn eine Sorge erfasst, die durch diese Liebe noch schwerer und lastender wurde.

Die Sorge, dass es etwas in seinem, in ihrer aller Leben gab, vor dem er seinen Sohn nicht schützen konnte.

Sie trat hinter ihn. »Wenn du reden willst, bin ich da«, sagte sie und machte eine Pause. »Wenn du schweigen willst, auch.«

Er fuhr herum und fiel ihr geradezu in die Arme. »Hast du die Zeitungen gelesen, Nina?«

Sie schüttelte den Kopf. »Aber mit meinem Vater gesprochen. Ein bisschen weiß ich. Komm mit mir in den Salon, lassen wir den Spatzen schlafen.«

Sie gingen hinüber in das Vorderzimmer, in dem sie noch gar nicht richtig heimisch geworden waren und viel zu selten Gäste bewirtet hatten. Das Licht schalteten sie nicht ein. Nina ließ Claus sich niedersetzen und schenkte ihm vom Getränkewagen einen *Vieille Réserve*-Cognac ein, den er gern, aber immer nur in kleinen Mengen trank. Er blickte zu ihr auf, und auf seinem Gesicht schien sich im schwachen Schimmer der Straßenlaterne beides zu mischen: das Glück, das ihm gerade geschenkt worden, und der Schrecken, der ihm widerfahren war. Dazu seine völlige Ratlosigkeit. Er griff in die Brusttasche seiner Uniformjacke, förderte ein kleines Fläschchen zutage und hielt es ihr hin.

Vol de Nuit.

Ihr liebstes Parfüm.

»Zur Geburt unseres Sohnes musst du natürlich ein Schmuckstück bekommen«, sagte er. »Das schönste, was sich finden lässt, aber ich hatte einfach keine Gelegenheit, danach zu suchen. Nur das da habe ich in der Parfümabteilung vom *KaDeWe* für dich besorgen können – du weißt doch, im *KaDeWe,* da weht Weltstadtduft.« Sein Lächeln verschwand gleich wieder. »Ich mag es so gern an dir. Eine Frau, die so viel Klasse hat wie du, braucht einfach ein französisches Parfüm.«

Sie setzte sich neben ihn, tupfte sich ein wenig von dem Duftwasser an den Puls an ihrem Hals und ließ sich von ihm dort küssen. Dann packte sie seinen Kopf und küsste ihn ebenso wild und ausgehungert zurück. Er umschlang sie, stöhnte, zog sie in ihrem verschwitzten, von austretender Milch beschmutzten Hauskleid dicht an sich. Sie spürte, wie verzweifelt er sie begehrte, wie sehr er sich wünschte, in ihren Armen alles zu vergessen, und am liebsten hätte sie es ihm gewährt. Aber sie war wund und aufgerieben von der Geburt, hatte Wochenfluss, und außerdem würde ihm das höchstens eine kurze Zeit lang helfen.

Behutsam löste sie sich und strich ihm das schwere, wirre Haar aus der Stirn. Dass er ihr streng genommen kein Wort sagen durfte, war ihr klar, aber auch, dass er es unbedingt wollte, dass er einen Menschen brauchte, mit dem er es teilen konnte.

Sie würde es erraten müssen. Wort für Wort.

»Mein Vater hat mir erzählt, dass Ernst Röhm abgesetzt worden ist«, begann sie, sah ihm in die Augen und bemühte sich mit aller Anstrengung, darin zu lesen. »Wegen sittlicher Verfehlungen, wenn ich es richtig verstanden habe. Weil er Männer liebt wie dein Freund Ernst Kantorowicz, Claus? Ist es das?«

Claus schüttelte den Kopf. »Das ist nur vorgeschoben.« Er flüsterte. »Jeder hat es gewusst, aber bisher hat es niemanden gekratzt. Die NSDAP ist kein Internat für höhere Töchter, hat Hitler gesagt.«

»Und was ist dann der wirkliche Grund für die Absetzung?«, fragte Nina. »Mein Vater hat gesagt, es stecken auch General von Schleicher und Generalmajor von Bredow in der Sache, denen man sittliche Verfehlungen doch gewiss nicht vorwerfen kann.«

Wieder schüttelte Claus heftig den Kopf. »Von Bredow hat einen Sohn«, stieß er heraus. »Hasso. Er hat ihn so lieb gehabt wie ich meinen. Er ist erst acht Jahre alt.«

»Und General von Schleichers Tochter geht auf meine alte Schule in Wieblingen«, fiel Nina unvermittelt ein. »Fräulein von Thadden hat mir in ihrem Neujahrsbrief davon geschrieben.«

»Fräulein von Thadden«, murmelte Claus vor sich hin.

»Diese Männer werden doch aber wohl keinen Putsch angezettelt haben«, sagte Nina. »Sie sind keine Verräter, oder doch?«

Er sah sie wieder an, die hellen Augen weit. »Ich weiß es nicht, Nina.« Schwer hob er die Schultern und ließ sie wieder fallen. Dann stand er auf, ging zum Fenster und sah hinaus in die Nacht. »Sie sind tot«, sagte er.

»Tot?«

Claus drehte sich nicht um. »Nicht nur Röhm und die beiden Generäle, sondern auch etliche andere. Fünfzig, hundert – ich weiß nicht, wie viele. SA-Führer. Offiziere. Anhänger der Deutschnationalen Partei …«

»Aber wie denn?«, rief Nina und wünschte, sie hätte in ihr Schlafzimmer laufen und ihr Kind in ihre Arme reißen können, es vor der Bedrohung, die auf einmal im Raum stand, beschützen. Aber das durfte sie nicht. Sie musste den kleinen Berthold in Frieden schlafen lassen und hier bei ihrem Mann bleiben. »Waren das denn alles Putschisten?«, fragte sie.

Wieder zuckte er mit den Schultern. »Sie sind auf höchsten Befehl getötet worden, und dass sie Putschisten waren, wird wohl in den offiziellen Erklärungen stehen. Von unvermeidbarer Staatsnotwehr ist die Rede, vom Schutz von Recht und Reichswehr. Röhm habe versucht, seine SA an uns vorbei an die Spitze zu stellen, heißt es, und vielleicht ist das ja wahr.« Er fuhr herum. »Nina, um alles in der Welt, versprich mir: Sag kein Wort, zu niemandem.«

Sie lief zu ihm, und sie hielten sich fest. »Wir sind jetzt Eltern«, sagte er. »Wir haben Verantwortung, und ich darf mit dir über solche Dinge nicht mehr sprechen.«

»Aber du kannst doch damit nicht allein bleiben«, rief sie.

Er strich ihr das Haar von der Schläfe und berührte mit glühenden Lippen ihre Haut. »Unser kleiner Berthold ist es, der nicht allein bleiben kann«, sagte er. »Einer von uns muss immer für ihn da sein. Und ich komme zurecht, mein Liebstes, ich habe mich gleich wieder in der Gewalt. Ich habe nur so sehr an dein Fräulein von Thadden denken müssen. Daran, dass sie gesagt hat, man solle nicht für etwas sein, ehe man ausprobiert hat, wie es ist, dagegen zu sein.«

Ihre Blicke trafen sich. Nina spürte ihrer beider Herzschlag und fand keine Worte.

»Hättest du dir gewünscht, dass ich etwas sage?«, fragte er in die Stille. »Hättest du dir gewünscht, dass ich aufgestanden wäre, während sie ihre Erklärungen zu Schutz und Notwehr verlasen, und gesagt hätte, was ich weiß?«

Sie sah ihn noch immer an, nicht fähig, ihren Blick aus seinem zu lösen. Da begann drüben in seiner Wiege im Schlafzimmer der kleine Berthold leise zu weinen. Erleichtert atmete Nina auf und ging, um nach ihm zu sehen.

In der Tür blieb sie stehen und drehte sich um. »Ich wünsche mir, dass du bei uns bist«, sagte sie. »Dass du lebst.«

16

Claus

Seinen Urlaub Ende Juli verbrachten sie, wie es Tradition war, in Lautlingen. Die ganze Familie kam dort zusammen, um den kleinen Berthold willkommen zu heißen und seine Taufe zu feiern. Claus war Nina dankbar, weil sie die Einladung seiner Mutter angenommen hatte und bereits Mitte des Monats mit ihrem Sohn dorthin gereist war. Das war es, was er sich für seinen Jungen wünschte: dass er die gleichen endlosen, seligen Sommer in Lautlingen verbringen durfte, die er selbst genossen hatte – frei und wild und im Glauben, die bemerkenswertesten Abenteuer zu bestehen, dabei jedoch behütet von der Liebe der Familie und sicherer aufgehoben als die britischen Kronjuwelen.

Claus war immer ein schwächliches Kind gewesen, hatte seine Konstitution gehasst und mit eisernem, unbarmherzigem Willen darum gekämpft, sich härter zu machen. Unter dem Spott seiner Brüder hatte er viel stärker gelitten, als er es jemals eingestanden hätte, aber hier draußen, mit einem Stecken als Schwert und den Geschichten von den Helden der Nibelungen im Kopf, hatte er sich stark und jedem anderen ebenbürtig gefühlt.

Das Gleiche sollte sein kleiner Berthold erleben: das Bewusstsein der eigenen Kraft beim Erklimmen eines Hügels, beim Lauf durch ein Unwetter, beim Galopp auf einem eigensinnigen Pferd. Und zugleich sollte er die Gewissheit spüren, zu einem Kreis von Menschen zu gehören, die ihn ihr Leben lang unverbrüchlich lieben würden und von denen ihn nichts und niemand zu trennen vermochte.

War ihm selbst je bewusst gewesen, was für ein Segen, was

für ein Privileg eine solche Sicherheit war? Er hatte sie ja immer besessen und hatte sie vielleicht niemals so nötig gehabt wie jetzt. Wenn er nach Lautlingen kam, würde er das, was ihn um den Schlaf brachte, hinter sich lassen und in das Glück, eine solche Familie zu besitzen, eintauchen wie in den Waldsee, in dem er Berthold eines Tages das Schwimmen lehren würde. Wie herrlich es war, ein Kind zu haben – als bekäme man den besten Teil der eigenen Kindheit noch einmal zurück. Und bis es so weit war, bis er seinen Urlaub antreten durfte, würde er an seine Frau und seinen Sohn in der Sicherheit dieses Kinderparadieses denken.

Nina tat sich nicht leicht mit seiner Mutter, das wusste er. Duli von Stauffenberg war eine Persönlichkeit, eine vor innerer Stärke strotzende Frau, von der man in der Umgebung wohl selbst dann als von ›der Gräfin‹ gesprochen hätte, wenn sie gar keine gewesen wäre. Ihre Haltung hatte etwas Gebieterisches, und über die Kindheit ihrer Söhne hatte sie wie eine Löwin gewacht. Durch seine häufigen Krankheiten, während derer sie nächtelang an seinem Bett gesessen hatte, war Claus ihr näher gewesen als die beiden älteren. Vielleicht nicht nur deshalb, sondern auch weil er der eine von zweien war, den ihr das Schicksal gelassen hatte, und weil etwas in ihren Naturen übereinstimmte, eine Art von Zärtlichkeit, die sich schwer in Worte fassen ließ.

Sicher hatte sie sich vorgestellt, dass ihr Jüngster ein wenig länger ledig bliebe, Frauen an seiner Mutter messen und sich schließlich eine wählen würde, die ihr ähnlich war. Dass er genau das getan hatte, hatte sie nicht bemerkt, weil Nina so jung und in ihren Augen noch ein Kind gewesen war. Weil sie verspielt war, lustig, lieber Abenteuerromane als Gedichte las und kettenweise Zigaretten rauchte, war der scharfäugigen Duli entgangen, dass ihnen beiden die gleiche Stärke innewohnte.

Das bedeutete jedoch nicht, dass sie der Frau ihres Sohnes den Respekt schuldig blieb, und seit diese Frau ihr erstes Enkelkind auf die Welt gebracht hatte, war jener Respekt erheblich gestiegen. Mit der Zeit würde Nina es spüren. Sie würde lernen, dass sie in Dulis Augen nun eine Stauffenberg war, die Mutter eines Stammhalters, und dass sie damit eine Stellung innehatte, die nichts ihr mehr rauben konnte.

In jedem Fall hatte Nina keinen Widerspruch eingelegt, als Claus ihr vorschlug, mit Berthold schon vorab nach Lautlingen zu reisen, und er war darüber zutiefst beruhigt. Ohne sich um sie sorgen zu müssen, fuhr er nach Hannover, wo er sich, anders als in Berlin, mit Dingen beschäftigen würde, von denen er etwas verstand: nicht mit Putschversuchen, Intrigen und Vertuschung, sondern mit Pferden, Pferden und nochmals Pferden. Genau das hatte ihm in Bamberg letzthin gefehlt. Sein Reiterregiment war mehr und mehr motorisiert und zu einer gepanzerten Truppe umgestaltet worden. Hier aber stand das Pferd, dieses herrliche Tier, nach wie vor im Mittelpunkt. Und wenn es nicht um Pferde ging, dann um junge Leute, die eine Laufbahn als Kavalleristen anstrebten und von sinistren Vorgängen an geheimen Schaltstellen nicht die Spur einer Ahnung hatten.

Ich habe im Grunde ja auch keine, sagte sich Claus. Und es gehörte auch nicht zu seinen Pflichten, eine zu haben. Er war kein Beamter, sondern Offizier, keiner Partei und schon gar nicht einem einzelnen Mann verpflichtet, sondern dem großen Ganzen, dem Staat und dem Volk. In den harten Nächten der vergangenen Wochen hatte er sich mit drängenden Fragen gequält. Stefan George, seinem Meister, konnte er sie nicht mehr stellen, und wie alle Mitglieder des Kreises hatte er sich stattdessen angewöhnt, sich zu fragen, was der Meister an seiner Stelle getan hätte. Hätte er die Stimme erhoben? Hatte sein geistiger Führer, indem er das ihm von Goebbels angetragene Amt ablehnte und der Ehrung zu seinem Geburtstag fernblieb, ein Zeichen gesetzt, das Claus nicht hätte übersehen dürfen?

Die bei Nacht und Nebel erfolgte Tötung politischer Gegner, die Meldung über einen Putsch, der nie stattgefunden hatte, den hastigen Erlass eines Gesetzes, das im Nachhinein bereits begangene Taten rechtfertigte – nichts davon hätte doch ein Mann von der Integrität Georges gutheißen können!

Andererseits hatte der Meister seinen Anhängern jedoch nie die Weisung erteilt, sich von den Nationalsozialisten fernzuhalten. Im Gegenteil. In einzelnen Fragen hatte er bereits frühzeitig seine Zustimmung bekundet, wenn auch ein Stefan George niemals einer politischen Partei seine Unterstützung gewährt hätte, sondern lediglich geprüft hatte, was seiner eigenen Bewegung im Interesse Deutschlands zuträglich war und was nicht.

Und ebenso werde ich es künftig auch wieder halten, versprach sich Claus. Gewiss, er trug als Offizier und als Deutscher eine Verantwortung. Seine größte Verantwortung lag jedoch bei seiner Familie – seiner Frau und seinem neugeborenen Sohn. General von Schleichers Frau Elisabeth war mit ihm erschossen worden, Generalmajor von Bredows Sohn Hasso wuchs ohne seinen Vater und obendrein mit einem Schatten auf der Ehre seiner Familie auf. Allein der Gedanke, Nina und Klein Berthold in ein solches Schicksal zu zwingen, drehte Claus den Magen um. Er musste aufhören, über diese Dinge nachzudenken. Faule Eier gab es schließlich in jeder Partei, wo gehobelt wurde, fielen Späne, und zu Verbrechen und ungeklärten Todesfällen war es unter jeder Regierung gekommen.

Hier in Hannover kam er zur Besinnung, fand zu seiner inneren Ruhe zurück. Mit den Ereignissen von Berlin hatte er nichts zu tun, sondern würde Pferde trainieren, auf Wettbewerben antreten und sich im Dressurviereck beweisen, wie er es von klein auf liebte: mit einem Pferd zu verschmelzen, bis seine eigenen Glieder nichts mehr kannten als fließende Bewegungen in Traversalen, Passagen und Piaffen, bis sein eigener Körper die Kraft des Pferdes als Teil der seinen spürte.

Der junge Hans Kreller, ein pferdebegeisterter Niedersachse, der ihm als Offiziersbursche zugeteilt worden war, bekam leuchtende Augen, wenn er Claus nach einer gelungenen Übung im Viereck die kleine, aber äußerst rittige, wendige Stute *Minerva* abnahm.

»Wenn ich's mir erlauben darf, Herr Oberleutnant – von einem wie Ihnen sagt man bei uns zu Hause: Der ist im Sattel schon zur Welt gekommen.«

Kameraden wie Kreller, den er ›das Hänschen‹ nannte, halfen ihm, sich in seiner Haut wieder wohlzufühlen. Und Generalleutnant von Loeper, der Ausbilder, der seinen Lehrgang zum Bereiteroffizier leitete, war ein Mann ganz nach seinem Geschmack. Er war ein Kerl wie ein Baum, hatte ein scharfes Auge für seine Leute und scherte sich um einen jeden Einzelnen. Zu Claus sagte er nach der ersten Woche: »Ich mag Sie gut leiden, Stauffenberg. Sie sind fröhlich, Sie kommen mit jedem gut aus, und trotz alledem erscheinen Sie mir intelligent.« Er verzog den Mund zu einem breiten, gewinnenden Grinsen, wurde aber gleich wieder ernst. »Vor allem aber machen Sie auf mich den Eindruck eines durch und durch lauteren Mannes, und von der Sorte hat ein Land nie genug. Ich freue mich, dass wir Sie hierherbekommen, und hoffe, Sie bleiben uns lange erhalten.«

Claus hoffte dasselbe. Zusammen mit dem Hänschen gewann er ein Gruppenspringen in Heiligenhaus und das Military-Turnier seines Lehrgangs, nahm Englischunterricht, um eine Prüfung als Dolmetscher abzulegen, und freute sich auf seinen Urlaub in Lautlingen.

Dort traf er am Abend vor der Tauffeier ein. Am Gleis des

winzigen Bahnhofs stand sein Bruder Berthold, trug seinen Borsalino-Fedora und winkte mit beiden Armen wie in alten Zeiten.

»Bertl, wie schön! Du weißt nicht, wie du alter Griesgram mir gefehlt hast.« Claus sprang vom Trittbrett, um den Bruder in die Arme zu schließen, noch ehe der Zug völlig zum Stillstand gekommen war. Berthold hatte ihm wirklich gefehlt. Seit dem Tod Stefan Georges fühlte er sich geistig zuweilen wie ein Stück Treibholz, ohne feste Richtung und von einem Strom von Fragen davongeschwemmt. Mit Berthold würde er diese Empfindungen teilen können, denn der Bruder trauerte womöglich noch tiefer um seinen Meister als er selbst.

»Und Klein Clausi, das Stolperbein, ist auch noch ganz der Alte.« Berthold fing ihn auf und grinste, aber es kam Claus nicht echt vor. Berthold wirkte in der Tat griesgrämig, als wäre ihm an diesem strahlenden Sommernachmittag das ganze Leben verleidet. Beruflich hatten sich einige hochfliegende Hoffnungen für ihn nicht erfüllt. Er war als Sekretär am Internationalen Gerichtshof in Den Haag tätig gewesen, hatte diesen Posten nach Deutschlands Austritt aus dem Völkerbund jedoch räumen müssen und saß nun wieder in Berlin, am Kaiser-Wilhelm-Institut für ausländisches Recht, wo er offenbar nicht von der Stelle kam.

War das alles?

Das und der Tod des Meisters, als dessen Nachfolger Berthold seit Jahren vorgesehen gewesen war?

Claus legte dem Bruder den Arm um die Schultern. Dieser war immer der große, der stärkere von ihnen gewesen, doch jetzt auf einmal kam er ihm schmächtiger vor. »Was hältst du davon, wenn wir euch vor dem Abendessen aus den Familienbanden loseisen und auf ein paar Gläser ins *Lamm* in den Ort fahren?«, schlug er vor. »Nur wir vier – deine Mika, meine Nina, und wir zwei haarigen Burschen.«

»Weiß den Vorschlag zu schätzen, ist aber leider nicht zu machen«, erwiderte Berthold. »Keine Mika weit und breit. Falls ihr im *Lamm* einen heben wollt, werdet ihr mit mir allein vorliebnehmen müssen.«

»Keine Mika?«, rief Claus. »Was soll denn das heißen?«

Mika Classen war Bertholds langjährige Verlobte. Sie stammte aus der Ukraine und war fünf Jahre älter als der Bruder, weshalb anfangs im Familienkreis niemand angenommen hatte, dass aus der losen Verbindung der beiden etwas Festes werden würde. Inzwischen aber waren sie schon bald zehn Jahre ein Paar. Nina und Claus war es daher selbstverständlich erschienen, sie zur Taufe mit einzuladen, auch wenn Berthold die Hochzeit immer wieder hinausschob.

»Sie ist eben nicht mitgekommen«, sagte Berthold. »Ich bin alleine hier.«

»Aber warum, Bertl?«, fragte Claus. »Wenn ich ehrlich bin, verstehe ich nicht einmal, warum ihr nicht endlich heiratet. Machst du dir Sorgen, weil deine berufliche Stellung noch nicht so gefestigt ist, wie man es vor seiner Heirat gern hätte …«

»Das ist es nicht«, fiel ihm sein Bruder ins Wort. »Viktor Bruns ernennt mich im Herbst zum stellvertretenden Leiter der Abteilung für Völkerrecht.«

»Na bestens!«, rief Claus. »Ich freue mich für dich, und einen Besseren kann euer Bruns gar nicht finden. Aber dann erst recht: Warum ist Mika nicht hier, und warum ist sie noch nicht meine Schwägerin? Bertl, lass dir von mir sagen – es tut gut, eine Gefährtin an der Seite zu haben. Gerade jetzt, wo so vieles im Umbruch ist und wir ohne unseren Meister, nun ja … doch ab und an ein wenig verloren sind.«

»Das ist stark untertrieben«, erwiderte Berthold ohne jede Heiterkeit. »Und dass deine Nina dir guttut, das merkt man dir an. Du bist in letzter Zeit richtig erwachsen geworden, kleiner Bruder.«

»Und dazu, meinst du, brauchte ich Nina?«

Nicht einmal Bertholds Lachen klang heiter. »Irgendwen musst du ja wohl gebraucht haben, denn alleine würdest du immer noch auf Mamis Schoß sitzen und mit Püppchen spielen.«

Spielerisch schlug Claus mit seiner Mütze nach ihm, und die letzten paar Schritte legten sie rangelnd wie als kleine Jungen zurück. »Aber im Ernst«, sagte Claus dann, während er in das Auto des Bruders stieg. »So eine Eheschließung tut gar nicht weh, und hinterher werden eine ganze Menge Dinge, die einem vorher geradezu gigantisch vorkamen, ins richtige Verhältnis gerückt. Ich kann dir nur dazu raten.«

Berthold nahm hinter dem Steuer Platz. »Dir ist aber noch in Erinnerung, dass der Meister von Mika keine gute Meinung hatte, oder nicht?«

Tatsächlich war es Claus entfallen, was ihm jetzt wie ein Sakrileg vorkam. Ja, Stefan George hatte mehr als deutlich gemacht, dass er von einer Heirat zwischen seinem berufenen Nachfolger und der Schwarzmeerdeutschen nichts hielt und seine Zustimmung verweigern würde. Jäh erschrak er vor der Frage, die sich seinem Bruder zwangsläufig stellen musste: Was hätte er in dessen Lage getan?

Hätte er sich durch Georges Ablehnung davon abbringen lassen, Nina zu heiraten?

Das war nicht möglich! Wie hätte er es ertragen sollen, sich ausgerechnet zwischen diesen beiden Menschen, die die Pfeiler seines Lebens darstellten, zu entscheiden?

Er drängte den Gedanken beiseite. Zu seinem Glück war nicht er davon betroffen, sondern der arme Berthold. Dem hätte er nur zu gern geholfen, aber ihm fiel nicht ein, wie.

»Reden wir nicht mehr darüber«, sagte Berthold und betätigte den Anlasser des Wagens. »Wenn das Verbot des Meisters nicht schon genügen würde, gäbe es bekanntlich noch die Tatsache, dass auch unser Herr Vater Mika für allzu profan hält und ihren Namen nicht im Stammbaum der Stauffenbergs wünscht. Umso mehr ist er deiner Nina zugetan. Und natürlich dem Stammhalter! Meinen Glückwunsch noch einmal. Ihr seid die reinste Bilderbuchfamilie und werdet es wohl übernehmen müssen, für die nächste Generation zu sorgen, da Alexander mit seiner Melitta ja ebenfalls nicht in die Gänge kommt.«

Die Beziehung zwischen Bertholds Zwillingsbruder und der temperamentvollen Flugzeugingenieurin war immer stürmisch gewesen. Der Seitenblick, den er von Berthold auffing, verriet Claus jedoch, dass darin nicht das Problem bestand.

»Was ist denn los mit den beiden?«, fragte er.

Berthold zuckte im Fahren mit den Achseln. »Melittas Eltern leben bekanntlich in Danzig als polnische Staatsbürger«, sagte er. »Dass ihr Vater zudem von odessitischen Juden abstammt, macht die Sache nicht leichter für Alex, der auf seine Ernennung zum Professor schließlich immer noch wartet.«

Claus entfuhr ein Seufzen. »Für unkomplizierte Verhältnisse scheinen die Stauffenberg-Brüder nichts übrigzuhaben.«

»Du sagst es«, erwiderte Berthold. »Natürlich mit Ausnahme von Clausi, unserem Goldjungen, der die Schieflage wieder geraderückt, indem er die perfekte Stauffenberg-Gattin geheiratet und dann auch gleich noch das perfekte Kind gezeugt hat.«

Ein schneidender Unterton schien in Bertholds Worten zu schwingen, und sosehr er sich dagegen wehrte, fühlte Claus sich verletzt. Ich hätte Nina auch geheiratet, wenn sie nicht die perfekte Stauffenberg-Gattin wäre, begehrte es in ihm auf. Ich hätte sie geheiratet, wenn sie odessitische Jüdin, Danziger Polin, den Eltern ein Dorn im Auge oder was auch immer gewesen wäre. Ich hätte sie geheiratet, weil ich sie liebe, weil ich mit ihr jung sein und alt werden will, weil sie die einzige Frau für mich ist.

Zugleich aber wurde tief in seinem Innern eine Stimme laut, die in geradezu hämischem Tonfall fragte: Hättest du?

»He, Bruderherz. Jetzt spiel nicht die beleidigte Leberwurst.« Berthold hob eine Hand vom Steuer und schlug Claus auf den Rücken. »Es war nur ein dummer Spruch. Wenn dir etwas daran liegt, entschuldige ich mich. Ich mag deine Nina. Die ist ein netter Käfer, und im Übrigen habe ich mich noch gar nicht dafür bedankt, dass ihr mich zum Paten eures Erstgeborenen gewählt habt.«

Das Schloss kam in Sicht, gerade als der Himmel darüber noch kaum merklich einen rotgoldenen Schimmer annahm. Claus' bedrückte Stimmung legte sich, und die Freude kehrte zurück. Aus der Ferne sah er eine junge Frau mit braunem Haar, die über den Feldweg einen Bollerwagen auf das Haus zuzog. An ihren noch kindlich ausgelassenen und dennoch eleganten Bewegungen erkannte er Nina. In dem Wagen hatte seine Mutter ihn und seine Brüder über die Felder gezogen, wenn sie abends, nach stundenlangem Spielen, zu erschöpft waren, um zu Fuß heimzugehen. Dass sie ihn Nina überlassen hatte, war eine Ehre. Claus konnte es nicht erwarten, seine Frau und seinen kleinen Jungen in die Arme zu schließen und ihnen zu zeigen, wofür sämtliche Worte zu klein waren:

Ihr seid mein Glück. Ich würde alles für euch tun.

Von Missmut oder Verstimmung war an diesem Abend im Familienkreis nichts mehr zu spüren. Lärmend und vergnügt saßen sie alle um den langen Tisch im Speisezimmer, leerten Schüsseln, Platten und vor allem Gläser und genossen es, wieder beisammen zu sein. Claus freute sich besonders, weil sein geliebter Patenonkel Nikolaus von Uexküll-Gyllenband angereist war. Er war Dulis jüngster Bruder, wurde von allen nur Onkel Nux genannt und flirtete auf derart charmante Weise mit Nina, dass diese bis über den Haaransatz errötete und bezaubernder denn je aussah.

»Du hast nicht nur bei der Wahl deines Taufpaten einen exquisiten Geschmack bewiesen«, sagte er zu Claus mit einem anerkennenden Blick auf Nina.

Die Mutterschaft stand ihr. Sie war keine jener Frauen, die mit der Geburt des ersten Kindes ihre Mädchenhaftigkeit ablegten. Noch immer war sie schlaksig, fröhlich und lebhaft, doch sie hatte eine ganz eigene Würde gewonnen und strahlte eine stille, tiefe Freude aus.

Claus war über alle Maßen in sie verliebt.

Er platzte vor Stolz auf sie.

Er war glücklich.

Am folgenden Vormittag feierten sie die Taufe seines Sohnes in der katholischen Pfarrkirche St. Johannes Baptista, und er hätte die Welt umarmen wollen. Taufpate Berthold schenkte seinem Patensohn zu all den üblichen Gaben eine Kiste mit Holzbausteinen, die einst den drei Brüdern gehört hatte. Ganze Städte und Reiche hatten Berthold, Alexander und Claus aus diesen Steinen errichtet, und am liebsten hätte Claus sich noch in der Kirche auf die Knie geworfen, um wie damals mit dem Bau zu beginnen.

Abends jedoch, als sie nach dem Aufbruch der Gäste noch im kleinen Salon zusammensaßen und sein Vater das Radio einschaltete, wurde die laufende Sendung abrupt unterbrochen, und getragene Musik setzte ein. Nach wenigen Takten meldete sich mit sonorer Stimme ein Sprecher zu Wort. Reichspräsident Hindenburg war im Alter von sechsundachtzig Jahren auf seinem Gut in Ostpreußen gestorben.

»Ein gesegnetes Alter«, bemerkte Onkel Nux und hob sein Glas mit Weinbrand. »Aber seien wir ehrlich – geistig ganz unter uns war der alte Herr schon seit geraumer Zeit nicht mehr.«

»Trotzdem war es eine Beruhigung, ihn noch im Amt zu wissen«, sagte Claus' Vater, der sich in Gespräche zur Tagespolitik nur noch selten einmischte und stattdessen seinem Neffen Caesar von Hofacker von seinem neuen Erbbegräbnis auf dem Lautlinger Friedhof vorgeschwärmt hatte.

In dieser Nacht schlief Claus mit Nina. Es war das erste Mal seit Bertholds Geburt, und er wollte sanft sein, doch er hatte die größte Mühe, sich zu beherrschen.

Nina lachte. »Du beträgst dich, als wäre es das letzte Mal.«

»Sag das nicht.« Claus zog sie an sich. »Wir haben jetzt endlich drei Wochen lang Zeit.«

Am folgenden Vormittag kam ein Bote mit einem Telegramm für Claus. Er wurde angewiesen, seinen Urlaub unverzüglich abzubrechen und sich bei seiner Einheit einzufinden.

»Ist Krieg?«, fragte Tante Hupa, Onkel Nux' Frau, als sie ihn mit seinem Gepäck in der Halle antraf, und lachte wie über einen grandiosen Witz.

Krieg war nicht. Aber im Schrecken des ersten Augenblicks fragte sich Claus, ob das, was tatsächlich anstand, dem vorzuziehen war.

»Ich bedaure zutiefst, Sie aus Ihrem wohlverdienten Urlaub abberufen zu müssen«, sagte Generalleutnant von Loeper, der ihn im Hof der Kavallerieschule empfing. »Leider ist dies durch den Tod des Reichspräsidenten unvermeidlich geworden. Uns ist der Befehl des Reichswehrministers zugegangen, sämtliche Soldaten der Reichswehr zu einem neuen Treuegelöbnis antreten zu lassen.«

»Aber warum denn das?«, fragte Claus. »Unseren Eid haben wir doch auf die Verfassung geleistet, nicht auf den Reichspräsidenten. Und selbst wenn es anders wäre – es ist doch noch gar kein Nachfolger gewählt.«

»Es wird auch keiner gewählt«, erwiderte Loeper tonlos. »Adolf Hitler, der Führer des Deutschen Reichs, übernimmt mit sofortiger Wirkung die Befugnisse des Präsidenten und damit auch den Oberbefehl über die Reichswehr. Sämtliche Angehörige werden fortan auf den Führer direkt vereidigt.«

Die dafür aufgesetzte Formel war Loeper telegrafisch zugestellt worden und lag vor ihm auf der niedrigen Mauer:

›Ich schwöre bei Gott diesen Heiligen Eid, dass ich dem Führer des Deutschen Reiches und Volkes, Adolf Hitler, unbedingten Gehorsam leisten und als tapferer Soldat bereit sein will, jederzeit für diesen Eid mein Leben einzusetzen.‹

17

Caroline
1936

Sie stand auf der Leiter vor dem großen Christbaum, der wie eh und je während der Feiertage die Zierde ihres Salons gewesen war, und suchte seine noch immer kräftig grünen Zweige nach all den Silberkugeln, Glasengeln und Porzellanglocken ab, die sie darin womöglich übersehen hatte.

Sosehr Caroline es ihr ganzes Eheleben hindurch geliebt hatte, diesen Baum zu schmücken, so sehr hasste sie es, ihn nach dem Ende der Feiertage von seinem Schmuck zu befreien. Bis zum Abend musste sie damit fertig sein, sodass zwei der Knechte ihn in den Hof tragen und zu Brennholz zerhacken konnten.

Es kam ihr treulos vor. Der Baum hatte so herrlich gestrahlt, er war so stolz gewesen in seiner Pracht, hatte so viel Freude verbreitet, und am Ende wurde er all dessen beraubt und achtlos verbrannt. Jahr für Jahr nahm Caroline sich vor, diese Arbeit den Bediensteten zu überlassen, aber am Ende tat sie es doch wieder selbst. Es wäre ihr nicht richtig erschienen, sich davor zu drücken, und außerdem brauchte sie dieses Ritual, um Abschied zu nehmen.

Sie war keine sentimentale oder gar melodramatische Frau.

Oder doch, sie war eine, aber sie ließ es keinen Menschen sehen. Höchstens Claus. Früher, ehe er Nina kennengelernt hatte, hatten sie manchmal heimlich zusammen vor dem kahlen Weihnachtsbaum geweint.

Jetzt aber war sie damit allein. Und wie jedes Jahr, wenn sie den Baum abschmückte, überkam sie ein Gefühl der Beklommenheit, als wimmle es in ihrem behaglichen Salon auf einmal von Vorboten des Unheils. Mit einem Schlag war sie überzeugt, dass dieses Weihnachtsfest im Kreis ihrer großen Familie das letzte gewesen wäre.

Um dagegen anzukämpfen, um sicherzugehen, dass sie aus diesem Morast von Ängsten wieder auftauchen würde, musste sie sich dem eine kleine Weile hingeben, musste die Trauer um sämtliche vergangene Weihnachtsfeste auf kathartische Weise durchleiden und sich dann Stück für Stück ins Bewusstsein zurückrufen, dass es für ihre düsteren Visionen keinen Grund gab.

Ihrer Familie ging es gut. Zwar hatten sie alle viel zu früh, gleich nach Neujahr, wieder abreisen müssen, aber das war nun einmal der Lauf dieser schnelllebigen, modernen Welt. Genau wie sie sich in diesem Jahr in Lautlingen um den Weihnachtsbaum versammelt hatten, würden sie sich auch im nächsten Jahr hier versammeln. Zwar hatte Schlaggi den Baum dieses Mal nicht selbst geschlagen, weil er sich irgendeinen höchst hartnäckigen Bronchialkatarrh eingefangen hatte, aber mit seinen mittlerweile fünfundsiebzig Jahren durfte er dies getrost der jüngeren Generation überlassen.

Claus hatte es getan. Er war eigens einen Tag früher gekommen, hatte seinen Sohn, den zum Dahinschmelzen süßen Berthold, in einer Kiepe huckepack genommen und war mit ihm in den Wald gestapft.

Es war so schön, dass der kleine Berthold da war, dass sie, wo sie ihren kleinen Claus nicht mehr haben konnte, diesen entzückenden winzigen Ableger von ihm hatte. Anderthalb Jahre alt war er und sprach schon fließend wie sein Vater in dem Alter. Auf seinen kleinen Beinchen war er von einem zum andern geflitzt und hatte sie alle mit seiner Liebe überschüttet. Claus hatte sich dabei von einer Seite gezeigt, die an ihrem vornehm zurückhaltenden Jüngsten die wenigsten kannten. Er war der geborene Vater. Von nichts ließ er sich abhalten, sich mit seinem Sohn auf den Boden zu knien, ein Geschenk nach dem anderen zu öffnen und auf der Stelle auszuprobieren. Die Begeisterung des Vaters übertraf dabei noch die des Kindes, und in ihrer seligen Versunkenheit vergaßen sie die Welt um sich.

Wie gut hatte es getan, Claus so ungezwungen und glücklich zu erleben, wieder ganz so, als wäre dieses Haus in Lautlingen noch der Hort, an dem er sich daheim und geborgen fühlte.

Er war so erwachsen geworden, und auch wenn der Weg, den er eingeschlagen hatte, nicht der war, den sie sich für ihn erträumt hätte, so war sie doch stolz auf ihn. Seine Wehrkraftsprüfung in Hannover hatte er mit Bravour bestanden, hatte in unzähligen Dressurturnieren Trophäen eingeheimst und dabei sogar Reiter hinter sich gelassen, die im Sommer an den Olympischen Spielen teilnehmen würden. In ein paar Monaten würde er nun die gerade erst wiedereröffnete Kriegsakademie in Berlin besuchen und sein Studium für den Generalstabsdienst absolvieren.

Er hätte auch ein Dichter werden können, dachte Caroline, ein Zauberer mit Worten, der Menschen betörte und von seinem Wesen etwas auf der Welt hinterließ. Als Heranwachsender hatte er viele Gedichte geschrieben, hatte sich ständig darum bemüht, sich zu verbessern. Wenn sie ihm aus ihrem Briefwechsel mit Rilke vorgelesen hatte, hatte er zugehört wie gebannt, und einmal – mit vielleicht dreizehn oder vierzehn Jahren – hatte er zu ihr gesagt:

»Ich wäre gern ein Dichter, weil ich glaube, dass nur gute Menschen Gedichte schreiben können.«

Er hatte sich anders entschieden, aber natürlich gab er auch in diesem anderen, in Carolines Augen ihm fremden Feld sein Allerbestes, wie er es in allem getan hatte, was er in seinem Leben anfing. Seine Frau war ebenfalls nicht die gewesen, die Caroline für ihn ausgewählt hätte, aber der zerzauste kleine Fratz hatte Statur und Haltung gewonnen.

Caroline empfand ein unerklärliches Vergnügen daran, dass Claus' Frau nie anders als mit blutrot geschminkten Lippen auftrat und etliche mit rotem Lippenstiftrand verzierte Zigaretten in ihrem Aschenbecher ausdrückte. Wenn sie Claus ungeniert küsste, hinterließ sie den Lippenstiftrand auf seiner Wange, und dabei hörte man dieser Tage doch allenthalben, die deutsche Frau rauche und schminke sich nicht. Claus jedenfalls gefiel diese kecke deutsche Frau so, wie sie war. Die beiden strahlten ein Glück und eine Verbundenheit aus, als besäßen sie eine Welt für sich allein.

Glück und Verbundenheit, wie Caroline sie mit ihrem Mann nie erlebt hatte. Gewiss, sie und ihr Schlaggi führten eine gute Ehe, es war eine Kameradschaft zwischen ihnen, die ihr Raum zur Entfaltung gelassen hatte, und sie hatte nie einen Grund zur Klage gehabt. Schlaggi war jedoch fünfzehn Jahre älter als sie, und geheiratet hatten sie kaum aus überschwänglicher Leidenschaft, sondern weil ihnen beiden die Zeit drängte und sie sich eine Familie wünschten. Diese hatten sie bekommen, und für seine Fürsorge, in der diese Familie hatte gedeihen dürfen, würde sie Schlaggi immer dankbar sein. Das ganz große Glück, die Fröhlichkeit, die ihr Herz zum Überquellen gebracht hatte, hatte sie jedoch nicht mit ihrem Mann, sondern mit ihren Kindern erlebt.

Claus und seine Nina hatten beides. Wenn sie sich bei Tisch in die Augen sahen, schien die Luft zu knistern, und am Weihnachtsabend war Claus aufgestanden, hatte an sein Glas geklopft und der Familie verkündet, dass seine Frau im kommenden Sommer ihr zweites Kind erwartete.

Um ihn, um ihren Kleinsten, hatte sie sich sein Leben lang die größten Sorgen gemacht, und nun stellte sich heraus, dass es bei ihm am wenigsten nötig war. Er war glücklich. Ging seinen Weg. Dass die Reichswehr, die neuerdings Wehrmacht hieß, durch ein umfangreiches Gesetz aufgerüstet wurde, mochte vom Ausland misstrauisch beäugt werden, aber für Claus und sein Fortkommen konnte es nur von Vorteil sein. Wenn ihn überhaupt etwas belastete, dann der bevorstehende Umzug seiner Familie nach Berlin. Claus war ein Landkind, er begegnete Städten mit Argwohn und wünschte seinen Kindern die Freiheit und Weite der Felder, in der er selbst aufgewachsen war. Caroline sollte es recht sein. Umso häufiger würde er ihnen Berthold und das erwartete Geschwisterchen nach Lautlingen senden. Sie und Schlaggi lebten jetzt fast das gesamte Jahr über im Schloss. Es gab ja keinen triftigen Grund mehr, für längere Zeit nach Stuttgart zurückzukehren. Lieber würde sie hier, in diesem Kinderparadies, darauf warten, ihre Enkel zu empfangen.

Nein, es war nicht Claus, es waren die beiden anderen, um die sie sich in diesem Jahr sorgte. Alexander und Berthold, mittlerweile über dreißig, aber noch immer ledig. Bertholds wohl hundertste Trennung von Mika Classen war seinen Worten nach diesmal endgültig. »Sie geht nach Russland zurück«, hatte er während eines ungezwungenen Beisammenseins bei Feuerzangenbowle und Gebäck erklärt. Schlaggi hatte sich seines Katarrhs wegen bereits zu Bett begeben, doch Caroline konnte förmlich seine Stimme hören: »Es ist besser so, mein Sohn. Du wirst jemanden finden, der wirklich zu dir passt.«

Vielleicht hätte Caroline ähnlich gedacht. Ihr lag nichts an Mika Classen, und ihr ältester Sohn, der von seinem Institutsleiter geschätzt wurde und eine gute Stellung innehatte, hätte unter den heiratsfähigen Damen ihrer Kreise die freie Auswahl gehabt. Was ihr ins Herz schnitt, war seine tiefe Traurigkeit, die die Familie mit ihrem Trubel, ihren Scharaden und ihrem Frohsinn keinen Augenblick lang zu durchbrechen vermochte. Carolines Bruder, Onkel Nux genannt, an dem ihre Kinder mit zärtlicher Liebe hingen, hatte es auch bemerkt. »Ich frage mich, ob man das Fräulein Classen nicht daran hindern sollte, Hals über Kopf nach Russland abzureisen«, hatte er in einer stillen Minute zu Caroline gesagt.

»Mit Schlaggi ist darüber kein Reden«, hatte Caroline erwidert. »Er findet, ein Stauffenberg ist sich etwas anderes schuldig.«

»Ich bin zwar kein Stauffenberg«, hatte Nux gesagt. »Aber ich vertrete die Ansicht, wir alle, die wir den alten Familien entstammen, sind uns drei Dinge schuldig: Anstand, Ehre und Tradition. Diese junge Frau schien mir bei unseren – wenn auch kurzen – Begegnungen sowohl höchst anständig als auch ehrenwert und sich der Bedeutung unserer Traditionen bewusst. Vielleicht rede ich selbst noch einmal mit Schlaggi, wenn sich die Gelegenheit ergibt.«

Sie hatte sich nicht ergeben, weil Schlaggi aufgrund seiner Unpässlichkeit die meisten Abende im Bett verbracht hatte. Berthold war am Neujahrsmorgen abgereist, ohne dass das Thema Mika noch einmal erwähnt worden war.

Und dann war da Alexander, um den es vielleicht noch besorgniserregender stand. Als Akademiker hatte er noch immer nicht richtig Fuß gefasst, und allmählich fragte sich Caroline nach den Gründen dafür. Er war gut in seinem Fach, der Altertumsgeschichte. Alle ihre Söhne waren gut in ihren Fächern, daran konnte es also nicht liegen. Denkbar war jedoch, dass man Vorbehalte gegen ihn nicht aufgrund seiner fachlichen Eignung hegte, sondern wegen der Frau, die er liebte.

Melitta Schiller.

Caroline konnte es ihm nicht verdenken.

Melitta war rassig, tollkühn und unglaublich klug. Die Probleme mit ihrem Ariernachweis hatten keinen Hinderungsgrund für ihre Verpflichtung an der Versuchsanstalt für Luftfahrt dargestellt, denn auf eine Ingenieurin von ihrem Kaliber wollte kein Regierender, der seine fünf Sinne beisammenhatte, verzichten. Schon deshalb hatte Caroline angenommen, dass es sich verhielt, wie Claus sagte: Das peinliche, widerliche Gehetze gegen Juden, wie es vor allem von Schundblättern wie *Der Stürmer* betrieben wurde, war viel Lärm um nichts und würde mit der Zeit verstummen. Hitler und seine Mannen gebärdeten sich wie kleine Jungen, die sich in die Brust warfen und ein Geschrei anstimmten, weil sie sich ihrer selbst nicht sicher waren, aber davon ging keine Gefahr für eine Frau wie Melitta aus.

Dann aber war im vergangenen Herbst dieses Gesetz in Kraft getreten, das *Gesetz zum Schutz des deutschen Blutes und der deutschen Ehre,* das faktisch allen reinblütigen Deutschen die Eheschließung mit Juden verbot. Als Jude galt aber beileibe nicht nur, wer Diamantstein hieß, Schläfenlocken trug und in die Synagoge ging, sondern sämtliche Bürger mit einem jüdischstämmigen Großelternteil.

Also auch Melitta, deren Vater, ein hochgeachteter Pelzhändler, als Achtzehnjähriger zum protestantischen Glauben übergetreten war.

»Ganz so ist es nicht«, hatte Nux erklärt, mit dem Caroline auch über Alexanders Probleme in der Liebe gesprochen hatte. Er hatte ihr eine Tafel mit verschiedenfarbig gekennzeichneten Kreisen hingeschoben, die darlegen sollte, in welchem Fall eine Ehe verboten und wann sie gestattet war. Bei dieser Gelegenheit hatte Caroline zum ersten Mal bemerkt, dass ihr jüngster Bruder an seinem Revers die sogenannte ›Spinne‹, das Parteiabzeichen der Nationalsozialisten, trug.

Parteimitgliedschaften waren in Familien wie der ihren nicht üblich, und die Nazis waren ihr – mit Verlaub – immer ein wenig unmanierlich und proletarisch erschienen. Kurz erwog sie, ihren Bruder nach dem Grund für seinen Schritt zu fragen, doch dann ließ sie es.

Nux zeigte auf einen der Kreise, der halb schwarz und halb weiß ausgemalt war. »Siehst du, hier haben wir den Fall des Fräuleins Schiller, einer Bürgerin mit zwei jüdischen Großelternteilen. Sie gilt als Mischling ersten Grades. Eine Ehe mit einem deutschblütigen Mann ist ihr damit zwar zunächst einmal untersagt, doch es kann dafür eine Sondergenehmigung beantragt werden. Alexander sollte sich erkundigen. Ich bin sicher, man würde für Fräulein Schiller eine solche Genehmigung ohne Probleme erteilen.«

Das nahm auch Caroline an, und außerdem fand sie es auf einmal beruhigend, ihren Bruder in der Partei zu wissen. Nux mit seinem Pochen auf Ehre und Anstand würde sich ganz gewiss nicht mit Leuten gemeinmachen, bei denen diese Werte nicht hochgehalten wurden. Es gab Meldungen, die Besorgnis erregten, aber die hatte es immer gegeben, und im Großen und Ganzen würde schon alles seine Richtigkeit haben. Claus sagte es schließlich auch. Leider aber half nichts davon Alexander weiter, denn offenbar hielt er eine Heirat mit Melitta in dieser Lage nicht für ratsam.

Wenn er sie nicht heiraten will, dann soll er sich von ihr trennen, dachte Caroline, pflückte einen gläsernen Engel, dem ein Flügel abgebrochen war, von einem Zweig und stieg von der Leiter, an deren Fuß ihr in die Jahre gekommener Jagdhund Rex in den beginnenden Abend döste. Das ist Melitta Schiller gegenüber ehrenhafter, als sie noch länger hinzuhalten, und er selbst könnte dann auch sein Leben neu angehen. Ihre Söhne sollten nicht allein bleiben, sie sollten Gefährtinnen an ihrer Seite haben, so, wie sie selbst und Schlaggi einander seit über dreißig Jahren als Gefährten zur Seite standen. Das Leben war schön, aber es war nicht sanft. Wenn es stürmte oder der Weg steinig wurde, gab es nichts, das so wohltat, wie einen anderen Körper neben dem eigenen zu spüren.

Ihr Blick fiel auf den Engel, den sie in der Hand hielt, und sie erschrak. Sie hatte ihn wegwerfen wollen, weil er nur noch einen Flügel besaß, doch jetzt erkannte sie, dass es der kleine Trompeter war, den Claus ihr einst geschenkt hatte. Er durfte nicht fehlen. Musste im nächsten Jahr wie üblich in den Zweigen hängen. An der Zimmertür klopfte es. Caroline drehte sich um und fand Lina, ihr Hausmädchen, auf der Schwelle.

»Der Herr Graf wünscht Sie zu sprechen, gnädige Frau.«

Ja, Gott, dann soll er sich halt zu mir herunterbemühen, dachte Caroline. Schlaggi liebte Krankheiten und zelebrierte die kleinste Verkühlung, als liege er im Sterben. So weit, sich über die Weihnachtsfeiertage ins Bett zu legen, hatte er es allerdings noch nie getrieben, und auf einmal war ihr bei dem Gedanken nicht wohl.

»Danke, Lina«, sagte sie und schob sich den Engel in die Tasche ihres Kleides, in der jedes Jahr irgendein Dekorationsstück zu landen schien. Dann eilte sie, gefolgt von Rex, die Treppe hinauf zu dem Schlafzimmer, das sie seit zweiunddreißig Jahren unter diesem Dach mit Schlaggi teilte.

Sie stieß die angelehnte Tür auf. »Was fehlt dir denn jetzt schon wieder, du schwer krankes Huhn?«, rief sie, doch das letzte Wort blieb ihr in der Kehle stecken.

Ihr Mann saß aufrecht im Bett, aber sich in dieser Position zu halten, kostete ihn sichtlich die größte Mühe. Hatte sie vorher nicht bemerkt, wie abgemagert er war? Sein Gesicht unter dem schlohweißen Haar wirkte regelrecht ausgezehrt, und er hielt ihr ein Taschentuch entgegen, das von leuchtend rotem Blut durchtränkt war.

»Es tut mir leid, Deuss«, sagte er, denn so hatte er sie aus unerfindlichen Gründen ihr Leben lang genannt. »Ich weiß, diese Zeit kurz nach Weihnachten ist schwierig für dich, und ich hätte dich gern nicht gerade jetzt damit belastet. Aber ich fürchte, es wird sich nicht länger aufschieben lassen. Wir sollten die Kinder verständigen. Leider wird es unumgänglich sein, dass sie sich noch einmal hierherbegeben.«

Carolines Blick schweifte zu dem Sessel, der neben seinem Bett stand. Seine gemütliche Hausjacke lag darübergebreitet, jenes abgewetzte Kleidungsstück, das sie schon unzählige Male hatte aussortieren wollen, an dem er aber hing wie ein Kind an einem alten Plüschtier. Die Vorstellung, ihn nie wieder darin durch die Flure seines geliebten Hauses schlurfen und die Lichter in allen Zimmern löschen zu sehen, schnürte ihr das Herz so fest zusammen, dass ihr ein Schrei entfuhr.

»Schlaggi, nein. Das meinst du doch nicht ernst.«

»Ich fürchte doch, mein Liebes.«

»Wir holen Dr. Fendrich, warte doch erst einmal ab, was er sagt.«

Schlaggi hustete. Von seinen bleichen Lippen tropfte noch ein wenig Blut. »Er hat es mir schon Anfang Dezember bei der Untersuchung gesagt«, krächzte er. »Machen lässt sich nichts mehr. Aber ich wollte dir damit nicht dein geliebtes Weihnachtsfest verderben.«

Sie lief zu ihm und umarmte ihn, wie ihre Generation nie gelernt hatte, einander zu umarmen. Es war, als drücke sie ein Gerippe an sich. Du musst jetzt stark sein, sagte sie stumm zu sich selbst, wie ihre Mutter es zu ihr gesagt hatte, als ihr Vater und Jahrzehnte später ihr kleiner Konrad gestorben war. Wenn Schlaggi nicht mehr da ist, fiel ihr ein, dann gibt es keinen mehr, der Konrad gekannt und mit mir geliebt hat. Claus war zu klein gewesen, nur einen einzigen Tag alt. Mit Schlaggi hatte sie über Konrad nie gesprochen, aber sie beide zusammen waren seine Eltern gewesen, und sie beide hatten ihn zu Grabe getragen, der kleine weiße Sarg in Schlaggis Händen.

Sie erhob sich wieder und nahm diese Hände, die ihr den Ring auf den Finger geschoben hatten und die jetzt dürr wie Vogelkrallen waren, in die ihren. »Ich gehe die Kinder benachrichtigen«, sagte sie.

Berthold, Claus und Alexander kamen innerhalb von zwei Tagen angereist. Schlaggi, der nie ein Mann großer Gesten gewesen war, ließ alle drei sich an seinem Bett versammeln und hielt ihnen, obwohl er nicht mehr aufrecht sitzen konnte, eine Ansprache über ihre Verpflichtung als Söhne des Hauses Stauffenberg.

»Unser Glanz und unsere Größe beruhen auf unserer Treue«, sagte er. »Vergesst das nie. Ein Stauffenberg bricht kein Wort, das er einmal gegeben hat, und sich selbst ist er treu bis zum Schluss. Ihr wart eurer Mutter und mir gute Söhne, und ich verlasse mich darauf, dass ihr eurer Mutter gute Söhne bleibt, sie an meiner Stelle schützt und für sie Sorge tragt, solange sie lebt. Für mich muss nun niemand mehr Sorge tragen, und um mich braucht auch niemand mehr zu fürchten. Ich hatte ein gutes Leben, auch wenn die Zeiten schwierig waren, denn ich hatte meine Familie. Gott segne euch.«

Er wünschte sodann, dass die Söhne wieder abreisten und bis zu seiner Bestattung in dem neuen Erbbegräbnis, auf das er so stolz war, an ihre Arbeit zurückkehrten, damit ihnen keine Schwierigkeiten entstanden. »Ich bin den ersten Schritt mit eurer Mutter allein gegangen, und diesen letzten gehe ich auch mit ihr allein.«

Er starb zehn Tage später, am Morgen des 20. Januar 1936, in einem gnädigen Nebel aus Schmerzmitteln und Schlaf. Am Abend zuvor hatte Caroline ihre Söhne, die sie jeden Tag anriefen, wissen lassen, dass es zu Ende ging, und am Nachmittag trafen sie alle wieder in Lautlingen ein, um am Totenbett ihres Vaters Wache zu halten.

Zur Trauerfeier kamen nicht nur die Verwandten und Freunde aus allen Winkeln des Landes, sondern beinahe die gesamte Ortschaft. Alfred Schenk Graf von Stauffenberg war ein stiller Mann gewesen, der vielleicht keinen tiefen Eindruck hinterlassen, der sich aber in seinem Leben auch niemanden zum Feind gemacht hatte. Ich habe mehr als dreißig Jahre mit dir verbracht und wünschte doch, ich hätte mir mehr Zeit für dich genommen, dachte Caroline. Aber das war müßig. So wie sie gelebt hatten, hatten sie gelebt, und dafür, dass sie es in Anstand und Würde hatten tun dürfen und ihre Söhne miteinander großgezogen hatten, hatte sie dankbar zu sein. Ihr Vater war gestorben, als ihre Mutter sechsunddreißig und allein mit sechs Kindern gewesen war. Sie hingegen war eine Witwe von einundsechzig Jahren und würde mit dem Rest ihres Lebens zurechtkommen müssen.

Von allen erwarteten Trauergästen fehlte nur einer: ihr Bruder Nux, um den sie sich ein wenig sorgte. Er war in Berlin an der Universität tätig, bekam ohne Schwierigkeiten Urlaub und war sonst verlässlicher als ein Uhrwerk. Ihm war doch hoffentlich nichts geschehen? Erlaube dir jetzt keine Hysterie, mahnte sie sich. Ein Blitz schlägt nicht zweimal ins gleiche Dach, hatte ihre Großmutter immer gesagt, und auch wenn Caroline jede Art von Aberglauben ablehnte, war es beruhigend, an die alte Frau und ihren Lebensmut zu denken.

Nux kam, als sie alle beim Leichenschmaus saßen, im großen Speisezimmer des Schlosses, wie Schlaggi es sich gewünscht hatte. Er öffnete die Tür nur einen Spalt weit und schob eine zierliche, schwarz gekleidete Gestalt in den Raum.

»Ich habe diese junge Dame buchstäblich am Überqueren der russischen Grenze gehindert«, sagte er, an Berthold gewandt. »Es hat mich meine gesamte Eloquenz gekostet, sie dazu zu bewegen, mich hierher zu begleiten. Jetzt aber, da es deinen Vater nicht mehr kränken kann, solltest du deine Mika nicht länger hinhalten, mein Guter.«

18

Nina
1938

Er reiste vom Lehrter Bahnhof ab, mit dem Abendzug nach Hamburg und von dort weiter mit dem Schiff. In Oxford, wo er zuvor bereits gelegentlich unterrichtet hatte, würde er nicht lange bleiben, sondern hatte sich in den USA um einen Lehrauftrag beworben.

Nina und Claus hasteten die Treppe hinauf zu den Gleisen, ängstlich, ihn zu verpassen, ihn nicht noch einmal zu sehen. Kaum kamen sie oben an, stellten sie jedoch fest, dass sein Zug dort noch stand und auf der Anzeigetafel eine Verspätung von zehn Minuten verzeichnet war.

Zehn geschenkte Minuten.

Genug, um einen Reisenden aufzuhalten, der nicht aufgehalten werden wollte?

»Da ist er!«, rief Claus, griff nach Ninas Hand und rannte mit ihr im Slalom durch das Gedränge der Reisenden, die mit ihrem Gepäck darauf warteten, dass die Türen des Zuges sich öffneten.

Jetzt sah Nina ihn auch. In seinem eleganten langen Mantel, den kantig geschnittenen Kopf ohne Hut hocherhoben, stand er ein wenig abseits vor dem vordersten Waggon. Ernst Kantorowicz. Derjenige unter Claus' Freunden, der Nina immer der liebste gewesen war. In den zwei Jahren, die sie jetzt in Berlin lebten, hatten sie einander häufig gesehen. Er hatte sie in ihrer Wohnung in der Waltharistraße in dem idyllischen Außenbezirk Wannsee besucht, selbst wenn Claus nicht daheim war, und hatte ihr geholfen, sich in der hektischen Metropole einzuleben.

Das Studium an der Kriegsakademie in Moabit ließ Claus kaum je eine freie Minute, während Ernst als Privatgelehrter nur noch wenig Arbeit gefunden hatte. Ihr Mann hatte gewusst, dass er sich auf seinen Freund verlassen konnte, wann immer Nina mit ihren drei Kindern Hilfe benötigte, auch wenn sie sich durch ihre unterschiedlichen Positionen im Leben beständig voneinander entfernt hatten.

»Von dem, für was du stehst, mag ich nichts, und von dem, was du von dir gibst, mag ich auch immer weniger«, hatte Ernst im Frühjahr, kurz vor der Geburt des kleinen Franz Ludwig, zu Claus gesagt. »Was ich an dir also überhaupt noch mag, ist mir im Grunde ein Rätsel, aber irgendetwas Gutes muss ich ja wohl in dir wahrnehmen. Oder vielleicht mag ich einfach nur noch deine Frau.«

Ich will nicht, dass er geht, dachte Nina. Er gehörte zu ihrem Leben, das sie liebte und von einer Stadt zur anderen mitgenommen hatte. Auch jetzt, da Claus' Generalstabsausbildung beendet war und sie von Berlin wieder fort und nach Wuppertal gehen würden, wünschte sie sich sehnlichst, etwas davon mitzunehmen. Seit Beginn dieses Jahres kam ihr dieses Leben jedoch mehr und mehr vor wie die Städte aus Bauklötzen, die Claus mit Klein Berthold und dem im Juli 1936 geborenen Heimeran baute. Vater und Söhne konnten von diesem Baukasten nicht genug bekommen, und sobald Claus an einem freien Abend durch die Tür trat, schleppten die Kinder ihn herbei. Um die Beine seines Schreibtisches herum errichteten sie eindrucksvolle Reiche, bis man nirgendwo mehr einen Schritt tun konnte, doch am Ende brach grundsätzlich alles zusammen, und kein Stein blieb auf dem anderen.

So schien es in diesem Jahr 1938 zu gehen. Ohne Unterlass änderte sich etwas, bis gar nichts blieb, wie es war.

Als Erstes war im Januar der Reichskriegsminister Blomberg abgesetzt worden, weil er eine Prostituierte geheiratet und dazu Hitler als Trauzeugen missbraucht hatte. Insgeheim fand Nina diese Geschichte komisch. Eher verwirrend als komisch war jedoch, dass das Reichskriegsministerium gleich ganz aufgelöst und stattdessen ein sogenanntes Oberkommando der Wehrmacht gebildet wurde, mit einem Mann namens Wilhelm Keitel an der Spitze. Auf ihre Fragen hatte Claus ihr versichert, dieser Wechsel habe nichts zu bedeuten, es würden lediglich Begriffe ausgetauscht. Aber Nina kannte Claus. »Lies die Zeitungen«, hatte er gesagt, und das hatte bereits einmal geheißen: Etwas geht vor sich, das nicht geheuer ist.

Im März marschierten Truppen der Wehrmacht in Österreich ein, das damit an Deutschland angeschlossen wurde. Claus war mit der hochschwangeren Nina ins Kino gegangen, und sie hatte in der *Wochenschau* den Jubel gesehen, mit dem die Bevölkerung die Soldaten begrüßt hatte. Wenn also die Österreicher den Wunsch hegten, dem Deutschen Reich anzugehören – was war dann daran falsch, es ihnen zu ermöglichen?

Claus sagte in etwa das Gleiche, vermied jedoch das Thema und steckte außerdem bis über beide Ohren in Arbeit und Terminen. Wenn er doch einmal zu Hause war, lag er auf dem Boden und spielte mit den Kindern. Claus, der Kindernarr, Claus, der Kindskopf, Claus, der inzwischen dreißigjährige Wehrmachtsoffizier, der wie auf ein Fingerschnippen selbst noch einmal zum Kind wurde. Über Bauklötzen, Kasperlepuppen, Holztieren und Modelleisenbahnen vergaß er die Tumulte der Welt, aus der er gerade erst hereingekommen war.

»Ihr Mann ist der geborene Stabsoffizier«, hatte Generalleutnant Erich Hoepner auf der Feier anlässlich Claus' Beförderung zu Nina gesagt.

Mein Mann ist der geborene Vater, hatte Nina automatisch gedacht. Aber natürlich schloss das eine das andere nicht aus.

Inzwischen häuften sich Gerüchte und Meldungen über einen Konflikt mit der Tschechoslowakei, da auch das vorwiegend von Deutschen bewohnte Sudetenland den Anschluss an das Reich wünschte.

Konnte man überall in der Welt herumgehen und sich Teile von Ländern einverleiben, in denen Deutsche wohnten? Soweit Nina wusste, gab es in Frankreich einen solchen Teil, in Italien und in jedem Fall in Polen. Würden die anderen Länder ein solches Vorgehen dulden, gab es zu diesem Zweck nicht internationale Verträge, die einzuhalten waren?

Ich verstehe nichts davon, sagte sich Nina. Also konzentriere ich mich besser auf das, was ich kann, fahre nach Bamberg und bringe mein Kind zur Welt.

Sie hatte alle drei Kinder in Bamberg zur Welt gebracht. Ihre Mutter und die unverwüstliche Hetty freuten sich darüber, und irgendwie erschien es ihr richtig: Wo sie schon so ankerlos durch das Land taumelten, sollten ihre Kinder wenigstens alle denselben Geburtsort haben.

»Ich hätte nichts dagegen, wenn es dieses Mal ein Mädchen wird«, hatte Claus zärtlich und fast wehmütig gesagt, ehe er schon wieder abberufen wurde. »Wir geben ihr dann einen eleganten französischen Namen, was meinst du? Weil sie bestimmt einmal so elegant wird wie ihre Mutter und ohne ihr *Vol de Nuit* keinen Schritt aus dem Haus tut.«

Es wurde ein Junge. Franz, dem Nina den Zweitnamen Ludwig zu geben wagte. Jemand anderen beim Namen ihres toten Bruders zu rufen, wäre ihr merkwürdig vorgekommen, doch hinter dem Rufnamen Franzl machte es sich hübsch, fand sie. Den altdeutschen Namen Heimeran, der ihr für ihren winzigen, niedlichen Zweitgeborenen ein wenig zu gewichtig erschienen war, hatte Claus ausgewählt.

Acht Wochen nach Franzls Geburt war sie mit ihrem Dreigespann nach Lautlingen gefahren, um in der Schwäbischen Alb einen Urlaub ohne Sorgen zu verbringen. Bertholds Frau Mika kam mit ihrem kleinen Sohn Alfred, der ein Jahr nach dem Tod seines Großvaters geboren und nach diesem genannt worden war, und Ilse, die Frau von Claus' Cousin Caesar von Hofacker, reiste mit ihren fünf kleinen Kindern an. Selbst die viel beschäftigte Melitta, die sie alle Litta riefen, ließ sich blicken. Alexander hatte sie im vergangenen Herbst geheiratet und dazu nicht einmal eine Sondergenehmigung gebraucht, weil Melitta als frischgebackene Flugkapitänin von den Blutschutzgesetzen ausgenommen war.

Es war eine verwunschene Welt der Frauen und Kinder, in der für kurze Zeit alles Bedrohliche ausgeschlossen blieb. Derweil aber gab es immer mehr Anzeichen dafür, dass ein Einmarsch ins Sudetenland bevorstand und dass Franzosen und Engländer dies nicht tatenlos hinnehmen würden. Als Claus sich ihnen für zwei kurze Urlaubswochen anschloss, wirkte er angespannt, zerstreut, gereizt. Erst das Toben mit den Kindern auf den Feldern und das abendliche Singen, wobei Berthold, Heimeran und Alfred wie die Berserker auf das bedauernswerte Klavier einhämmerten, brachten ihn wieder zu sich selbst.

Er sagte Nina, dass sie im Herbst Berlin verlassen und nach Wuppertal ziehen würden, in einen Vorort, in ein kleines Haus mit Garten. »Drum herum liegen Wiesen und bewaldete Hänge«, schwärmte er. »Für die Kinder wird das gesünder sein als die ständige Hektik und Spannung in Berlin, die ihnen Angst einjagen könnte.«

In Wannsee hatte man von der Hektik und Spannung wenig mitbekommen. Nina hatte es schön gefunden, weil Berthold und Mika, Caesar und Ilse, Claus' Cousin Peter Yorck, seine Frau Marion und sogar Onkel Nux und Tante Hupa nicht weit weg wohnten und es unter ihrem Dach oft geradezu familiär zuging. Sie widersprach aber nicht, sondern schlang die Arme um Claus' bloßen Rücken und sog den

Duft seiner Haut ein, der ihr gefehlt hatte. »Mir ist es überall recht, solange wir so viel wie möglich zusammen sind. Du, ich und die Kinder. Ich glaube nicht, dass irgendetwas ihnen Angst einjagt, wenn sie wissen, am Abend kommt ihr Papi nach Hause und baut mit ihnen Schilda oder Atlantis aus Klötzen.«

Er lachte ganz leise. »Das ist das Schönste für mich, weißt du das? Tage mit den kleinen Burschen in ihren Fantasiereichen. Und Nächte mit dir. In der Wirklichkeit.«

Sie liebten sich so ausgiebig und wirklich, dass Nina dachte: Es sollte mich nicht wundern, wenn ich gleich wieder ein Kind bekomme. Für gewöhnlich war sie nach der Liebe wohlig müde und genoss es, in seinen Armen einzuschlafen, aber in jener Nacht wollte sich die Müdigkeit nicht einstellen.

»Claus?«, fragte sie ihn schließlich, denn seine Atemzüge verrieten ihr, dass auch er nicht schlief. »Wenn es Krieg gäbe – du würdest es nicht vor mir geheim halten, nicht wahr?«

Er öffnete die Augen, deren Farbe keines der Kinder von ihm geerbt hatte, und sah sie im Dunkeln an. »Komm, Nina«, sagte er mit einer Leichtigkeit, die er wie üblich jämmerlich schlecht spielte. »Wenn es Krieg gäbe, wäre ich ja nicht hier. Das könnte ich wohl kaum vor dir geheim halten, oder?«

Den Gefallen, zu lachen, tat sie ihm nicht. »Du weißt, das ich es so nicht meine. Du würdest es mir vorher sagen, nicht wahr? Ehe du wegmusst. Damit ich mich und die Jungen darauf vorbereiten kann.«

Sie hörte ihn trocken schlucken und sah seinem Kehlkopf zu, der auf und ab ruckte. »Wir sind doch keine Kinder«, sagte er endlich. »Du weißt genau wie ich, dass ich, wenn es Grund zu der Annahme gäbe, dass Krieg bevorsteht, mit dir nicht darüber sprechen dürfte.«

»Und wenn ich dich direkt fragen würde? Meine Cousine Hertha hat einmal gesagt, du kannst nicht lachen, und ich habe für mich gedacht: Doch, lachen kann er, besonders wenn man ihn kitzelt, aber lügen nicht. Würdest du lügen, wenn ich dich direkt fragte: Gibt es Krieg?«

Zu den Dingen, für die sie ihn liebte, gehörte, dass er ihrem Blick nie auswich. Ein jeder Mensch hatte seine schlechten Eigenschaften, aber Feigheit gehörte nicht zu den seinen. »Wenn du weißt, dass ich nicht lügen kann«, sagte er, »und wenn du nicht willst, dass ich lüge – frag mich nicht direkt.«

»Weil du mir die Wahrheit nicht sagen darfst?«

Er nickte.

»Wirst du mir dann sagen, ich soll die Zeitungen lesen wie damals beim Röhm-Putsch? Die Zeitungen, in denen die Wahrheit nicht steht?«

Wieder nickte er.

»Und soll ich jetzt die Zeitungen lesen?«

Diesmal schüttelte er den Kopf. »Nein. Noch nicht. Das Ausland wird einlenken. Chamberlain will unter keinen Umständen Krieg, Daladier ist auch nicht scharf darauf, und was bedeuten den beiden schon ein paar Flecken Grenzland in der Tschechoslowakei?«

Sie hatten sich geküsst und noch einmal geliebt, dann waren sie eingeschlafen, und in den nächsten Tagen, die wolkenlos sonnig waren, hatten sie mit der ganzen Kinderschar im See gebadet und den Inhalt dieses Gesprächs auf sich beruhen lassen.

Als sie jedoch zurück in Berlin waren, bat Ernst Kantorowicz Nina, ihn auf einen Kaffee am Kurfürstendamm zu treffen. Sie ließ die Kinder bei Annemie, die sie durch sämtliche Umzüge hindurch begleitet hatte und als eine Mischung aus Kinderschwester und Hausmädchen fungierte. Damals, nach Bertholds Geburt, war es Annemie gewesen, die das ›schreckliche Buch‹, wie Nina es nannte, der Hebamme zurückgebracht hatte, weil sie es nicht im Haus haben wollte. In jenem Buch der Ärztin Johanna Haarer, das inzwischen als eine Art Bibel der Kindererziehung galt, wurde empfohlen, Kinder zu festgelegten Zeiten zu versorgen, sie ansonsten jedoch sich selbst zu überlassen, da jede Zärtlichkeit verweichlichend sei, wohingegen Geschrei die Lungen kräftige. Dass es Annemie ebenso unerträglich war wie Nina, den kleinen Berthold verzweifelt schreien zu lassen und ihm die Zärtlichkeit zu versagen, hatte die beiden Frauen zusammengeschweißt. Bei Annemie wusste sie ihre Spatzen in liebevollen Händen.

Warum Ernst sie so dringend hatte treffen wollen, verriet er ihr zunächst nicht. Er wirkte nervös, plänkelte aber herum und fragte sie nach ihren Ferien in Lautlingen. Wie sie auf das Thema Krieg gekommen waren, wusste Nina nicht mehr, doch sie hatte mehr oder minder wiederholt, was Claus gesagt hatte: »Es gibt keinen. Chamberlain und Daladier liegt nichts an ein paar Flecken Grenzland in der Tschechoslowakei.«

»Aha.« Ernst hatte mit gespitzten Lippen von seinem schwarzen Kaffee getrunken. »Und was ist mit Stalin?«

Nina fühlte sich ertappt wie ein Kind. Warum hatte sie Claus diese Frage nicht gestellt? Aber darauf, dass Claus sie warnen würde, konnte sie sich verlassen, darauf, dass er ihr sagen würde, sie solle die Zeitungen lesen, wenn es eine Wahrheit gab, die darin nicht stand.

»Nina«, sagte Ernst, »du magst noch reichlich jung dafür sein, dass du die gesamte Stauffenberg-Bagage durch den Weltensturm navigierst und dir dabei noch ein Aussehen wie der taufrische Morgen bewahrst. Aber naiv bist du nicht. Warum, glaubst du wohl, steckt ein Land Unsummen, die es gar nicht besitzt, in eine frenetische Hochrüstung, wenn es nicht vorhat, Krieg zu führen?«

»Naiv bist du, wenn du solche Fragen stellst«, entgegnete

ihm Nina. »Um in der Lage zu sein, sich zu verteidigen, natürlich. Dieses Recht darf man keiner Nation absprechen, und darüber hinaus ist die Rüstung auch als volkswirtschaftlicher Faktor wichtig …«

»Du klingst besser, wenn du du selbst bist, als wenn du Claus nachplapperst«, unterbrach Ernst sie müde. »Also beenden wir das Thema. Unser gemeinsamer Freund Frank Mehnert hat nach der Sache mit Österreich schon angemerkt, dass Hitlers Reich allmählich einer Kartoffel gleicht, und von mir aus soll er mit seinem Kartoffelpuffer selig werden. Ich bin ja auch nicht gerade als radikaler Kriegsgegner bekannt. Im Gegenteil. Damals, 1918, als meine Einheit aufgelöst wurde, habe ich mich dem nächstbesten Freikorps angeschlossen und in Berlin auf Spartakisten geschossen. Ich war ein ganz ordentlicher Schütze. Und der wäre ich womöglich immer noch, aber man lässt mich bekanntlich nicht mehr mitspielen.«

Er griff in die Brusttasche seines Sakkos, förderte ein rechteckiges Stück Pappe zutage und schob es Nina hin. Es war die Kennkarte, die seit diesem Sommer für erwachsene deutsche Staatsangehörige als Ausweis im Inland ausgestellt wurde. Die seine allerdings sah anders aus als die, die Nina und Claus erhalten hatten. Über die gesamte linke Seite, dem Foto gegenüber, war ein rotes ›J‹ gestempelt. Fassungslos starrte Nina darauf.

»Der scharlachrote Buchstabe«, sagte Ernst. »So hat man früher Vogelfreie und Verbrecher markiert, damit die ehrbaren Bürger wussten, an wem sie ungestraft ihr Mütchen kühlen durften. Ich bleibe nicht länger hier, Nina. Meine Mutter lässt sich nicht zur Vernunft bringen, sondern hält mir Volksreden über alte Bäume, die man nicht verpflanzt, aber sosehr mir das in der Seele wehtut, ich werde nicht warten, bis mich jemand an einem Laternenmast aufknüpft.«

»Du übertreibst.«

»Das wird man sehen. Ich jedenfalls ziehe es vor, mir den Ausgang der Geschichte aus möglichst weiter Ferne anzuschauen. Den Winter über unterrichte ich noch einmal in Oxford, und zum neuen akademischen Jahr hoffe ich, etwas in Berkeley zu bekommen. In Kalifornien. Das ganze Jahr Sonne und jede Menge Rosinen.«

Er hatte sich nicht umstimmen lassen. Weder von ihr noch von Claus oder dem Rest des in alle Winde zerstreuten George-Kreises, von dem er sich ohnehin seit Längerem abgewandt hatte. Und jetzt stand er hier in der feuchten Kälte, die sich eher nach November als nach September anfühlte, am Bahngleis und trug seine Habe aus mehr als vierzig Jahre Leben in einem Koffer bei sich. Vielleicht auch nicht. Vielleicht war das melodramatisch, und er hatte den Großteil seines Besitzes einfach vorausgeschickt.

»Ernst!«, rief Nina. Köpfe drehten sich. Sie und Claus hielten sich an den Händen und rannten.

Sehr langsam wandte auch Ernst ihnen das Gesicht zu und verzog den Mund zu einem halben Grinsen. »Was führt euch zwei denn hierher? Wollt ihr etwa mitfahren?«

»Nach Oxford?« Claus legte ihm die Hand auf die Schulter. »Wenn ich Urlaub hätte, gerne. Seit ich diesen wirklich magischen Ort, dieses Herzstück abendländischer Bildung und Kultur mit eigenen Augen gesehen habe, habe ich mir gewünscht, ihn eines Tages Nina zu zeigen.«

Claus hatte die fünftägige Englandreise als Preis für den besten Abschluss in seiner Dolmetscherprüfung erhalten. Zurückgekehrt war er beseelt und belebt, vor Eindrücken übersprudelnd. Reisen war wunderbar. Die Welt sehen. Mit drei kleinen Kindern war es nicht leicht zu bewerkstelligen, und ihre Spatzen waren vorerst in Lautlingen besser aufgehoben, aber es gefiel Nina, von einer Zukunft zu träumen, in der sie und Claus wieder wie in Italien mit dem Baedeker in der Hand durch fremde Städte wanderten.

»Vielleicht können wir dich ja besuchen kommen, Ernst«, sagte sie. »Wenn du es dir doch anders überlegst und in Europa bleibst …«

»Das ist sehr zauberhaft von dir, verehrteste Nina, und dein Claus soll nur ja nie vergessen, was für einen Schatz er an dir hat.« Ernst beugte sich nieder und küsste ihr die Hand. »Aber ich überlege es mir nicht anders. Mir steht nicht der Sinn danach, den Rest meines Lebens auf Wanderschaft zu verbringen, weshalb ich lieber gleich in einen Teil der Welt übersiedle, in dem ein Einmarsch unserer geschätzten deutschen Wehrmacht eher unwahrscheinlich ist.«

Für die letzten Worte hatte er seine Stimme so weit gedämpft, dass außer Nina und Claus niemand ihn hörte. In Ninas Kopf klang dabei ein Lied auf, mit dem vor Tagen ein Trupp der Hitlerjugend durch die Straßen gezogen war:

›*Wir werden noch weiter marschieren*
Bis alles in Scherben fällt,
Denn heute da hört uns Deutschland
Und morgen die ganze Welt.‹

Jäh wünschte sie sich nach Hause, in ihre stille Straße am Wannsee, zu ihren Kindern, die durch den Korridor »Mami, Papi!« jubeln würden, wenn sie kamen, zu dem bunten, überall verstreuten Spielzeug.

»Und jetzt gehe ich«, sagte Ernst, hob seinen Koffer auf und machte sich auf den Weg zur Waggontür, die soeben aufgesprungen war. »Und ihr zwei geht auch. Und zwar ohne tränenreiche Abschiedsszene. Es war nett mit euch. Nicht immer, aber immerhin. Wenn euch der Wunsch quält, etwas für mich zu tun, dann schaut mal nach meiner Mutter, die, als die Vernunft verteilt wurde, leider Mumps hatte. Grüßt mir die Gören. *Good-bye.*«

Er war so schnell in dem Waggon verschwunden, dass für

kein Wort mehr Zeit gewesen war. Gleich darauf ertönte schon das gellende Pfeifsignal, und die Ansage dröhnte über den Bahnsteig:

»Vorsicht am Gleis acht bei der Ausfahrt des Zuges nach Hamburg!«

Mit dem ohrenbetäubenden Lärm, der folgte, verließ Ernst ihre Welt.

Ich gehe seine Mutter besuchen, dachte Nina, damit es nicht mehr so wehtat. Bei der nächsten Gelegenheit gehe ich sie besuchen, ich bringe ihr selbst gebackene Kekse mit, auch wenn ich gar nicht backen kann, ich sage einfach Annemie, sie soll ihr welche backen.

»Na komm, Liebste. Gehen wir.« Claus nahm behutsam ihren Arm und führte sie den Weg zurück, den sie gekommen waren. Es wurde schon Abend, aber die Bahnhofshalle war hell erleuchtet, und zwischen den Wurstbuden und Zeitungskiosken sprangen Jungen herum, die wie so oft in dieser Zeit Extrablätter anpriesen.

Claus beschleunigte seinen Schritt, verließ mit Nina die Halle und strebte auf den Mercedes-Benz zu, in dem sein Fahrer auf sie wartete.

»Warum hast du es so eilig?«, fragte Nina. »Was ist denn passiert?«

»Nichts Schlimmes«, sagte er beruhigend. »Nur das, was ich dir vorausgesagt habe. Chamberlain und Daladier kommen nach München, sie treffen Hitler zu einer Konferenz zur Sudetenfrage. Mussolini kommt auch. Als Vermittler.«

»Und Stalin?«

Claus berührte ihre Wange und winkte ab. »Mach dir darum keine Sorgen. Die Sowjets haben den Franzosen und Tschechen Waffenhilfe angeboten, aber Frankreich hat abgelehnt. Ich bringe dich jetzt nach Hause, Liebste, und sage den Kindern Gute Nacht. Dann muss ich mich melden.«

»Noch heute?«, rief Nina.

Er nickte.

»Warum?«

»Meine Division ist in Bereitschaft versetzt. Das ist kein Grund zur Sorge. Höchstens eine Ausrede, mich vor der Hilfe beim Umzug zu drücken, aber in ein paar Tagen bin ich ja schon wieder da.«

»Soll ich die Zeitungen lesen?«

Er küsste sie. »Kannst du machen, aber die bringen diesmal die Wahrheit.«

Vom Münchner Abkommen berichteten die Zeitungen in den folgenden Tagen, von der Zusammenkunft der Staatsmänner, auf der beschlossen und besiegelt wurde, dass die Tschechoslowakei die Sudetengebiete an das Deutsche Reich abzutreten und unverzüglich zu räumen hatte.

Einen Tag später, am 1. Oktober, sah Nina die Schlagzeilen und die körnigen Fotografien vom Einmarsch der Wehrmachtstruppen ins Sudetenland. Die Leute würden jubeln, wie sie in Wien gejubelt hatten. Schließlich hatten sie sich die Zugehörigkeit zum Deutschen Reich ja gewünscht, und warum sollte die Bevölkerung eines Landstrichs nicht entscheiden dürfen, wohin sie gehören wollte? »Das Selbstbestimmungsrecht ist Teil des Völkerrechts«, hatte Claus' Bruder Berthold Nina im Frühling nach dem Anschluss Österreichs erklärt.

Nina kaufte sich keine Zeitung, denn außer ihrem Lieblingsbuch *Die drei Musketiere* las sie keine Geschichten, deren Handlung sie schon kannte. Einer der Wehrmachtsangehörigen, die unter dem Kommando von General Ritter von Leeb über die einstige tschechische Grenze in die abgetretenen Gebiete marschierten und sie für das Deutsche Reich annektierten, war ihr Mann Claus.

19

Claus

Die Besetzung der in fünf Zonen eingeteilten Sudetengebiete verlief ohne nennenswerte Zwischenfälle. Deutsche Einwohner säumten die Straßen, durch die Claus mit seiner 1. leichten Division marschierte, warfen den Soldaten Blumen zu und jubelten. In den von Tschechen bewohnten Ortschaften herrschte hingegen eine geradezu gespenstische Stille, die Häuser verschlossen und verrammelt, die Gassen ausgestorben wie in Geisterstädten. Während der Tage, in denen Claus' Einheit mit der Sicherung der neuen Grenze für das zu errichtende Reichsgau Sudetenland beschäftigt war, erfuhr er, dass Schätzungen zufolge etwa vierhunderttausend Tschechen ihre Wohnorte verlassen hatten. Diese Zahlen wurden ihm unter der Hand mitgeteilt und waren streng vertraulich zu behandeln.

Auch die Verhaftungen, zu denen es kam, waren streng vertraulich zu behandeln. Claus hörte von Gegnern des Regimes, die sich seit Hitlers Machtübernahme in die Sudetengebiete geflüchtet hatten und nun dort festgenommen und nach Deutschland geschafft wurden. Damit hat die Wehrmacht nichts zu tun, sagte er sich. Wenn Rechtsverstöße vorlagen, musste über diese entsprechend verhandelt werden, daran gab es nichts zu rütteln. Zweifellos verfuhren die Polen, die gemäß dem Münchner Abkommen ins vormals tschechische Olsagebiet einmarschiert waren, mit dort verborgenen Straftätern gegen ihren Staat nicht anders.

Nach zehn Tagen waren Claus' Aufgaben im Grenzland zwischen Asch und Troppau beendet, und er wurde nach Wuppertal abkommandiert. Dort führte er Truppenübungen durch, hielt Vorträge über den Verlauf der sudetischen Annektierung und kehrte abends nach Dienstschluss in sein stilles, leeres Haus in der Lönsstraße im ruhigen Stadtteil Barmen zurück.

Der Umzug seiner Familie hatte sich verzögert. Zuerst hatte es Probleme mit der beauftragten Firma gegeben, dann hatten alle drei Kinder nacheinander die Masern bekommen. Insgeheim vermutete Claus, dass es Nina nicht ganz ungelegen kam, den Aufbruch aus Berlin noch ein wenig hinauszuzögern. Sie hatte ein enges Verhältnis zu den Verwandten und Freunden, die dort lebten, aufgebaut und wollte den Kindern, die ebenfalls an ihnen hingen, Gelegenheit geben, Abschied zu nehmen.

Seine Söhne fehlten ihm. Ihr ständiger Lärm, die Unordnung, die sie überall verbreiteten, die überglücklichen Rufe, mit denen sie ihm schon an der Haustür in die Arme sprangen.

Und ihm fehlte Nina. Seine Nina, die sich die Lippen rot malte, auch wenn sie beide allein waren, und die vor Gästen selbst dann noch elegant wirkte, wenn sie vergessen hatte, ihre Küchenschürze abzubinden.

Küchenschürze und seidene Nahtstrümpfe, blutroter Lippenstift, *Vol de Nuit* und windzerzaustes Haar – das war seine Nina. Sie war ihm nie eine einfache Gefährtin gewesen, keine, die mit Kritik hinterm Berg hielt oder ihm eine schwierige Frage ersparte. Es gab jedoch keinen Menschen, keinen Verwandten, keinen Freund, keinen Kameraden, dem er so blind vertraute. Gerade in diesen Tagen, in denen sich in seinem Kopf Gedanken ausbreiteten, denen er keinen Einhalt zu gebieten vermochte, vermisste er den fröhlichen Kinderlärm, der diese Grillen vertrieb, und Ninas Liebe, die ihn zu sich selbst zurückbrachte, so heftig, dass er die Stille in seiner Wohnung kaum ertrug.

Er fand eine Buchhandlung, die sich zum Stöbern eignete,

gewöhnte sich an, mit dem Inhaber, einem netten Kauz namens Kurt Nettesheim, zu plaudern, und stattete seine Wohnung mit Büchern für die ganze Familie aus. Abenteuerromane, die Nina liebte, Bilderbücher, Märchen und Sagen für die Jungen. Die philosophischen Wälzer, die er für sich selbst anschaffte, sollten ihn an den Abenden vom Grübeln abhalten, aber das gelang ihm höchst selten zur Zufriedenheit.

Umso weniger gelang es, wenn es tagsüber Meldungen und Ereignisse gab, die ihn aufwühlten und die er mit einem anderen Menschen hätte teilen wollen. Nicht nur Nina war weit weg, sondern auch seine Freunde. Der George-Kreis war schon seit dem Tod des Meisters nicht mehr derselbe gewesen, und seit solche Stützpfeiler wie Karl Wolfskehl und Ernst Kantorowicz fehlten, schien er gänzlich zu zerfallen. Mit Frank Mehnert hätte er gern gesprochen, aber der war ebenso wie seine Brüder in Berlin. Die Brüder fehlten ihm auch. Berthold rief er eines Abends an, weil er nicht aufhören konnte, über die Nachricht von den abgeschobenen polnischen Juden nachzugrübeln.

Die Sache ging von Polen, nicht von Deutschland aus, man konnte nicht ewig und drei Tage den Deutschen die Schuld an allem in die Schuhe schieben. Es war die polnische Regierung, die verlautbart hatte, dass die Pässe von Bürgern, die seit mehr als fünf Jahren im Ausland lebten, nicht mehr verlängert wurden. Deutschland fand sich demzufolge mit einer Masse von womöglich an die Hunderttausend mittellosen, überwiegend jüdischen Staatenlosen wieder, die größtenteils illegal aus Polen eingewandert waren. Ein Ultimatum mit der Bedingung, diese Menschen wieder aufzunehmen, war von polnischer Seite abgelehnt worden. Dem Deutschen Reich war daraufhin kaum etwas anderes übrig geblieben, als die Konsequenzen zu ziehen und die Leute zur Abschiebung nach Bentschen an die polnische Grenze zu schaffen.

Weshalb hätten er oder irgendein Deutscher sich deswegen schuldig fühlen sollen, fragte sich Claus? Weshalb sah er nachts vor dem Einschlafen Scharen von Frauen, Kindern, Kranken und Alten vor sich, die ohne Nahrung, ohne Schutz vor dem herbstlichen Wetter zwischen zwei Grenzen lagerten, die sie weder nach der einen noch nach der anderen Seite überqueren durften? Wenn Polen seine eigenen Bürger nicht haben wollte, warum sollte Deutschland gezwungen sein, sie stattdessen zu beherbergen? Auf der Konferenz von Evian im vergangenen Juli war von den zweiunddreißig Teilnehmerstaaten nur ein einziger bereit gewesen, seine Quoten zu erhöhen und mehr ausreisewillige Juden aufzunehmen. Gab es deswegen etwa einen Aufstand, beschimpfte die internationale Presse diese Staaten als unmenschlich oder erbarmungslos?

Keineswegs.

Solche Begriffe kamen immer nur zur Anwendung, wenn die deutsche Nation sich dasselbe Recht herausnahm. Berthold würde ihn in dieser Ansicht bestätigen, hoffte Claus, würde den kaum erklärlichen Zweifeln, die in ihm nicht zur Ruhe kamen, den Wind aus den Segeln nehmen. Erst als er das Gespräch bereits angemeldet hatte, wurde ihm klar, dass er mit Berthold unmöglich über die Leitung seiner Dienstwohnung über solche Fragen reden konnte. Er kam sich vor wie ein Idiot. Darauf, dass die Stimme seines Bruders ihm in seiner grundlosen Erregung wohltun würde, hoffte er dennoch.

»Berthold?«

»Claus.« Irrte er sich, oder klang der Bruder alarmiert? »Ist bei dir alles gut, geht alles seinen Gang?«

»Ja, durchaus«, behauptete Claus. »Ich schlafe nur schlecht. Offenbar bin ich dermaßen an Kinderlärm gewöhnt, dass ich nicht mehr in der Lage bin, ohne ihn zur Ruhe zu kommen.«

»Oh, da könnte ich dir Alfred borgen.« Bertholds Lachen war heiser, als wäre er erkältet. »Der Krach, den der kleine Bursche zu veranstalten weiß, lässt vermutlich deine komplette Division wie eine Schar von Schweigemönchen wirken.«

Claus lachte mit. »Sei lieber vorsichtig. Ehe ich am Ende selbst noch zum Schweigemönch werde, nehme ich dich beim Wort.«

»Na komm schon, Clausi. Die ein, zwei Wochen hältst du noch durch, dann hast du deine Nina und die Räuberbande ja bei dir.«

»Wie immer hast du recht, weiser, großer Bruder. Ich finde mich selbst ein bisschen albern.«

»Das ist der erste Weg zur Besserung.«

»Gelobe, mir Mühe zu geben. Und selbst, Bertl? Alles in Ordnung, Mika und der Kleine gesund?«

»Ja, hier bei uns gibt es nichts zu klagen. Aber, Claus …«

Claus horchte auf.

»Es wäre mir lieb, wenn du dich ein bisschen häufiger um deine Duli kümmern würdest«, sagte sein Bruder. »Ein Auge auf sie haben, ihr vielleicht öfter mal Nina und die Kinder schicken.«

»Geht es ihr nicht gut?«, rief Claus erschrocken. »Sie ist doch nicht krank?«

»Nicht im Geringsten, du kennst sie doch«, antwortete Berthold. »Gesundheitlich ist sie unverwüstlich wie ein baltisches Ross. Aber sie ist eben seit Papas Tod viel allein, und nun ist auch noch der Hund gestorben. Sie grübelt zu viel herum, kommt auf komische Gedanken.«

»Auf was für Gedanken?«

»Nichts Spezielles, auch nichts von Belang«, beschwichtigte sein Bruder. »Fahr einfach mal hin, wenn du einen Urlaubstag bekommen kannst, und achte darauf, dass sie sich mit gedankenlosem Gerede nicht in Schwierigkeiten bringt.

Und jetzt ruft mich meine Mika zum Essen, kleiner Bruder. Du kennst es ja selbst: Ist man nicht pünktlich auf die Minute beim Tischappell, ist der Abend versaut.«

Sie lachten beide und wussten, dass keinem von ihnen danach zumute war. Statt sich durch das Gespräch mit Berthold beruhigter zu fühlen, machte Claus sich nun auch noch Sorgen um seine Mutter.

Am folgenden Morgen kamen seine Männer ihm aufgepeitscht vor wie eine Horde Fohlen, und die für den Tag vorgesehenen Übungen ließen sich kaum durchführen. Es waren die Zeitungsmeldungen, die für die Unruhe sorgten: Offenbar war am Vortag ein polnischer Jude in die deutsche Botschaft in Paris eingedrungen und hatte ein Attentat auf den Botschaftssekretär Ernst vom Rath verübt. Im Casino lief den ganzen Tag das Radio, das abwechselnd getragene Musik und die neuesten Nachrichten zu dem Vorfall brachte.

Der Attentäter war an Ort und Stelle verhaftet worden, er hieß Herschel Grynszpan und war siebzehn Jahre alt. Der Botschaftssekretär war von den Schüssen regelrecht durchlöchert worden. Dennoch sandte Hitler persönlich seinen Leibarzt, um sein Leben zu retten.

Einen Tag darauf, am 8. November, erlag Ernst vom Rath seinen Verletzungen. Claus ließ in seiner Wohnung das Radio ausgeschaltet und rief seine Mutter in Lautlingen an. Es fiel ihm noch immer schwer, an sie allein in diesem Haus, das so sehr seine Eltern als Paar repräsentierte, zu denken, und er wünschte, er hatte sie besuchen können. So unterschiedlich sie gewesen waren, hatten sie doch eine Einheit gebildet, und dass davon nun eine Hälfte allein zurechtkommen musste, war so traurig, dass es ihm das Herz schwer machte.

Caroline von Stauffenberg, seine Duli, war jedoch keine Frau, die sich jemals gestattete, nach zurückgebliebener Hälfte und schwerem Herzen zu klingen.

»Gut, dass du dich meldest«, rief sie ihm geradewegs entgegen. »Claus, ich bin erschüttert, nein, das trifft es nicht, ich bin aufs Höchste erzürnt! Es geht so nicht weiter, wir haben viel zu lange zugesehen.«

Claus fragte sie nicht, wovon sie sprach. Er hatte zu viel Angst vor ihrer Antwort, und außerdem ließ sie ihn ohnehin nicht zu Wort kommen.

»Wie kann man all diese Menschen wie Vieh aus ihren Betten reißen und außer Landes karren? Sie ohne Schutz der Kälte aussetzen, als wären wir Barbaren, die ihre Alten und Kranken vor der Stadt zugrunde gehen lassen. Männer wie du, Claus, deutsche Soldaten sollten sich fragen, was sie wohl täten, wenn man mit ihren Eltern so umginge? Als wären sie keine Menschen. Was da in Paris geschehen ist, kann niemanden verwundern. Und das ist nur der Anfang. In welchem erbärmlichen Licht stehen denn wir als Deutsche vor dem Ausland da?«

»Mutter«, fuhr Claus ihr wie mit der Schneide eines Beils ins Wort. »Schweig.« Er hatte nie zuvor so mit ihr gesprochen, und er hatte sie auch nie ›Mutter‹ genannt. »Ich will davon nichts mehr hören, hast du das verstanden? Und sonst auch niemand, weder Berthold noch Alex, oder Nux und die Vettern. Deswegen rufe ich auch nicht an. Ich wollte hören, wie es dir geht, und darüber sprechen, ob Nina und die Kinder vielleicht schon vor Weihnachten zu dir kommen sollten.«

Seine Mutter war eine verständige Frau. Sie berührte das Thema nicht mehr, sondern begann, von Terminen und Besuchsplänen zu plaudern. Das bedeutete jedoch keineswegs, dass sie bei der nächsten Gelegenheit nicht wieder heraussprudeln würde. Er musste sie so schnell wie möglich zu sehen bekommen, herausfinden, wie ernst es stand, ihr gut zureden und sie instruieren. Es kam ihm vor wie ein Berg, der sich vor ihm erhob und beim Nachdenken wuchs.

Über den Inhalt ihres Ausbruchs wollte er sich ebenfalls keine Gedanken erlauben, doch diese quollen von selbst aus der Dunkelheit, sobald er das Licht löschte und zu schlafen versuchte. Dass Herschel Grynszpan der Sohn von über die Grenze verschleppten Juden war, lag nahe. War er, Claus, deshalb jedoch wirklich verpflichtet, sich zu fragen, was er im Falle seiner Eltern getan hätte?

Schlafen konnte er nicht, und die Vorstellung, auch am nächsten Abend nach Dienstschluss in die leere Wohnung zurückzukehren, quälte ihn schon am Morgen. Umso dankbarer war er für die Einladung seines Kommandeurs Generalleutnant Erich Hoepner, der ihn zum Abendessen in sein Haus bat. Hoepner stammte aus Frankfurt an der Oder, war zwanzig Jahre älter als Claus, hatte seine militärische Laufbahn ebenfalls als Kavallerist begonnen und blieb dem Dienst im Sattel als General treu. Die Liebe zu Pferden verband sie, und auch wenn Hoepner ein wenig schroff und kurz angebunden im Auftreten war, erschien er Claus wie ein guter Mann.

Seine Wohnung in Elberfeld, das erst kürzlich Wuppertal angegliedert worden war, glich unzähligen Offiziersbehausungen, die zwar über einen gewissen Komfort verfügten, jedoch nicht verhehlen konnten, dass keinem Bewohner je Zeit blieb, dort heimisch zu werden. Der Blick aus dem Speisezimmer ging jedoch auf eine stille Straße, die im schwachen Licht der Laternen etwas Friedliches, etwas von Nachhausekommen ausstrahlte, das Claus' Nerven guttat. Gegenüber vom Haus der Hoepners spiegelte ein Schaufenster das Licht. Es gehörte zu einer Antiquitätenhandlung, und die Umrisse des Sekretärs, des Sessels und des gerahmten Gemäldes, die sich abzeichneten, ließen ihn unvermittelt an Lautlingen denken.

Noch ein weiterer Gast wurde erwartet: Generaloberst Ludwig Beck, der zwar nur wenige Jahre älter war als Hoepner, jedoch vor Kurzem aus dem aktiven Dienst ausgeschieden war, hatte sich aus Berlin angemeldet. Beck war bereits als junger Mann Witwer geworden, hatte seine Frau bei der Geburt seines einzigen Kindes verloren, ein Schicksal, von dem Claus sich nicht vorstellen konnte, wie man es ertrug. Beck musste über eine ungewöhnliche Stärke und Tapferkeit verfügen. Warum er nach einer steilen militärischen Karriere den Dienst quittiert hatte, fragte Claus sich nicht zum ersten Mal.

Hoepners Frau Irma leistete ihnen während des Essens Gesellschaft, ließ die drei Männer aber anschließend bei Zigarren und Cognac allein. Der Cognac war herrlich. Ein alter *Courvoisier* von einer Reife und Vollmundigkeit, wie Claus noch keinen getrunken hatte.

Generaloberst Beck schien das Gleiche zu empfinden. Er ließ den edlen Weinbrand in seinem Schwenker kreisen, sah dem Farbwechsel der Flüssigkeit zu und sinnierte: »Wäre es nicht eine Schande, wenn wir eine solche Köstlichkeit nicht mehr genießen dürften? Wenn wir, wie es im Krieg ja Vorschrift war, mit schnödem deutschem Weinbrand vorliebnehmen und selbst beim Schaumwein auf die Exzellenz der Franzosen verzichten müssten?«

Jäh fühlte sich Claus wie Rex, der Jagdhund seiner Mutter, dem sich beim kleinsten Misston das Nackenfell sträubte. Hatte er bisher angenommen, Hoepner habe ihn eingeladen, um einem Neuankömmling ein wenig Geselligkeit zu verschaffen, so hatte er jetzt auf einmal den unangenehmen Eindruck, die beiden Männer wollten ihm auf den Zahn fühlen.

»Nun, die Gefahr besteht ja glücklicherweise nicht«, versuchte Claus sich an einem leichten Ton. »Ich jedenfalls kann mir nicht vorstellen, dass Ministerpräsident Daladier die Wirtschaftskrise seines Landes erheblich zu verschärfen gedenkt, indem er Cognac-Importe nach Deutschland eindämmt.«

Auf dem Tisch standen zwei hohe Messingleuchter, deren Kerzen in einem Luftzug flackerten, von dem Claus nicht ausmachen konnte, woher er kam. Generaloberst Beck sah auf und suchte mit seinen tief liegenden, rot geäderten Augen seinen Blick. Seine Stirn war ungewöhnlich hoch. ›Das ist einer, der zu viel denkt‹, hatte Claus' Tante Hupa gesagt, wenn er als Junge mit ihr und seinen Vettern durch Berlin getigert war und sie jemandem mit einer solchen Stirn begegnet war.

»Damit liegen Sie zweifellos richtig«, sagte Beck, ohne seinen Cognac noch länger kreisen zu lassen. »Schließlich hat man uns in München ja von französischer wie von britischer Seite erklärt, dass man mit unserem Vorgehen in der Sudetenkrise voll und ganz einverstanden ist. Und wie steht es um Sie, Stauff? Ich habe von Ihrem Kommandeur gehört, dass Ihre Kameraden Sie Stauff nennen, und finde das sympathisch. Denken Sie, wir als Offiziere haben Grund, mit dem Ausgang in der tschechischen Frage zufrieden zu sein?«

Claus wandte sich ab, sah von den flackernden Kerzenflammen hinüber in das Fenster der Antiquitätenhandlung und dann doch wieder zu Beck, weil alles andere unhöflich gewesen wäre. Falls er noch Zweifel daran gehegt hatte, dass man ihn aushorchen wollte, so konnte er diese jetzt vergessen. Er saß auf dem Prüfstand. Was er aber zu tun oder zu sagen hatte, um die Prüfung zu bestehen, war ihm nicht klar.

Ging es um seine Loyalität, seine Treue, die Liebe zu seinem Land?

Wann aber hatte er je jemandem Anlass gegeben, diese Dinge anzuzweifeln?

»Ich denke, wir haben unsere Ziele erreicht«, sagte er schließlich. »Das Schicksal der Sudetendeutschen ist in deren Interesse entschieden worden. Die Annektierung ist erfolgreich und verhältnismäßig friedlich abgeschlossen worden, die Grenze steht und ist anerkannt, und der Großteil unserer Truppen ist wieder zu Hause. Der Führer hat erklärt, dass es für Deutschland nun, nach der Lösung der Sudetenfrage, kein territoriales Problem mehr gibt. Weshalb sollten wir mit dem Ausgang also nicht zufrieden sein?«

»Und das Schwert?«, fragte Beck.

»Was für ein Schwert?«

»Man hat Sie sagen hören, es wundere Sie, dass das halb aus der Scheide gezogene Schwert nun wieder in sie hineingestoßen werde.«

»Von wem haben Sie das gehört?«, rief Claus barscher, als es ihm zukam. Tatsächlich erinnerte er sich dunkel an eine solche Äußerung in einem der sudetischen Quartiere, unter verschwitzten, abgekämpften und zutiefst erleichterten Soldaten. »Man sagt eben manches nach Abschluss eines nicht ungefährlichen Manövers, und in einem Gespräch unter Kameraden legt man nicht jedes Wort auf die Goldwaage, sondern provoziert auch einmal eine Reaktion, um seine Leute besser kennenzulernen.«

»Das lässt sich nachvollziehen«, sagte Beck. »Sie haben es also nicht bedauert, dass das Schwert in die Scheide zurückgestoßen wurde, dass der Führer sich mit dem Sudetenland zufriedengab und die Rest-Tschechei unangetastet ließ?«

Claus hatte das Gefühl, sich zu winden. Diese Nacht kam ihm hell vor, allzu hell für November, obwohl das Licht im Raum gedämpft war. Vielleicht lag es an den Kerzen, an diesem ständigen Flackern. »Weshalb sollte ich das bedauern?«, fragte er. »Selbstverständlich achte ich die von der Reichsregierung gerade erst unterzeichneten internationalen Abkommen. Außerdem ist es nicht meine Aufgabe, Entscheidungen zu treffen, sondern sie auszuführen.«

»Ein Mann – ein Wort, Stauff«, mischte sich Hoepner ein. »So kennt man Sie. Sie haben doch nichts dagegen, dass wir bei diesem Namen für Sie bleiben?«

»Natürlich nicht.«

Irgendwo schien jemand zu schreien.

»Und nur als eine Art Gedankenspiel: Würden Sie es als Ihre Aufgabe betrachten, jede Entscheidung auszuführen, die unsere Regierung trifft? Auch eine, die Sie nicht gutheißen?«

Claus kniff kurz die Augen zu, weil die Flammen ihn blendeten. »Ich habe mich ja nun einmal verpflichtet, Deutschland zu dienen«, sagte er. »Dem Großen, Ganzen. Nicht mir selbst.«

»Eine Entscheidung, die Ihnen und Ihrer Familie Schaden zufügt, würden Sie also ausführen?«, kam es von Beck. »Und wie stünde es mit einer, die Deutschland Schaden zufügt? Die es womöglich gar zerstört?«

Wieder ertönte ein Schrei. Diesmal schreckte auch Hoepner auf und hob wie suchend den Kopf.

»Ich bin froh, in einer solchen Situation nicht zu stecken«, begann Claus, brach aber ab, als gleich darauf wieder jemand gellend schrie.

»Ja, das wäre dann die uralte Frage, nicht wahr?«, entgegnete Beck. »Was ist Deutschland? Seine Regierung, die, die es repräsentieren, sein Volk, sein Gebiet, oder doch vielmehr eine Idee?«

Diese Frage hätte Claus ihm beantworten können. Er hätte diesen zwei Männern erklären können, was das ›geheime Deutschland‹ ausmachte und was es ihm bedeutete. Dafür hätte er jedoch die ganze Nacht benötigt, und außerdem war er nicht dazu berechtigt. Während er auf eine weitere ausweichende Antwort sann, explodierte die Stille. Im ersten Augenblick glaubte er, ein Geschoss oder zumindest ein Stein müsse durch die Fensterscheibe in den Raum geflogen sein.

Sie sprangen alle auf. In tausend Stücke zersprungen war nicht das Fenster von Hoepners Speisezimmer, sondern das der Antiquitätenhandlung auf der anderen Straßenseite. Auf einen Schlag war die Nacht taghell. Ein Pulk von zwanzig oder gar dreißig Männern stürmte auf das Geschäft ein, schleuderte Steine in die Scheibe, dass das Pflaster von Scherben übersät lag. Einzelne sprangen ins Innere, hackten mit einem Beil auf den Sekretär ein, schleppten die Lampe davon, warfen das Bild kopfüber auf die Straße.

»Großer Gott, die Janows!«, hörte er Hoepners Frau schreien. Dann schlug die Haustür, und keine Minute später sah er Irma Hoepner ohne Hut und Mantel in ihren Pantoffeln aus dem Haus und über die Straße eilen.

Aus der Tür neben dem Geschäft zerrte der Pöbel einen Mann im Hausmantel, während eine Frau, ein junges Mädchen und ein Kind mit blonden Zöpfen ihnen entflohen und auf Irma Hoepner zurannten. Tatsächlich hatte das Geschehen etwas von einer Filmszene, von Dreharbeiten der *Wochenschau,* die Claus im Sudetenland beobachtet hatte, denn alles wirkte wie von grellen Scheinwerfern angestrahlt.

Aber das Licht stammte von keinem Scheinwerfer, sondern von dem Feuer, das über den Dächern der Vorstadt in den Himmel loderte.

»Die Synagoge«, sagte Hoepner, der nach draußen starrte. »Die Synagoge von Elberfeld brennt.«

»Das ist ihre sogenannte Rache für den Tod von Ernst vom Rath«, sagte Beck.

Die Frau und die beiden Mädchen hatten Hoepners Frau inzwischen erreicht. Sie standen mitten auf der Fahrbahn beisammen und schienen sich zu viert aneinanderzuklammern.

»Ich muss Irma zurück ins Haus holen«, murmelte Hoepner, rührte sich jedoch nicht.

Es war Claus, der aus dem Zimmer rannte, die Treppe hinunter und hinaus auf die Straße stürmte. Er lief zu den Frauen.

»Nehmen Sie meine Kinder, Frau Hoepner, ich flehe Sie

an.« Die fremde Frau weinte, und die zwei Mädchen hingen an ihren Armen.

»Sie kommen alle mit zu uns nach oben«, sagte die Frau des Kommandeurs. »Sie auch, Frau Janow.«

»Nein, nein, nur meine Kinder. Ich muss doch zurück, ich muss sehen, wohin sie meinen Mann bringen.« Angsterfüllt sah sie auf, und ihr Blick traf Claus. »Bitte«, kam es von ihr ganz leise. »Meine Kleine, die Gerda, ist erst acht.«

Irma Hoepner stand neben ihm, wohin sie sah, konnte er nicht ausmachen, doch er spürte auch ihren Blick auf sich.

»Kommen Sie«, sagte er. »Bringen wir die Kinder ins Haus, sie sollten das hier nicht mitansehen müssen.«

Er umfasste die Schultern des Kindes, während Irma Hoepner sich des älteren Mädchens annahm.

»Tausend Dank«, flüsterte die Frau. »Ihnen beiden. Tausend Dank.«

Sie musste sie von den Armen ihrer Mutter regelrecht abpflücken, ehe sie sich schließlich in ihr Schicksal fügten und davonführen ließen.

Als Claus in dieser Nacht zurück in seine Wohnung kam, setzte er sich an den Schreibtisch und versuchte, einen Brief an seine Frau zu schreiben. Eine halbe Stunde mochte verstrichen sein, ehe ihm klar wurde, dass das nicht möglich war. Aus einer Schublade zog er ein billiges Heft, wie man es überall im Schreibwarenhandel bekam und wie er es als Schulbub benutzt hatte. *Zeitung für Nina* schrieb er auf das Etikett, dann schlug er das Heft auf und schrieb hinein, was er ihr nicht sagen und auch in einem Brief nicht mitteilen konnte.

20

Nina
1939

Claus, der Pferde und die Beschäftigung unter freiem Himmel liebte, fuhr Panzer. Berthold, der Rechtsgelehrte, der in seinem Institut in Arbeit ertrank, wurde zweimal hintereinander zu militärischen Übungen einberufen, von denen keine Befreiung möglich war.

Im März marschierten Truppen der Wehrmacht in die Tschechei ein, von der die Slowakei sich zuvor unabhängig erklärt hatte. Nina hatte noch im Ohr, wie Claus ihr zu Weihnachten versichert hatte, Hitler sei fertig in der Tschechoslowakei, er habe alles bekommen, was er dort wollte.

Sie hatten die Feiertage wie üblich in Lautlingen verbracht, wohin Nina auf Claus' Wunsch hin bereits Ende November mit den Kindern gereist war. Es hatte ihr wehgetan, ihn in Wuppertal allein zu lassen, nachdem sie doch gerade erst den Umzug bewältigt und alle an einem Ort wieder zusammengefunden hatten. Sie hatte es wieder und wieder hinausgezögert, Berlin zu verlassen. Hatte ein schlechtes Gewissen gehabt und sich doch nicht durchringen können, die Kisten zunageln zu lassen und für sich und die Kinder Fahrkarten zu kaufen. Der Grund war Clara Kantorowicz gewesen, Ernsts Mutter. Ein paar Tage nach der Abreise des Freundes hatte Nina sie in ihrer Wohnung hinter dem Kaiserdamm schon zum ersten Mal besucht. Sie konnte nicht viel älter sein als ihre eigene Mutter oder Claus' Duli, aber sie saß auf ihrem abgeschabten grünen Sofa unter einem riesigen goldgerahmten Stillleben, auf dem Orangen aus einem Korb rollten, und sah aus wie eine uralte Frau.

Das graue Haar in der Mitte gescheitelt und streng aus dem Gesicht gekämmt, in das die Traurigkeit eingegraben schien.

Ohne Unterlass knetete sie ihre knochigen Hände. Wenn Nina bei ihr war, konnte sie nicht aufhören, auf diese ständig in Bewegung befindlichen Hände zu starren.

»Ich bringe Ihnen ein paar Kekse, Frau Kantorowicz.«

»Kekse? Das ist nett. Bitte legen Sie sie doch in die Schale auf der Anrichte, dann kann ich sie später Gästen anbieten.«

Das Zimmer sah nicht so aus, als empfinge sie Gäste. Nina war sicher, dass sie sich das Gebäck aufheben wollte, um es anstelle eines Abendessens zu sich zu nehmen, weil es in der ganzen Wohnung sonst keine Vorräte gab. Sie vermutete, dass Ernsts Mutter sich nicht mehr hinunter zum Kaufmann wagte, weil sie dort beschimpft oder sogar angegriffen worden war. Sie hatte etwas Vornehmes, ein wenig Weltfremdes an sich, wie auch Ernst selbst, etwas, das einem solchen Angriff schutzlos ausgeliefert war.

Als Nina das nächste Mal kam, brachte sie ihr nicht nur Kekse, sondern auch Brot, ein Stück Butter, Aufschnitt und frische Äpfel mit, stellte alles in der Küche auf ein Tablett und servierte es ihr.

»Das ist sehr liebenswürdig von Ihnen«, sagte Ernsts Mutter. »Aber das brauchen Sie nicht zu tun, so nett Sie es auch meinen. Wir Kantorowicz waren nie arme Leute, uns brauchte nie jemand unser Essen zu schenken.«

Nina hatte Angst, sie derart gekränkt zu haben, dass sie ihr verbieten würde, wiederzukommen, doch ehe sie aufbrach, sagte Clara Kantorowicz: »Es wäre sehr schön, Sie noch einmal zu sehen. Mein Sohn schreibt Bücher, keine Briefe. Ich bin jetzt doch sehr viel allein mit meinen Gedanken.«

»Sie sollten zu Ihrem Sohn reisen«, entfuhr es Nina. »Mein Mann und ich, wir würden Ihnen helfen.«

»Sie sind eine reizende Person«, sagte die alte Dame und berührte Ninas Wange. »Und so jung, wie Sie sind, muss es Ihnen reichlich töricht erscheinen, dass ich bleibe. Aber umhergezogen bin ich in meinem Leben zu oft. Als ich in diese Stadt kam, dachte ich: Wie freundlich von ihr, uns mit so offenen Armen aufzunehmen. Ich habe mir noch einmal abverlangt, Wurzeln zu schlagen, aber um diese jetzt auszureißen, bin ich zu alt. Ich könnte ja nirgendwo mehr neue bilden, nur irgendwo sterben und begraben liegen, wo kein Mensch meinen Namen auf meinem Grabstein lesen kann.«

Es war Nina unendlich schwergefallen, schließlich den letzten Schritt in die Wege zu leiten und Ernsts Mutter zu sagen, dass sie sie nicht mehr besuchen konnte. »Wenn ich nach Berlin komme, schaue ich bei Ihnen vorbei, das verspreche ich Ihnen. Und wenn Sie Hilfe brauchen, wenn etwas Sie bedrückt – bitte schreiben Sie mir oder rufen Sie mich an. Sie sind in diesem Land nicht ohne Freunde, Frau Kantorowicz.«

Die alte Frau lächelte, was ihr Gesicht noch trauriger wirken ließ. »Wenn Sie meine Freunde sind, Sie und Ihr Mann, dann müssen Sie auf der Hut sein«, sagte sie.

Nina ging schweren Herzens. Sie hatte den Umzug nicht noch länger aufschieben können. Nicht nur ihret- und der Kinder wegen, sondern noch weit mehr um Claus' willen musste sie endlich die Familie zusammenführen. Es ging ihm nicht gut, das war nicht zu übersehen. Er war nervös, wie sie ihn nicht kannte, höchstens im Spiel mit den Kindern entspannte er sich so weit, dass der Muskel unter seinem rechten Auge nicht mehr zuckte, und sie hörte gelegentlich sogar, wie er lachte.

Die Jungen waren so froh, dass sie ihn bei sich hatten, sie wollten gar nicht nach Lautlingen abreisen. Berthold und Heimeran liebten ihre Ferien auf dem Familiensitz, aber von ihrem Vater wollten sie nicht weg. Bertholds Verehrung für Claus ging so weit, dass er sich seine Strickjacke falsch zuknöpfte, wie es Claus in seiner Verträumtheit so häufig geschah, um ein perfektes Ebenbild in klein abzugeben. Sein Vater war sein Held, und ein Held wollte er mit seinen fünf Jahren ebenfalls sein.

Heimeran hingegen, der erst drei war, weinte so sehr, dass ihn sein Bruder ein Mädchen schimpfte.

»Das ist dumm«, hatte Claus den älteren Sohn zurechtgewiesen. »Mädchen weinen doch gar nicht. Siehst du deine Mutter weinen, siehst du deine Großmutter in Lautlingen weinen? Nein? Na also. Höchstens deine Großmutter in Bamberg weint manchmal, weil ihr sie schon viel zu lange nicht besucht habt, aber so viel wie der Großvater in Bamberg weint sie lange nicht.«

»Ist es denn wirklich nötig, dass wir vorausfahren?«, hatte Nina ihn gefragt, als alle drei Kinder im Bett waren und sie mit einem Glas Burgunder und einer letzten Zigarette im Dunkeln am offenen Fenster ihres Schlafzimmers saßen. »Können wir nicht in vier Wochen zusammen reisen?«

Die Luft war eisig, aber wenn Rauch im Zimmer stand, schlief Claus nicht gut.

»Ich will euch ja auch gar nicht gehen lassen«, antwortete Claus. »Aber ich wüsste euch lieber daheim, bei der Duli auf dem Land, als hier.«

Als die Spitze ihrer Zigarette aufglomm, sah sie, wie der Muskel unter seinem Auge zuckte. »Ist es hier denn nicht sicher?«, fragte sie.

»Sicher ist es natürlich«, hatte er ihr versichert. »So sicher wie in Abrahams Schoß, das ist es im ganzen Land. Aber die Stimmung brodelt ein bisschen, das ist wie Grundsand, der sich nach all dem Aufwühlen wieder setzen muss. Für die Kinder, die gerade erst aus dem wilden Berlin kommen, hätte ich es lieber ruhiger. Für dich natürlich auch, aber ich weiß ja: Du bist mein Flügelmann, du würdest mit mir auch im Sturm die Stellung halten.«

»Wenn es jetzt Sturm gibt, halte ich die«, sagte Nina. »Obwohl ich kein Mann, sondern eine Flügelfrau bin.«

Er hatte sie geküsst. »Flügelfrauen sind Engel, und das passt nicht zu dir.«

»So einen Unsinn erzählt mir mein gebildeter und obendrein katholischer Gatte. Dass Engel Männer sind, weiß doch jedes Kind.«

»Also schön, du geflügelte Besserwisserin.« Er küsste sie wieder. Er schmeckte gut, roch aber nicht mehr nach Pferd. »Du bist abkommandiert. Fahr nach Lautlingen, warte auf mich und hab ein bisschen ein Auge auf die Duli, willst du das für mich tun?«

Mit einem flauen Gefühl im Magen war sie gefahren, doch als sie in Lautlingen ankamen, erfasste sie dennoch eine Art Erleichterung. Die Anspannung, in der sie Claus erlebt hatte, war auch in Berlin an allen Ecken und Enden spürbar gewesen. Mika hatte über Bertholds Reizbarkeit geklagt, und der leutselige Onkel Nux, der vor Kurzem ins Reichskommissariat für Preisbildung versetzt worden war, wirkte ständig wie gehetzt. Am härtesten traf Nina, dass Frank Mehnert, der Bildhauer, dem Claus so häufig Modell gesessen hatte, mit seinen Freunden vom George-Kreis nicht länger verkehrte und Claus' Frau und Kinder nicht davon ausnahm.

Über seine Gründe kannte sie nichts als Gerüchte. Der Bruch hatte sich nach jener Nacht vollzogen, in der die Synagogen gebrannt hatten. Tage später waren Nina und die Kinder endlich nach Wuppertal aufgebrochen, und Mehnert, der für ihre drei wie ein Onkel gewesen war, hatte sich nicht verabschiedet. Nika zufolge hatte er zu Berthold gesagt, wer jetzt noch dem Naziregime die Stange halte, könne nicht länger sein Freund sein. Dabei hatte Nina ihn als einen von denen in Erinnerung, die mit der größten Zuversicht und Hoffnung die Ernennung Hitlers begrüßt hatten. Aber seitdem waren sechs Jahre vergangen, und in diesen sechs Jahren hatte sich so viel verändert, dass es schwer war, noch auszumachen, wo man überhaupt stand.

Wie viel von alledem zutraf, wusste Nina ohnehin nicht, denn diese sturen George-Jünger erzählten ja Frauen nichts von ihren Gefühlen. Nur Ernst hatte das getan, Ernst, der fortgegangen war und der damit allem Anschein nach recht getan hatte.

In Lautlingen bekam sie eine Pause von alledem. Schon früh fiel Schnee, der die Kinder begeisterte, nach und nach trudelten Verwandte ein, und auch Ninas Eltern kamen für ein paar Tage, um Zeit mit ihren Enkelsöhnen zu genießen. In der Gegenwart von Claus' Mutter hatte Nina ein gewisses Unbehagen selbst jetzt noch nicht abgelegt, doch sie konnte nicht leugnen, dass Caroline von Stauffenberg sich regelrecht überschlug, um für ihre Bequemlichkeit zu sorgen, und dass sie auf rührende Weise an den Kindern hing.

Es war schön gewesen, als Claus schließlich eintraf. Es war eines dieser Weihnachtsfeste gewesen, an denen man plötzlich das Gefühl hatte, dass einem doch im Grunde überhaupt nichts Böses geschehen konnte, nur weil die Lichter am Weihnachtsbaum brannten. Auf ihre Frage hatte Claus ihr versichert, dass von Krieg keine Rede war, dass der Nichtangriffspakt zwischen Deutschland und Polen sich bewährt hatte und dass schließlich auch in Frankreich und England friedliche Weihnachten gefeiert wurden.

»›Frieden in unserer Zeit‹, hat Chamberlain gesagt, vergiss das nicht. Frieden in unserer Zeit.«

Nina ließ es dabei bewenden.

Über jene Nacht der brennenden Gebäude und eingeschlagenen Scheiben hatte Claus nicht mit ihr reden wollen, und vielleicht hatte Nina es ja auch gar nicht gewollt. »Was genau geschehen ist, wissen letztendlich doch auch die nicht, die es behaupten«, war alles, was er dazu gesagt hatte. »Dieser sogenannte Volkszorn ist eben schwer einzuschätzen, manches kann man trotz aller Mühe nicht begreifen, und es wird nicht besser, indem man es ständig aufs Neue durchdenkt.«

In der Silvesternacht waren sie mit ihren Gläsern hinaus in den glitzernden frischen Schnee gelaufen und hatten auf 1939 angestoßen, das ihnen genauso frisch und glitzernd erschienen war.

»Wenn du einen einzigen Wunsch für das neue Jahr frei hättest«, hatte Claus sie gefragt, während sie in seinen Armen vor Kälte zitterte, »was würdest du dir wünschen?«

»Dass wir so oft wie nur möglich zusammen sein können«, hatte sie geantwortet. »Wir fünf, du und ich und die Spatzen. Und natürlich, dass wir unsere Freunde und Verwandten oft um uns haben, dass wir alle gesund sind und niemand mehr nach Amerika geht.«

Er hatte ihr in die Augen gelacht. »Das sind ganz schön viele Wünsche für nur einen einzigen, der freistand.«

»Und du, Claus? Was wünschst du dir mit deinem einzigen Wunsch?«

Er hatte sie an sich gezogen und sein Gesicht in ihrem Haar vergraben. »Nichts. Nur dass ich dich an meiner Seite habe und alles so bleibt, wie es ist.«

Jetzt war es Ende Juni, und Nina war wieder in Lautlingen. Mika war auch dort, sie hatte zwei Wochen zuvor ihr zweites Kind bekommen und erholte sich von der schwierigen Geburt. Sie fühlte sich schwach, brach bei jeder Kleinigkeit in Tränen aus. »Warum muss Berthold ständig auf Lehrgänge der Wehrmacht, warum trainiert Claus keine Pferde mehr, sondern Panzer?«, jammerte sie. »Weißt du, wie froh ich bin, Nina, dass ich diesmal ein Mädchen bekommen habe? Das bleibt mir wenigstens. Was immer da draußen auch angezettelt wird.«

»Sie ist hysterisch«, sagte Ninas inzwischen längst selbst verheiratete Lieblingscousine Hertha, die ein paar Tage auf Besuch gekommen war, um das herrliche Wetter zu genießen. »Ich weiß, manche Frauen haben das nach der Geburt, aber damit nützt sie doch keinem. Dieser Sommer ist so schön. Wer weiß, wann wir das nächste Mal so einen bekommen.«

Damit, dass Mikas Klagen niemandem nützten, hatte sie fraglos recht. Aber das kleine Mädchen, das fünfte Stauffenberg-Enkelkind, das den Namen Elisabeth erhalten hatte, nahm Großmutter Caroline in die Arme und sprach auf das verschrumpelte Gesichtchen hinunter: »Waren wir vor dem Krieg geborenen Frauen nicht töricht, uns so viele Söhne zu wünschen? Du kleines Frätzlein wirst wenigstens nie zu mir sagen, ich solle an meiner Tür bei der Blutbuche stehen, dir hinterherwinken und eine Heldengroßmutter sein.«

Im März, nach dem Einmarsch in die Tschechei, verbrachte Hitler eine Nacht auf dem Hradschin, dem Wahrzeichen Prags.

Im April kündigte er den Nichtangriffspakt zwischen Polen und dem Deutschen Reich.

Im Mai fuhr er auf Staatsbesuch zu Mussolini nach Italien.

Im Juni schloss er neue Nichtangriffspakte mit Dänemark, Lettland und Estland.

Wenn er keinen Krieg wollte, warum brauchte er dann all diese Pakte? Und wenn er in ein Land einmarschierte, dessen Bevölkerung nicht darüber abgestimmt hatte, dass sie zum Deutschen Reich gehören wollte – wie weit von Krieg war das dann überhaupt noch entfernt?

Wann sich Claus ihnen anschließen würde, wusste sie nicht. Er war nur selten überhaupt in Wuppertal, sondern meist in Berlin zu Besprechungen, über die er mit ihr nicht reden durfte, und mehr oder minder hatte sich Nina damit abgefunden, dass er in diesem Sommer überhaupt nicht kommen würde. Berthold und Heimeran fragten unaufhörlich nach ihm. Um sie abzulenken, ging Nina mit ihnen täglich zum See, zog sie im Bollerwagen umher und setzte sich schließlich mit ihnen in den Zug, um ihre Eltern in Bamberg zu besuchen. Sie nahmen an einer Familienfeier teil und blieben ein paar Tage, weil vor allem ihr Vater sich so sehr freute.

An einem der endlosen sonnigen Nachmittage setzte er sich zu Nina auf die Terrasse und sah mit ihr den Kindern zu, die ausgelassen zu dritt durch den Garten tollten.

»Ein kleines Glas Wein, mein Ninchen?«

»Sehr gern! Es braucht gar so klein auch nicht zu sein.«

Ihr Vater lächelte und schenkte ihr ein. »Einen guten Zug hast du immer am Leib gehabt. Ein bisschen ist an dir ja doch ein Bub verloren gegangen. Aber wenn du einer geworden wärst, wäre es doch sehr schade um eine wunderbare Frau.«

»Ach, Väterchen.«

Sie stießen an. Der perlende Weißwein, den er gekühlt hatte, war in der Sommerhitze bereits wieder warm geworden.

»Habe ich dir eigentlich schon einmal gesagt, wie stolz ich auf euch bin?«, fragte er sie. »Auf euch alle zusammen – dich, deinen Claus, die Kinder, auf eure Familie. Dass ihr so geradlinig und sauber, mit so viel Anstand durch euer Leben geht und den Kindern Vorbilder seid, das ist für einen Vater das reine Glück. Für eure drei prächtigen Jungen gibt es nämlich kein besseres Erbe als das, was ihr ihnen mitgebt: ein reines Gewissen.«

»Wenn das wirklich so ist, dann seid es ja ihr, von denen ich es gelernt habe«, sagte Nina, drückte ihn kurz an sich und trank dann hastig von ihrem Wein, weil sie nicht ganz sicher war, was sein überschwängliches Kompliment im Kern beinhaltete und ob es ihnen tatsächlich zustand.

»Bei dir und deinem Claus kann ich mir sicher sein, dass ihr das Richtige tun werdet«, fuhr ausgerechnet ihr Vater, der sonst seine Worte so sparsam verschenkte, fort. »In jeder Lebenslage. Ich werde nie einer jener Väter sein, die sich für ihre Kinder schämen müssen.«

Machte die Sommersonne ihn derart geschwätzig, war es der Wein, die Weltlage? Nina kam nicht dazu, noch länger darüber nachzudenken, denn mit einem Mal stürmte ein langer, in seiner Uniform schwitzender Lulatsch auf die Terrasse – ihr Claus.

Mit ohrenbetäubendem Jubel galoppierten die Kinder auf ihn zu und umtanzten ihn, dass die Shimmy-Tänzerinnen der Weimarer Jahre vor Neid erblasst wären. Erst als alle drei unter der Aufsicht ihres Großvaters endlich damit beschäftigt waren, die mitgebrachten Geschenke auszupacken, kam Nina dazu, den unerwarteten Ankömmling zu fragen: »Wo kommt denn der Herr Graf von Stauffenberg auf einmal her?«

»Der Herr Graf von Stauffenberg ist ja nur ein Claus«, sagte er, zuckte leicht mit der Schulter und schob ihr den Arm um die Taille. »Und der ist krank vor Sehnsucht nach seiner Nina und hat sich soeben von ihrer Mutter die Erlaubnis geholt, sie eine Woche lang entführen zu dürfen. Nur wir beide. In einem viel zu kleinen Auto. Durch den Schwarzwald und an den Bodensee – wie klingt das?«

»Es klingt, als würdest du mir ein Märchen erzählen.«

Er lachte. »Warte ab, bis du das Auto siehst, das ich gemietet habe. Dann glaubst du vermutlich eher, ich erzähle dir einen Schauerroman.«

Er wirkte so ausgelassen. So unbesorgt. Seit jener Nacht im November hatte sie ihn nicht mehr so jung und strahlend erlebt, und er war es doch schließlich, der an der Quelle saß, der als Erster hätte wissen müssen, wenn es einen Grund gab, sich Sorgen zu machen.

Warum sollte sie sich also ihm nicht anschließen?

Er zog sie in die Arme und tanzte mit ihr über die Terrasse. Musik dazu brauchte er nicht. Seine Füße schienen dem Foxtrott-Rhythmus ganz von selbst zu folgen, und dazu lachte er sie aus seinen hellen Augen an. »Was ist, Gräfin Stauffenberg? Gehst du mit mir auf Abenteuerreise, oder gibst du mir einen Korb und brichst mir das Herz?«

»Was ist mit den Kindern?«

»Die bringen wir samt deinen Eltern nach Lautlingen. Eine Woche lang von drei Großeltern rund um die Uhr verwöhnt zu werden, ist wohl kaum ein Grund, sich zu beklagen. Falls du also eine Ausrede suchst, um mich schnöde abzuweisen, sind die Kinder keine gute Idee.«

Daran hatte Nina überhaupt nicht gedacht. Viel eher hatte sie sich gewundert, weil Claus sonst so darauf bedacht war, in der wenigen Zeit, die er aufbringen konnte, für die Kinder da zu sein. Dass er sie diesmal den Großeltern überließ, schien ihr zu zeigen, wie stark sein Wunsch war, mit ihr alleine zu sein.

Mit plötzlicher Wucht überfiel sie der gleiche Wunsch: Noch einmal nur Nina und Claus sein, frei und von allem weit weg wie auf ihrer Hochzeitsreise, diesem groß gewachsenen, hübschen Kerl seine muffige Uniform ausziehen und ihm Worte ins Ohr flüstern, bei denen ihm im Dunkeln heiße Röte in die Wangen schoss. Noch einmal träumen, jung sein, von einem Balkon auf die Welt hinunterblicken, die vollendet schön war, und die Bilder von Freunden, die auf Nimmerwiedersehen in Züge stiegen, und von Nachbarhäusern, aus deren Türen Menschen flohen, aus dem Gedächtnis drängen.

»Warum fragst du mich überhaupt?«, rief sie keck und gab das Lachen mit den Augen zurück. »Soweit ich weiß, haben Männer deines Standes in der Vergangenheit ihre Damen einfach entführt.«

»Ja, wenn das so ist.« Er ließ seinen Arm ihren Rücken hinuntergleiten, nahm den zweiten dazu und hob sie mit Schwung hoch. »Betrachte dich als entführt, Nina von Stauffenberg.«

Also würden sie durch den Schwarzwald fahren. Und an den Bodensee. Im Grunde waren die Ziele Nina gleichgültig, solange sie nur weit weg von marschierenden Truppen und randalierenden Volksmassen lagen, denn wo immer sie beide Zeit für sich hatten, würden sie etwas entdecken, das unschätzbar und für andere Menschen unbeschreiblich war.

21

Glücklicherweise waren Ninas Eltern so entgegenkommend, die Kinder in ihrem eigenen Wagen nach Lautlingen zu kutschieren. Das offene Auto, das Claus gemietet hatte, war zwar keines der berühmt-berüchtigten Opel-Laubfrosch-Modelle, die schon seit Längerem nicht mehr produziert wurden, aber viel größer war es in der Tat nicht, und außer für ihn und Nina gab es im Grunde nur noch Platz für ein wenig Gepäck.

Knallgrün war es obendrein.

»Grün ist die Hoffnung«, verteidigte Claus das Gefährt. »Zumindest übersieht uns keiner. Die Bevölkerung der verschlafenen Schwarzwald-Städtchen soll schließlich wissen: Hier kommen Nina und Claus!«

Sie ließen das Verdeck heruntergeklappt und fuhren durch den warmen Wind eines Sommers, der schöner war als jeder, den sie bisher erlebt hatten. Unterwegs gingen sie miteinander um, wie sie es immer getan hatten: fröhlich, frech, ein bisschen frivol und noch immer verliebt. Sie flirteten, alberten, brachen spielerische Streitereien vom Zaun und schworen sich nächtliche Rache. Nina verspottete Claus für die Gier, mit der er sich auf Schwarzwälder Schinken stürzte, als hätte er seit Tagen nichts zu essen bekommen, und Claus verspottete Nina, wenn sie sich eine Zigarette ansteckte, obwohl bereits eine glimmende im Aschenbecher lag.

Ohne dass Nina hätte sagen können, woran sie es festmachte, lag unter ihrem Geplänkel verborgen jedoch ein Pakt, dass das nicht alles sein würde. Sie brauchten Zeit, um einander vorzumachen, dass nichts anders war als damals, auf ihrem Weg nach Italien. Ohne Worte hatten sie einander jedoch das Versprechen gegeben, dass da noch etwas kam.

Ihre erste Nacht verbrachten sie unweit des Ortes Seewald am Fluss Nagold, in einem Schwarzwälder Bauernhaus, das Pensionsgäste aufnahm. Die Nacht war zu warm, um zu schlafen, und in ihrem Zimmer unter dem Dach knackten die Holzbalken. Der Blick aus ihrem dreieckigen Fenster ging hinaus auf den Fluss, dessen Plätschern im Dunkeln wie ein Flüstern klang.

Sie aßen im Bett, nur mit ihren Laken bedeckt. Nachdem sie sich der Hitze wegen behutsam und träge geliebt hatten, erzählte Claus ihr die Legende vom Feldsee, in den die bösen Geister und Dämonen verbannt wurden, die versuchten, von den Bewohnern des Schwarzwalds Besitz zu ergreifen.

»Das war nicht weiter schwierig«, raunte er an ihrem Ohr. »Wenn es in deinem Haus spukte oder einer deiner Verwandten sich so merkwürdig benahm, als wäre er von einem Geist besessen, brauchtest du nur zur nächsten Kirche zu laufen und den Priester zu holen. Der verlangte für seine Dienste eine Flasche hausgebrannten Schnaps, die er austrank, und mit der leeren Flasche kam er dann in dein Haus. Er sprach eine Zauberformel, die wie ein Magnet den Geist in die Flasche hineinzog, stopfte den Korken obendrauf, und schon war er unterwegs zum Feldsee. Dort schüttete er den bösen Geist in die Fluten, und die, die er heimgesucht hatte, waren ihn für alle Zeit los. Es durfte nur niemand zurückblicken, falls ein Geist aus dem See seinen Namen rief, denn dann zerrte er ihn mit sich in die Tiefe.«

»Großartig«, murmelte Nina. »Wenn es nur immer so einfach wäre.«

»In der Tat«, sagte Claus. »Aber immer einfach blieb es leider auch damals nicht. Eines Tages tauchte ein Geist auf, bei dem die Formel nicht wirkte und der sich nicht in die Flasche ziehen ließ. Sein Name war Dengele. Mit seiner Sense über der Schulter zog er durch Häuser, in denen Menschen sich ihres Lebens freuten, und verkündete ihnen, dass der Tod nah war.«

Nina schauderte. »Das ist grausig, Claus. Warum wirkte bei diesem Dengele-Unhold denn die Formel nicht?«

»Darüber rätseln die Leute im Schwarzwald bis heute. Manche sagen: Er hatte keine Ohren. Andere glauben: Er hat sie sich verstopft, und so konnte er auch die Schreie der Menschen nicht hören, denen er den Tod ins Haus brachte.«

»Und was ist aus ihm geworden?«

»Nichts. Er treibt sein Unwesen bis heute. Nur nimmt er von Zeit zu Zeit vielleicht andere Gestalten an.«

Sie schwiegen eine Weile.

»Ich wünschte, du hättest dir für die Geschichte ein anderes Ende ausgedacht«, sagte Nina dann.

»Ich auch«, sagte Claus. »Aber du weißt ja, wie das ist mit Geschichten: Sie funktionieren mit dem einen Ende, das sie nun einmal haben, und wenn man versucht, ihnen ein anderes zu geben, dann fragen am Ende die Zuhörer: Und warum um alles in der Welt hast du mir das nun erzählt?«

Anderntags fuhren sie weiter in das zauberhafte Städtchen Maulbronn am Fuß des Strombergs, wo sie die einstige Abtei der Zisterziensermönche aus dem zwölften Jahrhundert besichtigten. Von der Strenge und Stille, der völligen Weltabgewandtheit der Ordensbrüder war in den klaren, schmucklosen Linien der Gebäude noch immer etwas zu spüren. Als höre man sie auf bloßen Füßen durch die Gänge wandeln, den Blick auf die gefalteten Hände gesenkt und darauf bedacht, an nichts zu denken als den Weg zu Gott.

In der Vorhalle der romanischen Kirche mit ihren hohen Säulen und Bögen fanden sich an der Decke und den Wänden jedoch Reste einer Bemalung, deren Farben einst leuchtend und prachtvoll gewesen sein mussten. Nina erkannte die Umrisse eines Baums voller Früchte und darunter das verblasste Gesicht einer Frau, die durch die Nebel der Jahrhunderte zu ihr herübersah.

»Das Paradies«, sagte Claus, der ihren Reiseführer aufgeschlagen in der Rechten hielt.

»Das Paradies?«

Er nickte. »Die Vorhalle der Kirche bekam den Namen Paradies, weil es üblich war, ihre Wände und die Decke mit Szenen des Sündenfalls auszumalen. Die letzte Bemalung, die allerdings entfernt worden ist, stammt vermutlich aus dem Jahr 1522.«

»Und dann?«

»Dann kam die Reformation, und die Mönche sind aus ihrem Paradies vertrieben worden.«

Nina fühlte sich selbst ein wenig vertrieben, als sie die Klosteranlage verließen. Sie hatte den Frieden darin als schön und wohltuend empfunden, aber jetzt begriff sie, dass es der Friede von Verlieren und Abschied war.

Während Nina und Claus aus dem Tor traten, fanden sich ihre Hände, und ihr kam es vor, als ließen sie einander den ganzen Tag nicht mehr los. Abends aßen sie in einem Gasthof, in dem es nur einen einzigen Tisch gab und der Wirt sich Klampfe spielend zu ihnen setzte, und am folgenden Morgen fuhren sie weiter nach Bad Wimpfen, das Nina verschlafen und beschaulich vorkam, das aber einst eine Pfalz der Staufer gewesen war.

»Nicht nur eine, sondern die größte, die erhalten ist«, erklärte Claus, der dieses Mal keinen Reiseführer brauchte.

Natürlich mussten sie die Überreste der mächtigen steinernen Feste vom Beginn des dreizehnten Jahrhunderts besichtigen, das Tor mit dem Schwibbogen, den Blauen Turm mit dem Blick über das Burgviertel, die Mauern, die auch jetzt, als Ruinen, noch unüberwindliche Macht ausstrahlten, und die verbliebenen Arkaden des Palas, des großen Saals, der einst das Herz der Pfalz gebildet hatte.

Zwischen den Säulen der vierzehn erhaltenen Arkaden hindurch bot sich eine herrliche Aussicht auf das Tal des Neckar, auf dessen Wasser die glitzernden Reflexe des Sonnenlichts tanzten. Claus und Nina setzten sich auf das Mauersims unter einem der Arkadenfenster und teilten sich ihre Wegzehrung: grobes, würziges Brot, Claus' geliebten Schinken, Munsterkäse, dessen Geschmack schon eine französische Note hatte, und eine Halbflasche kräftigen roten Wein.

Claus trank, aber er aß kaum, sondern blickte immer wieder hinunter auf das Tal, über dem sich der strahlende Himmel wölbte. Nina genoss es, ihn zu betrachten, sein scharfes Profil, dessen Konturen mit den Jahren noch härter wurden und darüber hinwegtäuschten, was für ein weicher Träumer in ihm steckte. Seine Augen aber hätten ihn unter allen Umständen verraten. Es waren die Augen eines Mannes, der für die trutzige Bauweise der Staufer schwärmte, doch nicht imstande war, um sein Herz eine einzige Mauer zum Schutz zu ziehen. Ihm ging alles nahe, er hatte kein Fenster, das er vor der Welt verschließen konnte, und auch jetzt glitzerten in seinen Augen Tränen, weil irgendetwas ihn allzu sehr berührte.

Wie schön es war, einen Menschen so lange zu kennen, schoss es Nina durch den Kopf. Bald zehn Jahre waren sie jetzt schon ein Paar, hatten einer den anderen erlebt, als sie fast noch Kinder gewesen waren, und waren Seite an Seite erwachsen geworden. Eines Tages werde ich sehen, wie das Haar an seinen Schläfen grau wird, dachte sie. Und in seinen Augenwinkeln werden kleine Fältchen auftauchen, wenn er lacht.

Sie musste über sich selbst lachen. Vielleicht kommt das Alter auch nicht so romantisch zu ihm, dachte sie, vielleicht wird er einfach zerknittert und brummig, ihm gehen die Haare aus, und er bekommt einen Bauch.

Ob ich ihn dann noch liebe?

Welche Frau konnte das wissen, wenn sie noch keine sechsundzwanzig Jahre alt war und ihren Mann im blühenden Alter von einunddreißig neben sich sah? Im Augenblick jedenfalls konnte Nina sich unmöglich vorstellen, dass sie ihn eines Tages nicht mehr lieben und nicht mehr den jungen Mann, den frischgebackenen Bräutigam, den glücklichen, übermütigen Vater und den Gefährten dieser Reise in seinen gealterten Zügen sehen würde.

Claus wandte sich ihr zu. »Worüber lachst du?«

»Wenn ich es dir sage – sagst du mir dann auch, worüber du weinst?«

»Ich weine ja gar nicht.«

»Und ich lache ja gar nicht.«

Er lächelte, und sie küssten sich hoch über dem Neckar, während die Vögel sangen.

»Ist es nicht unwirklich schön hier?«, fragte er dann. »Das ist mein Deutschland. Mein heiliges Deutschland. Wenn man es sich so ansieht, wenn man die Jahrtausende seiner Geschichte spürt, die das eigene Wesen geprägt haben – fragt man sich dann nicht unwillkürlich, was man bereit wäre, dafür zu tun?«

Nina war seinen Worten gefolgt, so gut sie es vermochte, und gab sich Mühe, sie in ihrem Kopf noch einmal Revue passieren zu lassen.

»Ich glaube, ich frage mich das nicht«, antwortete sie schließlich mit einigem Erstaunen. »Vermutlich bin ich die Falsche, um dieses Thema zu erörtern, denn ich bin ja kein Soldat und habe auf mein Land keinen Eid geschworen. In meiner Gedankenwelt sind die Länder für die Menschen da, nicht die Menschen für die Länder. Für mich ist Deutschland auch nicht heilig, und ich frage mich höchstens: Was würde mein Land für mich tun? Nicht umgekehrt.«

Er sah von ihr weg und wieder ins Tal.

»Ich hoffe, du bist mir nicht böse«, sagte Nina.

»Warum sollte ich dir böse sein?«

»Weil dir deine Frage wichtig war und ich sie vielleicht nicht richtig verstanden habe.«

»Ach, es kann doch eine so quicklebendige Nina nicht sämtliche Fragen verstehen, die ein sentimentaler Quatschkopf von Claus wichtig nimmt.« Er sprang vom Sims und hielt ihr die Hand hin. »Gehen wir hinunter in den Ort und schauen, ob wir ein paar Mitbringsel für unsere Lieben daheim finden? Wenn einer eine Reise tut, dann kann er schließlich nicht mit leeren Händen wieder vor der Tür stehen.«

Nina sprang ebenfalls vom Sims und hüpfte, wie sie es als Mädchen getan hatte, hinunter ins Tal.

In dem kleinen Ort, der einst Reichsstadt gewesen war, gab es nicht viele Geschäfte. Claus entdeckte jedoch eine verstaubte Buchhandlung, deren Schaufenster so vollständig mit prachtvollen Bänden zugestellt war, dass so gut wie kein Tageslicht hineinfand. Eine Weile lang stöberte er unter den in Leder gebundenen Prachtausgaben der griechischen und lateinischen Klassiker, die für ihn Schätze darstellten wie für ihre Söhne der Inhalt ihrer Spielzeugkisten.

Von einem Band mit Werken des Herodot konnte er sich kaum trennen, sondern nahm ihn immer wieder in die Hände, blätterte darin und las sich lautlos einzelne Stellen daraus vor.

»Ich werde nie fassen können, dass ein Mann, der griechische Klassiker im Original liest, ausgerechnet ein ungebildetes Mädchen wie mich geheiratet hat«, sagte Nina.

»Du bist nicht ungebildet«, erwiderte er. »Du verschlingst Bücher fast so schnell, wie du Zigaretten rauchst.«

»Das ist nicht von der Hand zu weisen. Nur halten meine *Drei Musketiere* wohl kaum dem Vergleich mit deinen *Historien des Herodot* stand. Warum kaufst du dir das Buch übrigens nicht? Magst du es dir nicht leisten? Na komm, gib schon her, ich schenke es dir, weil heute so ein schöner Tag ist und du der netteste Claus bist, den ich kenne.«

»Dann kannst du nicht besonders viele Cläuse kennen«, sagte er. »Wenn du mir den Herodot aber wirklich schenken willst – können wir ihn dann daheim in Wuppertal bei Nettesheim kaufen? Ich habe ja ab Mitte Juli wieder dort zu sein, ich mag den alten Kauz gern und möchte, dass er an mir noch ordentlich Geld verdient.«

»Der alte Kauz hat an dir schon ein Vermögen verdient und wird ohne Zweifel noch zwei weitere einheimsen«, sagte Nina, erklärte sich aber einverstanden und verließ mit ihm die Buchhandlung. Zumindest wusste sie nun, wie lange sie ihn in diesem unvergleichlichen Sommer bei sich haben durfte: nur noch drei Tage auf ihrer Zauberreise und dann noch eine Woche mit den Kindern in Lautlingen.

Ehe sie in dieser Nacht nach der Liebe einschliefen, schien Claus noch einmal hellwach zu werden und sagte zu ihr: »Nina, ich habe keinen Eid auf mein Land geschworen. Ich habe ihn auf Adolf Hitler geschworen, habe gelobt, nicht Deutschland, sondern ihm die Treue zu halten. Es macht ja praktisch betrachtet keinen Unterschied, und du brauchst nicht darüber nachzudenken. Ich wollte nur, dass du es weißt.«

Am nächsten Tag unternahmen sie eine Wanderung in die Berge, und dann reisten sie weiter nach Lindau, der letzten Station, ehe sie zurück zu ihrer Familie nach Lautlingen fahren würden. Dieses Mal buchte Claus ihnen ein Zimmer in einem Hotel, das nach den Pensionen der letzten Tage geradezu luxuriös wirkte und einen kleinen Balkon mit Blick auf den Bodensee hatte.

»Ich dachte, für unsere letzte Nacht wäre das angemessen«, sagte er. »Ein bisschen wie in Neapel, oder? Unser Blick aufs Meer?«

Sie unternahmen einen Spaziergang durch die malerische

Stadt, die ebenfalls einmal Reichsstadt gewesen war, und als sie nach dem Abendessen zurück in ihr Zimmer kamen, wartete eine Flasche Champagner auf sie. Die Sonne war bereits untergegangen. Claus zündete noch im Zimmer Ninas Zigarette für sie an und trug sie zusammen mit den Gläsern hinaus auf den Balkon.

Die Stadt war ein Rund aus Lichtern, das sich an den See schmiegte. Weit hinten glitzerten wie zur Antwort die Lichter der Boote, und der samtblaue Himmel, der sich darüberspannte, war übersät von Sternen.

»Es ist so schön!«, rief Nina. »Zu schön, um wahr zu sein.«

»Aber es ist ja wahr«, sagte Claus. »Und es soll immer wahr bleiben. Gottes Schönheit und die, die Menschen machen, um das Leben, das er ihnen geschenkt hat, zu genießen.«

Warum sie bei seinen Worten auf einmal an die Nachbarn in Wannsee denken musste, die schreiend und auf bloßen Füßen auf die Straße geflüchtet waren, wusste sie nicht. Die Nacht war südlich warm, seit Wochen hatte es nicht mehr geregnet, doch Nina glaubte zu frösteln und wollte in ihr Zimmer. In ihr Bett mit den für die Jahreszeit viel zu dick aufgeschüttelten Decken und in Claus' Arme. Sie taten alles wie immer, liebten sich, tranken Champagner, aber Nina fand keine Ruhe. So nahe, wie ihr Körper bei seinem lag, war es ein Leichtes, zu spüren, dass er auch keine fand.

Endlich gab sie es auf und setzte sich hin. »Was ist heute mit uns los?«, fragte sie. »Ist es, weil dies unsere letzte Nacht ist? Das ist traurig, denn die Tage mit dir waren himmlisch, aber wir sind ja noch in Lautlingen zusammen und haben unsere Spatzen. Es gibt doch keinen Grund dafür, sich zu fühlen, als wäre dies das letzte Mal?«

»Nein«, sagte er gepresst und zog sie an sich, sodass er über sie hinwegblickte und sie nicht ansehen musste. »Dafür gibt es keinen Grund, denn es wird nie das letzte Mal sein. Nicht für uns beide.«

Sein Herz schlug wie eine Pauke. Nina legte ihre beiden Hände darauf, um es zu beruhigen, sie wollte es festhalten, weil es so raste, als werde es unter ihren Händen zerspringen.

»Claus, was ist denn nur? Sprich mit mir!«

Er entwand sich ihr und sprang aus dem Bett. Lief zum Balkon, blieb kurz vor der Scheibe stehen und rief gegen das Glas: »Der Narr macht Krieg!«

Die Worte schienen einzeln bei Nina anzukommen, eines nach dem anderen.

Der.

Narr.

Macht.

Krieg.

»Krieg, Claus?«

Er blickte nach draußen, nickte nicht, schüttelte aber auch nicht den Kopf und sprach kein Wort.

»Der Narr macht Krieg«, wiederholte sie und war nicht sicher, welches der Worte sie mehr erschreckte.

»Das habe ich nicht gesagt.« Er fuhr zu ihr herum, stand splitternackt vor ihr und wiederholte: »Nina, vergiss das! Das habe ich nicht gesagt.«

»Du brauchst dich doch hier und mit mir nicht zu fürchten!«, rief sie. »Sag alles, was du denkst, und erklär es mir. Vielleicht tut es dir gut.«

Ihr Herz raste auch. Aber es würde nicht zerspringen, denn das durfte es nicht.

»Ich habe das nicht gesagt«, wiederholte Claus. »Der Narr. Ich weiß nicht, woher du das hast. Du musst dich verhört haben.«

»Was hast du denn dann gesagt?«, fragte Nina, die sich nicht verhört hatte. Sie sprang aus dem Bett und lief zu ihm, wollte ihn umarmen, doch er ließ es nicht zu. Er wich bis an die Scheibe zurück und hob die Hände.

»Ich habe gesagt, es kann nicht ganz ausgeschlossen werden, dass es Krieg gibt«, sagte er. »Die Beziehungen mit Polen sind angespannt wegen Danzig, das weißt du ja. Man muss eben darauf vorbereitet sein, Krieg ist nun einmal mein Handwerk, und besser man trifft für einen solchen Fall zu viel Vorsorge als zu wenig.«

»Krieg mit Polen?«

»Nicht unbedingt, das habe ich so wenig gesagt wie das andere, und das darfst du auch nirgendwo wiederholen. Das versprichst du mir doch, nicht wahr?«

»Natürlich.«

Sie standen einander gegenüber, nackt und ohne sich zu berühren.

»Gut so«, sagte er. »Nun versuch, dich wieder zu beruhigen, Liebste. Wenn es etwas geben sollte, das dir Sorgen machen müsste, würdest du es ja in den Zeitungen lesen.«

»Ja, dann würde ich es in den Zeitungen lesen.«

»Aber wenn du es liest, wirst du nichts Dummes tun, richtig? Und du wirst den Kindern nichts sagen, wirst die Kinder ihren Sommer genießen lassen?«

Nina nickte.

»Wenn ich nicht bei den Kindern sein kann, müssen sie dich umso dringender haben.«

Wieder nickte Nina.

»Gut so«, sagte er noch einmal, trat endlich wieder auf sie zu und legte seine Arme um sie. Seine Haut war bedeckt mit kaltem, klammem Schweiß.

»Du musst mir noch etwas versprechen«, sagte er.

»Was?«

»Hab bitte ein Auge auf die Duli. Sie sagt in letzter Zeit Dinge, die sie in Schwierigkeiten bringen können. Ich habe schon mit ihr gesprochen, Berthold genauso, und sie war immer eine besonnene Frau, aber seit mein Vater tot ist …«

Sie streichelte seinen Rücken, gab sich alle Mühe, ihn

nicht spüren zu lassen, wie heftig ihre Hand zitterte. »Ich habe ein Auge auf sie, das verspreche ich dir.«

Er ließ sich in ihren Armen regelrecht fallen, und durch seinen gequälten Körper gingen schwere, tiefe Atemzüge.

Menschen sind zu verletzlich, dachte Nina, während sie ihm wieder und wieder über die schweißnasse Haut strich. Sie eignen sich nicht für Kriege. Nur Panzer eignen sich. Panzer und mit Metall verkleidete Schiffe, und wenn das hier eine Geschichte wäre, dann will ich nicht, dass sie unsere ist.

»Komm ins Bett, Claus. Wenn wir nicht schlafen können, lass uns reden, aber vor der Fahrt morgen braucht dein Körper Ruhe.«

»Eines noch, Nina«, sagte er.

Sie hielt inne.

»Wenn ich dir nicht schreibe«, sagte er, »mach dir deswegen keine Sorgen. Es hat nichts zu bedeuten, nur dass ich das, was ich schreiben müsste, in keinen Brief setzen und abschicken kann.«

Sie nickte wieder, verstand nur halb, was er ihr überhaupt sagte, nahm seine Hand und führte ihn zurück zum Bett.

»Ich werde es dir trotzdem gesagt haben«, murmelte er, als sie sich niedergelegt hatten und sie die Decke über ihn gezogen hatte. »Trotzdem geschrieben. Ich habe ein Heft bei mir, mit deinem Namen auf dem Umschlag. Dahinein schreibe ich es. Nur für dich.«

22

Caroline

Es fiel in jedem August schwer, sie wieder ziehen zu lassen. All die großen und kleinen Stauffenbergs, die Uexküll-Gyllenbands, die Yorcks, die Hofackers und wie sie alle hießen. Einen weiteren Sommer lang hatten sie das Haus und die Gärten mit ihrem Lachen, ihrem Schwatzen, ihrem Streiten, Jammern und Singen bevölkert, sodass das Haus, das zurückblieb, vor seiner eigenen Stille erschrak.

Früher, als Schlaggi noch gelebt hatte, hatte Caroline ihn regelrecht dazu gezwungen, sich mit ihr und dem Hund an der Seite in die Tür zu stellen und im Schatten der Blutbuche zu winken, während ihre Schar mit Koffern und Proviantkörben einer nach dem anderen den Gartenweg hinunterzockelte und in den wartenden Autos verschwand. Sobald sie dann alle in verschiedene Richtung davongefahren waren, war sie mit ihm zurück ins Haus gegangen und hatte verkündet: »So. Jetzt sind wir zwei Alten wieder für uns und essen Käsekuchen.«

Den Kuchen hatte sie die Köchin am Morgen frisch und nach einem alten Familienrezept aus dem Baltikum backen lassen, der Hund hatte seinen Anteil bekommen, und irgendwann waren sie dazu übergegangen, diese Tage, in denen sie ihr Haus wieder für sich hatten, Käsekuchentage zu nennen.

Aber seit Schlaggi nicht mehr da war und nun auch noch Rex fehlte, mochte Caroline keinen Käsekuchen mehr essen, denn er richtete gegen die Stille nichts aus.

Dieses Mal blieb zumindest Mika mit ihren zwei Kindern noch ein paar Tage länger. Alexander und die in Flugmaschinen herumsausende Melitta hatten lediglich auf einen Sprung kommen können, die weiteren Verwandten waren bereits wieder fort, und so hatte Caroline an diesem Vormittag nur Nina und den drei Jungen zu winken, die mit ihrem Mädchen Annemie abreisten und die der Hausdiener zum Bahnhof fahren würde. Sie hätte sich damit trösten sollen, dass Mika und die Kleinen noch da waren, aber auf sonderbare Weise erfüllte sie dies mit einem schlechten Gewissen Schlaggi gegenüber. Er hatte Bertholds Ehe mit Mika nie gutgeheißen und aus seiner Abneigung keinen Hehl gemacht.

Sie selbst hatte über Mika nichts zu klagen, aber sie wurde nicht warm mit ihr.

Wenn sie ganz ehrlich war, wurde sie jedoch auch mit Nina und Litta nicht warm, und womöglich war sie einfach eine Frau, die nicht besonders warm mit anderen Frauen wurde.

Das bedeutete nicht, dass sie für Nina nichts empfand. Sie hätte die Empfindung lediglich nicht bei einem Namen nennen können, aber das wurde ja auch nicht von ihr verlangt. In jedem Fall fühlte sie sich jetzt von einer unvernünftigen Traurigkeit erfasst, während sie die junge Frau, die den kleinen Franz Ludwig auf dem Arm hielt und Heimeran an der Hand führte, den Weg hinunter davongehen sah. Berthold, der Älteste, sprang voraus, und das Mädchen Annemie trug die Tasche mit den Dingen, die die Kinder für die Reise brauchen würden. Die großen Gepäckstücke hatte der Hausdiener bereits eingeladen.

Wenn es etwas gab, das Caroline an Nina wirklich von Herzen gern mochte, dann war es ihr fröhliches, ungezwungenes Lachen, mit dem sie sich jetzt noch einmal umdrehte, um ihrer Schwiegermutter zuzuwinken. Sie ließ auch den kleinen Franzl die Hand heben, und er strahlte auf die gleiche Weise wie sie.

»Sag: Auf Wiedersehen, Großmutti«, forderte sie ihn auf. »Wir kommen bald wieder, spätestens zu Weihnachten.«

»Wiedehen, Gosmutti.« Der Kleine winkte begeistert, und die beiden Älteren taten es ihm gleich.

Eine Sekunde lang verspürte Caroline den Wunsch, ihnen etwas hinterherzurufen, aber dann ließ sie es bleiben, weil sie so etwas nie getan hatte, und weil es jetzt zu spät war, damit anzufangen. Stattdessen winkte sie, bis der kleine Trupp den Vorgarten verlassen hatte, und kehrte anschließend in ihr Haus zurück.

Im Empfang wartete Mika. Kurz fürchtete Caroline, sie werde ihr anbieten, Käsekuchen mit ihr zu essen. Aber sie wollte etwas anderes.

»Sie haben es eben im Radio gebracht«, sagte sie. »Außenminister Ribbentrop ist tatsächlich nach Moskau zu Molotow gefahren, um zwischen dem Deutschen Reich und der Sowjetunion einen Nichtangriffspakt zu schließen. Die Kommunisten werden kopfstehen. Es nicht glauben können.«

Mika sprach Russisch und hatte zahlreiche undurchschaubare Beziehungen nach Russland und in die Ukraine. An dem alten Radio, das statt des unsäglichen Volksempfängers im Haus war und in einem der Gästezimmer stand, saß sie oft stundenlang, ohne dass jemand wusste, was genau sie dem Gerät zu entlocken versuchte. Nachrichten zur Situation mit den Sowjets verfolgte sie jedenfalls bereits seit Tagen.

»Die Kommunisten?«, fragte Caroline. »Sind davon denn überhaupt noch welche am Leben, und erlaubt man ihnen, eine Meinung zu äußern?«

»Du solltest so nicht sprechen, Mutter. Berthold und Claus haben es dir erklärt. Es könnte falsch verstanden werden.«

»Die Gefahr besteht aber eher darin, dass es richtig verstanden wird, oder nicht?« Caroline schenkte ihrer Schwiegertochter einen scharfen Blick, ehe sie sich abwandte und Mika in Richtung Küchentrakt vorausging. »Keine Sorge. Ich mag keine zwanzig mehr sein, aber vertrottelt bin ich noch nicht. Jetzt habe ich mich darum zu kümmern, was wir zu Abend essen wollen. Helene muss ja Bescheid wissen. Irgendwelche besonderen Wünsche?«

»Etwas Leichtes«, sagte Mika. »Es ist schon wieder so heiß.«

»Ja, regnen wird es in diesem Sommer wohl nicht mehr«, erwiderte Caroline. »Aber der Sommer ist in ein paar Wochen vorbei. Also sage ich Helene, dass wir Frauen und Kinder mit Salat und ein bisschen kaltem Fleisch zufrieden sind, ja? Und jetzt kannst du mir erklären, was es mit diesem Nichtangriffspakt auf sich hat. Ihr jungen Leute versteht das alles schließlich besser als wir Alten, die ihre eigene Zeit überlebt haben. Weshalb meinst du, wenn Hitler mit Stalin einen Pakt zur Aufteilung der Hölle schließt, gibt es keinen Krieg?«

Mika stöhnte. »Ich wäre dir dankbar, wenn du auch so etwas nicht sagen würdest. Selbst wenn es nur im Spaß ist. Jetzt, wo wir und die Sowjets Verbündete sind, wo also die Versuche Frankreichs und Großbritanniens, Stalin für einen Dreibund zu gewinnen, gescheitert sind, ist Polen isoliert. Es wird sich hüten, sich in einen Krieg ziehen zu lassen. In der Danzig-Frage wird man also doch noch nachgeben, die Briten werden den Polen dazu raten, die deutschen Forderungen zu erfüllen, und die Wogen werden sich glätten. Ich habe schon mit Berthold gesprochen, er ist derselben Ansicht. Und Claus mit seiner Einheit wird man aus Schlesien dann wohl gleich wieder abberufen.«

»Claus ist in Schlesien?« Ein Schrecken, der seit Wochen oder gar Monaten in ihr lauerte, zuckte hoch bis in ihre Kehle.

Mika presste sich eine Hand auf den Mund, als könne sie

die Worte, die längst daraus entschlüpft waren, wieder zurückstopfen. Endlich ließ sie die nutzlose Hand wieder sinken und murmelte: »Offiziell weiß ich nichts davon. Niemand. Nicht einmal Berthold. Wenn herauskommt, dass Berthold es von Claus weiß und ich von Berthold, könnten die beiden in erhebliche Schwierigkeiten geraten.«

Caroline spürte, wie ihr unter der feinen Seide ihrer Bluse der Schweiß den Brustkorb hinunterrann. Sie zwang sich zur Ruhe. Sich zu etwas zu zwingen, hatte sie schließlich gelernt.

»Scheint euch das nicht reichlich eigenartig, dass wir Gefahr laufen, uns Schwierigkeiten aufzuhalsen, wenn wir unseren nächsten Angehörigen mitteilen, wohin wir unterwegs sind?«, fragte sie. »Ich zumindest wäre der Ansicht, dass meine Angehörigen zu einem solchen Wissen berechtigt sind.«

»Mutter!«, rief Mika und fuhr sich ins Haar, das sie sich heute sichtlich noch nicht gerichtet hatte. »Ich bitte dich noch einmal, wie dein Sohn Berthold es mir aufgetragen hat, auf deine Worte zu achten. Was im Übrigen die Geheimhaltung betrifft, kann man deine oder meine Situation wohl kaum mit der von Claus vergleichen. Wir sind keine Angehörigen des Militärs, und ich hätte einen solchen auch nicht geheiratet.«

»Nina hat es getan«, entfuhr es Caroline

»Nina ist – anders«, sagte Mika. »Stärker. Sie hat irgendetwas Besonderes.«

Vielleicht mag ich sie deshalb, auch wenn ich nicht mit ihr warm werde, dachte Caroline. Weil Claus anders ist und etwas Besonderes hat. Ich bin nur nicht der Ansicht, dass dieses Besondere irgendwo in Schlesien oder an einer anderen Grenze, an der wir nichts verloren haben, vergeudet werden darf. Ein Volk, das in den Dingen, die zählen, vorankommen will, muss sie hüten und bewahren. Sie wunderte sich über sich selbst. Hatte sie immer schon so gedacht, und hatte es ihre Familie, der so viele Offiziere angehörten, nur nicht gewusst?

Wer einen Krieg miterlebt, wer um Menschen gebangt hatte und wem seine Söhne erklärt hatten, dass sie Helden sein wollten, wie konnte der anders denken? Sie hätte Claus vor sich haben wollen, ihm ins Gesicht schreien, dass sie keine Heldenmutter sein würde.

Nicht für Hitler.

Nicht für irgendjemandes Irrsinn und Gier.

Was verstand ein Mann davon, was es kostete, ein Kind in sich wachsen zu lassen, ein Kind zur Welt zu bringen, zwei Kinder gar, von denen eines starb? War die Großmannsfantasie eines Hitler das wert?

Gar nichts ist das wert, dachte Caroline. Es ist das Teuerste, was wir besitzen, und wer den Menschen in diesem Land nach all ihrem Leid keinen neuen Krieg erspart, der ist ein Verbrecher und gehört nicht in den Sessel eines Staatsmanns, sondern vor Gericht.

»Es wird schon so sein, wie du es mir erklärt hast«, sagte sie zu Mika, die mit hängenden Armen auf etwas von ihr wartete. »Polen ist isoliert, denn die Franzosen und Briten, die bei der Tschechei stillgehalten haben, werden jetzt nicht plötzlich eine Kehrtwendung machen. Ihre Garantieerklärung, die sie dem armen Präsidenten Mościcki in die Hand gedrückt haben, ist das Papier nicht wert, auf dem sie gedruckt wurde. Oder vielleicht wurde sie nicht einmal gedruckt, sondern Chamberlain hat sich aufs Deklarieren beschränkt. Es bleibt ja einem jeden das Hemd näher als die Jacke.«

»Mit der Sowjetunion legen sich Franzosen und Briten nicht an«, sagte Mika. »Einen schlaueren Schachzug als dieses Bündnis konnte sich unsere Regierung nicht einfallen lassen, um einen Krieg in der Danzig-Frage zu verhindern.«

»So sieht es aus«, erwiderte Caroline langsam. Wenn das

isolierte Polen nun in der strittigen Frage um Danzig und den Korridor nachgab, was es bisher verweigert hatte, gab es aus deutscher Sicht keinen Kriegsgrund mehr.

Und warum gelingt es mir nicht, zu glauben, dass dies das Ziel jenes Paktes war?, bohrte es in ihr. Was sie über Hitler dachte und nicht aussprechen durfte, traf ohne Zweifel zu, und es wunderte sie, dass nicht jeder Mensch, der über Anstand und die Fähigkeit zu klarem Denken verfügte, es erkannte. Der Mann gab sich ja längst keine Mühe mehr, sein wahres Gesicht zu verhüllen. Warum also hielten ihm Männer wie ihr Bruder Nux noch immer die Treue?

Aber übertrieb sie es vielleicht, gaukelte die Angst um ihren Sohn ihr Gefahren vor, die nicht bestanden? Hitler war ein geisteskranker Mörder, aber auch als solcher hatte er gewisse Spielregeln einzuhalten. Über die Gebietsansprüche von deutscher wie von polnischer Seite konnte man vermutlich geteilter Meinung sein, doch wenn Polen zum Einlenken gezwungen war, gab es nur noch eine Meinung: Ein Land, das einem keinen Grund dazu gab, das griff man nicht an.

Nach dem Abendessen, während die Kinderschwester Alfred und Elisabeth zu Bett brachte, ließen Mika und Caroline das Radio laufen und hörten sich die euphorischen Jubelchöre an, mit denen die neu begründete Völkerfreundschaft zwischen Deutschland und der Sowjetunion begleitet wurde. Abgesehen von einer kurzen Meldung über einen Zwischenfall an irgendeiner Grenze gab es kaum andere Nachrichten.

Abrupt sprang Caroline auf. »Wünsch deinen Kindern eine gute Nacht«, sagte sie zu Mika. »Ich muss rasch noch einmal telefonieren.«

Sie ging in Schlaggis Arbeitszimmer, in dem er ihres Wissens nie gearbeitet hatte, und ließ sich mit Claus' Wohnung in Wuppertal verbinden.

»Nina?«, begrüßte sie ihre Schwiegertochter, die ein wenig abgehetzt klang, aber so sehr Herrin ihrer selbst, wie Caroline sie mittlerweile kennengelernt hatte. »Ich habe nur hören wollen, ob ihr gut daheim angekommen seid. Die Kinder waren sicher erschöpft von der Zugfahrt in der Hitze.«

»Ach, sie fahren gerne Zug«, sagte Nina. »Es gibt ja ständig etwas zu sehen, und zumindest Berthold hat den Ehrgeiz, mit jedem der Mitreisenden ein Gespräch zu führen.« Sie lachte. »Glücklicherweise sind die meisten Leute aufgeschlossen und freuen sich über ein wenig Unterhaltung.«

»Wer würde sich über die Unterhaltung mit so reizenden Jungen nicht freuen?«, erwiderte Caroline. Es drängte sie, nach Claus zu fragen, alles in ihr drängte sie dazu, aber sie wusste, dass Nina ihr nicht hätte antworten dürfen und dass sie vermutlich nur sie beide quälte. »Dann will ich dich auch nicht länger stören«, sagte sie daher nur. »Es war eine Freude, euch hierzuhaben, und du weißt hoffentlich, dass ihr mir hier in Lautlingen jederzeit willkommen seid.«

»Danke, Mutter«, sagte Nina. »Ich weiß das zu schätzen. Wir haben es auch genossen. Lautlingen ist ein Zuhause für uns.«

»Wenn ihr euch ein wenig einsam fühlt – kommt einfach wieder zurück«, sagte Caroline.

»Das werden wir tun. Aber so schnell wird es einem mit drei Kindern ja nicht einsam. Die Nachbarjungen standen schon zum Spielen vor der Tür, kaum dass wir die Koffer ausgeladen hatten. Für uns ist also gesorgt. Auch wenn unser Papi uns fehlt.«

»Er fehlt euch, nicht wahr?«, fragte Caroline leise.

»Ja«, antwortete Nina ebenso leise.

»Hast du Angst?«

Das Schweigen der anderen gab ihr Antwort.

»Claus kommt nach Hause«, hörte Caroline sich sagen. »Zu euch. Schon bald. Alles wird sich finden.«

Dann schwieg auch sie, und ein paar Herzschläge lang teilten sie ihre schweigende Angst.

Und dabei weiß ich nicht einmal, ob ich mehr fürchte, dass sein Körper verletzt wird, dachte Caroline. Oder dass er an seiner Seele irreparablen Schaden nimmt.

23

Claus

Generalleutnant von Loeper, der jetzt Generalmajor und Kommandeur über die Divisionen war, hatte ihn in Hannover unterwiesen. Claus hatte ihn gemocht. Dass er es gewesen war, der die unterstellten Kommandeure hatte zusammenrufen müssen, um ihnen die Nachricht zu überbringen, hätte es leichter machen müssen, aber das tat es nicht.

Mit versteinertem Gesicht stand ihnen Loeper gegenüber. »Meine Herren, ich habe Sie über die Absichten des Führers zu unterrichten«, sagte er. »Ich teile Ihnen daher mit, dass für Ihre Divisionen die Bereitstellung zum Angriff beschlossen worden ist und dass der Führer des Deutschen Reiches den 26. August zum Tag des Angriffs bestimmt hat.«

Sie wurden augenblicklich verlegt. Der gesamte Personalbestand der Division, an die zehntausend Personen, darunter dreihundert Offiziere. Buchstäblich Minuten vor dem Aufbruch erreichte Claus noch der Anruf seines Bruders Alexander, der als Unteroffizier zu seiner Ersatzbatterie nach Ansbach eingerückt war.

»Es scheint diesmal ernst zu sein, Claus.«

»Ja, es ist ernst.«

»Geht es dir gut?«

»Warum sollte es nicht?«, erwiderte Claus, jedes Wort wie einen Gegenstand im Mund formend. »Wenn ein Krieg für mein Land unumgänglich wird, ist es an erster Stelle mein Beruf, ihn zu führen.«

»Meiner eigentlich nicht«, sagte Alexander. »Aber deine

Einstellung ist natürlich die richtige. Ich nehme an, es wäre auch die, die der Meister von uns gewollt hätte.«

»Meinst du?«, fragte Claus und wünschte, sie hätten es wissen können.

»Sicher können wir ja nicht sein«, erwiderte Alex. »Aber gerade jetzt habe ich es mehr denn je nötig, mich an unserem ›geheimen Deutschland‹ festzuhalten. An eine Idee, die Bestand hat, selbst wenn wir ihre Umrisse nicht länger klar vor uns sehen. Verstehst du, was ich meine?«

»Nur zu gut«, sagte Claus, der feststellte, dass es ihm nicht anders erging.

»Selbstverständlich werde ich auch froh sein, meine Pflicht tun zu dürfen, wenn man mich braucht.«

»Wir werden sehen, Alex. Vielleicht geht es ja schnell. Grüß deine Litta von mir und bleibt mir alle gesund.«

Zwei Tage später waren sie bereits in Kronstadt in Niederschlesien, wo die Stabsoffiziere in einem Hotel *Reichsadler* einquartiert wurden. Die Stunden versickerten wie Schlicksand. Viele Männer vertrieben sich die Zeit mit Kartenspielen oder hörten die *Schlesische Funkstunde*, die vom Sender Gleiwitz aus die Sendung *Kreuz und quer durch Oberschlesien* übertrug.

Am Morgen des 23. August erhielten die Kommandeure gesondert die Nachricht von dem soeben unterzeichneten Nichtangriffspakt mit der Sowjetunion. Einige von ihnen spekulierten darüber, ob der geplante Angriff nun wieder abgeblasen werde, doch davon abgesehen herrschte eine ungewöhnliche Stille, als setze den Männern noch immer die Hitze des langen Sommers zu, die sich nur allmählich, kaum merklich abschwächte.

Claus hatte sein kleines Heft vor sich auf dem Fenstersims liegen, aber er brauchte es nicht, sondern schrieb einen Brief:

›*Geliebte Nina.*‹

Nachdem er das geschrieben hatte, musste er es sofort noch einmal schreiben und schrieb es direkt darunter.

›*Geliebte, geliebte Nina.*
Keine Sorge um mich, ich bin reichlich komfortabel untergebracht, habe ein Bett, das für zwei, nicht für einen einsamen Claus allein gedacht ist, und wurde zu Abend mit so bemerkenswerten Delikatessen wie einem Schlesischen Himmelreich (die Hölle kann sehr viel grausamer nicht sein) verwöhnt. Haben soeben von Russland erfahren, und wie es nun weitergeht, muss man abwarten. Hatte Dir ja gesagt: Der Herbst wird unsicher, aber es gibt allen Grund, vom Besten auszugehen.
Somit ist mein härtestes Leiden hier meine Sehnsucht nach Dir, aber die ist sehr schwer, meine Nina, und ich hoffe, die Kinder löchern Dich nicht mit Fragen, wann der Papi kommt.
Ob Du ihnen wohl sagen kannst, dass er schon da ist? Dass er immer da ist, wo sie an ihn denken, gute Jungen sind und ihrer Mami keinen Ärger machen?
Nein, dazu sind sie zu klein. Sie brauchen einen Papi, der da ist, einen, der Quartett spielt und Städte aus Bauklötzen baut, der Kissenschlachten veranstaltet und manchmal mit der Gabel in der Hand beim Essen einschläft, sodass sie alle lachen müssen.
Sag ihnen, ich denke immer an sie.
Und an Dich.
Dich.
Dich.
Dein Claus.‹

Das Heft schob er in seinen Tornister, obwohl er nicht wusste, ob sie in Marsch gesetzt oder bleiben würden. Wenn der Marschbefehl kam, musste er im Handumdrehen packen, und das Heft war der eine Gegenstand, den er unter keinen Umständen vergessen durfte.

Der Marschbefehl erfolgte am nächsten Tag gegen Mittag. An dem durch den Führer festgelegten Angriffstag habe sich durch das Abkommen von Moskau nichts geändert, gab von Loeper bekannt. Die Division musste in die Aufmarschstellungen einrücken und sich für den Aufbruch in Richtung Ammern bereithalten. In den Stellungen blieben sie über Nacht, sandten Spähtrupps aus und setzten sich am 25. August schließlich in Marsch in Richtung polnische Grenze.

Am Abend des 26. August, dem vorgesehenen Tag des Angriffs, erging unvermittelt der Befehl, sämtliche Truppenbewegungen auf der Stelle zu stoppen. Die gesamte Division hatte sich in die Bereitstellung zurückzuziehen, und die Spähtrupps, die die Grenze bereits überquert hatten, wurden auf die deutsche Seite abberufen.

Erst bei der Besprechung des Stabes, nach der Beendigung des übereilten Rückzugsmanövers, erfuhren Claus und die anderen Kommandeure, dass drei Stunden zuvor Großbritannien und Polen ein Beistandsabkommen unterzeichnet hatten.

Wiederum hieß es abwarten.

»Die Mehrzahl unserer aktiven Verbände liegt gesammelt vor der Grenze«, sagte Loeper zu Claus, ehe er sich zurückzog. »Wir sind wie eine Bombe, an der nur noch die Zündschnur fehlt.«

Die Zündschnur.

Der Kriegsgrund.

Seltsam, dachte Claus, während er polnische Straßenkarten studierte, ich war noch nie in Polen. Das Nachbarland gehörte nicht zu jenen, denen jemals sein Fernweh gegolten hatte. Von den paar Kameraden, die dort gewesen war, hatte er nichts Verlockendes gehört. Das Land versinke in Dreck und Armut, die Dörfer seien grau und ohne Schönheit, der

Großteil der Menschen kulturlos, ungebildet, nicht einmal mit den nötigsten hygienischen Maßnahmen vertraut.

Ein Kriegsgrund war das keineswegs. Aber zu seinen Aufgaben gehörte es auch nicht, über Kriegsgründe nachzudenken.

Stattdessen oblag es seiner Zuständigkeit, Bedarfsmeldungen an Treibstoff und Munition zu erstellen, und er war froh, damit bis spät in die Nacht beschäftigt zu sein. Das Nachrichtensystem hatte die moderne Rüstung noch nicht eingeholt, und wenn er nicht rechtzeitig zurückmeldete, was die Division benötigte, würden sie womöglich noch vor ihrem Einsatz liegen bleiben.

In sein Heft schrieb er nur fünf Zeilen:

›Ich weiß nicht mehr, ob es mir nicht lieber wäre, dass wir ein Land ohne Grund angreifen. Vielleicht wäre es mir lieber, weil ich mich vor dem Grund fürchte, den wir finden könnten.‹

Der Grund fand sich am letzten Tag des August.

Meldungen über Grenzzwischenfälle hatte es in den Tagen zuvor immer wieder gegeben. Polnische Freischärler drangen auf deutsches Gebiet vor, ohne dass Claus recht klar wurde, was sie dort eigentlich bezweckten und was sie am Ende erreicht hatten. Er war kein Idiot. Mit jedem weiteren Bericht von einem solchen Zwischenfall, der eintraf, wünschte er sich heftiger, er wäre einer. Dass auch Verbände der SS an die Grenze verlegt worden waren, war ein offenes Geheimnis. In einem Hotel in der Grenzstadt Gleiwitz saß einer ihrer Sturmbannführer und wartete auf einen Einsatz, über den niemand sprach.

Nur war ›niemand‹ ein relativer, kein absoluter Begriff. In dem improvisierten Casino ihrer Stellung wurde abends ein hochprozentiger Schnaps ausgeschenkt, den viele Offiziere nicht gewohnt waren. Tabletten wurden zusätzlich ausgegeben, ein Präparat namens Pervitin, das angeblich der Stärkung der Nerven diente, jedoch einzelne Männer in einen geradezu euphorischen Rausch versetzte. Und das war und blieb eben das Problem mit streng vertraulichen Vorgängen: Menschen waren nur Menschen, das womöglich poröseste Material, das man sich vorstellen konnte, und durch irgendeine undichte Stelle sickerten immer ein paar Tropfen.

Die innerhalb von Minuten zum Strom schwellen konnten.

»Diese Polen, die da ständig über unsere Grenze spitzen«, witzelte einer der Oberleutnants, der mit Augen wie aus Glas vor sich hin stierte, »sind das die SD-Leute vom Naujocks, der im Haus Oberschlesien sitzt und an Strippen zieht?«

»Sie halten den Mund und legen sich ins Bett, Veitel«, donnerte Generalleutnant von Loeper, den Claus nicht hatte kommen hören. »Ansonsten finden Sie sich morgen früh vor dem Militärgericht wieder, und glauben Sie mir – ich mache keine Witze.«

Den stets ruhig und gefasst wirkenden Kommandeur hatte Claus nie so außer sich erlebt. Er schickte den Rest der Männer ebenfalls zu Bett, hielt Claus aber zurück. »Sie haben nichts gehört, Stauff«, sagte er. »Wir haben uns doch verstanden?«

Warum nur dauerte es ein Jahrzehnt, eine Sprache wie klassisches Griechisch oder Englisch zu erlernen, aber dieses Idiom konnte man innerhalb von ein paar Stunden fließend übersetzen?

›Sie haben nichts gehört‹ bedeutete: *›Was Sie gehört haben, trifft den Nagel auf den Kopf.‹*

Claus suchte den Blick seines Vorgesetzten. Er hatte Loeper immer gemocht, nicht nur, weil dieser ein fähiger Befehlshaber war, sondern auch, weil er ihn für einen ordentlichen Menschen hielt. »Und Sie, Generalleutnant?«, fragte er. »Haben Sie auch nichts gehört?«

»Selbstredend nicht.«

Schweigend sahen sie einander an.

»Gehen Sie und sehen Sie zu, dass Sie ein wenig Schlaf bekommen«, sagte Loeper dann. »Wie Ihnen bekannt ist, rechnen wir jederzeit mit unserem Marschbefehl. Wir sind Soldaten, Stauff. Wir waren zusammen, als wir nach Hindenburgs Tod den Eid geschworen haben, und wo es um einen Eid geht, haben Sie immer nur zwei Möglichkeiten: Sie können ihn halten, oder Sie können ihn brechen. Die Entscheidung treffen Sie.«

Anderntags, am Abend des 31. August, überfielen sechs polnische Freischärler den friedlichen Sender Gleiwitz, sperrten vier der deutschen Mitarbeiter in den Keller und ermordeten einen fünften. Noch in der Nacht erging der Befehl an die 1. Division, in der Frühe mit der Schützenbrigade und einer Artillerieabteilung die Grenze nach Polen zu überschreiten. Der Rest blieb unter Claus' Kommando im Gefechtsstand in Neudorf, bis am Nachmittag der Befehl eintraf, hinter dem Grenzfluss Prosna polnischen Boden zu betreten und sofort zum Angriff überzugehen.

Als hätte sein Eid in einem Winkel des Raums gestanden wie der Tod mit der Sense in alten Legenden. Der Dengele-Geist: Ein bisschen Zeit bleibt dir noch, doch dann komme ich dich holen.

Dann war jetzt.

Ihren Eid können Sie halten oder brechen.

Ein Offizier ist treu.

Ein Stauffenberg bricht nicht sein Wort.

Hitlers Rede vor dem Reichstag wurde den ganzen Tag lang im Radio übertragen: »Seit fünf Uhr fünfundvierzig wird jetzt zurückgeschossen.«

Ich habe Architekt werden wollen, dachte Claus. Etwas

aufbauen. Aber sich an ein Leben zu erinnern, das nicht stattgefunden hatte, war vergeudete Zeit, und um Zeit zu vergeuden, war dies der denkbar schlechteste Augenblick. Er hatte im Hier und Jetzt zu bleiben. Nirgendwo als im Hier und Jetzt.

Zwölf Stunden später, um fünf Uhr fünfundvierzig traten Claus' Truppen in ihr erstes Gefecht bei den polnischen Orten Wierzbie und Ozarow. Sie eroberten einen nach dem anderen im Sturm und marschierten ohne Verzug weiter, sobald beide in Flammen standen.

HETTY KLÖTZKE

ZITATE AUS EINEM RUNDFUNKINTERVIEW

Bamberg
1965

24

Dass Hitler Krieg wollte, sollen wir gewusst haben? Ja, wer denn? Die normalen Leute, die ihre Sachen gemacht haben und abends ihre Ruhe haben wollten? Es war so heiß in dem Sommer, das weiß ich noch. An den Wochenenden sind die Leute in Scharen raus aus der Stadt, in die Wälder und an die Seen. Uns ging's gut, hätte man sich da denken können. Es gab wieder Arbeit, das Geld hat gereicht, und da draußen war alle Tage Kaiserwetter.

Hitlerwetter?

Kenn ich nicht. Von uns Alten, die noch den Kaiser kannten, hat das keiner gesagt.

Ja, und dann war also Krieg.

Ob man sich erschrocken hat?

Also wissen Sie – die Hertha Künßberg, die Nichte von der Freifrau, die hieß ja da schon anders, aber wie, hab ich vergessen, die war gerade zu der Zeit ein paar Tage bei den Lerchenfelds zu Besuch. Und ihr Junge, der war vielleicht zwei oder drei, der hatte eine eitrige Ohrenentzündung und hat die ganze Nacht geschrien.

Am Morgen, als ich unten durchs Haus gefegt hab, ist die Hertha mit ihm runtergekommen, und das Radio war ja die ganze Zeit an. Seit fünf Uhr fünfundvierzig wird jetzt zurückgeschossen. Bombe mit Bombe vergolten und dazu Marschmusik. Das kennt man ja.

»Ach, gnädige Frau«, hab ich zur Hertha gesagt, als die runterkam, »haben Sie's schon gehört? Wir sind mit Polen im Krieg.«

Und wissen Sie, was die mir zur Antwort gegeben hat?

»Schön und gut, Hetty«, hat die gesagt, »aber ich muss mit

meinem Kleinen zum Ohrenarzt, der Junge schreit, als würde ihm das Ohr abfallen. Können Sie bitte mal dem Egon Bescheid sagen, dass er mich rüber in die Altstadt fahren soll?«

So ist das eben. Selbst wenn's Krieg gibt, ist es ja nicht gleich immer und überall.

Und der Claus? Ob wir bei Lerchenfelds über den Claus geredet haben? Der war ja in Schlesien, an der Front, einer von denen, die dafür gesorgt haben, dass die Polen nicht unsere Grenze überrennen. Darauf waren die Lerchenfelds stolz, der Freiherr ganz besonders. Der hat auf seinen Schwiegersohn nichts kommen lassen, für den war der Claus ein Held, so ein Ritter in glänzender Rüstung, der auszieht und das Unrecht rächt, was Deutschland angetan wird.

Ja, ich weiß, was Sie sagen wollen. So ist es gar nicht gewesen, aber das wissen Sie und ich jetzt, und damals, da haben wir das nicht gewusst.

Ob ich was gemacht hätte, wenn ich's gewusst hätte?

Ja, was hätt ich denn machen sollen?

Wissen Sie, das ist ja eine Frage, die man doch eigentlich nicht anderen Leuten, sondern sich selber stellen sollte, finden Sie nicht?

Es kann ja einer nicht in den anderen reingucken und nicht wissen, was der andere für Gründe hat, dass er das, was er vielleicht tun will, eben doch nicht tun kann.

Der Claus, der hat sich die Frage gestellt. Nicht Ihnen, nicht mir, nicht der Nina – sondern sich selbst. Ob man das nun richtig findet, was er sich zur Antwort gegeben hat, oder nicht, das muss sich auch jeder selbst fragen, und eigentlich kommt's darauf ja auch nicht an, oder? Die Nina hat mal viel später gesagt: Der Claus hat getan, was er tun musste. Darüber hätte ich mit ihm nicht rechten können, denn der Mann, der sich davon hätte abbringen lassen, das wär nicht mehr der Claus gewesen.

Bei uns daheim war sie dann ja oft, die Nina, ist später, als sie das vierte Kind hatte, auch wieder nach Bamberg gezogen. Das war, als sie aus Wuppertal wegmussten, als der Claus wieder nach Berlin kommandiert wurde, und da hat die Nina gesagt: »Das kann ich den Kindern nicht zumuten, die sind das Leben auf dem Land gewohnt, die sollen nicht noch mal zurück in die Stadt.«

Ob die Ehe belastet war, weil sie auf einmal keine Wohnung mehr mit dem Claus zusammen haben wollte?

Also ich bitte ja vielmals um Entschuldigung, aber – so ein Quatsch. Der Nina war das wichtig, dass die ganze Familie zusammen ist, die hat da immer drauf gedrungen, selbst wenn sie dauernd umziehen musste. Aber dann, im Krieg, hat der Claus doch sowieso kaum bei ihr sein können, also war sie bei uns in Bamberg, wo sie ihre Eltern und ihre Cousinen hatte, besser aufgehoben.

Zu ihrer Schwiegermutter ist sie auch viel gefahren. Auf die Schwäbische Alb, das war ja herrlich da draußen. Für die Kinder das reinste Paradies, und wenn die Lerchenfelds eingeladen waren, war ich immer mit von der Partei. Darauf hat die Nina bestanden: Die gute, alte Hetty – die muss mit. Ihre Schwiegermutter, die Gräfin Stauffenberg, das war eine ganz imposante Person. Mächtig einschüchternd, kann ich Ihnen sagen, so eine, die ihren Charakter im Gesicht trägt, und wenn man die angeschaut hat, hat man schon verstanden, woher beim Claus so manches gekommen ist. Obwohl der Claus auf den ersten Blick so ein lockerer Charmeur und kein bisschen einschüchternd war.

In den Jahren vor dem Krieg hab ich mir schon manchmal gedacht: Ach Gott, diese strenge, direkt Furcht einflößende Dame und unsere lustige, gradheraus redende Nina – ob das mal gut geht? Aber als der Krieg dann da und der Claus an der Front war, ich glaub, da sind sie sich gegenseitig eine Stütze gewesen. Nicht nur die Gräfin der Nina, sondern auch die Nina der Gräfin. Die haben sich durch diese schlimmen, schlimmen Zeiten geholfen, mit all der Angst, die die gehabt haben müssen, und mit allem, was sie wussten oder nicht wussten.

Und am Ende, als alles vorbei war – wer weiß, wie es mit den beiden geworden wäre, wenn die sich nicht gehabt hätten, wenn die sich nicht aneinander hätten festhalten können. Wer weiß, woher die die Kraft genommen hätten, die Kinder aufzuziehen, für die Kinder da zu sein und nicht zusammenzubrechen. Was die zwei Frauen und die arme, arme Freifrau von Lerchenfeld erlebt haben – Gott, das kann sich ja keiner vorstellen, auch Sie nicht und nicht einmal wir, die dabei gewesen sind.

DRITTER TEIL

»Nichts ist schwerer und nichts erfordert mehr Charakter, als sich im offenen Gegensatz mit seiner Zeit zu befinden und laut zu sagen: Nein.«
Kurt Tucholsky

25

Nina
1940

Er hatte es ihr auf den Nachttisch geschoben. Das schmale, billig gebundene Schulheft, das er zu gut einem Viertel vollgeschrieben hatte.

»Du musst es nicht lesen«, hatte er gesagt. »Mir genügt es, zu wissen, dass es drinsteht. Dass ich es für dich aufgeschrieben habe.«

Aber es genügte nicht.

Nina wusste, sie würde es lesen müssen, wenn auch noch nicht jetzt sofort. Sie hatte es auch die beiden anderen Male gelesen, als er für ein winziges Atemanhalten der Zeit zu ihr nach Hause gekommen war.

Sie kroch zu ihm ins Bett. Draußen gefror die Welt in der Kälte der Februarnacht, und rund um sie war Krieg, aber dieser kleine Ort unter ihrer Decke, wo sie sich in den Armen hielten, war noch wie eine Insel.

»Ich liebe dich«, sagte sie, weil sie inzwischen wusste, dass es in der ersten Nacht nach seiner Heimkehr lange dauerte, ehe sie etwas anderes sagen konnten. Und weil sie es in jeder Nacht dachte. Weil sie in jeder Nacht, wenn sie ihre täglichen Pflichten erledigt und ihre Kinder ins Bett gebracht hatte, dachte: Vor zehn Jahren habe ich mich gefragt, was wohl *›Ich liebe dich‹* bedeutet. Heute weiß ich, es bedeutet: *›Ich kann vor Angst um dich nicht schlafen.‹*

Natürlich lernte sie es. Die Frauen lernten es alle. Hätten sie nicht gelernt, wie man sich über das Gebirge der Angst hinweg in den Schlaf stahl, wären sie über kurz oder lang zusammengebrochen. Ninas Nachbarin Ruth, deren Mann mit seiner Einheit ebenfalls nach Polen abkommandiert worden war, sprach ihr fortwährend ihre Bewunderung aus, weil sie mit ihren Kindern weiter alberte und lachte, aber Nina wehrte ab: »Wir haben alle unsere Methoden, um es uns erträglich zu machen, und ich war einfach noch nie eine Grüblerin.«

Ruths Mann Henning war der Sohn des abgesetzten Reichskriegsministers Werner von Blomberg, und sie vertraute Nina an, dass es ihr vorkam, als wären die verhassten Blombergs für das Regime nur noch Kanonenfutter, das man dort einsetzte, wo niemand lange überlebte. Nina tat ihr Bestes, um sie von dieser ein wenig an den Haaren herbeigezogenen Überzeugung abzubringen.

»Der Polenfeldzug hat keine sechs Wochen gedauert, und die deutschen Verluste waren gering«, erinnerte sie die Nachbarin, auch wenn sie ihre Bauchdecke anspannen musste, um den zweiten Teil des Satzes herauszubringen. Claus zufolge, der Anfang November aus Polen zurückgekommen war, beliefen sich die Verluste auf etwa fünfzehntausend Mann, eine Zahl, die offenbar viel niedriger war als befürchtet.

Wenn sie aber daran dachte, dass hinter jedem dieser fünfzehntausend eine Frau wie Ruth und Kinder wie Peter und Dagmar standen, dann wuchs die Zahl ins Gigantische.

Eine Frau wie sie selbst und Kinder wie Berthold, Heimeran und Franz Ludwig.

Ruth ließ sich von diesen fragwürdigen Beschwichtigungen auch nie länger als ein paar Stunden trösten. Dankbar war sie hingegen, dass Nina ihr fast täglich erlaubte, ihr die Kinder – Peter und Dagmar – zu bringen, sodass sie von den düsteren Angstvisionen ihrer Mutter nichts mitbekamen. Nina hatte die beiden Kinder gern bei sich. Sie waren im Alter ihrer Söhne, und Berthold, Heimi und Franzl spielten gern mit ihnen.

Als Claus im November gekommen war, hatte er Nina als Geschenk eine Kamera, eine einfach zu bedienende Agfa-Box, mitgebracht, »damit du unzählige Bilder von den Kindern schießen und mir schicken kannst«. Nina hatte Spaß daran, die fünf in ihrer Wohnung herumtollenden Kinder abzulichten, und schickte Claus die besten Aufnahmen, aber der beklagte sich in seinen Briefen trotzdem:

›*Deine Bilder von den Jungen und ihren kleinen Freunden waren wieder entzückend, aber ich habe extra ein einfaches Modell gewählt, damit Berthold mit seinen bald sechs Jahren es auch bedienen kann. Gib ihm die Kamera und sag ihm, er soll für den Papi ein Bild von der Mami machen.*‹

So schlugen sie sich durch. Erstaunlich war, dass Tage verstrichen, die den Eindruck erweckten, als wäre alles wie immer. Oder zumindest so, als würde eines Tages alles wieder wie immer sein.

Als Claus im November gekommen war, hatte er etwas von dieser strahlenden Siegeraura an sich gehabt, von all dem Jubel nach der Eroberung Polens in gerade fünf Wochen. Er war zum Hauptmann befördert und in den Generalstab versetzt worden, trug an seinen Uniformhosen jetzt Streifen, die dem kleinen Berthold so gut gefielen, dass er sich mit seiner Tuschfarbe an seine eigenen Hosen auch welche malte. Von den Kindern umtanzt, hatte Claus Nina in die Höhe geschwungen, hatte gelacht und ihr versichert: »Aber natürlich wird alles wieder wie immer. Warum sollte es denn nicht?«

In der Nacht aber hatte er ihr zum ersten Mal das abgeschabte Schulheft auf den Nachttisch gelegt und ihr außerdem erklärt, dass er in jedem Augenblick mit seiner Abberufung an die Front rechnen musste. Auch wenn nicht ganz klar war, worin diese Front jetzt, wo der Polenfeldzug abgeschlossen war, eigentlich bestand. Zwar hatten Großbritannien und Frankreich als Polens Verbündete Deutschland den Krieg erklärt, aber bisher war es zwischen ihnen zumindest auf dem Land zu keiner echten Kampfhandlung gekommen.

»Sitzkrieg«, spotteten die Leute, weil die französischen Truppen hinter ihrer Maginot-Linie saßen, ohne sich zu bewegen, und ein paar deutsche Einheiten kauerten ebenso regungslos davor.

Nina hatte sich vor dem Lesen des Hefts gefürchtet und es aufschieben wollen. Da sie aber nicht wusste, wie lange er noch bei ihr sein würde, und sie ihn nicht gehen lassen wollte, ohne zu wissen, was in dem Heft stand, hatte sie es aufgeschlagen, sobald er eingeschlafen war.

»Ich habe Angst«, hatte er ihr gestanden. »Angst, dass ich, wenn du es gelesen hast, für dich nicht mehr dein Mann sein kann, wie ich es gewesen bin. Aber wenn ich es dich nicht lesen lasse, kann ich es erst recht nicht sein, denn dann ist der Mann, den du bei dir zu haben glaubst, einer, den es nicht mehr gibt.«

Was er ihr sagen wollte, verstand sie erst, als sie die in Hast hingeworfenen Zeilen aus dem Heft kannte.

›Wielun, Polen. Wir haben diese Kleinstadt bei Łódź von den ersten Stunden des Krieges an mit Sturzkampfbombern beschossen. Es gibt hier keinen Stützpunkt. Kein militärisches Ziel. Nur Häuser. Kirchen. Schulen. Ein Krankenhaus und eine Polizeiwache. Ställe auch. In einem von den Ställen hatten sich zwei Frauen verschanzt, eine Mutter und ihre Tochter, die in den Flammen den Verstand verloren hatten und nur noch lallten. Gerettet hatten sie nichts als zwei Taschenlampen, die sie ständig an- und wieder ausknipsten. Ich musste auf eine Erkundung und ließ Leutnant Schultze, meinen Duzfreund Dieter, zur Aufsicht zurück. Als ich wiederkam, waren die Frauen tot, erschossen, lagen

ineinander verkeilt in Blut, das schon getrocknet war. »Die zwei Polinnen haben versucht, mit ihren Lampen Signale zu senden«, hat Schultze gesagt. »Da habe ich sie liquidiert.« Schultze kommt vors Kriegsgericht. Ich habe darauf bestanden, aber macht das irgendetwas besser? Macht es mich besser? Diese Mutter und ihre Tochter, das Mädchen vielleicht fünfzehn oder sechzehn, haben in ihrem Stall Kaninchen und Tauben gezüchtet, die waren für keine Menschenseele, keinen Deutschen und keinen Polen, eine Gefahr.‹

Nein, hatte Nina gedacht, so, wie wir zusammen, wie wir Mann und Frau gewesen sind, können wir es jetzt nicht mehr sein. Wir sind noch enger zusammen. Nicht mehr zu trennen, weil wir dieses Unaussprechliche teilen und darüber schweigen.

Dass sie schweigen würde, hatte sie ihm versprochen. Er durfte ihr nichts sagen, und sie durfte nichts hören. Es gab nicht mehr als ein zerknittertes Schulheft, und wenn es voll war, würden sie es wegwerfen.

Sie schmiegte sich an ihn. In der kurzen Zeit, die er hier war, wollte sie nichts, als sich an seiner Nähe stärken. Und ihn stärken. Wenn sie das hier überstanden, überlebten, wenn die tödliche Gefahr vorbei war, würden sie sich für den Rest ihres Lebens nicht mehr loslassen.

Die gemeinsamen Tage im November hatte sie kaum genießen können, weil das Damoklesschwert seines Marschbefehls über ihnen schwebte. Kurz ehe dieser eintraf, feierte Hitler den Jahrestag seines Putsches im Münchner Bürgerbräukeller. Kaum hatte er die Ansprache, die er in jedem Jahr hielt, etwa eine halbe Stunde früher als gewöhnlich beendet und das Lokal verlassen, explodierte darin eine Zeitbombe, die den Saal verwüstete und acht Zuhörer tötete. Hätte Hitler seine Rede zur gewohnten Zeit gehalten, hätte er keine Chance gehabt, zu überleben.

Der Attentäter wurde kurz darauf gefasst. Es handelte sich um einen vollkommen unbekannten Mann namens Georg Elser, der angab, die Tat allein begangen zu haben und keiner Organisation anzugehören. Wochenlang, noch als Claus längst wieder fort war, wurde über die Hintergründe des Anschlags gerätselt. Sogar der britische Geheimdienst wurde als Auftraggeber verdächtigt, doch auch im Zuge der Vernehmungen beharrte Elser darauf, ein Einzeltäter zu sein.

Als Claus über Weihnachten für zwei Tage nach Lautlingen kam, erzählte er Nina, er habe in Berlin, wo er an Sitzungen des Generalstabs hatte teilnehmen müssen, Frank Mehnert getroffen und mit ihm gesprochen.

»Unter den Offizieren herrscht hellste Empörung über das Verbrechen«, flüsterte er an ihrem Ohr. »In der Bevölkerung ebenso – aber Frank scheut sich nicht, laut herumzuposaunen, dass er an der Tat von Elser nur eines auszusetzen habe, nämlich dass sie missglückt sei.«

Und du, Claus?, hätte sie ihn fragen wollen, aber das ersparte sie ihm.

»Er sagt, er versteht nicht, weshalb sie so besessen nach Hintermännern suchen, wo ein Mann doch nur sein eigenes Gewissen braucht, um sich dazu zu entschließen«, flüsterte Claus. »Ich habe Angst um ihn, Nina. Aber er hört auf keinen von uns. Als er all dies von sich gab, hatte ich Albrecht bei mir, du weißt doch, Albrecht von Quirnheim, der gerade erst verkündet hatte, er hoffe, Elser werde aufs Schwerste bestraft. Albrecht ist mein Freund, er wird den Mund halten, aber wenn Frank keine Vorsicht walten lässt, dann wäre es mir lieber, er würde Deutschland verlassen.«

Nina wünschte sich auch, jemand würde Deutschland verlassen. Elisabeth von Thadden, ihre einstige Schulleiterin, mit der sie immer noch gelegentlich Briefe wechselte, hatte sie vor ein paar Wochen besucht. Sie hatte ihren Schulbetrieb an den Sternberger See verlegt und erzählte Nina offen, dass sie sich weigerte, ihre jüdischen Schülerinnen der Schule zu verweisen, obwohl sie verschiedentlich dazu aufgefordert worden war.

»Ich werde diesen armen Geschöpfen nicht noch ihren letzten Halt nehmen, weil Unmenschen es von mir verlangen«, hatte sie zu Nina gesagt. Die Gestapo war bereits bei ihr gewesen und hatte ihre privaten Räume durchsucht, weil eine Schülerin gemeldet hatte, was die Rektorin über die Regierung verlautbarte, aber Elisabeth von Thadden war nicht bereit, sich den Mund verbieten zu lassen.

»In diesen Tagen habe ich gelernt, dass es ein Privileg ist, schweigen zu dürfen, ohne sich schuldig zu machen«, sagte sie.

Fetzen, schemenhafte Erinnerungen an all diese Ereignisse gingen Nina im Kopf herum, während sie mit Claus unter ihrer schweren Bettdecke lag und sie allmählich begannen, sich zu lieben. Ohne Zweifel wirbelten die gleichen Fetzen in noch viel größerer Zahl auch ihm durch den Kopf. Ihre Insel war nicht weltentfernt genug, als dass sie vor diesem Niederschlag geschützt wären, aber sie konnten sich ducken, konnten die Köpfe zusammenstecken und zumindest vorgeben, dass in diesen paar Nachtstunden außer ihnen beiden nichts zählte.

Ihre Liebe hatte etwas Fahriges, Unkonzentriertes, aber das raubte ihr nichts von der Leidenschaft und nichts vom Glück. Als sie hinterher schließlich erschöpft einander in den Armen lagen, lächelte er zu ihr herab, wie sie ihn seit seiner Ankunft nicht hatte lächeln sehen.

»Meinst du, wir haben gerade eben unser viertes Kind gemacht?«, fragte er und tippte ihr mit einem Finger in den Bauch.

»Du lieber Himmel, das ist gut möglich«, rief Nina ein wenig erschrocken. »Wir hätten aufpassen sollen, wir benehmen uns unvernünftiger als die Jungen.«

»Warum?«, fragte er unschuldig. »Möchtest du etwa kein Kind mehr?«

Nina überlegte, sah den Garten in Lautlingen vor sich, den See mit dem Sonnenglitzern des vergangenen, von keiner Wolke getrübten Sommers, und sehnte sich danach zurück. »Doch«, sagte sie. »Ich möchte noch eines. Aber der Zeitpunkt ist doch wohl kaum der richtige. Lieber hätten wir warten sollen, bis ...«

»Bis was, meine Liebste?«

»Bis der Krieg – nun ja, er ist ja noch nicht zu Ende, nicht wahr?«

Claus presste die Lippen zusammen und schüttelte den Kopf. »Es steht da drin«, sagte er und wies auf ihren Nachttisch. »Aber wenn die Menschheit in Kriegen keine Kinder mehr bekommen hätte, wäre sie seit Langem ausgestorben.«

»Dem habe ich nichts entgegenzusetzen«, sagte Nina. »Trotzdem hätte ich ehrlich gesagt lieber dann ein Kind, wenn ich sicher sein kann, wann ich dessen Vater das nächste Mal zu Gesicht bekomme, um ihm seinen jüngsten Sprössling vorzustellen.«

»Du hast einen Soldaten geheiratet. Du kannst dir dessen nie sicher sein.«

Sie legte ihm eine Hand auf den Mund. »Zwischen nicht sicher und nicht sicher ist ein Unterschied, Claus. Aber jetzt ist es sowieso schon zu spät, also brauchen wir uns auch nicht darüber zu streiten.«

Er nahm ihre Hand, beugte sich zu ihr und berührte mit den Lippen ihre Augen, ihren Mund, ihren Hals und den Ansatz ihrer Brüste. »Wenn das Kind kommt, ist der Krieg zu Ende, Nina. Er muss ja zu Ende sein. Die Polenfrage wird man letztendlich uns und die Sowjets regeln lassen müssen, es werden sich Lösungen finden, und alles andere wird im Sand verlaufen.«

»Glaubst du das?«

Er küsste sie. »Reden wir nicht mehr vom Krieg, ja?«

»Also schön. Wenn du versprichst, dass du auf dich aufpasst und dafür sorgst, dass der kleine Herr Stauffenberg Nummer vier seinen Vater auch kennenlernen kann.«

»Muss es denn unbedingt noch ein Herr sein?« Claus schlug einen Ton an wie Berthold, wenn er maulte. »Ich hätte dieses Mal so gern ein kleines Mädchen. Das Lisbethchen von meinem Bruder Berthold ist goldig, findest du nicht?«

»Ich finde, unsere drei Spatzen sind goldig«, sagte Nina.

»Ach, Süße.« Er küsste sie wieder. »Unsere Kinder, die drei kleinen Musketiere, die du mir geschenkt hast, sind die besten auf der Welt, denen reicht keiner das Wasser. Aber stell dir mal vor, wie schön es für die drei wäre, eine kleine Schwester zu haben, die sie beschützen können? Ich habe mir immer eine kleine Schwester gewünscht, die mich für ihren großen Helden hält und glaubt, ich könnte Berge versetzen.«

Nina musste lachen. Zum ersten Mal in dieser Nacht musste sie freiheraus lachen, ohne dass es sich anfühlte, als springe der Bleiklumpen, der auf ihrer Brust lag, dabei auf und ab. »Da hast du dich aber geschnitten, mein Lieber. Eine Tochter von mir hält ganz bestimmt ihre Brüder nicht für große Helden, sondern wird beizeiten lernen, über sie zu lachen. Und ihre Berge versetzt sie lieber selbst. Oder sie lässt sie ganz einfach stehen, denn warum müssen sie denn um jeden Preis versetzt werden? Sie sind doch dort, wo sie stehen, so schön.«

»Du hast recht.« Er lächelte. »Wenn man ein Mädchen ist, braucht man sich keinen Berg auf die Schultern zu laden, um der Welt zu beweisen, was für ein Kerl man ist, oder?«

»Wenn man ein Mädchen ist, würde das mit dem Berg überhaupt kein Mensch bemerken, weil garantiert gerade neben ihr ein Kerl unüberhörbar stöhnend und ächzend mit einem viel größeren Berg beschäftigt wäre.«

Sie liebte ihn, weil er darüber lauthals lachen konnte. Weil er bereit gewesen war, sich das von ihr anzunehmen. »Wir blöden Männer«, sagte er. »Wenn wir so weitermachen, steht bald nirgendwo mehr ein Berg auf dem anderen. Wer weiß, vielleicht bricht ja, wenn unsere Tochter erwachsen ist, eine Zeit an, in der die Frauen die Welt regieren und den Männern erklären, wo es langgeht.«

»Nun lass diese herbeifantasierte Tochter erst einmal auf die Welt kommen«, sagte Nina und rieb ihre kalte Nase an seiner, die noch kälter war. »Wie soll sie denn überhaupt heißen? Hast du dir darüber auch schon Gedanken gemacht, wo du ihre Laufbahn als Weltregentin und Bergretterin ja bereits bis ins Kleinste vorausgeplant hast?«

Abrupt setzte er sich auf, störte sich nicht daran, dass ihm die Decke von der Schulter rutschte, war wieder ihr von einer Idee begeisterter Claus.

»Darüber haben wir doch schon einmal gesprochen«, rief er. »Bevor unser Franzl auf die Welt kam. Einen schicken französischen Namen soll sie haben, weil sie hübsch, elegant und ganz die Tochter ihrer unwiderstehlichen Mutter sein wird!«

»Französisch, Claus? Bist du dir sicher?«

Sie wollte vom Krieg nicht noch einmal anfangen, schon gar nicht von dem, der, wie er sagte, hoffentlich doch noch im Sand verlaufen würde, aber auch für sie gab es Dinge, die sie gerne für ihn in ein Heft geschrieben hätte. Auf der Straße dieses ruhigen Viertels spielten kleine Jungen mit Stöcken und Katapulten »Franzosen schießen«. Sicher taten kleine Jungen so etwas schon, solange die Welt bestand, ohne sich viel dabei zu denken. Dass eines ihrer Kinder für ein solches Spiel die Zielscheibe bot, weil es Solange oder Antoinette gerufen wurde, wollte sie als Mutter dennoch verhindern.

»Ich bin mir ganz sicher«, sagte Claus.

»Um uns herum werden die Namen immer deutscher«,

wandte Nina ein. »Ich glaube, allein in dieser Straße sind im letzten Jahr mindestens drei Helgas zur Welt gekommen.«

»In einer Welt voller Helgas und Edeltrauds ist dann meine die einzige Valerie«, raunte Claus und verdrehte so schwärmerisch die Augen, dass die Sache beschlossen war, egal, was Nina noch hatte vorbringen wollen. Sie hielt sich für einen durchsetzungsfähigen Menschen, aber nicht einmal sie hätte es fertiggebracht, ihm seine Valerie, die in seinem Kopf bereits zu leben begonnen hatte, abzuschlagen.

Und Valerie war ja auch noch zu vertreten, gerade so französisch, dass es zur Not auch als deutsch durchging. Eine von Claus' Großmüttern hatte Valeria geheißen, damit ließ es sich begründen. Und es klang schön und besonders, das konnte Nina nicht leugnen.

»Also von mir aus«, sagte sie und zog ihn wieder zu sich in die Kissen. »Zwar wissen wir noch nicht, ob wir überhaupt ein Kind gezeugt haben, geschweige denn, ob es ein Mädchen wird, aber wenn dem so sein sollte und wenn nicht vorher die Welt untergeht, bekommst du deine Valerie.«

»Die geht nicht unter«, sagte Claus. »Ich erlaube es ihr nicht.« Er wurde wieder ernst, zog sie an sich und küsste ihr Haar.

»Und jetzt schlaf«, sagte sie.

»Ich weiß nicht, ob ich das kann. Aber du musst schlafen.«

Sie spürte den Bleiklumpen auf ihrem Brustkorb wieder, stupste noch einmal ihre Nase gegen seine und sagte: »Natürlich kannst du schlafen. Warum solltest du nicht? Hier ist doch nichts, wovor man sich in dunkler Nacht fürchten müsste, hier sind nur eine Nina und ein Claus.«

»Nein, Liebste«, rief er und rückte unter der Decke von ihr ab. »Das geht nicht mehr, das ist der Mann, der ich nicht mehr für dich sein kann. Hier ist nur eine Nina, und wer nicht sieht, dass so ein liebstes Ninchen der Welt nichts Böses tut, der hat keine Augen im Kopf.«

Ohne wieder zu ihr heranzurücken, streckte er die Hände nach ihr aus und umfasste ihr Gesicht. Vor Anspannung rann ein Zittern durch seine Arme. »Aber mit dem Claus ist das etwas anderes«, presste er heraus. »Der Claus ist nicht harmlos. Vor dem muss man sich fürchten.«

26

Im Frühling fand der sogenannte Sitzkrieg, über den in den Lokalen von Wuppertal gespottet worden war, über Nacht ein Ende.

Hatten Truppen der Wehrmacht im April bereits Norwegen und Dänemark besetzt, so marschierten sie am 10. Mai in Belgien, Luxemburg und die Niederlande ein, die ihre Neutralität erklärt hatten. Um die Absicht, die dahintersteckte, zu begreifen, brauchte Nina kein Stratege zu sein, sondern lediglich einen Blick auf die Landkarte zu werfen, die neuerdings im Zimmer ihres ältesten Sohnes hing. Berthold war seit Ostern ABC-Schütze, und in die Karte steckte er stolz verschiedenfarbige Fähnchen, um den Verlauf der Fronten anzuzeigen.

Die Lehrer in der Volksschule, die ihm das Lesen und Rechnen hätten beibringen sollen, hatten ihn stattdessen das Markieren von Frontverläufen gelehrt.

Da, wo sein Vater mit seiner Division stand, steckte er ein rotes Fähnchen hinein, denn Rot war seine Lieblingsfarbe und sein Vater sein Held. Das rote Fähnchen markierte einen Ort an der Maas, Monthermé in den französischen Ardennen, wo Claus' Truppen einen Brückenkopf zu bilden hatten. Da also hatten sie die gesuchte Absicht: Hitlers Truppen hatten die drei neutralen Länder besetzt, um nach Frankreich zu gelangen, ohne die Maginot-Linie überwinden zu müssen.

Keines der Länder hatte nennenswerten Widerstand geleistet. Ihre Regierungen flüchteten nach Großbritannien, und am 12. Mai stand die Wehrmacht bereits auf französischem Boden.

Zur gleichen Zeit hatte die britische Luftwaffe mit der Bombardierung deutscher Städte begonnen. Die Regierung Chamberlains, die um den »Frieden in unserer Zeit« nun doch vergeblich gerungen hatte, trat zurück, und mit Winston Churchill gelangte ein Mann an die Spitze, der schwor, das nationalsozialistische Deutschland mit Blut, Schweiß und Tränen sowie sämtlichen Mitteln der modernen Kriegsrüstung zu bekämpfen.

An Deutschlands Stammtischen, wo man über den Sitzkrieg der Franzosen gelacht hatte, lachte man jetzt über die Drohungen der Briten. Wuppertal gehörte nicht zu den beschossenen Städten, aus Dünkirchen mussten Churchills gerade erst eingeschiffte Hilfstruppen kläglich die Flucht ergreifen, und am 14. Juni besetzten deutsche Truppen Paris.

Der vergangene Sommer war der des nicht enden wollenden Sonnenscheins gewesen, dieser war der des nicht enden wollenden Jubels. Triumphzüge und Siegesfeiern füllten die Straßen, und das Radio spielte von früh bis spät Marschmusik. Dass Lebensmittel und Bekleidung bereits seit Kriegsbeginn rationiert waren, schienen die Leute für diesen herrlichen Preis und eine ohnehin ja nur begrenzte Zeit klaglos hinzunehmen.

Nein, nicht klaglos. Wenn Nina morgens in die Bäckerei ging, wo die Nachbarinnen bereits Schlange standen, hörte sie sie um die Wette krakeelen, man habe schon wieder keine Fett-Marken mehr und werde mit dem bisschen Brot nie und nimmer all die hungrigen Mäuler um den heimischen Tisch satt bekommen. Sobald sich das Gespräch jedoch dem französischen Siegesreigen zuwandte, erstarben die Tiraden, und die opferbereiten Patriotinnen verzichteten gern auf einen halben Laib Graubrot oder ein bisschen Butter zum Draufstreichen.

Hungern musste schließlich niemand. Höchstens die beiden Frauen, die sich am Ende der Schlange herumdrückten und ihre mit einem roten *J* gestempelten Bezugskarten verlegen zu verbergen suchten. Für Juden waren die auf den Marken angegebenen Mengen an Grundnahrungsmitteln weit geringer, und von Sonderzuteilungen blieben sie ausgeschlossen. Aber Obst, Gemüse und Kartoffeln waren ja weiterhin frei verkäuflich und konnten somit auch von jüdischen Bürgern in beliebiger Menge erworben werden, oder sprach etwas dagegen?

Nina wusste es nicht. Sie sprach mit Ruth von Blomberg darüber, während die Kinder im Hof Ball spielten, aber die wusste es auch nicht.

»Deine Sorgen möchte ich haben«, sagte sie. Ruth war seit Wochen ohne Nachricht von ihrem Mann und konnte vor Angst kaum etwas essen, weshalb sie von ihren Lebensmittelmarken sogar welche übrig behielt.

Nina aß gut. Nina erhielt zwar auch nur selten Nachricht von ihrem Mann, aber Nina war schwanger.

»Bekommt ihr in der Stadt denn alles, was du brauchst, wo jetzt das Kleine unterwegs ist?«, fragte ihre Schwiegermutter.

»Ja, es steht alles zum Besten, Mutter«, antwortete Nina. »Wir sind rundum wohlgenährt. Aber wenn du uns in Lautlingen haben möchtest, kommen wir trotzdem liebend gern.«

»Du redest Unsinn, und das steht dir nicht«, erwiderte die Gräfin. »Du bist Claus' Frau und die Mutter seiner Kinder, ihr seid somit in Lautlingen willkommen, wann immer ihr es wünscht.«

Ja, ich hab dich auch lieb, erwiderte Nina stumm, erbat sich noch die Erlaubnis, auch ihre Eltern samt Hetty auf eine Weile einladen zu dürfen, und machte sich drei Tage später mit den Kindern auf den Weg.

Lautlingen war noch immer das Paradies, das vom Lärm, den die Welt veranstaltete, nichts zu ahnen schien. Es regnete mehr als im Sommer zuvor, aber ihre Jungen liebten das freie Herumtollen selbst im wüstesten Wetter, und sobald sie hörte, dass Nina im Schloss war, stellte sich auch Mika mit ihren beiden Kindern ein.

Nina war dankbar für die Atempause. Was Claus betraf, brauchte sie für den Augenblick um sein Leben weniger zu fürchten, denn er war als Anerkennung für seine Leistungen während des Westfeldzugs erneut befördert und in eine Organisationsabteilung des Generalstabs versetzt worden. »Organisation im Frieden und Kriegsspitzengliederung« lautete die Aufgabenbeschreibung seines Referats, und Nina fand, das klang nicht allzu besorgniserregend. Auch wenn sie weder wusste noch wissen wollte, was Kriegsspitzengliederung bedeutete.

Sie wusste genug.

Das, was im Februar in dem dünnen Schulheft gestanden hatte, zum Beispiel.

›*Was wir in Polen getan haben, immer noch tun und erst noch in ungeahntem Umfang tun werden, dafür tragen wir als Stabsoffiziere die Verantwortung. Die Menschen mögen verwahrlost, verroht, kulturlos und rassisch minderwertig sein, wie es in sämtlichen Berichten heißt, aber was wir mit ihnen tun, das kann ich nicht einmal auf diesen Seiten in Worte fassen, weil es unaussprechlich ist. Mit keinem Tier, das kein Ungeziefer ist, würden wir so umgehen. Als wären sie wertlos, als hätte Gott mit ihrem Leben nichts zu schaffen. Dass wir es im Namen Deutschlands tun, heißt, dass wir auf Deutschlands Namen einen Schandfleck hinterlassen, den keine hundert und selbst keine tausend Jahre wieder abwaschen werden.*

Ich bin Offizier, ich habe zu tun, wozu ich mich mit meinem Eid verpflichtet habe, aber an der Verantwortung für diese Taten komme ich nicht vorbei. Ehe wir im Herbst in Marsch gesetzt wurden, habe ich mit meinem Bruder Alex gesprochen, und er sagte, er habe es gerade jetzt mehr denn je nötig, sich an unserem »geheimen Deutschland« festzuhalten. So geht es mir auch, selbst wenn ich nicht länger weiß, was es bedeutet. Es war unsere Idee und unser Ideal, als wir jung und frei von Schuld waren, als wir durch und durch überzeugt waren, was auch immer wir anfangen würden, könne nicht anders sein als gut.‹

Unter einen seiner Briefe, in dem er ihr von der völligen Niederlage der großen französischen Nation berichtet hatte, schrieb er in einem Nachsatz:

›Wie wenig Endgültiges gibt es doch, und die schroffste Umwälzung, ja Umkehr scheint wahrscheinlicher als ein Beharren auch nur für wenige Jahre.‹

Und noch darunter setzte er zwei Zeilen aus einem Gedicht seines Meisters Stefan George in dessen eigentümlicher Orthografie ohne Großbuchstaben:

›zu jubeln ziemt nicht: kein triumf wird sein
nur viele untergänge ohne würde.‹

Nina hatte der Dichtung Georges nie etwas abgewinnen können, hatte mehrfach lachend erklärt, sie sei »Gott sei Dank zu dumm dafür«, aber diese zwei eigenartigen Zeilen berührten sie im Innersten, an einem Punkt, an dem nichts sie schützte.

Lautlingen füllte sich, als wäre Nina ein Magnet. Berthold, der ins Oberkommando der Kriegsmarine eingezogen war und dort beratende Aufgaben versah, kam überraschend und fiel einer überglücklichen Mika in die Arme. Solche Umarmungen sah man jetzt allerorten, und selbst Paare, über die man insgeheim ein wenig gelästert hatte, weil sie schwer verträglich und getrennt glücklicher als vereint erschienen waren, wollten einander auf einmal nicht mehr loslassen.

Alexander, der noch unterrichtete und keinen aktiven Dienst versah, kam mit Melitta, die zur Luftwaffe dienstverpflichtet worden war. Zwar hatte man sie in die Erprobungsstelle Rechlin versetzt, wo sie weiterhin in der Forschung zur Verbesserung der Stukas arbeiten konnte, doch führte sie zu diesem Zweck selbst nächtliche Sturzflüge auf ihrer Junkers Ju 87 durch und riskierte dabei Nacht für Nacht ihr Leben. Ausgerechnet zu dieser Zeit war offenbar die Reichsstelle für Sippenforschung darauf aufmerksam geworden, dass man bei Melitta Gräfin von Stauffenberg nicht nur einen, sondern gleich zwei jüdische Großelternteile unter den Teppich gekehrt hatte.

Die selbstbewusste, immer zuversichtliche Melitta wollte darüber nicht reden. »Sie setzen uns zu, aber wir bekommen das schon geregelt«, war alles, was Alexander dazu sagte.

Claus' Cousin Caesar von Hofacker, der als Oberstleutnant in Paris stationiert war, traf mit seiner Frau und allen fünf Kindern für einige Tage ein, und gleich nach ihm folgte Onkel Nux mit Tante Hupa. Er war im Reichskommissariat für Preisbildung als so eine Art Verbindungsmann zur Wehrmacht tätig, übte mit seinen über sechzig Jahren noch eine höchst wichtige Funktion aus, und von ihm hätte Nina vielleicht am ehesten Jubel erwartet. Er war einfach ein Mensch, der gern jubelte und Jubel und Lebensfreude um sich verbreitete. Außerdem war Alexander, sein Sohn, vom aktiven Dienst zurückgestellt worden und kam mit seiner Familie ebenfalls nach Lautlingen, sodass es reichlich Anlass zum Jubeln gegeben hätte.

Aber Onkel Nux, der immer Fröhliche, jubelte nicht. Er kam Nina vor wie so viele Männer ihrer Kreise, die auf einmal nicht mehr sie selbst zu sein schienen, sondern merkwürdig erloschen wirkten.

Nach einer kleinen Soiree nahm der Onkel Nina beiseite und fragte sie, wie es Claus ginge. »Er hat für seine herausragenden Leistungen in Frankreich ja das Eiserne Kreuz Erster Klasse erhalten«, sagte er. »Bestimmt ist er darauf stolz, und er hat ja auch allen Grund.«

»Sicher«, erwiderte Nina, der Claus in keinem seiner Briefe stolz vorgekommen war. »Er hat wenig Zeit, ich höre nicht viel von ihm.«

Nux' Lachen klang wie ein Krächzen. »Das ewige Leiden der Soldatenfrau. Ich hoffe, wir bekommen ihn in diesem Sommer noch zu sehen. Es würde mir gefallen, mit ihm als anerkanntem Fachmann in Kriegsführung ein paar Gespräche zu führen.«

Berthold, Alexander und die Vettern führten auch allabendlich Gespräche über Kriegsführung, und als Ninas Eltern eintrafen, gesellte ihr Vater sich dazu. Er wurde alt, bemerkte Nina wehmütig. Seit sie einander das letzte Mal gesehen hatten, schien ihr hochgewachsenes Väterchen regelrecht geschrumpft. Sie saß oft im kleinen Salon am Teetisch, während die Männer mit ihren Gläsern im Erker standen und sich unterhielten.

»Frankreich bleibt unglaublich«, hörte sie Berthold sagen. »Ich denke kaum, dass unter den Kapitänen und Obersten irgendwer für möglich gehalten hat, dass unsere Truppen es schaffen. Aber die dummen Admirale, die haben uns immer wieder wie Wanderprediger vorgebetet, der Führer werde es schon machen. Und was ist jetzt? Nach dem Sieg? Da muss man sich hinstellen und zugeben, dass die dummen Admirale am Ende auch noch recht hatten.«

Caesar und Alexander ließen ein etwas schütteres Lachen vernehmen, doch Ninas Vater empörte sich. »Ich finde, wir sollten auf so respektlose Weise nicht von unseren kämpfenden Truppen sprechen«, bekundete er. »Ich bin alt, ich habe meinen Krieg hinter mir, und von modernen Militärstrategien verstehe ich so wenig wie von moderner Politik. Aber mein Schwiegersohn steht in diesem Kampf für sein Vaterland an vorderster Front und wird ausgezeichnet, weil er Großes leistet. Darauf bin ich stolz, und das lasse ich nicht ins Lächerliche ziehen.«

Verblüfft fielen die Übrigen in ein kurzes Schweigen. Dann trat Berthold vor und klopfte Ninas Vater den Arm. »Gut gesprochen, Freiherr«, sagte er. »Natürlich sehen wir das nicht anders als Sie. Aber wir sind eben Claus' Brüder, und Brüder untereinander geben so etwas wie Stolz nun einmal nicht zu, sondern spotten lieber. Das kennen Sie doch sicher. Und außerdem ist der gute Clausi ja kein Admiral.«

Als Ninas Eltern sich wie die meisten übrigen Gäste zurückgezogen hatten, ging Berthold mit Nux überall herum und löschte die Lichter. Dass Nina noch auf der Treppe stand, bemerkten sie wahrscheinlich nicht, als Berthold zu Nux sagte: »Es tut mir in der Seele weh, dass so brave, aufrechte Männer wie der Lerchenfeld getäuscht und um alles betrogen werden, woran sie ihr Leben lang geglaubt haben.«

»Du nimmst mir das Wort aus dem Mund«, sagte Onkel Nux. »Damit, dass dieser Wahnsinnige den Krieg tatsächlich fortführt, bringt er Deutschland in tödliche Gefahr. Er gehört verhaftet und vor Gericht gestellt.«

»Und wir tun nichts«, sagte Berthold.

»Nein«, sagte Nux. »Wir tun nichts. Ich frage mich, was für eine Art Mann man sein muss, um sich dazu durchzuringen, etwas zu tun. Ein Mann wie dieser Elser vielleicht. Einer, der nichts zu verlieren hat.«

Georg Elser war ledig oder geschieden, hatte allein und von der Hand in den Mund gelebt.

»Tu mir einen Gefallen und sprich von alledem nicht zu deiner Schwester«, sagte Berthold zu Nux.

»Zu Caroline?«, rief Nux. »Guter Gott, die ist weit früher aus dem Tiefschlaf aufgewacht als ich und hat das Wesen dieses Menschen längst erkannt.«

»Ich weiß«, sagte Berthold. »Aber sie ist auch temperamentvoller als wir und hier das ganze Jahr über mit allen möglichen Besuchern allein. Ich will mir keine Sorgen darum machen müssen, dass eines Tages die Gestapo vor dem Haus meiner Mutter steht.«

»So weit geht nicht einmal Hitler«, sagte Nux. »Sie ist immerhin eine Gräfin von Stauffenberg. Aber ich verstehe dich. Du kannst dich auf mich verlassen. Gute Nacht, mein Junge.«

Nina ging nach oben, ehe die Männer kamen, und musste an Elisabeth von Thadden denken. Vielleicht täten wir klug daran, einen jeden Machthaber danach zu beurteilen, wie er mit seinen Gegnern umgeht, dachte sie.

Tags darauf kam Claus. Sprang aus seinem Wehrmachtswagen und hatte die Uniformtaschen voller *Stollwerck*-Schokoladetafeln mit Sammelbildern von UFA-Stars. Die gesamte Kinderschar tollte um ihn herum wie um den Rattenfänger von Hameln. Der kleine Berthold aber wurde schließlich ruppig, stieß die anderen aus dem Weg und klammerte sich an Claus' Arm. »Das ist mein Papi, und nicht eurer!«, rief er.

»Aber Berthold«, sagte Claus, »beträgt man sich so vor seinen Cousins und erst recht vor den Cousinen? Du möchtest ja wohl den anderen auch Schokolade gönnen, und diese Bilder von Lilian Harvey, Kristina Söderbaum oder wie die alle heißen, die willst du doch gar nicht haben.«

»Nein, die will ich nicht«, sagte Berthold trotzig und schlang die Arme um Claus' Mitte wie eine Kette. »Aber dich.«

Nina war sicher, jeder der anderen Väter hätte den Jungen zurechtgewiesen, ihm womöglich sogar eins hinter die Ohren verpasst. Claus aber hob seinen Sohn in die Höhe und drückte ihn mit einer Zärtlichkeit an sich, wie sie sonst, zumal in der Öffentlichkeit, nur Mütter für ihre Kinder aufbrachten. Er zerzauste ihm das Haar, lächelte ihn an und machte diesen Moment zu einem, der niemandem außer Berthold und Claus gehörte, der alle anderen ausschloss.

Heb dir das auf, verschließ es in deiner Erinnerung, hätte Nina ihrem Sohn zurufen wollen und musste an einen Moment denken, als sie mit ihrem Vater am Waldrand gesessen und ihren Pferden beim Grasen zugesehen hatte. Heb dir für immer auf, wie bedingungslos dein Vater dich lieb hat, denn das macht dich zu einem Menschen, den nichts und niemand von sich selbst wegbringen kann.

»Also gut, Kamerad«, sagte der lächelnde Claus zu Berthold. »Schließen wir einen Handel: Du bekommst mich und die anderen die Schokolade. Einverstanden?«

Berthold nickte tapfer, und Claus, der ihn noch immer auf einem Arm hielt, langte in seine Taschen und drückte ihm die Tafeln in die kleinen Hände. Wie ein Clown, der auf einer Kindergesellschaft einen Bonbonregen veranstaltete, warf Berthold die begehrten Süßigkeiten in die Höhe und sah zu, wie seine Brüder, Cousins und Cousinen sich darauf stürzten. Vater und Sohn tauschten einen Blick wie Verschwörer, dann trug ihn Claus die Stufen hinauf und küsste Nina mit ihrem Ältesten auf dem Arm.

Die Urlaubstage, die sie alle zusammen verbrachten, waren nicht unbeschwert, aber leuchtend. »Es ist gut, dass wir die Kinder hierhaben«, sagte Claus' Mutter zu ihren Schwiegertöchtern, während sie am Seeufer picknickten und den Männern und Kindern zuschauten, die lachend und kreischend in das eisige Wasser sprangen. »Wenn Kinder da sind, reißt man sich zusammen, und wenn man sich zusammenreißt, beschleicht einen auf einmal der Eindruck, die Welt könne so verrückt, wie sie sich gebärdet, gar nicht sein.«

Außerdem fiel es schwer, ernst zu bleiben, wenn Kinder lachten und ein halbes Dutzend staatstragender Männer sich wie Kinder gebärdeten, fand Nina. Es gab immer alle Hände voll zu tun, man brauchte nie still zu sitzen, wenn man nicht wollte, und schon gar nicht zu grübeln. Nina schoss etliche Bilder mit ihrer Kamera, und wer auch immer ebenfalls eine besaß, der knipste mit. Aus keinem anderen Sommer würden sie später so viele Bilder betrachten können wie aus diesem. Claus und ihr Vater spannten für die Kinder einen Ponywagen an und erlaubten Berthold, auf dem gescheckten Pony zu reiten. Wenn sie abends alle im Haus um den Esstisch saßen, hörte man fröhlichen Familienlärm und blickte ringsum in strahlende, sonnenverbrannte Gesichter. Waren die Kinder im Bett, blieben die Erwachsenen noch auf und spielten alberne Spiele oder tanzten, bis sie so erschöpft waren, dass sie hofften, schlafen zu können.

Gingen Nina und Claus nach oben in ihr Schlafzimmer, das einst sein Jugendzimmer gewesen war, so sagte er: »Lass mich dich lieben. Reden können wir in der letzten Nacht.«

Nina war bereits aufgefallen, dass er das dünne Heft diesmal nicht auf ihren Nachttisch gelegt hatte. Als sie ihn danach fragte, sagte er: »Ich will es dir jetzt nicht geben. Diese Tage sind so schön, und du bekommst unser Kind. Ich hebe es für dich auf, bis unsere Valerie auf der Welt ist.«

Ein wenig erzählte er ihr zwischendurch. Er war jetzt in Ostpreußen stationiert, wo ein neues Hauptquartier für das Oberkommando des Heeres entstand, in der Masurischen Seenplatte, bei einem Ort namens Mauerwald.

»Es ist so schön dort. Die Leute aus Ostpreußen behaupten ja immer, bei ihnen ist der Himmel höher als anderswo.«

»Und stimmt es?«

Claus lachte. »Nein. Aber irgendetwas hat dieses Ostpreußen an sich, dass man es schön findet und dass man über diese Schönheit seltsam traurig ist.«

»Und was machst du den ganzen Tag in deinem schönen, traurigen Ostpreußen?«

»Ach, was man eben so macht als Generalstabsoffizier. Versorgungspläne erstellen. Befehlsbefugnisse und Zuständigkeiten prüfen. Sich langweilen und sich nach Nina sehnen.«

»Ich bin jedenfalls dankbar, dass du nicht mehr kämpfen musst«, sagte Nina.

»Ja, das ist wohl ein Grund, dankbar zu sein«, erwiderte Claus. »Auch wenn mir Kämpfen ehrlicher vorkommt, als dazusitzen und darüber zu entscheiden, wie andere es tun sollen.«

»Aber vielleicht wird doch überhaupt nicht mehr lange gekämpft«, entfuhr es Nina, obwohl sie das nicht hatte sagen und sich die Hoffnung nicht hatte nehmen lassen wollen. »Gesiegt haben wir ja wohl im Westen wie im Osten auf der ganzen Linie, und Berthold sagt, einen Feldzug gegen England wird es nicht geben.«

»Nein«, sagte Claus. »Da hat Berthold wohl recht.«

Ein Blick in sein Gesicht machte ihre Hoffnung zunichte. Dazu brauchte sie das dünne Heft nicht.

»Bitte frag mich nicht weiter«, sagte er.

Sie fragte ihn nicht. Auch nicht in der letzten Nacht, ehe er zurück in sein Ostpreußen musste. Stattdessen überkam sie, nachdem sie sich noch einmal geliebt hatten, mit plötzlicher Heftigkeit ein Drang zu weinen, der sich nicht aufhalten ließ. Zwar hatte sie nicht einmal als Kind zu Weinerlichkeit geneigt, aber in ihren Schwangerschaften kannte sie zuweilen von sich solche Anwandlungen.

Claus nahm sie in die Arme und ließ eine Weile hilflos tröstliche Worte auf sie niederrieseln. Als er jedoch erkannte, dass er damit nichts bewirkte, hielt er sie lediglich fest und wiegte sie, bis der Tränenstrom verebbte.

»Mein armes Kleines«, sagte er, obwohl er sie so noch nie genannt hatte. »Ich habe nicht gewusst, wie es mir das Herz umdreht, wenn du so weinst. Ist es, weil ich dir gar nichts sagen kann und weil dir das Angst macht?«

»Ja, ich habe Angst«, sagte Nina nun wieder ruhig. »Und es ist auch richtig, welche zu haben, denn wenn ich keine zu haben bräuchte, würdest du es mir ja sagen.«

Sie machte eine kleine Pause, war jedoch sicher, dass er ihr nicht widersprechen würde, und er tat es auch nicht.

»Mit der Angst muss ich leben«, sagte sie. »Wir alle.«

»Ja«, sagte er, »das ist aus unserem Leben gemacht worden, und sich dagegen aufzulehnen, hilft ja nichts. Aber wir haben auch Glück, nicht wahr, Nina? Diese Tage mit dir, mit euch allen – für mich waren sie so voller Glück, dass ich das andere jetzt auch wieder aushalten will. Es ist nur gerecht.«

»Für mich waren sie auch voller Glück«, sagte Nina, erkannte, wie müde er aussah, und küsste seine schweren Lider. »Du brauchst nichts mehr zu sagen, wenn du nicht willst. Es geht mir jetzt besser.«

Er ließ die Augen geschlossen und streichelte ihren Bauch. »Unsere Valerie kommt im November, richtig?«, fragte er.

»Zumindest allem zufolge, was wir über die Empfängnis, Reifung und Geburt von Kindern wissen«, sagte Nina. »Der Lektüre des viel gepriesenen Buchs von Frau Haarer habe ich mich verweigert, aber von Februar bis November rechnen kann ich trotzdem.«

»Und du willst sie wie die Jungen in Bamberg bei deiner Mutter zur Welt bringen?«

»Das hat nun schon Tradition«, antwortete Nina.

»Ist gut«, sagte Claus. »Als wir die Kleine gemacht haben, weil ich sie mir so sehr gewünscht habe, habe ich dir gesagt, dass der Krieg bestimmt schon vorbei ist, wenn sie auf die Welt kommt. Das habe ich nun nicht halten können, und es war ja auch kein Versprechen, aber etwas anderes verspreche ich dir: Zur Geburt bin ich bei euch in Bamberg. Bei dir und Valerie. Das ist ganz fest versprochen, und du weißt ja: Ein Stauffenberg bricht sich den Arm, aber nicht sein Wort.«

Zu Kalauern hatte er sich früher nie hinreißen lassen, aber

vielleicht kam das durch den ständigen Umgang mit Soldaten. Sie hätte ihm sein Versprechen lieber zurückgegeben, weil dessen Erfüllung ja kaum in seiner Hand lag, und sie wusste, wie viel ihm an diesem Dogma, sein Wort nicht zu brechen, lag. Er aber war schon dabei, mit dem Kopf auf ihrer Schulter einzuschlafen, und als sie am nächsten Morgen erwachte, war er bereits fort.

Valerie Ida Huberta Caroline Anna Maria Schenk Gräfin von Stauffenberg kam am Morgen des 15. November 1940, dem dreiunddreißigsten Geburtstag ihres Vaters, in Bamberg zur Welt und war das einzige seiner Kinder, das die Farbe seiner Augen geerbt hatte. Besagter Vater hatte am Abend zuvor gegen zehn an der Tür des Lerchenfeld'schen Hauses Sturm geklingelt und, als sein Schwiegervater ihm öffnete, erklärt: »Ich bin es. Claus. Ich bin gekommen, um Geburtstag zu feiern, und ich bringe *Vol de Nuit* für meine Damen.«

27

Caroline
1941

Sie hatte sich wieder einen Hund ins Haus geholt, einen Schäferhundmischling, den ihre Nachbarn nicht hatten behalten können. Sie hatten geklagt, das Tier sei im Haus nicht zu halten, sondern attackiere die Beine der Möbel. »Am besten bringen Sie ihn in einer Hütte an der Kette unter«, hatte der Mann ihr geraten.

Caroline nahm den Hund mit in ihr Haus, ließ ihn in dem Korb, der Rex und zuvor ihren anderen Hunden gehört hatte, in ihrem Schlafzimmer schlafen und dachte über einen Namen für ihn nach. Er hieß Attila, was ihr missfiel, weil es martialisch und nach einem zertrümmerten Saal voller toter Nibelungenhelden klang. Nina schlug Aramis vor, das war akzeptabel. An Beinen von Möbeln hatte der Hund Aramis kein Interesse. Vermutlich hatte er nur seinem martialischen Namen alle Ehre machen wollen.

Zu Weihnachten hatte Claus keinen Urlaub bekommen, was Caroline vorkam, als wäre gar nicht richtig Weihnachten. Sie hatte den Trompeterengel mit dem abgebrochenen Flügel in den Baum gehängt, hatte ihn dann aber spontan wieder heruntergenommen und zurück in ihre Kleidertasche gesteckt. Sie trug ihn die gesamten Weihnachtsfeiertage über in den Taschen wechselnder Roben, und weil der Winter danach endlos lang und dunkel erschien, trug sie ihn auch dann noch bei sich.

Im März, noch ehe der Frühling sich zeigte, wurde General Rommel mit Truppen der Wehrmacht nach Nordafrika geschickt, um dort den Verbündeten Italien, der eine

Schlacht nach der anderen verlor, zu unterstützen. Weitere Truppen marschierten im April, am Tag vor Carolines sechsundsechzigstem Geburtstag, in Griechenland und Jugoslawien ein, und allmählich fragte sich Caroline, wie viele Truppen der Wahnsinnige noch aus seinem nie leer werdenden Hut zaubern würde, um in Länder zu marschieren, in denen er nichts zu suchen hatte. Waren in Deutschland überhaupt noch Männer übrig, die gewöhnlichen Berufen nachgingen, beispielsweise dafür sorgten, dass Nahrungsmittel hergestellt und an Menschen verkauft wurden?

Ihren Geburtstag hatte sie in diesem Jahr nicht feiern wollen, hatte Kinder, Neffen, Nichten und selbst ihren Bruder gebeten, sich nicht die Mühe eines Besuchs zu machen, aber dann in der Abenddämmerung, als der Geburtstag so gut wie überstanden war, kam ihr Sohn Claus in seinem langen Uniformmantel den Gartenweg herauf.

Caroline, die sich vor Dienstboten unter keinen Umständen gehen ließ, unterdrückte einen Schrei. Aber sie rannte. Rennen war gerade noch vertretbar, fand sie, selbst mit sechsundsechzig, und außerdem rannte Aramis ihr voraus, sodass sie notfalls alles auf den Hund schieben konnte.

»Claus!«

»Duli.«

»Wo kommst du denn her, du ganz und gar verrückter Mensch?«

»Geradewegs aus Ostpreußen.« Er roch nicht mehr wie ihr Sohn Claus, aber er lächelte noch so. »Und zwar ohne ein einziges Mal anzuhalten.«

»Du bist wirklich verrückt.«

»Und du bist jetzt doppelt so alt wie ich. Wir beide mit einer Schnapszahl. Da musste ich doch kommen.«

»Und wie lange kannst du bleiben?«

»Zum Abendessen. Und wenn wir uns damit beeilen, noch bis morgen früh zum Frühstück.«

Sie hätte ihn in seinem Zimmer einschließen wollen wie als kleinen Jungen, als er vereiterte Mandeln gehabt und hoch gefiebert hatte, aber um jeden Preis mit seinen Brüdern in die Schule gehen wollte.

»Abendessenszeit ist längst vorbei«, sagte sie und zog ihm die Mütze vom Kopf.

»Ich weiß. Aber meine Duli lässt mich nicht verhungern. Selbst wenn ich ohne Blumen und so gut wie ohne Geschenk gekommen bin.«

Sie gab in der Küche Bescheid, dass rasch Käse und kaltes Fleisch aufgetragen werden sollten, öffnete eine Flasche von ihrem teuersten und für die Tageszeit viel zu schweren blauen Burgunder und fand, als sie sich mit ihm an eine Ecke des langen, unzureichend gedeckten Tisches setzte, es sei der schönste Geburtstag ihres Lebens.

Der war es natürlich nicht, denn es hatte ja zahllose Geburtstage gegeben, an denen das Dreigespann ihrer Kinder noch daheim und ihre Familie vollzählig gewesen war. Aber er war es diese eine kleine Weile lang.

Ein Geschenk hatte er ihr tatsächlich nicht mitgebracht, und seinen Schmerz darüber sah sie ihm an. Ausgerechnet er, der sich als Kind und auch noch als junger Mann schier überschlagen hatte, um für seine Duli die allerschönsten, aufwendigsten Gaben vorzubereiten, und wochenlang mit Heimlichkeiten beschäftigt gewesen war.

»Sag nicht: Dass ich gekommen bin, ist dir Geschenk genug«, bat er sie. »Ich bin um meinetwillen gekommen. Weil ich es wollte. Weil ich musste.«

»Wenn dir eines Tages eines deiner Kinder so etwas sagt, wird es dir auch Geschenk genug sein«, sagte sie. »Es wird ein Geschenk sein, bei dem du dich fragst: Und womit habe ich das nun verdient?«

»Die Frage kannst du dir hoffentlich selbst beantworten«, sagte Claus. »Denn wenn ich es tun soll, dann bin ich in drei

Wochen noch nicht zurück im Mauerwald, sondern sitze hier und zähle Gründe auf.«

»Und führe mich nicht in Versuchung«, warnte sie.

Er griff in seinen Tornister und förderte eine Fotografie in einem Papprahmen zutage. »Weniger als nichts«, sagte er und gab sie ihr. »Aber falls du mal Sehnsucht nach deinem schnöselhaften jüngsten Sohn bekommst.«

Die Sehnsucht nach meinem schnöselhaften jüngsten Sohn bringt mich an manchen Tagen ziemlich um den Verstand, dachte Caroline. Und all die Bilder, die sie in Alben, auf Simsen und an Wänden von ihm besaß, halfen dem nicht ab. Auch nicht das Gemälde, das sie beide zusammen zeigte, Claus als Vierjährigen mit langen Locken und sie selbst mit halb gelöster Frisur, so innig vereint, als wäre kein Maler im Raum gewesen, für den sie stundenlang hatten still sitzen müssen.

Das Bild, das sie jetzt in der Hand hielt, war nicht sonderlich scharf und sichtlich eine Amateuraufnahme. Es zeigte ihn hinter einem Schreibtisch, in einem nüchtern eingerichteten Zimmer, das zweifellos sein Büro in diesem Mauerwald war. Die einzige Dekoration, den es in dem Raum zu geben schien, war ein großformatiges Gemälde von Hitler, das in einem verschnörkelten Rahmen über dem Schreibtisch hing.

Caroline sah erst das Bild an und dann Claus. Ihre Söhne hatten sie wieder und wieder regelrecht angefleht, zu dem Thema zu schweigen, aber hier war sie allein mit ihm, allein mit ihrem Claus, und hier war ihr kein Schweigen mehr möglich. Sie tippte auf das Gemälde. »Womit ich *den* verdient habe, weiß ich allerdings auch nicht.«

Unter seinem Auge zuckte ein Muskel. »Ich habe schon gelegentlich gehört, ein jedes Volk bekomme letzten Endes die Führer, die es verdient«, sagte er.

»Das mag sein«, erwiderte Caroline. »Aber ich bin kein Volk. Ich bin ich. Bestimmt in diesem Hauptquartier jemand darüber, wie die Generalstabsoffiziere ihre Arbeitszimmer einrichten? Kannst du das nicht abnehmen?«

»Ich könnte schon«, sagte Claus. »Aber ich will nicht.«

»Mach mir nichts vor«, fuhr sie ihn an. »Wir wissen beide, dass keiner von uns ein solcher Dummkopf ist.«

»Ich bin Soldat«, sagte Claus. »Vielleicht entspricht das ja deiner Definition von Dummkopf.«

»Und weil du Soldat bist, hängst du diesem Menschen an? Diesem Wahnsinnigen, dessen militärische Strategie darin besteht, wahllos seine Truppenstärke in der Welt zu zerstreuen, statt sie zu bündeln, Männer in allen Himmelsrichtungen in den Tod zu schicken, um seinen Größenwahn zu füttern? Willst du mir das einreden, du, ein gefeierter Stratege und militärischer Denker?«

»Weil ich Soldat bin, habe ich dem Führer, den du *diesen Menschen* nennst, die Treue geschworen«, sagte er und schob ihr sein Glas hin, das ebenso wie ihres leer war. »Lass uns nicht streiten, ich bitte dich. Lieber trinken wir noch ein Glas, weil man mit diesem paradiesischen Saft im Blut so herrlich schläft, einverstanden?«

Er beugte sich vor, lehnte sekundenlang seine Wange an ihre, und sie seufzte und ließ ihn noch einmal einschenken. Ehe sie zu Bett gingen, redeten sie nur noch von Nina und den Kindern und tauschten Neuigkeiten von den verschiedenen Verwandten aus.

In der Frühe aß er kaum etwas, trank nur Kaffee und war schon wieder fertig zum Aufbruch.

»Ich begleite dich nicht noch nach draußen«, sagte Caroline, hielt sich mit einer Hand am Halsband ihres Hundes fest und vergrub die andere in der Tasche ihrer Strickjacke. »Ich verabschiede mich hier von dir und stehe nicht an der Tür, um dir zu winken.«

»Ist gut, Duli. Du Liebe.« Er legte die Arme um sie und zog sie sachte an sich.

In ihrer Tasche ertastete sie die Konturen des Trompeterengels und hatte ihn schon umfasst, um ihn ihm zu geben, doch dann brachte sie es nicht über sich. Sie fühlte sich kindisch und sentimental, aber wenn sie Claus jetzt wieder gehen lassen musste, konnte sie nicht auch noch den Engel weggeben.

Ich bin dir in deinem Leben schon so manches gewesen, dachte sie. Von der Krankenpflegerin bis zur Dichterfreundin, und ich kann noch eine Menge anderes sein, wenn du willst, aber deine Heldenmutter werde ich nicht sein. Du hast nicht das Recht, mich zu zwingen. Nicht einmal du. Du hättest dir eine andere suchen müssen.

»Es war schön bei dir«, sagte er.

»Es war schön, dass du da warst«, antwortete sie und beschloss, nicht ›Pass auf dich auf‹ hinzuzufügen, denn es erklärte einem ja nie jemand, wie man das eigentlich anfangen sollte.

Sie glaubte schon, sie hätten die Zeremonie des Abschieds überstanden und er würde jetzt gehen, da zog er sie plötzlich noch einmal zu sich und wisperte an ihrem Ohr: »Das Hitler-Porträt in meinem Büro nehme ich nicht ab, weil ich will, dass die Männer, die hereinkommen, es sich ansehen. Weil ich darauf hoffe, dass so viele wie möglich von ihnen den Wahnsinn in seinem Blick erkennen.«

Er reiste ab. In den zwei Monaten, die folgten, hörte Caroline nichts von ihm, und wann immer sie Nina sprach und nach ihm fragte, antwortete diese, sie habe auch nichts gehört.

»Es gibt diese Zeiten, in denen Claus nicht zum Schreiben kommt«, erklärte sie.

»Mein Sohn Claus? Eher kommt der nicht zum Essen. Der lebt doch gar nicht, wenn er nicht schreibt.«

»Aber er kann nicht alles in Briefe an uns schreiben«, erklärte Nina. »Manches muss er für sich behalten. Zumindest für den Moment.«

»Ich verstehe«, sagte Caroline und spürte, wie ihr Magen sich ballte, als hätte sie in ihrem Bauch eine Faust.

Eine Woche später, am 22. Juni, brach Hitler den Pakt, den er geschlossen hatte, und überfiel mit seiner Wehrmacht die Sowjetunion.

28

Claus
1942

Die Männer an der Ostfront starben nicht im Geschützfeuer. Sie erfroren oder verreckten an Infektionskrankheiten, weil es ihnen an Kleidung für die Temperaturen des russischen Winters fehlte. Vorsorge war lediglich für die achtundfünfzig Divisionen getroffen worden, die nach dem endgültigen Sieg Russland hätten besetzen sollen. Dieser endgültige Sieg war ausgeblieben. Es hatte zwar anfängliche Erfolge gegeben, doch seit Monaten stagnierte das Schlachtgeschehen, hielten die Gegner einander in einem tödlichen Schwitzkasten. Die Winterausrüstung der Wehrmacht lagerte in Polen, wo sie niemanden wärmte. Hitler und Goebbels veröffentlichten im *Völkischen Beobachter* Spendenaufrufe, die klangen, als hätten die beiden ihr viel gepriesenes Pervitin geschluckt:

› *Warme Wintergaben für unsere geliebten Soldaten!*
Der Wintereinbruch kam in diesem Jahr allzu früh,
aber die Heimat wird die Front beschenken!‹

Wurden nun tatsächlich längst überknappe Transportmittel vergeudet, um Pudelmützen und handgestrickte Socken, die die Leute auf die Sammelstellen schleppten, zu den Männern vor Leningrad und Gorki zu karren, denen es in der Eiseskälte am Nötigsten fehlte?

Claus saß an seinem Schreibtisch in Mauerwald und wünschte, er hätte über seinen Berechnungen und Aufzeichnungen verzweifeln dürfen. Er hatte diese Männer in den

Tod geschickt! Dass nur für achtundfünfzig Divisionen angemessene Kleidung bereitgestellt worden war, dass nur bei einem im Herbst vollendeten Sieg die Materialien ausgereicht hätten, hatte er gewusst! Er hatte noch so vieles mehr gewusst, und er hätte nach Berlin melden müssen, dass eine Fortsetzung des Krieges im Osten unter diesen Umständen nicht möglich war.

Im Juli 41, drei Wochen nach dem Einmarsch, wenn er für gewöhnlich mit Nina und den Kindern in Lautlingen Räuber und Gendarm spielte, war er in das Gebiet zwischen Orscha und Smolensk gereist. Bei den kommandierenden Generälen der Panzergruppe 2 hatte er sich nach der Versorgungslage erkundigen und vom Zustand der Truppe überzeugen sollen.

Was er sah, erschreckte ihn, obwohl er überzeugt gewesen war, dass ihn nicht mehr viel schrecken konnte. Dass der Feldzug auf einer völlig verworrenen Planung beruhte, dass Divisionen in alle Richtungen gehetzt wurden, ohne dass auch nur klar war, ob das wichtigste Ziel der Kaukasus, Moskau oder Leningrad sein sollte, hatte er für das Schlimmste gehalten, aber was er vor Ort zu sehen bekam, war bei Weitem schlimmer: Die Männer waren ausgelaugt, von den ständigen Durchbruchskämpfen an die Grenzen ihrer Kraft getrieben. Sie hatten in der Schlacht um Kiew einen Großteil ihrer Panzer und Fahrzeuge verloren, meldeten Waffenausfälle, die nicht ersetzt werden konnten, und die Transportwege für die Versorgung mit Proviant wurden wieder und wieder unterbrochen. Die gesamte Truppe, über die Claus Bericht erstatten sollte, befand sich in keinem Zustand mehr, in dem man sie in ein Gefecht schicken konnte. Und dabei war Sommer, und der Feldzug dauerte noch keine vier Wochen.

Generalleutnant von Loeper, der die 10. Infanteriedivision der Panzergruppe befehligte, zog sich mit ihm in einen zum Teil von Wald geschützten Gefechtsstand zurück.

»Ich mache mir Sorgen, Stauff«, sagte der Mann, unter dessen Führung er sich vor Jahren die ersten Sporen verdient hatte und dem er auch jetzt noch auf eine schwer zu beschreibende Art vertraute. »Natürlich möchte ich keine Zweifel daran äußern, dass wir diesen Krieg gewinnen werden. Unsere bisherigen Erfolge sind schließlich mehr als nur imposant. Lediglich was den Zeitplan angeht, bin ich mir uneins. Sie erinnern sich daran, dass Generalleutnant Paulus vor dem Einmarsch von einem Winterfeldzug sprach?«

Claus nickte. Er erinnerte sich ebenso daran, dass Hitler den Einwand von Paulus, der im Generalstab des Heeres als Oberquartiermeister fungierte, als törichtes Gerede abgetan und die Verwendung des Wortes Winterfeldzug mit sofortiger Wirkung untersagt hatte.

»Ich denke, es könnte nun doch etwas länger dauern als erhofft, auch wenn unsere bisherigen Erfolge natürlich beachtlich sind. Die Männer sind ungewöhnlich erschöpft. Ich habe Angst, dass man uns unsere Panzerkorps zu Tode hetzt, während der Feind frische Truppen heranführen und sie auf kurzen Wegen viel leichter versorgen kann. Ich kann mir nicht helfen, Stauff, und ich weiß, Sie kreiden es mir nicht an …«

»Was kreide ich Ihnen nicht an?«

»Dass mir dies hier vorkommt, als hätten wir es mit einem Kind zu tun, das um jeden Preis sein Spielzeug kaputt machen will«, antwortete Loeper und wandte sich ab. »Helfen Sie, wenn Sie können, Stauff. Helfen Sie, ehe es zu spät ist.«

Aber er hatte nicht geholfen. Er war zurück nach Mauerwald gefahren und hatte einen Bericht verfasst, in dem von ›Problemen‹ die Rede war, aber nicht von einer desolaten Lage. Der Sommer war zu Ende gegangen, ohne dass der viel beschworene Sieg errungen worden war. Danach war der Schlamm gekommen, und in dessen Gefolge das Eis und der Schnee.

Claus schloss die Augen und hieb mit beiden Fäusten auf die Tischplatte ein, auf der Blätter mit Tabellen und Berechnungen ausgebreitet lagen. Er hatte diese Männer, die in den langen Wintermonaten elendig krepiert waren, auf dem Gewissen, er hatte ihre Mütter auf dem Gewissen, die damit leben mussten, dass ihre Söhne in der hart gefrorenen Erde nicht einmal begraben werden konnten, er hatte ihre Frauen und Kinder auf dem Gewissen, Familien wie Nina und ihre vier Spatzen, die auf einen Vater warteten, dessen Überreste in Russland vermoderten.

Auf dem Gewissen.

Hatte er überhaupt noch eines?

Und im Dezember waren die USA in den Krieg eingetreten, erhoben sich wie ein weiterer Goliath vor einem David, der sich nach einer unvergleichlichen Kette von Triumphen für unbesiegbar hielt.

Aber David war ein guter Mensch gewesen. Er hatte in einem aussichtslosen Kampf den Sieg davongetragen, weil Gott auf seiner Seite stand.

Ein deutscher Generalstabsoffizier hingegen musste sich schämen, den Namen Gottes auch nur noch einmal in den Mund zu nehmen.

Wieder hieben seine Fäuste in einem verzweifelten Trommelwirbel auf die Schreibtischplatte. Er wollte hier nicht bleiben, nicht in einem warm geheizten Büro sitzen und Männer zum Tod verurteilen. Lieber wollte er an die Front zurück. An irgendeine. Nur nicht länger an dieser bleiben, wo Tausende seine Hilfe brauchten und er sie ihnen verwehrte.

Es war fast April. Es wurde selbst in Russland wärmer, und dann blieben ihm die paar Monate des Sommers, um zu handeln, um den Wahnsinn dieses Feldzugs zu einem Ende zu bringen.

Aber was sollte er tun?

Was nur?

Ein paar halbherzige Vorschläge hatte er in Kreisen, in denen er sich zumindest ansatzweise sicher fühlte, durchaus unterbreitet, aber geführt hatten diese zu nichts. Was nicht weiter verwunderlich war: Claus hatte andeutungsweise die Möglichkeit erwähnt, Hitlers engste militärische Berater auszutauschen, da ihm diese ihren Aufgaben nicht gewachsen schienen. Zur Antwort erhalten hatte er beinahe so etwas wie Spott: Weshalb sollte ein solcher Austausch auch nur in Erwägung gezogen werden, wo doch Hitler bei der Auswahl seiner Berater ganz offensichtlich ein glänzendes Urteilsvermögen bewies und einen Sieg nach dem anderen errang.

Ja, gewiss, in Russland kam man etwas langsamer voran als erhofft, doch es konnte ja wohl niemand etwas für schlechtes Wetter. Und trotz allem trafen noch immer genug Siegesmeldungen ein, um der Bevölkerung zu versichern, dass Hitler mit seiner Taktik richtiglag.

»In der englischen Presse stellt man sich inzwischen die Frage, ob es überhaupt möglich ist, einen Sieg über Hitlers Truppen zu erringen«, hatte Julius Speer berichtet, ein Forstwissenschaftler, der als einfacher Soldat zur Truppe gekommen und für seine außerordentlichen Verdienste in Frankreich bis in den Generalstab aufgestiegen war. Claus kannte den zwei Jahre älteren Offizier bereits aus Schulzeiten und schätzte ihn sehr. »So leid es mir tut, Stauff«, fuhr Speer fort. »Aber ein wenig Herumdoktern am Beraterstab wird nicht genügen.«

Nein, dachte Claus, natürlich konnte ein derart verzagter Versuch niemals genügen. Andere hatten viel mehr gewagt und waren trotzdem gescheitert:

Sein alter Freund Albrecht Mertz von Quirnheim hatte sich beispielsweise in eine offene Auseinandersetzung mit Alfred Rosenberg, dem Reichsminister für die besetzten

Ostgebiete, begeben, weil er die unmenschliche Behandlung der Zivilbevölkerung in diesen Ländern nicht länger dulden mochte. »Wir beschmutzen den Namen Deutschlands«, hatte er gesagt, und Claus hatte ihn für seinen Mut unendlich bewundert. Erreicht aber hatte auch Albrecht nichts, hatte sich eine strenge Verwarnung eingefangen und konnte froh sein, dass ihm aufgrund seiner Verdienste Schlimmeres erspart geblieben war.

Erich Hoepner, Claus' einstiger Kommandant, war noch einen Schritt weiter gegangen. Als Befehlshaber seiner Division in der mörderischen russischen Winteroffensive hatte er den Befehl, unter allen Umständen durchzuhalten, ignoriert und seine Leute in einen taktischen Rückzug geführt. Damit hatte er Leben gerettet, doch der Preis war atemberaubend: Der hochdekorierte Generaloberst war wegen »Feigheit und Ungehorsam« aus der Wehrmacht ausgestoßen worden und hatte das Recht, eine Uniform zu tragen, auf Lebenszeit verwirkt.

Könnte ich es über mich bringen, jemals so zu handeln?, fragte sich Claus. Schande über meine Familie bringen, ertragen, dass auf meine Kinder, die in mir ihren Helden sehen, mit dem Finger gezeigt wird? Nina, meine elegante Nina mit ihren rot gemalten Lippen und ihrem französischen Parfüm in eine ungewisse Zukunft, gar in Armut stoßen?

Nein, das durfte er nicht. Durfte nicht andere, schon gar nicht Nina und die Kinder dafür verantwortlich machen, dass er zu feige war, eine Entscheidung zu treffen. Wieder schlug er mit den Fäusten auf den Tisch, dass der bronzene Adler auf der Schreibgarnitur hüpfte. Vergeudete Energie. Vor Verachtung für sich selbst hätte er um ein Haar gelacht.

Unter seinem Getrommel hörte er kaum, wie es klopfte. Erschrocken hielt er inne. Setzte sich auf und fuhr sich mit der Hand durch sein zerrauftes Haar.

»Herein.«

Julius Speer war es. »Mein Hauptmann?« Zackig salutierte er. »Dürfte ich Sie kurz sprechen?«

»Schließ die Tür und nenn mich Stauff«, sagte Claus.

Speer tat, wie ihm geheißen, und setzte sich auf die Ecke von Claus' Schreibtisch. »Um ehrlich zu sein, bin ich genau mit dieser Absicht gekommen«, sagte er. »Um ein zwangloses Gespräch unter alten Freunden zu führen, für das es allerdings Vertrauen braucht.«

Claus überlegte blitzschnell. Aus einer Schublade förderte er ein Päckchen Zigaretten zutage. »Lust zum Rauchen?«, fragte er. Claus war kein großer Raucher, aber die filterlosen *Yenidze*-Zigaretten, die Nina so liebte, kaufte er aus reiner Sentimentalität. »Hier drinnen rauche ich nicht, weil ich von kaltem Rauch Kopfschmerzen bekomme«, behauptete Claus. »Aber wenn dir der Regen nichts ausmacht, können wir uns hinten zu den Krafträdern stellen.«

Julius verstand. Mit der Zigarettenschachtel zogen sie hinter das Gebäude, wo sich unter einem Wellblechdach Ständer für mehrere Motorräder befanden. Es war kühl, regnete aber nur leicht. Der Frühling kam mit Verspätung, und der graue Himmel ließ nichts ahnen, doch sehr weit konnte er nicht mehr sein.

»Stehst du mit Generaloberst Beck in Kontakt?«, fragte Julius Speer geradeheraus, kaum dass sie ihre Zigaretten angezündet hatten.

Claus schüttelte den Kopf.

»Er hält große Stücke auf dich«, sagte Julius. »Er sagt, ihr seid euch vor ein paar Jahren in Wuppertal begegnet.«

»Das ist richtig. Daran hatte ich gar nicht mehr gedacht.« In Wahrheit war ihm jene Nacht unvergesslich. Die blutigen Füße des jüdischen Mädchens, die winzige Abdrücke auf Hoepners hellem Parkettboden hinterlassen hatten, glaubte er in mancher Nacht tappen zu hören.

»Und Oberstleutnant von Tresckow«, sprach Julius weiter. »Der hält auch große Stücke auf dich. Er sagt, er ist von deinen Fähigkeiten beeindruckt und sieht in dir einen Mann, der Gefahren zu erkennen und einzuschätzen versteht.«

Henning von Tresckow war Erster Generalstabsoffizier der Heeresgruppe Mitte. Bei seiner Inspektionsreise im vergangenen Sommer war Claus ihm bei der weißrussischen Stadt Borissow begegnet. Sowohl mit ihm als auch mit seinem Ordonnanzoffizier, Leutnant Fabian von Schlabrendorff, hatte er sich auf Anhieb verstanden. Es war, als spürten die drei Männer etwas Verbindendes in ihrer Haltung, was auch daran liegen mochte, dass sie ähnlichen Gesellschaftsschichten entstammten und mit denselben Werten aufgewachsen waren.

Tresckows Familie war protestantisch, preußisch und militärisch streng, was sich unter anderen Umständen mit der schwäbischen Lebensart der Stauffenbergs und ihrem katholischen Glaubensbekenntnis schlecht vertragen hätte. Beide hatten jedoch Begriffe wie Treue, Anstand und Tradition mit der Muttermilch eingesogen, und beiden war es selbstverständlich, ihr Leben danach auszurichten. Wie seinerzeit in Hoepners Wohnung, bei dem sonderbaren Gespräch über Cognac, wurde Claus das Gefühl nicht los, das Tresckow ihn aushorchen wollte. Anders als damals machte es ihn jedoch nicht beklommen, weil ihm selbst daran gelegen war, herauszufinden, wo der andere stand.

Tresckow hatte als sechzehnjähriger Freiwilliger in den letzten zwei Jahren des letzten Krieges gedient, war über die Niederlage des Reiches am Boden zerstört gewesen und hatte zunächst vorgehabt, in der reduzierten Reichswehr zu verbleiben. Später hatte er sich an einem Studium der Rechte versucht wie Claus' Bruder Berthold, war jedoch in den Heeresdienst zurückgekehrt und hatte nach allem, was Claus wusste, Hitlers Ernennung begeistert begrüßt.

»Die Schmach von Versailles sollte ausgelöscht werden«, hatte er vor sich hin gemurmelt, als er in Borissow mit Claus und Schlabrendorff zu Abend gegessen hatte. »Haben wir als junge Offiziere darauf nicht alle gehofft? Wir wollten wieder jemand sein. Uns unserer Uniformen und vor allem unseres Vaterlandes nicht mehr schämen müssen.«

Das Schweigen, das die drei darauf vereint hatte, war womöglich beredter gewesen als ihr Gespräch.

Bis zu Becks Ausscheiden aus der Wehrmacht hatte Tresckow als dessen Begleitoffizier fungiert, was die Verbindung zwischen ihnen erklärte. Wie aber stand Julius Speer zu den beiden?

»Darf ich erfahren, warum du mich nach Beck und Tresckow befragst?«, erkundigte sich Claus.

»Ich bin den beiden während der Besprechungen in Hochwald begegnet«, antwortete Speer vage. »Oberstleutnant Tresckow musste gleich wieder an die Front abreisen und Beck nach Berlin. Wir hatten aber ein sehr anregendes Gespräch über theoretische und moralische Fragen, und dabei wurdest du erwähnt. Ich habe erzählt, wie du uns hier gelegentlich abends Gedichte vorträgst, damit wir nicht vergessen, wofür wir als Soldaten unser Leben riskieren. Beck und Tresckow fanden das bemerkenswert.«

»Das freut mich.« Claus ließ den Rest seiner Zigarette, die ihm nicht schmeckte, auf den Boden fallen und trat sie mit dem Stiefelabsatz aus. »Und was hat es nun mit diesen theoretischen und moralischen Fragen auf sich, über die ihr euch so angeregt unterhalten habt?«

»Tresckow hat etwas von einem Vorfall bei Borissow erwähnt, wo ihr euch ja begegnet seid«, antwortete Speer. »Im vergangenen Oktober. Auf Anordnung des mit uns kollaborierenden Bürgermeisters der Stadt übernahm die SS die Liquidierung der ansässigen Juden. Etwa sechstausend Personen, sagte Tresckow, für die die ausgehobene Grube jedoch nicht groß genug gewesen sei. Die Leute wurden daher in Reihen erschossen, wobei jeweils die nachfolgende Reihe die Leichen in der Grube mit Sand und Kalk zur Zersetzung der Leichen bedecken musste, ehe sie selbst erschossen wurde. Bei Säuglingen und Kleinkindern hat man sich die Kugeln gespart und sie lebend, mit einer Extraladung Kalk in die Grube geworfen. Tresckow hat gesagt, er hat sich übergeben müssen, was ihm in seiner Laufbahn nie zuvor geschehen sei.«

Claus hätte sich auch gern übergeben. Er wünschte, es hätte einen Weg gegeben, dieses Gespräch zu beenden, davor zu flüchten, so zu tun, als hätte es nie stattgefunden.

»Wir haben darüber gesprochen, wie verheerend die Wirkung auf Offiziere der Wehrmacht ist, die so etwas miterleben«, fuhr Speer fort. »Und ich habe deine Dichterlesungen erwähnt, den Sinn und Zweck, für den wir unser Leben lassen. Daraufhin hat Tresckow gefragt: Und wenn der Sinn, für den ein Soldat sein Leben lässt, von denen, die ihn befehligen, zerstört wird? Wenn er so etwas erlebt – darf er dem tatenlos zusehen, oder wird es zu seiner Pflicht, etwas zu unternehmen? Und wenn dem so wäre – was bliebe ihm zu tun?«

Claus biss sich auf die Lippen. Ihm war klar, welches ungeheure Ausmaß an Vertrauen der rangniedrigere Offizier ihm mit dieser Erklärung entgegengebracht hatte. Er hatte sich buchstäblich in seine Hände gegeben. Wenn Claus es wollte, konnte er ihn mit einem einzigen Telefongespräch vernichten. Und Beck und Tresckow ebenso. Tresckow war verheiratet, hatte vier Kinder wie Claus.

Er war es Speer schuldig, ihm Sicherheit zu geben, indem er ihm das Vertrauen in gleichem Maße zurückzahlte. Sein Herz schlug hart und heftig, und jeder Muskel in seinem Körper verspannte sich. »Ich kann dir eine solche Frage nicht mit Ja oder Nein beantworten«, rang er sich schließlich ab. »Aber vermutlich hast du das auch nicht erwartet.«

»Nein.«

Claus holte tief Atem. »Ein jeder Offizier wird sein eigenes Gewissen prüfen, den Eid bedenken, den er geschworen hat, und daraus ableiten, was er als seine Pflicht ansieht«, sagte er und wusste, es war nicht genug.

»*Unternehmen Blau*«, murmelte Speer. »Du bist darüber ebenso instruiert worden wie ich, nicht wahr?«

Claus konnte nur nicken und musste sich eine Hand aufs Herz pressen. *Unternehmen Blau* war der Deckname für die Sommeroffensive der Heeresgruppe B an der Ostfront, die für Mitte Juni geplant war. Schlecht ausgerüstete, erschöpfte und durch Verluste reduzierte Truppen würden erneut in Richtung Kaukasus und die untere Wolga gehetzt, um nach Abschluss im September in einer neuen Offensive auf Stalingrad zu ziehen. Von dieser zweiten Offensive wusste Speer aller Wahrscheinlichkeit nach nichts.

Claus aber wusste davon.

Er kannte jede Einzelheit der konfusen, aus dem Boden gestampften Pläne, die Kräfte von den übrigen Fronten abziehen und unzählige Männer das Leben kosten würden.

»Ja«, sagte er und musste sich räuspern. »Ja, ich bin instruiert.«

»Und du glaubst, dieser Feldzug kann gewonnen werden?«

Aber selbstverständlich, wollte Claus sagen, wir gewinnen doch seit Beginn des Krieges ohne Unterlass, erobern ein Land nach dem anderen, sind nicht aufzuhalten und haben die stärkste, bestgerüstete Armee der Welt. »Nein«, sagte er. »Nein, ich glaube nicht, dass in der Sowjetunion noch etwas gewonnen werden kann. Bei einem rechtzeitigen Einlenken ließe sich aber ein Frieden schließen, in dem die Bedingungen weitgehend von unserer Seite diktiert werden könnten. Mit etwas Geschick könnte eine Art Pattsituation ausgehandelt werden, die uns den günstigsten Ausgang garantiert.«

»Ich verstehe«, antwortete Speer. »Und ich danke dir, Stauff. Etwas Ähnliches habe ich mir wohl zusammengereimt, aber der Fachmann bist nun einmal du. Wärst du auch noch bereit, mir zu sagen, wie du die Chance dafür einschätzt, dass ein solcher Frieden von unserer Seite her angestrebt wird?«

»Die Antwort kennst du selbst«, sagte Claus. »Eine solche Chance gibt es nicht.«

»Und die Alternative – ist der Untergang?«

Claus sagte darauf nichts, und auch Speer schwieg eine Weile und trat seine bis auf den winzigsten Stummel abgebrannte Zigarette sorgfältig aus.

»Ist es in dem Fall nicht unsere höchste Pflicht, tätig zu werden?«, fragte er. »Alles in Bewegung zu setzen, was in unserer Macht steht, um unser Land zu bewahren?«

»Zum Teufel, was willst du denn tun?«, brach es aus Claus heraus.

»Das eben frage ich dich«, erwiderte Speer in ruhigem Ton. »Wenn sich ein Offizier also dazu entschlossen hätte – was könnte er tun? Die Verantwortlichen gefangen nehmen lassen? Sie absetzen?«

Claus wandte sich ab, sah hinaus in den nebligen Nachmittag, in dem die dunklen Föhren des nahen Waldes ihre Konturen kaum zeigten. »Das wäre sinnlos«, sagte er, trat unter dem Wellblechdach hervor und spürte den feinen, fast streichelnden Sprühregen auf seiner Haut. »Einen Mann, der Sieg um Sieg erringt und verspricht, noch den Rest der Welt zu erobern, den nimmt niemand gefangen, und den setzt auch keiner ab. Wenn ein Offizier sich dazu entschlossen hätte, wenn er sich über seinen Eid hinwegsetzen könnte, dann bliebe ihm nur ein einziger Weg. Er müsste ihn töten.«

29

Nina

Der November, der sich schon dem Ende zuneigte, war in diesem Jahr noch ein bisschen abscheulicher als sonst. Die Kinder waren quengelig, weil Regenstürme es ihnen schon seit Tagen unmöglich machten, draußen zu spielen. Berthold war sogar noch ein wenig quengeliger, weil Peter von Blomberg, Ruths Sohn, zum Jungvolk durfte und er nicht.

»Peter ist nun einmal zwei Jahre älter als du«, erklärte ihm Ruth, die wieder einmal mit ihren Kindern herübergekommen war.

»Das sehen wir dann«, beschied ihn Nina und wischte ihm mit dem Bund ihres Blusenärmels die Wangen sauber. »Und jetzt geh spielen. Deine Kameraden warten schon.«

Zumindest ein wenig getröstet flitzte Berthold zu den anderen ins Kinderzimmer und ließ die beiden Frauen mit Kaffee, Streuselkuchen und Zigaretten allein. Der Kuchen war trocken. Seit im April die Lebensmittelrationen gekürzt worden waren, sparte Annemie am Fett, und ihre Kuchen schmeckten, als hätte man Sand auf der Zunge.

»Ich wünschte, du würdest mich vorher fragen, ehe du ihm so etwas erzählst«, sagte Nina zu Ruth. »Berthold ist nicht wie Peter. Er ist zart und dauernd krank, genau wie Claus in dem Alter. Ich bin nicht dafür, dass er sich dem Jungvolk anschließt und dabei überfordert wird.«

»Ach was, es wird ihm guttun«, widersprach Ruth. »Es härtet ab, das ist ja schließlich der Sinn der Sache.«

O ja, dachte Nina. Flink wie Windhunde, zäh wie Leder und hart wie Kruppstahl – so sollte seine Jugend werden, hatte Hitler wiederholt erklärt. Das mochte gut und schön sein und seine Berechtigung haben, aber ihre Spatzen waren weich, verletzlich und anschmiegsam, spielten mit Holzpferdchen und schliefen manchmal, wenn sie beim Spielen müde wurden, in ihren Armen ein. Heimeran küsste Franzl auf die Wange, wenn dieser sich vor etwas fürchtete, und Berthold schrieb auf kleine Zettel Gebete und legte sie aufs Fensterbrett, damit Gott auf seinen Papi achtgab.

Einmal hatte er so sehr geweint, weil er Claus so lange nicht gesehen hatte, dass Nina mit ihm nach Berlin gefahren war, wo ihr Mann bei einer Besprechung weilte. Die beiden waren sich mit einer weltvergessenen Zärtlichkeit in die Arme gefallen, dass irgendein älterer Offizier, der dabeistand, den Zeigefinger hob und zu Berthold sagte: »Na, na. Du bist doch kein Mädchen.«

Gott sei Dank ist wenigstens mein kleinstes Kind eines, dachte Nina. Vielleicht hat sie Glück und wird, weil sie weniger interessant ist, auch weniger drangsaliert.

Ruth nippte an ihrer Kaffeetasse. Den Kuchen rührte sie nicht an. Sie wurde zusehends magerer und hatte Nina erzählt, dass ihr die Angst um ihren Mann, der mit Rommels Afrikakorps in Tunesien kämpfte, in der Kehle saß und ihr nicht erlaubte, Nahrung zu schlucken. Nicht einmal das Essen, das sie ihren Kindern vorsetzte, bekam sie hinunter. Wenn Peter und Dagmar im Bett waren, schenkte sie sich allabendlich ein einziges Glas Wein ein, und wenn sie es leer getrunken hatte, schaffte sie es, ein wenig trockenes Brot und Fleisch zu verzehren. Davon lebte sie seit Monaten, schwang aber Reden vom Abhärten.

»Falls ich dich verärgert habe, Nina – das lag nicht in meiner Absicht«, sagte sie. »Ich bin dir so dankbar, dass wir hier bei dir sein können, dass Peter und Dagmar durch euch so etwas wie ein normales Familienleben und auch ein wenig Frohsinn abbekommen. Ich mit meiner ewigen Angst kann ihnen das nicht bieten. Ich kann sie kaum ansehen, ohne mich zu fragen, was aus ihnen werden soll, wenn sie ihren Vater verlieren.«

»Sie verlieren ihn nicht«, entgegnete Nina lahm und hoffte, Ruth würde nicht kontern, sie habe gut reden, wo ihr Claus schließlich fern jeder Gefahr in Ostpreußen am Schreibtisch saß. »Generalfeldmarschall Rommel ist einer der besten Kommandanten, die wir haben. Er gewinnt in einem fort, und außerdem ist er ein Mann, der auf seine Leute achtet, sagt Claus.«

»Aber auch wenn er noch so sehr auf sie achtet, kann er ja nicht verhindern, dass sie fallen«, erwiderte Ruth. Dann rutschte sie mit ihrem Stuhl quietschend über die Bodenfliesen an Nina heran. »Ich muss dir was erzählen«, raunte sie. »Aber du darfst es niemandem weitersagen, Henning spricht nie wieder ein Wort mit mir, wenn er erfährt, dass ich so etwas tue und damit die Kinder in Gefahr bringe.«

»Was tust du denn?«, fragte Nina.

»Ich gar nichts«, wisperte Ruth. »Aber meine Nachbarin zur anderen Seite. Deren Sohn hört den Feindsender. Die BBC. Und da haben sie vor ein paar Tagen gesagt, Rommel siegt gar nicht mehr in einem fort, sondern hat in Ägypten gegen die britischen Truppen verloren und muss sich zurückziehen. Bei uns sagen sie das ja nicht. Du hast auch nichts davon gehört, oder doch?«

»Nein«, sagte Nina. »Aber ich komme auch nur selten zum Radiohören. Heute Morgen haben sie noch einmal die Rede von Hitler übertragen, in der er gesagt hat, dass die Kämpfe in Stalingrad so gut wie siegreich abgeschlossen sind, aber das war alles. Nichts über Ägypten.«

»El Alamein«, flüsterte Ruth. »Bei den Engländern haben sie gesagt, der Ort, an dem die Schlacht war, heißt El Alamein, und dieser Name wird in die Geschichte eingehen, weil er den Wendepunkt des Krieges markiert.«

»Woher wollen die bei der BBC das denn wissen?«, fragte Nina, die sich zunehmend unbehaglich fühlte und gern aufgestanden wäre, um irgendetwas zu erledigen. »Bisher hatten Siege ja nur wir zu vermelden, und selbst wenn es dieses eine Mal anders ausgegangen ist – weshalb soll an diesem Ort in Ägypten, den niemand kennt, denn etwas so unendlich wichtig sein?«

»Wenn Henning verwundet würde«, sagte Ruth, ohne auf Ninas Worte einzugehen, »selbst so schwer verwundet, dass er nie wieder gehen könnte, ich wäre froh.«

Erschrocken schlug Nina sich die Hand vor den Mund. Wann immer in ihrem Elternhaus jemand eine ähnliche Bemerkung gemacht hatte, hatte ihre Mutter grundsätzlich ausgerufen: Versündige dich nicht!

»Ich weiß, so etwas spricht man nicht aus«, sagte Ruth. »Aber ich meine es so. Ich habe Henning aus Liebe geheiratet, nicht weil es das ist, was ein Mädchen eben tut. Ich habe mit ihm erfahren, was Glück ist, und ich wollte dieses Glück mit ihm genießen.«

»Dann hättest du keinen Soldaten heiraten sollen, würde Claus jetzt sagen«, versuchte Nina sich an einem flachen Scherz.

»Ich habe Henning geheiratet«, beharrte Ruth. »Verliebt habe ich mich in einen amüsanten, lebenslustigen jungen Mann, der gern Tennis spielte und ins Kino ging, nicht in eine Ansammlung von Dienstgraden, Rangabzeichen und Divisionskommandos. Und ich habe ihm mein Jawort zu einer Zeit gegeben, in der kein Mensch auf die Idee gekommen wäre, es könnte auf einmal ein Krieg losbrechen.«

Ich auch, dachte Nina. Obwohl mein Mann mir wieder und wieder erklärt hat, dass wir Soldaten brauchen, weil Kriege möglich sind, und dass Krieg sein Handwerk ist.

»Ich glaube, ich gebe den Kindern heute ihr Abendessen früher«, sagte sie abrupt und stand auf. »Berthold war so blass, ich habe Sorge, er brütet etwas aus. Wenn ich dir damit helfe, können Annemie und ich deine beiden hier bei uns abfüttern und sie dir hinterher rüberbringen.«

»Würdest du das wirklich tun, Nina?« Ruth stand ebenfalls auf. »Ich wäre dir so dankbar, und ich weiß sowieso nicht, was ich ohne dich anfangen würde. Ich bin heute wieder so ruhelos, so als läge etwas in der Luft, und das tut den Kindern nicht gut. Sie haben ja auch Angst. Dagmar weint neuerdings im Schlaf.«

»Weißt du was?«, schlug Nina vor. »Warum lässt du Peter und Dagmar heute nicht über Nacht bei uns? Es ist ein Abenteuer, lenkt sie ein bisschen ab, und Kissen und Decken haben wir genug.«

Wiederum bedankte Ruth sich überschwänglich, ging sichtlich erleichtert, um sich von ihren Kindern zu verabschieden, und machte sich dann auf den Weg ins Nachbarhaus. Nina blieb noch einen Augenblick am Küchentisch sitzen und gönnte sich eine letzte Zigarette, ehe sie Annemie Bescheid geben und den Bau einer Bettenburg in Angriff nehmen wollte.

Der Schrei, der ein paar Sekunden später über die Straße hallte, ging ihr durch Mark und Bein. Sie hätte nicht sagen können, ob es ein Mann oder eine Frau gewesen war, ja nicht einmal mit Sicherheit, ob der Laut von einem menschlichen Wesen stammte. Die kleine Dagmar, die ein Jahr jünger als Berthold war und ihr Haar in Schnecken trug, kam jedoch aus dem Zimmer gelaufen und rief angsterfüllt: »Mutti, Mutti, Mutti! Was ist mit meiner Mutti denn passiert?«

An der Haustür, die gerade erst geschlossen worden war, wurde wild gerüttelt und Sturm geklingelt. Die unbezahlbare Annemie eilte hinunter, um zu öffnen, und kam gleich darauf mit Ruth wieder nach oben, hielt die magere Frau in den Armen, wie man eine zerbrochene Puppe trug.

»Ruthi!«, rief Nina, wollte zu ihr laufen und sie umarmen.

Ruth aber, deren Gesicht totenbleich war, streckte den Arm aus und hielt ihr einen bräunlichen Umschlag hin, aus dem ein Stück Papier ragte. Nina zitterten die Finger, als sie danach griff. Es rutschte ihr fast von allein auf die Handfläche, und die Buchstaben tanzten vor ihren Augen:

›Verehrte gnädige Frau.
Es ist meine traurige Pflicht, Ihnen mitzuteilen, dass Ihr Gemahl, der Oberstleutnant Henning von Blomberg, Kommandeur der Panzer-Abteilung 190, am 22. November 1942 bei Mateur/Tunesien in ehrenhaftem Kampf sein Leben für sein Vaterland ließ.‹

30

Claus bekam keinen Urlaub für die Weihnachtsfeiertage, was die Jungen in eine Mischung aus Empörung, kindlicher Enttäuschung und schicksalsergebenem Stolz, Gräfin Caroline jedoch in ein düsteres Tal stürzte.

Wie üblich war das Weihnachten, das sie ihrer weitläufigen Verwandtschaft bot, perfekt. Niemand, der die sich biegenden Tafeln von Schloss Lautlingen zu Gesicht bekommen hätte, wäre im Entferntesten auf den Gedanken gekommen, dass die Lebensmittelrationen erst kürzlich erheblich verknappt worden waren. Der Baum blendete mit seiner Pracht wie in jedem Jahr, und die Geschenke, die sich darunter stapelten, fielen diesmal womöglich sogar noch üppiger aus als gewohnt. Ein Puppenhaus für die noch viel zu kleine Valerie, ein Tornister aus Leder für Berthold und ein Kasperletheater, über das Heimeran und der kleine Franzl in glückseliges Jauchzen ausbrachen.

In jedem Fall brachten die Gaben den Kindern ihre Weihnachtsfreude zurück, und nach außen hin wirkte somit alles wie immer. Caroline ließ sich nichts anmerken. Man hätte sie sehr gut kennen müssen, um zu bemerken, dass sie im Innersten verzweifelt war.

Dass ihre zwei älteren Söhne gekommen waren, Alexander sogar von der Ostfront, von der fortwährend Gerüchte über Gräuel durchsickerten, konnte sie nicht beruhigen.

Zu Nina, die mit ihr in den begehbaren Geschirrschrank stieg, um ein Service für eine Soiree zu sichten, sagte sie: »Wann immer Claus fehlt, ist mir, als würde ich ihn so, wie ich ihn gekannt habe, nicht wiedersehen. Es geht so nicht mehr weiter, Nina, es muss ein Ende haben. Er nimmt sonst

Schaden an seiner Seele, der nicht mehr rückgängig zu machen sein wird.«

»Und wie soll es ein Ende haben?«, fragte Nina.

»Du musst ihm den Rücken stärken, damit er ein Ende machen kann«, verlangte ihre Schwiegermutter von ihr.

Dieses Mal hatte Nina Mühe, eine patzige Antwort hinunterzuschlucken. Sie war erschöpft wie nie zuvor in ihrem Leben, kämpfte tagein, tagaus darum, ihren Kindern trotz allem ein wenig Unbeschwertheit zu bewahren, tröstete ihre Mutter, die sich Sorgen um die Herzanfälle ihres Vaters machte, kümmerte sich um Ruth, für die es keinen Trost gab, und verdrängte bei alledem ihre eigenen Ängste, sodass sie ihr die Nächte zur Hölle machten.

Weshalb glaubte ihre Schwiegermutter, ihr obendrein eine solche Last aufbürden zu dürfen?

Wollte sie Nina die Verantwortung für Entscheidungen zuschustern, die niemand als Claus treffen konnte?

Alex und Berthold trugen ebenfalls nicht dazu bei, die Stimmung zu heben, sondern saßen mit finster brütenden Mienen bei Tisch.

»Bei uns im Amt hat neulich ein Kollege mitten auf dem Gang einen Witz gerissen, für den er ins Gefängnis hätte wandern können«, berichtete Berthold. »›Früher haben wir in schlaflosen Nächten Schafe, die über Zäune springen, gezählt‹, hat er gesagt. ›Heute zählen wir arme Teufel, die vor Stalingrad über die Klinge springen. Nur die Schlaflosigkeit bleibt sich gleich.‹«

»Das ist nicht komisch, sondern geschmacklos«, ereiferte sich Caroline.

»Es ist vor allem wahr«, erwiderte Berthold und starrte in seinen Wein.

Nina wiederum fragte sich, ob in ihrem Land tatsächlich Menschen in Gefängnissen landeten, weil sie schlechte Witze erzählten.

Etwas zu feiern gab es allerdings auch: Dem Antrag, den die kriegswichtige Melitta auf ›Gleichstellung mit arischen Personen‹ gestellt hatte, war stattgegeben worden.

»Ich darf also weiter für Deutschland meinen Hals riskieren. Bin ich nicht ein Glückskind?«, scherzte die Pilotin, die so schnell nichts aus der Fassung brachte.

»Nach allem zu urteilen, was ich in den letzten Monaten habe mitansehen müssen, bist du tatsächlich eines«, sagte ihr Mann.

Am Morgen nach den Feiertagen kam ein Telegrammbote, was den gesamten Haushalt in Schrecken versetzte. Wir leben in einer Zeit, in der man bei einem Türklingeln den Tod erwartet, dachte Nina. Keine Nachbarin, die Weihnachtsgrüße bringt. Aber sie blieben ein weiteres Mal verschont, teilten nicht das Schicksal der armen Ruth, die am Leben verzweifelte. Das Telegramm kündigte keinen Tod an, sondern Claus, der sich in letzter Sekunde hatte freinehmen können und am Silvesterabend eintreffen würde, um nur einen einzigen Tag zu bleiben.

»Ich musste eben kommen«, sagte er, nachdem er sich steif und wie meilenweit entfernt von Nina hatte umarmen lassen. »Trotz allem kam es mir immer noch falsch vor, dem neuen Jahr in die Augen zu sehen und dabei nicht hier zu sein.«

Die düsteren Worte seiner Mutter hallten Nina durch den Kopf. Claus schien tatsächlich nicht mehr der, als den sie alle ihn gekannt hatten. Er war bleich und still, selbst mit den Kindern zerstreut, saß stumm bei Tisch und knetete seine Hände, sprang dann aber jäh auf und eilte auf den Gang, um dort wie ein Tier auf und ab zu laufen, weil er »Bewegung brauche«.

»Was ist denn mit Ihrem Claus?«, fragte Hetty, die wie immer mit Ninas Eltern angereist war und sich offenbar nicht länger zurückhalten konnte. »Der hat doch immer so gesprudelt, wie Sekt in der Flasche, und jetzt kommt er einem vor wie ein Wasserhahn, den einer zugedreht hat.«

Mit ihm zu reden, war nicht möglich. Nina versuchte es, seine Brüder und Caesar von Hofacker versuchten es, und natürlich versuchte es seine Mutter, doch er wies alle zurück. Zu reden gebe es nichts. »Wem soll das ganze Gerede noch nützen?«

Als Peter Yorck Schallplatten auflegte und mehrere Paare, darunter Alex und Melitta, zu tanzen begannen, gesellte Claus sich mit Nina dazu, doch er tanzte nur ein paar Takte und als hätte er Bleigewichte an den Fußgelenken.

»Es tut mir leid«, sagte er. »Ich kann nicht.«

»Ich habe nicht gesagt, dass du musst«, erwiderte Nina.

»Aber es ist Silvester. Es gehört sich so.«

»Ich bin noch immer eine Frau, die ihren Stolz hat«, sagte Nina. »Auf einen Mann, der mit mir tanzt, weil es sich so gehört, verzichte ich.«

Statt, wie sie es gewohnt war, die Spitze wie einen Tennisball zurückzuspielen und ihr zu beweisen, dass sie auf ihn ganz und gar nicht verzichten konnte, ließ er sie los und sagte: »Tanz mit Peter. Der ist ein piekfeiner Kerl, mit dem brauchst du dich nicht zu schämen.«

Sein Cousin Peter Yorck war Jurist und bis vor Kurzem in jenem Kommissariat für Preisbildung tätig gewesen, in dem auch Onkel Nux arbeitete. Obwohl an seinen fachlichen Qualitäten kein Zweifel bestand, war er nie befördert worden, und erst neulich hatte man ihn in den Wirtschaftsstab Ost versetzt. Wegen eines Bandscheibenleidens konnte er an der Front nicht verwendet werden, doch seine beiden Brüder waren gleich bei Ausbruch des Krieges eingezogen worden und in Polen gefallen. Ihr Tod hatte ihn noch ernster und in sich gekehrter gemacht, als er immer schon gewesen war, aber er wirkte nicht rastlos und im Innersten gebrochen wie Claus.

Nina tanzte mit ihm, weil sie mit jemandem, der Claus nahestand, über ihn sprechen musste.

»Es geht meinem Mann nicht gut«, sagte sie. »Ich weiß nicht, wie ich ihm helfen kann.«

»Das fragen sich die Frauen der Männer, die vor Stalingrad erfrieren, sicher auch«, sagte Peter. Als er ihren Gesichtsausdruck bemerkte, ließ er sie los und hob entschuldigend die Hände. »Verzeihung. Das hätte ich nicht sagen sollen. Ihr Frauen gebt euch die größte Mühe, rackert euch ab, um ein wenig normales Leben aufrechtzuerhalten, und statt dankbar zu sein, pfuschen wir euch dazwischen. Du kannst Claus nicht helfen, Nina. Uns kann niemand helfen. Nur wir uns selbst. Lass Claus wissen, dass ich jederzeit bereit bin, mit ihm zu sprechen, wenn er das will.«

Mitternacht kam, verhaltener Jubel begrüßte das neue Jahr, aber Claus, der doch eigens deswegen gekommen war, suchte nicht Ninas Nähe, sondern verschwand. Als er eine halbe Stunde später wieder auftauchte, waren sein Haar und seine Kleidung durchnässt vom Schneeregen.

Hastig wünschte er allen ein gutes 1943, dann sagte er zu Nina: »Ich habe genug, ich gehe nach oben. Du bleib, solange du willst.«

Inzwischen war sie so aufgewühlt und rastlos wie er, und die Angst seiner Mutter hatte sie angesteckt: Wenn sie ihn nicht erreichte, wenn er abreiste, ohne dass es ihr gelungen war, diese Mauer, die er um sich hochgezogen hatte, zu durchdringen, was würde dann mit ihm geschehen? Sie war nie eine jener Frauen gewesen, die wie Melitta die Wirklichkeit ihres Mannes bis in kleinste Verästelungen durchblickte und sogar teilte. Sie hatte sich weder für das Militärische noch für Politik je sonderlich interessiert, sondern geglaubt, das Leben unzähliger Frauen ihres Standes zu führen, die sich um ihren eigenen Bereich kümmerten, ihren Mann sich um den seinen kümmern ließen und damit zufrieden waren, wenn die Bereiche sich von Zeit zu Zeit berührten.

Und dennoch waren sie und Claus unleugbar all die Jahre hindurch auf eine Art verbunden gewesen, die sie weder von ihren Eltern noch von ihren Schwiegereltern oder einem Paar in ihrem Freundeskreis kannte. »Zwischen euch ist irgendetwas Besonderes«, hatte selbst die arme Ruth einmal gesagt. »So nahe, wie du deinem Claus bist, käme ich an meinen Henning gar nicht heran. Meist denke ich, ach Gott, all diese Männerangelegenheiten, die macht er eben mit seinen Kameraden aus. Aber wenn ich euch beide erlebe, schon wie ihr euch anschaut, dann tut es mir doch leid um das, was ich versäume, auch wenn ich es gar nicht kenne.«

Jetzt war ihr Henning tot, und das Versäumte blieb versäumt.

»Ich komme mit dir«, sagte Nina und folgte ihm die Treppe hinauf in ihr Schlafzimmer, in dem in jedem Winkel eine Ahnung, eine Erinnerung an Claus' Kindheit und Jugend hing.

Fahrig packte er seinen Tornister aus, stellte sein Waschzeug ins Bad und legte zwei Bücher auf seinen Nachttisch: die abgegriffene Bibel, die er von seinem Patenonkel Nux zur Taufe erhalten hatte, und eine Ausgabe der *Odyssee,* die Frank Mehnert ihm geschenkt hatte. Lesen hatte häufig die Macht, ihn zu beruhigen, aber heute blätterte er nur nervös durch das Buch und legte es wieder weg.

Nina wollte auch nicht, dass er las. Sie wollte ihn halten, ihn lieben und dann mit ihm reden. Von hinten umarmte sie ihn, hatte ihre Bluse schon geöffnet, legte ihm ihren Kopf auf die Schulter und spürte, wie sich sein Muskel darunter verhärtete.

Sie richtete sich wieder auf und bemerkte etwas.

»Was ist mit dem Heft?«, fragte sie, auf den leeren Nachttisch weisend. »Hast du es mir nicht mitgebracht?«

Er sprang auf wie von der Sehne geschnellt, riss das Heft aus dem Tornister und warf es ihr hin. »Hier hast du es. Es ist voll, es passt nichts mehr hinein. Lies es, wenn dir nicht zu helfen ist, wenn du so sehr darauf brennst, zu erfahren, dass dein Mann ein Verbrecher ist. Ein Ungeheuer. Schuld am Tod von Millionen.«

»Claus ...«

»Nein«, rief er und starrte sie aus schmalen, zornblitzenden Augen an. »Versuch nicht, Entschuldigungen für mich zu finden, denn es gibt keine. Wir sind Stabsoffiziere, wir haben die Verantwortung für die Geschehnisse wissentlich in unsere Hände genommen, und es gibt nichts, mit dem wir uns herausreden könnten. Wir haben nichts gewusst? Doch, das haben wir, wir haben es mit eigenen Augen gesehen. Wir sind machtlos und können nichts tun? Dann sind wir keine Männer, sondern Kinder und eine Schande auf unseren Posten. Eine Schande für unser Land.«

»Hör auf!« Nina war ebenfalls aus dem Bett gesprungen und hörte sich mit schriller Stimme schreien. »Ich halte das nicht mehr aus, Claus, ich sehe mir das nicht länger mit an. Wenn du etwas tun musst, dann tu es, ich hindere dich nicht daran, und ich lasse mir dafür nicht die Schuld aufbürden. Wenn du mit mir reden willst, bin ich da, wenn du in meinen Armen weinen willst, bin ich da, und wenn du in der Frühe durch den Schnee reiten oder in der Küche Kaffee trinken oder mit den Kindern Quartett spielen willst, bin ich da, aber um still dazusitzen und mir anzuhören, wie du dich zerfleischst und in Selbstmitleid suhlst, bin ich nicht länger da. Triff deine Entscheidung, Claus. Ich werde mittragen, was immer du beschließt, denn ich weiß, dass du ein Gewissen hast und tun wirst, was dieses Gewissen dir gebietet. Wenn du ein Wort brichst, dann nur, um ein anderes zu halten. Aber etwas tun musst du. So kannst du nicht länger mit dir leben, und wir können es auch nicht.«

Sie musste Atem holen, ihre Lunge schmerzte, und sie hatte weder Kraft noch Willen zum Schreien übrig. »Bleib bei dir selbst, wie der Priester zu unserer Hochzeit gesagt hat«, fuhr sie mit erschöpfter Stimme fort. »Oder komm zu dir zurück, denn wenn du nicht bei dir bist, können weder Gott noch ich oder sonst jemand dich finden.«

Er stand wie erstarrt, halb zum Fenster gewandt. Nach einer Weile des Schweigens senkte er den Kopf und sagte: »Du hast recht. Ich bin zurzeit keine geeignete Gesellschaft für Festlichkeiten und hätte nicht kommen sollen.«

»Diesen Unsinn habe ich nicht gesagt!«

»Aber ich sage ihn. Du hast auch recht damit, dass ich eine Entscheidung treffen muss, und ich denke, ich habe sie getroffen. Das ewige Schreibstubenleben bekommt mir nicht, ich muss zurück ins Geschehen und werde um meine Versetzung an die Front bitten.«

Nina zuckte zusammen, doch sie beherrschte sich. Wenn er ihr drohen wollte, würde sie auf sein Spiel nicht eingehen, denn sie hatten solche Spiele zwischen sich nie nötig gehabt.

»Du tust, was du tun musst«, sagte sie. »Im Übrigen soll ich dir von deinem Cousin Peter ausrichten, er ist bereit, mit dir zu reden, wann immer du es willst.«

»Weshalb sollte ich mit Peter reden wollen?«

»Wenn du das nicht weißt, weiß ich es erst recht nicht.«

Mit einem schweren Atemzug hob und senkte sich sein Rücken. Er drehte sich um. »Leg dich schlafen, Nina. Ich denke, ich gehe noch eine Runde und schlafe dann drüben im Gästetrakt.«

Im Vorbeigehen küsste er sie auf die Wange, ohne sonderlich gut zu zielen, und verließ den Raum. Du benimmst dich kindisch, war sie einen Herzschlag lang in Versuchung, ihm nachzurufen, aber es war ja kein kindischer Anlass, der ihn dazu trieb, und sie war mit ihrem Latein am Ende, wusste sich beim besten Willen keinen Rat mehr.

So erschöpft, wie sie war, lag und saß sie stundenlang wach und lauschte auf jedes Geräusch. Erst als unten in der Küche schon Kessel und Töpfe klapperten, schlief sie ein, und als sie gegen neun, in der fahlen Wintersonne, erwachte und nach unten ging, war Claus bereits abgereist.

»Er ist ohne Erklärung gegangen, hat nur gesagt, er könne nicht länger bleiben.« Gräfin Carolines Augen waren so schmal wie die ihres Sohnes in der vergangenen Nacht, und sie sah Nina an, als hätte diese persönlich ihren Sohn in den Tod gejagt.

Nicht viel anders fühlte sich Nina. Sie musste den Kindern Erklärungen liefern und sie mit Spielen ablenken, aber es kostete sie mehr Kraft, als sie aufbringen konnte. Den ganzen Tag kreisten ihre Gedanken um Ruth, die daheim in Wuppertal ohne Unterlass aufzählte, was sie ihrem Mann alles noch hätte sagen wollen und was er jetzt nicht mehr hörte. Vermutlich hätte sie ihm im Leben von all dem kaum etwas gesagt, aber jetzt, da ihr gemeinsames Leben vorbei war, wuchs die Bedeutung der Worte ins Unendliche und übermannte Ruth.

Was würde sie Claus sagen wollen, wenn er zurückkäme?

Ihr fiel nichts ein, ihr Hirn war wie gelähmt.

Sie hatten sich schon oft gestritten, hatten sich Dinge an den Kopf geworfen, bei denen ihren Eltern die Spucke weggeblieben wäre, aber sie waren niemals im Streit auseinandergegangen, und sie hatten, seit Krieg war, keine gemeinsame Nacht vergeudet, ohne sich in den Armen zu halten.

Wenn du nicht wiederkommst, wird diese eine vergeudete Nacht mehr als alle Nächte wiegen, die wir hatten.

Sie versuchte nicht, ihn zu erreichen, denn sie wusste ja nicht, wo er hingegangen war, und von Mauerwald aus musste ohnehin immer er sie anrufen, nicht umgekehrt. Alle machten sich Sorgen. Alex und Berthold versuchten reizend und hilflos, Nina zu beruhigen, dann reisten sie und Melitta ab. Peter und Onkel Nux waren bereits zuvor aufgebrochen, und nur Mika und zwei weitere Cousinen mit ihren Kindern blieben. Nina beschloss, ebenfalls zu packen. Sein Heft, das er vollgeschrieben bei ihr zurückgelassen hatte, las sie nicht, sondern steckte es ein. Kaum war sie zum Aufbruch bereit und hatte für den nächsten Morgen ein Abteil in einem der nur noch selten verkehrenden Züge reserviert, kam ein Eilbrief von Claus aus Berlin:

›Meine Nina.
Meine einzige Nina.
Um Verzeihung bitte ich Dich nicht, denn das wäre, als wolle man mit einem Fingerhut einen Ozean leeren.
Aber ich sage Dir Danke.
Danke, dass Du mir gezeigt hast, dass ich Dir als der, der ich jetzt bin, nicht mehr nahe sein kann, dass ich mich schäme, meine eigene Frau und meine Kinder zu umarmen, denn das hat mich aufgeweckt.
Es wird alles gut, Nina.
Nein. Es wird so gut, wie es nach alledem noch sein kann.
Ich bin hier in Berlin bei Peter, in seiner Wohnung in der Hortensienstraße, habe Deinen Rat angenommen und rede mit ihm. Natürlich hattest Du recht: Reden tut gut.
Zum Reden sind auch noch andere gekommen, es ist ohne Frage eine Zeit, in der wir maulfaulen Männer längst hätten reden müssen, und nun ist auch Nux da und noch ein paar gute Bekannte oder sogar Freunde: Albrecht, der Dich grüßen lässt, Generaloberst Beck, den ich sehr schätze, und Oberstleutnant von Tresckow, dessen Bekanntschaft ich in Weißrussland gemacht habe und den auch Du hoffentlich bald einmal kennenlernen wirst. General Olbricht vom Oberkommando der Wehrmacht würdest Du sicherlich gern mögen. Sein Sohn ist gefallen. Er trug denselben Namen wie ich. Das verbindet uns.

Ein paar Weitere erwarten wir noch, hoffen sogar auf Caesar und Berthold. Es ist ein richtig altmodisches Zusammentreffen unter Männern, wir könnten direkt in Peters Wohnstube ein Lagerfeuer anzünden.
Wirf diesen Brief weg, liebste Nina. Ins Feuer. Diese ganzen Namen von irgendwelchen Leuten, mit denen Dein Mann sich herumtreibt, wirst Du Dir ja wohl nicht merken wollen, und einen weiteren wie diesen werde ich nicht schreiben. Stattdessen werde ich wieder an Dich denken, wie ich es früher getan habe – an die Frau, von der ich vom ersten Augenblick an wusste, dass sie die Mutter meiner Kinder sein soll, und etwas Klügeres habe ich alter Klugscheißer in meinem ganzen Leben nicht getan.
Du bist die Mutter meiner Kinder, Nina. Daran musst Du stets und als Erstes denken, versprichst Du mir das?
Ich verspreche Dir auch etwas: Dass ich wieder ich selbst sein werde, dass ich mit mir ins Reine komme, damit ich wieder bei Dir sein kann, bei Dir und den Kindern und bei unserer Zukunft. Ich brauche Zeit, um mir über vieles klar zu werden, muss sozusagen Schlacken loswerden, um wieder deutlich zu sehen, und das kann ich nicht, solange ich in Mauerwald an meinem Schreibtisch sitze. Mich fürs Erste an die Front zu melden, erscheint mir nur recht und billig, und ich habe um meine Versetzung in Rommels Afrikakorps gebeten. Vor meiner Abreise gebe ich Dir natürlich Bescheid, aber ich werde nicht noch einmal zu Euch kommen. Wenn ich Dich und die Kinder wiedersehe, will ich, dass ich ohne Wenn und Aber bei Euch sein kann, wie es immer war, dass wir wieder eine Nina und ein Claus samt ihren Spatzen sind, zwischen die nichts kommt und die niemand trennt.
Ich liebe Dich.
Dein Claus‹

31

Claus
1943

Nachdem die Amerikaner mit ihren Truppenschiffen in Casablanca und Algier gelandet waren, hatte Hitler in aller Hast deutsche Truppen nach Tunesien verlegt. Das kam Claus zugute. Seinem Gesuch wurde praktisch unverzüglich stattgegeben. Er sollte den verwundeten Major der 10. Panzerdivision ersetzen und flog am 10. Februar von München über Neapel nach Tunis.

Er hatte sich zwar auferlegt, Nina zuvor nicht noch einmal zu sehen, doch im letzten Augenblick hatte er nicht die Kraft gefunden, diesen Entschluss durchzustehen. Er traf sich mit ihr in Berlin und ging im alten Glanz des *Kempinski* mit ihr essen. Anschließend fuhren sie nach Bamberg, wo er mit ihr und den Kindern zwei Tage bei ihren Eltern verbrachte.

Ihrem Vater ging es nicht gut. Er hatte einen weiteren Herzanfall erlitten, musste sich schonen und saß meist in seiner Veranda, von der aus er einen Blick auf seinen Garten und die Vögel und Eichhörnchen hatte. Er hatte Tiere immer geliebt, Pferde mehr als alles, und es tat weh, diesen einst so tatkräftigen Mann derart müde und hilflos zu sehen.

Auch für Nina tat es ihm weh. Das Leiden ihres Vaters hatte auch ihrer lustigen Mutter die Kraft geraubt, und Nina kam ihm so allein vor, so von allen gebraucht, doch ohne jemanden, auf den sie selbst sich hätte stützen können.

Er sagte es ihr, obwohl sie sonst in diesen kurzen Tagen wenig redeten.

»Ich muss mich nicht immer stützen«, sagte sie. »Ich mache meinen Teil, du machst deinen, und wenn wir mal stolpern, rappeln wir uns eben wieder auf.«

Die Kinder weinten. Berthold, der sich obendrein dafür schämte, weil er doch der Älteste und damit der Tapferste hätte sein sollen, am meisten.

»Wenn ich schon ins Jungvolk dürfte, wäre ich viel heldenhafter«, rief er und warf sich schluchzend in Claus' Arme. »Und wenn du nicht nach Afrika gehen würdest, wär's auch gar nicht so schlimm.«

»Warum wäre es dann nicht so schlimm?«, fragte Claus. »Was ist denn gegen Afrika einzuwenden?«

Er selbst war froh, dass es Afrika war, weil er Rommel für einen guten Mann hielt, der sich nicht auf selbstmörderische Aktionen einließ und auf seine Leute achtete. Ein Mann, mit dem zu reden sein würde, und mit verlässlichen Männern zu reden war von höchster Wichtigkeit. Je weiter sich das Netz spannte, je mehr gute Leute sich gewinnen ließen, desto hoffnungsvoller würde der schwere Weg in die Zukunft, der jetzt noch nicht klar erkennbar war, sich gestalten.

»Der Papi vom Peter.« Wieder schluchzte Berthold auf. »Der Papi vom Peter und von der Dagmar war in Afrika, und jetzt ist er tot.«

Claus schloss die Arme noch fester um den warmen, kräftigen Kinderkörper, nicht nur um seinen Sohn zu halten, sondern auch, um Halt für sich selbst zu finden. »Das ist sehr traurig, Berthold, und ihr müsst zum Peter und zur Dagmar besonders nett sein«, sagte er. »Aber es heißt nicht, dass in Afrika mehr Soldaten sterben als anderswo. Im Gegenteil. Es war einfach nur Pech«, versuchte er, den Tod seines Freundes herunterzuspielen und seinem Sohn die Sorge zu nehmen. »Und Pech haben kann man überall.«

Berthold blickte auf, das Gesicht rot geweint, das blonde Haar wirr und verschwitzt. »Versprichst du mir, dass du nicht stirbst?«

»Ach, Bertl-Bär. So etwas kann man doch nicht versprechen.«

»Ich will's aber!«, rief Berthold verzweifelt.

»Willst du dann also, dass ich dir etwas verspreche, von dem ich gar nicht weiß, ob ich es halten kann?«

Wann können wir das schon?, durchfuhr es Claus. Waren wir nicht unglaublich anmaßend, wenn wir dachten, darüber entschieden in jeder Lage und zu jeder Zeit wir selbst?

Berthold überlegte und rieb sich die Augen. Dann nickte er.

»Einverstanden, kleiner Kamerad«, sagte Claus. »Ich verspreche es dir.«

Nach Lautlingen fuhr er schließlich auch noch, weil Duli es verdiente, dass er sie vor seiner Abreise noch einmal umarmte. »Stell mir keine Fragen«, warnte er sie. »Und nein, verlang mir auch keine Versprechen ab, sondern vertrau einfach darauf, dass ich tue, was ich tun muss.«

Aber das konnte sie natürlich nicht, und damit hatte er auch nicht gerechnet. Das konnte nur Nina, und wenn man einen einzigen Menschen hatte, der in der Lage war, so etwas für einen zu tun – hatte man nicht allen Grund der Welt, sich stark genug zu fühlen?

Afrika war eine andere Welt, in der Claus sich ein paar Tage lang wie ein komischer, am falschen Ort gestrandeter Vogel fühlte. Seine Uniform war dunkel, die aller anderen waren von der sengenden Sonne um etliche Nuancen heller gebleicht. Die Hitze, das Licht, die Insekten, die jede Lichtquelle des Gefechtsstands umsurrten, das alles erforderte Gewöhnung, und in der ersten Woche verdarb er sich den Magen und verbrannte sich den Nacken in der Sonne. Und dennoch wirkte das Land mit seinen Gelb- und Brauntönen und den plötzlichen Inseln aus Grün auf ihn um so vieles angenehmer und tröstlicher als seine Albträume von der Eiswüste vor Stalingrad, in der allein auf ihrer Seite gewiss eine Million Menschen auf bitterste Weise ums Leben gekommen waren.

Claus brauchte nicht lange, um sich einzufinden. Die Männer seiner Division waren herzlich, hilfsbereit, leicht zu führen, und er fühlte sich in der verschwitzten, vertrauten und verbrüderten Atmosphäre des Frontlebens weit wohler als in der lauernden Stille von Mauerwald, wo er sich am Ende vorgekommen war wie ein Henker, dem seine Füllfeder als Fallbeil diente.

Hier teilte er zumindest, was immer er aushändigte und was ihm ausgehändigt wurde, teilte den einheimischen Wein, der überraschend süffig war, seine Zigarettenration, den guten, starken Kaffee, den Vorstoß vor Sonnenaufgang und die Angst vor dem Tod. Seine Aufgaben bestanden darin, in der Frühe Befehle für die Truppen auszuformulieren, für den Notfall Rückzüge zu planen und anschließend das gesamte Gebiet abzufahren, um jedes Regiment, jedes Bataillon, jede Kompanie der Division zu inspizieren. Er sprach mit Stabsoffizieren, machte sich ein Bild von Befehlshabern, fand mit Generalmajor von Broich, dem Kommandeur, der ihn auf seinen Überlandfahrten im Kübelwagen häufig begleitete, schnell ein vertrautes Verhältnis.

Es war, als wäre er nach all der Zeit, in der er kaum vor sich selbst gewagt hatte, offen zu denken, der Lüge und Geheimhaltung kaum noch fähig. Er wusste, er würde es wieder lernen müssen, doch hier draußen, in dieser weiten, nicht ganz wirklichen Fremde fiel es ihm schwer, ein Blatt vor den Mund zu nehmen. Er lebte, sprach und ging umher wie von Ketten befreit, gewann seine Kräfte zurück und fühlte sich wie als Kind, wenn er von einer langen Krankheit genas.

»Mir ist zugetragen worden, Sie hätten geäußert, der Krieg sei aus Ihrer Sicht nicht mehr zu gewinnen«, fragte ihn von Broich eines Tages, als sie in warmem, strömendem Regen bereits seit Stunden über Land gefahren waren.

»Ja, das habe ich gesagt«, bekannte Claus. »Ich denke, es hat keinen Sinn, wenn wir uns gegenseitig etwas anderes vormachen. Wir alle sind ausgebildete Strategen, unsere Aufgabe besteht darin, die Westflanke unserer Verbände in Tunesien zu sichern, und da wir nicht blind sind, sehen wir, dass es die Amerikaner sind, die vorstoßen, und wir diejenigen, die gezwungen sind, sich zurückzuziehen. Wir mögen wie in Mareth noch einzelne Siege erringen, aber sie sind zu verlustreich, um die verteidigten Stellungen zu halten. Solange uns taktische, kontrollierte Rückzüge möglich sind, sollten wir diesen Weg nutzen, und dazu müssen wir uns einig sein.«

»Sie sprechen nur über die afrikanische Front, die ja ohnehin Mussolinis Feld war, nicht das unsere«, wandte von Broich vorsichtig ein. »Lässt sich das, was Sie andeuten, Ihrer Ansicht nach auf die gesamte Kriegslage übertragen?«

»Die afrikanische Front ist unsere Aufgabe«, antwortete Claus. »Konzentrieren wir uns darauf, verrichten wir hier so gut, wie es möglich ist, unsere Arbeit und beschäftigen uns mit dem anderen, wenn die Zeit dafür gekommen ist.«

Ende März ging die Division östlich von El Guettar in Stellung, um den Durchbruch der Amerikaner aufzuhalten. Deren Einheiten kamen von Westen und fuhren mit Infanteriefeuer und Panzertruppen ununterbrochen Angriffe. In manchen Nächten kam es Claus vor, als hätte er sein Gehör verloren, weil ihm der ständige Gefechtslärm in den Ohren dröhnte. Eine Eiergranate, die neben ihm einschlug, als er aus dem Bus der Befehlshaber stieg, riss ihm die Hose in Fetzen, sodass er sich bis zu den Hüften entblößt wieder aufrappelte und verblüfft auf den gezackten Splitter starrte, der aus seinem Knie ragte. Die Wunde tat nicht einmal weh. Im Feldlazarett gab ihm der Sanitäter, der ihn verarztete, stolz eine amerikanische Uniformhose, die er ein paar Tage zuvor in einem Graben gefunden hatte.

»Fragen Sie mich nicht, wieso der Kerl die hat liegen lassen, aber passen sollte sie, und was anderes haben wir nicht. Keine Sorge, Stauff. Sie sind unverkennbar, von unseren Leuten wird schon keiner auf Sie ballern. Und wenn doch, dann ballern zum Ausgleich vielleicht die Amis nicht auf Sie, womit Sie das bessere Los gezogen haben könnten.«

Tag für Tag hofften Claus und Friedrich von Broich auf den Befehl zum geordneten Rückzug, doch als das Oberkommando des Korps diesen am 6. April schließlich erteilte, war es für Ordnung schon zu spät. Claus' Berechnungen zufolge genau vierundzwanzig Stunden zu spät, und wie viele Leben jede einzelne dieser Stunden kosten mochte, würde niemand protokollieren. Ihm blieb kaum Zeit, um wenigstens im Ansatz eine Strategie auszuarbeiten, ehe sie den Schutz der Nacht nutzen mussten, um zumindest beim Aufbruch dem massiven Beschuss des Feindes zu entgehen.

Weit kamen sie nicht, ehe der Tag und damit von Neuem das Geschützfeuer anbrach. Das neue Ziel hieß Mezzouna, wo die Division ihren neuen Gefechtsstand errichten sollte, doch während sie sich in Hunderten von Fahrzeugen durch den verschlammten Pass in Richtung Süden kämpften, brausten amerikanische Tiefflieger über sie hinweg und warfen ihre Bomben ab. Sooft Claus gezwungen war, sein Fahrzeug zu verlassen, um Befehle zu erteilen oder die Lage zu prüfen, musste er über zerrissene Körper von Menschen steigen, die er gestern noch gegrüßt, denen er beim Skatspielen zugesehen und Grüße an die Familie ausgerichtet hatte.

Keiner von ihnen hätte sterben müssen, aber er hatte keinen von ihnen davor bewahrt.

Es wird etwas geschehen, sprach er sich den ganzen Tag ununterbrochen vor. Wir spinnen unser Netz, wir bringen etwas ins Rollen, wir lassen das nicht länger zu.

Er hatte den Rückzug der Panzereinheiten auf den Weg geführt und stieg anschließend in seinen Kübelwagen, um selbst in Richtung Mezzouna zu fahren. Broich würde einen anderen Wagen nehmen, damit im Fall eines Treffers die Division nicht beide Kommandeure verlor.

»Ich komme in etwa einer Stunde nach«, sagte er zu Claus. »Und Sie ziehen vor diesen verdammten Fliegern gefälligst Ihren Charakterkopf ein. Wir würden Sie ungern verlieren. Nicht nur hier in Tunesien.«

Scherzhaft salutierte Claus. »Werde mir gehorsamst Mühe geben.«

Er stieg in den Wagen und machte sich auf den Weg. Durch den El-Hafay-Pass hielt er sich am Ufer eines Salzsees, über dem eine schier gespenstische Stille lag wie über einem Land aus vergangener Zeit. Ich wünsche mir, eines Tages hierher zurückzukommen, dachte er. Mit meinen Kindern, wenn sie älter sind und die Schilderungen meiner Erlebnisse für sie wie Legenden klingen. Ihm selbst hatten die Geschichten seines Vaters auch immer wie Legenden geklungen, betulich und ein wenig langweilig, was man von der seinen wohl zumindest nicht behaupten konnte.

Würde ich mir das wünschen?, fragte er sich. Der Held einer langweiligen Geschichte zu sein?

Er wollte mit Nina hierherkommen, wollte am Ufer des Salzsees ein Picknick veranstalten und eine Kamera auf ein Stativ schrauben, um ein Bild von ihnen beiden zu schießen. Nina würde reizend aussehen als alte Dame mit ihrem Sonnenschirm, und sie würden im Duett darüber stöhnen, dass ihnen in der Hitze der Schweiß lief.

Claus trat aufs Gas und zwang den klobigen Wagen eine vom Regen verschlammte Anhöhe hinauf. In dem Augenblick, in dem er aus dem Pass auftauchte, um über die Ebene auf einen zweiten zuzusteuern, ging der Himmel in Flammen auf. Vom Feuerschein geblendet, erkannte er Umrisse von mehreren Fahrzeugen, die lichterloh brannten und ihm den Weg versperrten. Der schwarze Schatten, der durch das gleißende Rot schnitt und geradewegs auf seinen Wagen zuschoss, musste ein Tiefflieger sein, ein amerikanischer Jagdbomber.

In einer Geschichte würde er jetzt an Nina denken, und Tausende Meilen von ihm entfernt würde Nina spüren, dass seine Gedanken ihr galten. Aber das hier war keine Geschichte. Claus riss die Tür auf und ließ sich aus dem Wagen fallen, spürte, wie sein Körper über den steinigen Boden geschleudert wurde. Er dachte an Nina. In irgendeiner Weite, sehr vage, sah er ihr Bild vor sich, ihr großes Lachen mit gebleckten Zähnen, das auf äußerst hübsche Weise an ein Pferd erinnerte. Dann explodierte das Bild. Mit ihm explodierten sein Kopf und jeder seiner Gedanken.

32

Nina

Jeder Tag, an dem sie nicht wusste, was mit ihm geschehen war, war eine Hölle, die sie von einem Ende bis zum anderen durchqueren musste, wohl wissend, dass sie am nächsten Morgen wieder am Anfang stehen und dass dieselbe Hölle auf sie warten würde.

Nina war anders als Ruth. Sie wollte für sich sein, mit niemandem sprechen, sich ganz und gar darauf konzentrieren, ihre täglichen Routinen zu verrichten und Ruhe für die Kinder zu bewahren. Berthold bot an, sie nach Lautlingen zu holen, wo sich Teile der Familie versammelt hatten, um alle Hebel in Bewegung zu setzen und gemeinsam auf Nachricht zu warten. Nina aber vermochte sich nicht vorzustellen, dort wie auf einem Leichenbegängnis beisammenzuhocken, und außerdem mussten Berthold und Heimeran zur Schule.

Der letzten Meldung zufolge galt Claus als vermisst. Mehr als zwei Drittel seiner Division, die den schlimmsten Beschuss ihrer Geschichte durchlebt hatte, galten als vermisst, und das Oberkommando des Korps war ohne Nachricht von den Befehlshabern.

»Ich kann Ihnen leider wenig Hoffnung machen, liebe gnädige Frau«, hatte der Mann am Telefon gesagt, wobei Nina nicht einmal verstanden hatte, wer er war. In einem Fall wie dem ihres Mannes, eines »tapferen, todesmutigen Offiziers von so hohem Rang und aus ums Vaterland verdienter Familie« war es Usus, die Angehörigen nach Möglichkeit persönlich in Kenntnis zu setzen. »Wir möchten nicht, dass Sie auf Spekulationen angewiesen sind, liebe gnädige Frau.«

Aber ich bin auf Spekulationen angewiesen, dachte Nina. Auf Spekulationen und auf Hoffnung. Solange ihr niemand einen braunen Umschlag mit einem Papierfetzen schickte, auf dem stand, dass Claus tot war, würde sie darauf beharren, dass er lebte, denn anders kam sie nicht Tag für Tag durch die Hölle.

Nach neun Tagen, neun Wegen in die Hölle hinein und wieder hinaus traf ein Anruf von Berthold ein.

»Nina? Ich bin es. Claus ist am Leben.«

Die Hölle verpuffte wie in einem Kinofilm. Von all dem Feuer blieb nicht einmal ein wenig Rauch, Nina stand wieder in ihrer Wohnung in Wuppertal, in Claus' Arbeitszimmer, um sie verstreut das Spielzeug der Kinder, das sie gerade hatte aufsammeln wollen.

»Ich will zu ihm«, sagte sie.

»Er ist ja noch in Tunesien. Im Lazarett von Tunis-Carthago. Nicht transportfähig. Ein Jagdbomber hat seinen Wagen erwischt. Es muss ein Gemetzel ohnegleichen gewesen sein. Claus ist schwer verletzt.«

Sie wollte es nicht wissen, wollte nicht in die Hölle zurück. »Aber er lebt? Er wird leben?«

Bertholds Stimme war ganz klein, ganz verzagt. »Darauf müssen wir all unsere Hoffnung richten, Nina. Ich reise morgen früh zurück nach Berlin, man hält mich aber auf dem Laufenden. Sobald ich etwas höre, gebe ich dir Bescheid.«

Nina ging durch ihr schlafendes Haus und sang. Sie sang weder gut noch häufig, aber heute konnte sie nicht aufhören. Das Lied war irgendein altes baltisches Volkslied, das ihr Hetty als kleines Mädchen vorgesungen hatte, und Hetty sang noch bei Weitem scheußlicher als sie.

Statt des Textes, an den sie sich ohnehin kaum erinnerte, sang sie wieder und wieder eine einzige Zeile: »Er ist am Leben. Er ist am Leben.« Sie würde ihn wiederbekommen. Ruth ging es inzwischen besser, sie hatte sich getröstet und mit einem Cousin ihres Mannes angefreundet. Ich aber würde mich nicht trösten, dachte Nina. Ich würde mich mit niemandem anfreunden. Leben würde ich, weil es eben das ist, was wir tun, aber ich hätte nicht den Wunsch, dieses Leben, das meines gewesen ist, hinter mir zu lassen und ein neues anzufangen.

Ich würde Nina bleiben, die ein Teil von Nina und Claus war, würde mit einem Claus, den außer mir niemand sieht, durch den Rest meines Lebens spazieren.

Aber das brauchte sie nicht. Sie würde ihn wiederbekommen, würde mit ihm alt werden und sich eines Tages vielleicht fragen: Gott im Himmel, warum habe ich diesen griesgrämigen Stinkstiefel geheiratet, warum habe ich vor fünfzig Jahren nicht gewusst, wie grässlich man sich mit ihm langweilt?

Am nächsten Morgen erzählte sie den Jungen, ehe sie sie auf den Schulweg schickte, dass ihr Vater verwundet worden war, jedoch in einem Lazarett gut versorgt wurde.

Berthold als Ältester platzte vor Stolz. »Jetzt ist der Papi noch viel mehr ein Held, oder? Und im nächsten Jahr darf ich zum Jungvolk!«

»Weißt du was?«, erwiderte Nina. »Darüber sprichst du am besten mit deinem Papi, wenn er wieder da ist.« Und ein Held ist er, wenn er dir das ausreden kann, fügte sie in Gedanken hinzu.

Der Beitritt zum Jungvolk wurde Pflicht, sobald ein Junge das Alter von zehn Jahren erreichte, aber bei einem Kind, das so zart war wie ihr Berthold, war eine Zurückstellung möglich.

Der große Berthold, ihr Schwager, meldete sich einen Tag später. »Claus ist stabil«, berichtete er. »Sobald es möglich ist, werden sie ihn nach Livorno ausschiffen und von dort mit dem nächsten Lazarettzug nach München bringen. Ins Reserve-Lazarett, zu Dr. Lebsche. Peter Sauerbruch, dieser

Kamerad von Claus von den Bamberger Reitern, der den berühmten Arzt zum Vater hat, hat gesagt, als Chirurg ist Lebsche der Beste, den wir bekommen können.«

Er kommt nach Hause, nach München, so nahe zu uns, dass ich ihn werde sehen können, war zunächst alles, was Nina erfasste. Erst dann fügten sich die restlichen Worte zusammen und ergaben allmählich einen Sinn.

»Wozu braucht er den besten Chirurgen, den wir bekommen können?«, fragte sie und versprach sich und Claus stumm: Was immer es ist, wir werden damit fertig. Wir nehmen es als den Preis an, den wir dafür zahlen, dass wir uns nicht verloren haben.

»Wie schon gesagt, es sieht aus, als wäre Claus sehr schwer verwundet worden«, kam es mühsam von Berthold. »Sein Arm. Der rechte. Sie haben ihn amputieren müssen, Nina.«

Nina glaubte, Claus' Arm um ihre Mitte zu spüren, die Leichtigkeit, die dennoch besitzergreifend gewesen war, beschützend, aber auch begehrend.

Nie wieder.

Damit werden wir fertig, versprach sie ihm und sich.

»Das ist nicht alles«, sagte Berthold. »Aber Genaueres weiß ich nicht. Warten wir ab, bis er hier ist. Er kann von Glück sagen, wir können alle von Glück sagen, dass er überlebt hat.«

»Ja, das können wir«, sagte Nina. »Gute Nacht, Berthold. Lass mich wissen, wann Claus in München ankommt, damit ich gleich zu ihm kann.«

Claus' Lazarettzug erreichte München mit Beginn der Karwoche, aber Nina durfte nicht gleich zu ihm, denn Lebsche, der Chirurg, wollte unverzüglich operieren.

»Er ist in keinem guten Zustand«, murmelte Berthold unglücklich. »Ich wünschte, du und seine Duli, ihr würdet euch Zeit lassen und ihn erst besuchen, wenn es ihm zumindest ein wenig besser geht.«

»Ich und die Duli werden schon nicht aus den Latschen

kippen, wenn wir sehen, was man uns von dem Mann, den wir lieben, übrig gelassen hat«, erwiderte Nina. »Und wenn doch, dann hat Herr Dr. Lebsche sicher Riechsalz parat.«

Claus hatte eine Verletzung im Kniegelenk, in die Tetanusbakterien geraten waren, und kämpfte die Nacht hindurch um sein Leben. Zugleich musste der Chirurg ihn am Mittelohr operieren und vereiterte Granatsplitter unter der Kopfhaut entfernen. Am Morgen des Karfreitags nahm Nina den ersten Zug nach München und stand in der Abteilung II des Lazaretts vor der Tür, ehe das Personal, das wie aufgescheucht herumlief, sie hätte aufhalten können.

»Ich bin Nina Schenk Gräfin von Stauffenberg«, sagte sie zu dem jungen Mann im Arztkittel, der ihr öffnete. Sie hatte sich mit diesem Namen, den sie seit elf Jahren trug, nie zuvor in seiner vollen Länge vorgestellt. »Ich will zu meinem Mann.«

»Meine Verehrung, Gnädigste.« Der junge Arzt verbeugte sich. »Ihr Mann ist sehr schwach. Er braucht Ruhe, ich muss Sie bitten, mit einem Besuch noch zu warten.«

»Gehen Sie zu ihm«, sagte Nina. »Fragen Sie ihn, ob er mich sehen will. Wenn er das nicht will, komme ich ein andermal wieder.«

Der junge Arzt ging und kehrte kurz darauf zurück. »Bitte folgen Sie mir, gnädige Frau. Ihr Mann will Sie sehen.«

Hinter ihm eilte sie durch den Gang und bemühte sich, nicht nach links oder rechts in die offenen Krankenzimmer zu blicken, in denen Schwerverletzte, zerstückelte und zusammengeflickte Menschen in ihren Betten zwischen Leben und Tod schwankten. Menschen taugen nicht zum Krieg, dachte sie wie schon einmal vor so vielen Jahren. Sie zerbrechen zu leicht, und kein Zauber, den wir wirken, macht sie wieder heil.

Die Tür des letzten Zimmers war verschlossen. Ein Soldat in Wehrmachtsuniform stand davor und grüßte. Der junge

Arzt schob die Tür auf. »Sie wappnen sich besser«, warnte er Nina.

»Großer Gott!«

Der Mensch, der vor ihr im Bett lag, musste ihr Mann sein, andernfalls hätte der Arzt sie nicht zu ihm geführt. Von ihm zu sehen war jedoch nichts, an dem sie ihn hätte erkennen können, nur ein Streifen bleiche, gedunsene Haut zwischen einem Kopfverband und einem weiteren Verband über dem Auge.

Sie wollte zu ihm. Und sie wollte es nicht. Sie, die so forsch gewesen war, die es für ausgeschlossen gehalten hatte, dass etwas an ihm sie schrecken könnte, war auf einmal von Angst ergriffen.

Was, wenn sie nicht damit fertigwurden, wenn es mehr war, als er verkraften konnte?

Er bewegte kein Glied. Lag da wie tot.

»Nina«, hörte sie ihn ganz leise, selbst seine Stimme war nicht mehr als die seine erkennbar. »Warum kommst du denn nicht? Du musst dich nicht fürchten. Hier ist doch nur ein Claus.«

»Großer Gott«, rief sie noch einmal, lief zu ihm hin, blieb vor dem Bett stehen und legte ihre Hand auf das Stück Haut an seiner Wange, das die Verbände nicht bedeckten. »Mein Liebling.« Sie weinte. »Ich weiß nicht, was ich getan hätte, wenn du nicht zurückgekommen wärst.«

»Aber wie hätte ich denn nicht zurückkommen sollen?«, krächzte er. »Ich muss doch unser Deutschland retten.«

Nina lachte auf, auch wenn es ihr in der Kehle wehtat. »Aber selbstverständlich. Du in deinem Zustand bist dafür genau der Richtige.«

»Ja, Nina.« Sie musste sich zu ihm hinunterbeugen, um zu hören, was er sagte. »Ja, meine liebste Nina, ich bin dafür der Richtige. Jetzt, wo ich wieder bei dir bin, endlich. Ich habe es viel zu lange nicht gewusst.«

Sie war nicht sicher, ob er ›wieder bei dir‹ oder ›wieder bei mir‹ gesagt hatte, beschloss aber, dass es in diesem Fall keinen Unterschied machte. Er war wieder Claus. Was immer er verloren hatte, er hatte es sich zurückgeholt.

Lange konnte sie nicht bei ihm bleiben, denn sie sah selbst, dass jede Lebensregung ihn Kraft kostete. Also kehrte sie in das Hotel zurück, in dem sie sich eingemietet hatte, und kam anderntags wieder. Und wieder und wieder. Er würde Monate brauchen, um sich zu erholen, und sie wollte bei ihm sein, wollte selbst in dem nach Desinfektionsmittel stinkenden Krankenzimmer, in dem Ärzte und Schwestern wie in einem Bienenstock umherschwirrten, jeden Augenblick feiern, in dem sie einander noch hatten.

»Zumindest die Hälfte von dir habe ich noch«, sagte sie zu ihm. »Wie gut, dass du alles, was an dir am hübschesten war, zweimal hattest, denn so bleibt jetzt immerhin noch eines für mich.«

Der ganze Arm war ihm nicht amputiert worden, sondern lediglich die Hand, doch darüber hinaus an der linken, verbliebenen Hand noch zwei Finger, auch der, an dem er ihren Ring getragen hatte. Er wischte es beiseite. »Ich habe ja noch mehr Finger, an denen ich einen Ring von dir tragen kann.« Auf die Entfernung des Verbands drängte er täglich, weil er sich mit der Linken das Schreiben beibringen wollte.

»Schreiben muss ich doch, meine Nina. Wer weiß, vielleicht schreibe ich doch noch eines Tages einen Gedichtband für dich.«

Sie weinte zu viel. Dabei war sie nicht einmal schwanger und nahm nicht an, dass sie es noch einmal werden könnte. »Ich lese doch gar keine Gedichte. Die langweilen mich. Warum schreibst du mir keinen Abenteuerroman?«

Sein Lächeln war nicht zu sehen, nur zu hören. »Weil ich selbst einer bin. Daran hast du genug.«

Er würde zukünftig mit einem Auge zurechtkommen müssen, denn das linke hatte man ihm ebenfalls entfernt. Wie sehr sie um sein Auge weinte, wollte sie ihn nicht sehen lassen, sondern tat es, wenn sie nachts allein in ihrem Bett lag. In seine seltsamen schillernden Regenaugen hatte sie sich als junges Mädchen verliebt, und sie fühlte sich persönlich beraubt. Das war natürlich albern. Aber sie hätte vor Adolf Hitler hintreten und ihm ins Gesicht schreien wollen: Woher nehmen Sie das Recht, etwas so Schönes zu zerstören, wo es doch nichts Schönes gibt, das Sie hervorbringen können?

Claus weinte auch. Anfangs kostete ihn selbst das zu viel Kraft, doch dann weinte er um die Männer seiner Division, die wie Unkraut niedergemäht worden waren, um die Männer der unzähligen Divisionen, die er gekannt oder auch nicht gekannt hatte. Seine Ärzte boten ihm Mittel gegen die unsäglichen Schmerzen an, doch er lehnte ab. »Ich will mich nicht betäuben«, erklärte er Nina. »Es muss wehtun, damit wir wach bleiben. Wir haben uns viel zu lange erlaubt, uns auszuschlafen, während unser Land um uns in Flammen stand.«

Es war so sonderbar, dass Nina erst glaubte, sie müsse es sich einbilden, aber trotz allen Weinens, trotz der Schmerzen und der Zerstörung seines Körpers kam er ihr so fröhlich und so ausgeglichen vor wie seit Jahren nicht mehr. Mika, die ihn in der endlosen Reihe der Verwandten ebenfalls besuchte, erzählte Nina, er habe auf sie »feurig« gewirkt. »Eigentlich wie ein ganz junger Mann, der gerade erst erkannt hat, was seine Aufgabe im Leben ist.«

Kaum hatte man den Verband von seiner verstümmelten linken Hand entfernt, machte er nicht nur täglich Schreibübungen, sondern verblüffte die Verwandten damit, dass er sich bald ohne Hilfe ankleiden und unglaublicherweise sogar die Schuhe binden konnte. Über seiner leeren Augenhöhle trug er nach Piratenart eine schwarze Klappe, hatte jedoch bereits eine Schachtel mit Glasaugen erhalten und sollte üben, sie einzulegen, während die Wunde verheilte.

Eines Nachmittags, als Nina ihm die beiden älteren Jungen gebracht hatte und sie wieder abholen wollte, erwischte sie ihn dabei, wie er mit Berthold und Heimeran seine Glasaugen zu einem Murmelspiel benutzte.

Onkel Nux kam zu Besuch, so oft er nur konnte, kümmerte sich um seinen Patensohn wie um sein eigenes Kind. »Wenn sie dich in ein paar Wochen entlassen, wenn du zur Erholung nach Lautlingen kommst, dann nehme ich Urlaub, um dich zu betreuen«, versprach er. »Es wird uns beiden guttun. Wir haben schließlich so vieles zu bereden.«

»Ja, das haben wir«, stimmte Claus, der sonst von niemandem Hilfe annahm, ihm zu, und es war, als schlössen die beiden einen Pakt.

Befreundete Offiziere reihten sich ebenfalls in den nicht abreißenden Strom der Besucher ein, und ein paar Wochen nach Ostern erschien, begleitet von einer beachtlichen Eskorte, der Generaloberst Kurt Zeitzler, Generalstabschef des Wehrmachtsheeres. Der Besuch dieses ranghohen Befehlshabers zeigte deutlich, wie sehr Claus im Ansehen der militärischen Führung gestiegen war. Darüber hinaus heftete der illustre Generaloberst ihm jedoch auch noch das Verwundetenabzeichen in Gold an die Brust und überreichte wie einen Siegerpokal eine Flasche edlen Wein.

»Mein lieber Oberstleutnant, mein lieber Graf – oder darf ich Stauff sagen, wie Sie ja landauf, landab bekannt sind?« Der Generaloberst setzte sich zu Claus aufs Bett wie ein Duzfreund oder ein Schulkamerad. »Da sind Sie aber dem Totengräber wirklich im letzten Moment von der Schippe gehüpft, was, mein Guter? Ein Teufelskerl sind Sie. Ein echter Teufelskerl, genau so, wie wir sie brauchen. Mit der Front ist's ja jetzt nichts mehr, aber wissen Sie, was wir machen? Sie kommen zu uns in den Bendlerblock. In den Generalstab des Heeres. General Olbricht hat Sie sich schon angefordert, und Ihren Kumpan, den Mertz von Quirnheim, den will er auch haben. Was sagen Sie dazu? Da haben wir mal eine Elitetruppe beisammen, was? Mit dem Fromm, der das Ersatzheer befehligt, werden Sie auch bestens auskommen, und Ihre bezaubernde Frau Gemahlin hätte gegen einen hübschen Wohnsitz in Berlin doch ganz bestimmt nichts einzuwenden. Wir haben da bereits etwas im Auge, in der Tristanstraße, nicht weit von der Wohnung Ihres Bruders …«

Der Mann redete, als hätte er Angst, außer seiner eigenen eine andere Stimme ertragen zu müssen. Als er endlich gegangen war, sagte Nina: »Ich möchte nicht nach Berlin, Claus. Nicht mit den Kindern. Mir ist wohler dabei, sie in einer kleineren Stadt aufzuziehen, nicht nur wegen der Bombenangriffe, sondern weil ich das Gefühl habe, sie in der Hauptstadt vor so vielem nicht schützen zu können.«

»Ich will auch nicht, dass du mit den Kindern nach Berlin kommst«, rief Claus sofort. »Ich muss dorthin, ich habe keine Wahl, das wirst du ja verstehen. Was getan werden muss, wird sich nur von Berlin aus in die Wege leiten lassen, aber euch will ich von alledem weit weg wissen. Ihr könntet in Wuppertal bleiben, obwohl euch jetzt, wo Ruth und die Kinder nicht mehr da sind, allzu viel dort wohl auch nicht hält.«

»Wenn es dir nichts ausmacht, würde ich gern nach einer Wohnung in Bamberg suchen«, sagte Nina. »Mein Vater ist nicht recht auf dem Posten, das hast du ja erlebt. Ich könnte meiner Mutter behilflich sein, und die Gesellschaft ihrer Enkel würde allen beiden eine Freude sein.«

»Und du wärst auch nicht allein«, rief Claus, legte den Arm – den fast schon gesunden, linken – um sie und zog sie an sich. »Die Idee ist großartig, mein Ninchen. Dann kann ich in Berlin ruhig schlafen, weil ihr fünf so sicher seid, wie ihr in der derzeitigen Lage überhaupt nur sein könnt. Und wenn irgendetwas geschieht, wenn etwas nicht den Ausgang nimmt, den wir uns wünschen, dann weiß ich, ihr habt deine Familie bei euch und seid nicht allein.«

33

Caroline

Und wieder ein Weihnachten. Noch eines.

Es war, als wären all diese Weihnachtsfeste Groschen, die sie wie ein Kind in eine Spardose fallen ließ. Das ganze Jahr über zählte sie Tage, hoffte und bangte, während die ersehnte Zeit näher rückte, und wenn sie dann gekommen war, konnte sie es kaum fassen und fügte sie voll Stolz ihrem Guthaben hinzu.

Wieder ein Weihnachten. Noch eines.

Es war ein so schlimmes Jahr gewesen.

Es war ein so schönes Jahr gewesen.

Sie hatte annehmen müssen, sie hätte ihr Kind verloren, sie hatte ihr Kind, das sie heil und gesund geboren hatte, vollkommen entstellt zurückbekommen, aber sie hatte dieses Kind in ihrem Haus unter ihren Schutz nehmen und über Monate gesund pflegen dürfen, noch einmal so, wie sie es gepflegt hatte, als es tatsächlich ein Kind und schwer krank gewesen war. Nux war gekommen, um ihr zur Seite zu stehen, um stundenlang in Claus' Krankenzimmer zu sitzen und ihn in Gesprächen zu stärken, und zu Weihnachten kamen sie alle. Diesmal fehlte kein Einziger, und es wurde ein strahlendes Fest wie in den alten Zeiten.

Ein Fest des Lebens.

Dass ihr jüngster Sohn auf seinen eigenen Beinen den Gartenweg herauf und durch ihre Tür kam, hätte Carolines schönstes Geschenk sein können, aber das war es nicht. Ihr schönstes Geschenk war, dass er lächelte, und dass es jenes gewinnende Lächeln war, das sie von ihm kannte.

Er war wieder Claus.

Er war wieder bei sich.

Mit seinem versehrten Arm, mit seinen noch schwachen Beinen tanzte er mit seiner Frau und sah sie dabei mit seinem verbliebenen Auge an, als gäbe es im Raum nur sie beide und als hätte er sich in jedem Moment, der verstrich, aufs Neue in sie verliebt.

Sie hatte es verdient.

Was immer Caroline einst von dem kleinen Fratz, der sie gewesen war, gehalten hatte – sie war zu einer Frau geworden, der sie nichts anderes als Bewunderung für ihren Mut zollen konnte. Sie hatte das Schwierigste geschafft, was eine Frau für ihren Mann tun konnte: Sie hatte ihn nicht nach ihren eigenen Wünschen, nach ihren Hoffnungen, Sehnsüchten und nicht einmal nach den Bedürfnissen der Familie gelenkt, wie eine Frau von ihrer Klugheit es vermutlich gekonnt hätte. Stattdessen hatte sie ihm geholfen, zu sich selbst zurückzufinden, ohne sich darum zu scheren, welche Folgen das für sie haben mochte.

Caroline wünschte und gönnte dieser Schwiegertochter alles Glück. Sie fühlte sich ihr näher und würde sich ihr für immer näher fühlen als jeder Frau, mit der sie hätte warm werden können.

Je schöner das Weihnachtsfest verlief, je tiefer und inniger es Caroline berührte, desto schwerer war es, die Angst vor seinem Ende im Zaum zu halten. Aber als wäre Caroline in diesem Jahr noch nicht reichlich genug beschenkt worden, würden zwei ihrer Jungen, Berthold und Claus, noch ein paar Tage bleiben. Beide arbeiteten jetzt in Berlin, Claus als Chef des Stabes im Allgemeinen Heeresamt, wo er einem General namens Friedrich Olbricht unterstellt war, auf den er große Stücke hielt. Letzteres betonte er immer wieder, und dass er seinen Freund aus Ausbildungstagen, Albrecht Mertz von Quirnheim, als zweiten Mann hatte zu sich holen dürfen, freute ihn auch.

»Albrecht wird auf seine alten Tage noch einmal heiraten«, berichtete er vergnügt. »Im Juni ist die Hochzeit, die Braut heißt Hilde, und ich werde Trauzeuge.«

»Auf seine alten Tage, von wegen.« Caroline schlug mit ihrer Serviette nach ihm. »Soweit ich weiß, ist Ritter Mertz höchstens zwei Jahre älter als du.«

»Ich bin ja auch schon ein alter Geselle.« Claus fing die Serviette mit den drei Fingern der Linken, mit denen er versuchte, ebenso selbstverständlich umzugehen wie andere mit zehn. So war er immer gewesen, eine Schwäche hatte er sich nie zugestanden, sondern hatte von sich jedem körperlichen Nachteil zum Trotz das Äußerste verlangt. Jetzt grinste er sie einäugig an, genauso frech wie früher. »Mit sechsunddreißig wird man allmählich rostig. Wenn du mir nicht glaubst, frag meine Frau.«

Caroline fragte niemanden, sondern war einfach glücklich, dass er in seinem Amt im Bendlerblock unter Männern zu sein schien, die ihn zu schätzen wussten, die behutsam mit ihm umgingen und ihm in seinem noch angeschlagenen Zustand ein paar zusätzliche Urlaubstage zugestanden. Dass er sie mit ihr und mit seinem Bruder auf Lautlingen verbringen wollte, statt mit seiner Frau nach Bamberg zu fahren, war die Kirsche auf dem Eisbecher.

Nina blieb nicht länger, sondern reiste mit ihren Kindern ab, um ihre Eltern zu begleiten. Ihrem Vater ging es zusehends schlechter, er war ein Schatten seiner selbst, und ihre Mutter drängte darauf, er müsse zurück nach Bamberg, zu seinem vertrauten Hausarzt. Es tat Caroline weh um diese beiden Menschen, denen sie vielleicht anfangs nicht sonderlich wohlwollend gegenübergestanden hatte, die ihr jedoch ans Herz gewachsen waren, weil sie dieselben Menschen liebten, an der Seite desselben Paares auf einem Hochzeitsfoto abgebildet waren und an demselben Taufbecken klammheimlich Tränen verdrückt hatten.

Claus begleitete seine Familie zum Auto und stützte seinen Schwiegervater mit dem gesunden Arm. Caroline folgte ihnen bis ans Gartentor, wünschte noch einmal alles Gute und winkte.

Der Fahrer öffnete den Schlag des Wagens und wollte seinem Dienstherrn, dem alten Baron Lerchenfeld, hineinhelfen, aber dieser hielt sich an der Autotür fest und wandte sich noch einmal an Claus: »Mein guter Junge«, sagte er und klopfte ihm mit seiner zitternden Hand auf die Schulter. »Ich möchte noch einmal gerne, dass du weißt, wie stolz ich darauf bin, dein Schwiegervater sein zu dürfen. Bei dir habe ich mein einziges Kind vom ersten Tag an in guten Händen gewusst. Ich habe meine geliebte Nina aus meinem Schutz in den deinen entlassen, weil ich mir sicher war, dass sie an deiner Seite in keinem Sturm etwas zu fürchten hätte. Dafür danke ich dir von Herzen.«

Caroline hätte erwartet, dass Claus etwas sagte, um dem Freiherrn seine liebevollen Worte zu vergelten, doch selbst er mit seiner wundervollen Redegabe schien dafür zu bewegt. Also berührte er seinen Schwiegervater lediglich an der Schulter und half ihm so behutsam in den Wagen, wie er sonst mit seinen Kindern umging. Seine Schwiegermutter umarmte er kurz und seine Frau lang und innig, ehe er sie abfahren ließ und zu Caroline zurückkehrte.

Es war schön, die beiden Söhne dazuhaben und verwöhnen zu können wie in alten Zeiten. Die Rationen für Lebensmittel waren noch weiter gekürzt worden, und hinzu kam, dass es in den Städten etliches überhaupt nicht mehr zu kaufen gab, doch in Lautlingen herrschte noch immer kein Mangel. An den Tagen unternahmen sie zu dritt Spaziergänge durch das verschneite Tal, und an den Abenden saßen sie zusammen am Kamin im Salon und führten wie früher Gespräche über Literatur, Philosophie und Kunst. So schön und wärmend fand Caroline diese kurze Zeitspanne, dass sie beschloss, den Weihnachtsbaum in diesem Jahr noch nicht abzuschmücken, auch wenn er Nadeln verlor und die Kerzen heruntergebrannt waren. Sie hatte den kleinen Trompeterengel mit dem einen Flügel, der nun mehr denn je ihrem Claus glich, hineingehängt.

Wenn Angst in ihr aufkeimen wollte, verdrängte sie sie. Claus war ein vernünftiger, besonnener Mann, der klug und vorausschauend handelte. Mit seinem Talent, die richtigen Leute zusammenzubringen, würde er die notwendigen Schritte einleiten, würde etwas in Gang bringen, und es würde alles gut gehen, auch wenn ihre Welt, wie sie sie kannten, eine Zeit lang in Trümmern liegen würde. Das hatten sie einmal überlebt, und die Generationen ihrer Familie, die es betraf, würden auch diesmal überleben.

Die Zeit verging viel zu schnell. Am letzten Vormittag gingen Claus und Berthold noch einmal mit ihr in den Wald, doch nach einem leichten Mittagessen zogen sie sich zurück, um in ihren Zimmern zu packen und sich auf die Rückkehr an ihre Arbeit vorzubereiten.

»Heute Abend lassen wir es uns noch einmal gut gehen und köpfen einen von Papas alten Weinen«, hatte Berthold versprochen.

Caroline wollte sich darauf freuen, doch in den leeren Räumen mit den hohen Decken kam sie sich schon jetzt verloren vor, und dass Abschiedsessen keine freudige Angelegenheit waren, wusste ja ein jeder.

Die Sonne war bereits untergegangen, als sie die Treppe hinaufstieg, um aus ihrem Schlafzimmer etwas zu holen. Zu ihrer Verwunderung vernahm sie aus Claus' Zimmer, dessen Tür vielleicht versehentlich nicht ganz geschlossen worden war, die Stimmen ihrer Söhne. Sie hatte angenommen, ein jeder säße an seinem eigenen Schreibpult über Papieren, doch stattdessen hatten sie offenbar etwas miteinander zu besprechen.

»Du kannst dich darauf verlassen«, hörte sie Claus sagen. »Henning und ich haben die Pläne auf jede Schwachstelle abgeklopft und sie für unsere Zwecke angepasst. Sie waren ja ursprünglich dazu gedacht, im Fall eines Umsturzversuchs einen Zusammenbruch zu verhindern und die kämpfenden Truppen zu schützen. Und genau das kommt uns zugute, da jeder Kommandeur entsprechend prompt reagieren wird. Mit der Auslösung des Plans durch das Stichwort *Walküre* wird der militärische Ausnahmezustand verhängt und der Oberbefehl über die Wehrmacht auf unseren Mann übertragen. Alle Befehle sind unterzeichnet. Lange bevor klar wird, was wirklich passiert ist, haben wir sämtliche Schaltstellen unter Kontrolle gebracht und mit unseren Leuten besetzt.«

»Dafür zeichnest du federführend?«, fragte Berthold.

»Albrecht, ich und ein paar weitere«, antwortete Claus. »General Olbricht zum Beispiel. Ein sehr guter Mann. Und einer, der sich mit den Vorgängen im Bendlerblock auskennt wie in seiner eigenen Westentasche. Werner von Haeften ist auch ein guter Mann. Verlässlich. Klug. Ich habe in diesen kurzen Wochen mit ihm Freundschaft geschlossen.«

»Und Fromm?«

»Bei ihm bin ich vorsichtiger. Es ist nicht so, dass er unserer Sache nicht zugetan ist, aber ich möchte ihn nicht mit Aufgaben betrauen, für die ihm im entscheidenden Moment vielleicht der Mut fehlt. Es genügt, wenn er uns in der ihm unterstellten Behörde ungestört arbeiten lässt.«

»Gut, Claus«, hörte sie Bertholds Stimme, die schwer und nachdenklich klang. »Es scheint, als fielen jetzt wirklich alle entscheidenden Teile Stück für Stück an ihren Platz.«

»Das tun sie«, bestätigte Claus. »Wir arbeiten an der Regierungserklärung, die verlesen werden soll, sobald sämtliche Rundfunksender in unserer Hand sind.«

»Lass hören.«

»›*Erste Aufgabe ist die Wiederherstellung der vollkomme-*

nen Majestät des Rechts‹«, rezitierte Claus versonnen. »›*Zur Sicherung des Rechts und des Anstandes gehört die anständige Behandlung aller Menschen. Es ist ein grober Irrtum, anzunehmen, dass es einer Regierung gestattet sei, das Volk durch Lügen für ihre Ziele zu gewinnen. Die zerbrochene Freiheit des Geistes, des Gewissens, des Glaubens und der Meinung wird wiederhergestellt.‹*«

Es klang so schön, so verheißungsvoll, und die geistige Urheberschaft ihres Sohnes stach so klar heraus, dass Caroline sich für kurze Zeit einlullen ließ und die Ängste, die in ihr aufwallen wollten, vergaß.

Dann fuhr Claus fort, doch der Ton war verändert: »›*Die Judenverfolgung, die sich in den unmenschlichsten, unbarmherzigsten, tief beschämenden und gar nicht wiedergutzumachenden Formen vollzogen hat, wird sofort eingestellt‹*«, trug er vor. Bei den letzten Worten stockte ihm die Stimme, und auch die seines Bruders klang belegt, als er sagte: »In der Tat. Was da verbrochen worden ist, ist niemals wiedergutzumachen.«

»Du hast es nicht getan, Berthold«, kam es scharf von Claus.

»Du auch nicht«, rief Berthold.

Kurze Zeit herrschte Stille, und das Wort, das Claus dann murmelte, konnte Caroline nicht verstehen. Klar hörte sie erst wieder, was er hinzufügte: »Das unterscheidet uns. Bitte vergiss das nie.«

»Claus …«

»Nein«, unterbrach ihn der Jüngere. »Das habe ich mit meinem Gewissen abzumachen, und sosehr ich es zu schätzen weiß, dass du mich zu trösten versuchst – es ist weder möglich noch nötig. Außerdem hast du mit den Kontakten zum Oberkommando sowieso noch alle Hände voll zu tun. Kommst du zurecht? Oder brauchst du Unterstützung?«

»Ich komme zurecht, auch wenn ich mit deinem Tatendrang nicht mithalten kann. Ich mache noch halt in Eberswalde und treffe mich mit jemandem, ehe ich nach Berlin weiterfahre.«

»Gut so. Wir sehen uns in der Tristanstraße.«

Claus hatte in Berlin keine eigene Unterkunft beziehen, sondern ein Zimmer bei Berthold in dessen geräumiger Wohnung in einem Haus der Gründerzeit mieten wollen. Caroline hatte es gemocht, sich die beiden zusammen wie in einer Studentenbude vorzustellen, doch sie hatte sich auch darüber gewundert, weil Claus von seiner Dienststelle ja eine Wohnung gestellt bekam. Jetzt verstand sie den Grund. Ihr Herz jagte, und sie verschränkte die Hände, um sich zu beherrschen.

Ihre Söhne und deren Verbündeten hatten es also tatsächlich geschafft, ein Netz aufzubauen, das das mörderische Schandregime der Nazis zu Fall bringen würde. Mithilfe eines geheimen Plans der Wehrmacht, der den Namen *Walküre* trug, würden sie anschließend dafür sorgen, dass das Land nicht im Chaos versank, sondern eine geordnete Übergabe stattfand, eine Regierung gebildet werden konnte, die befugt war, mit den Alliierten über einen sofortigen Friedensschluss zu verhandeln.

Dass all dies, der Aufbau der Verschwörung und die komplizierte Organisation, in den Händen ihrer Kinder lag, raubte ihr den Atem. Und zugleich schien es ihr seltsam richtig und vorherbestimmt.

Ein Stuhlbein scharrte über das Parkett, dann wurde die Tür aufgeschoben, und wie zwei ertappte Sünder standen ihre Söhne im Eingang.

»Mama!«

»Duli!«

»Ja, ich bin es«, sagte Caroline mit einer Ruhe, die sie nicht empfand. »Also steckt ihr beide darin. Und wann und unter welchen Umständen wolltet ihr mir das sagen?«

»Überhaupt nicht«, erwiderten Claus und Berthold zwar nicht wie aus einem Mund, aber immerhin so, dass man es hätte behaupten können.

Caroline gab sich lässig und wandte sich zum Gehen. »Kommt nach unten. Das Essen ist so gut wie servierfertig, und wenn Ilse eigens ein Federvieh opfert und sich die Mühe mit einem Braten macht, dann soll die Haut nicht ledern werden. Wir reden später. Beim Digestif.«

Das Essen war ausgezeichnet, doch Caroline bezweifelte, dass einer von ihnen viel schmeckte. Anschließend beorderte sie ihre Söhne in den kleinen Raum neben Schlaggis Arbeitszimmer, der in früherer Zeit als Rauchzimmer genutzt worden war. Da niemand etwas Stärkeres wollte, hatte sie Berthold eine weitere Flasche des kostbaren Burgunders öffnen lassen, auf den Schlaggi so stolz gewesen war.

»Ich stelle euch keine Fragen, als wärt ihr noch kleine Jungen«, eröffnete Caroline das Gespräch.

»Das trifft sich gut«, sagte Claus. »Denn wir könnten dir keine Antworten geben. Außerdem hast du, auch als wir kleine Jungen waren, nicht zu den Müttern gehört, die ihre Kinder ins Kreuzverhör nahmen.«

»Weil ich wusste, dass meine Kinder nichts tun würden, das ihre Mutter nicht ertragen könnte«, erwiderte Caroline. »Bis auf ein einziges Mal, als Claus mir mehr oder minder drohte, mit seinen sieben Jahren geradewegs an die Front in Flandern zu marschieren und mich zur Heldenmutter zu machen.«

Claus und Berthold tauschten einen Blick, und Claus lächelte. »Wenn es dir darum geht – ich habe dergleichen nicht vor, und Generaloberst Zeitzler hat bereits festgehalten, dass eine Rückkehr an die Front für mich ausgeschlossen ist.«

»Du weißt, wovon ich spreche«, verwies sie ihn. »Du stehst jetzt an einer anderen Front, du hast deinen Bruder hineingezogen, und auch wenn ich die Erste bin, die begreift, dass ihr das einzig Richtige und Unvermeidliche tut, will ich von euch das Versprechen, dass ihr vorsichtig seid.«

»In so etwas zieht niemand einen anderen hinein«, berichtigte Berthold. »Ein jeder von uns tut, was er nach gründlichem Abwägen als seine Pflicht erkannt hat.«

»Nun gut. Jedenfalls steckt ihr beide darin. Wer noch?« Ein Einfall sprang sie an. »Mein Bruder Nux?«

Ihre Söhne nickten.

»Und Peter? Und Caesar?«

Sie nickten wieder.

»Mein gesamtes Weihnachtszimmer scheint eine Brutstätte von Verschwörern gewesen zu sein«, sagte Caroline, ohne dass jemand lachte. »Dass ihr eure Pflicht tut, weiß ich, Berthold. Werdet ihr euch bei der Erfüllung eurer Pflicht aber auch daran erinnern, dass ihr Frauen und Kinder, dass ihr eine Mutter habt und dass ihr so viel Vorsicht walten lassen müsst wie nur irgend möglich?«

Wiederum nickten beide.

»Gut«, sagte Caroline und versuchte, sich zu entspannen.

»Reden wir von etwas anderem«, bat Claus, und sie versuchten ihr Bestes, um dem nachzukommen. Da ihren Bemühungen jedoch nur dürftiger Erfolg beschieden war, schlug Berthold vor, schlafen zu gehen. Die anderen stimmten zu. Es war das Vernünftigste, was sie tun konnten, doch Caroline vermochte das Gefühl nicht abzuschütteln, sie dürfe ihre Söhne noch nicht gehen lassen, und es kam ihr vor, als ginge es Claus genauso.

Eines hatten sie alle vermieden zu erwähnen, selbst die beiden, als sie vorhin allein gewesen waren, und auch Caroline in ihren Gedanken: Solange der Mensch, der diesen Weltenbrand entzündet hatte, lebte und in Freiheit war, würde es nicht möglich sein, ihm das Zepter aus der Hand zu nehmen und den Wahn zu beenden.

Sie ging zum Kamin und löschte die kleinen Lampen auf dem Sims. »Es wird sich jemand … um den Verbrecher selbst kümmern müssen«, brachte sie heraus. »Für alles andere ist es sicher nicht schwierig, Leute zu finden. Es müssen ja Hunderte, nein Tausende aufgebracht sein und nur darauf warten, sich zu erheben. Schließlich leben wir noch immer in keinem Land voller Wahnsinniger, auch wenn es gelegentlich den Anschein hat. Aber für den eigentlichen Akt – da mag es schwierig sein. Es gelingt mir nicht, mir vorzustellen, was für eine Art Mensch bereit sein könnte, einen solchen Schritt zu gehen.«

»Dann stell es dir nicht vor«, sagte Berthold. »Was erreichst du damit? Dass es solche Menschen gibt, die aufgrund ihrer Lebenssituation in der Lage sind, ein weit größeres Risiko einzugehen, haben wir bereits 1939 im Bürgerbräukeller gesehen. Natürlich muss es diesmal besser geplant und verlässlich zugehen. Aber dafür trägst ja nicht ausgerechnet du Sorge, Mama. Vergiss es. Überlass es uns. Spätestens im Sommer sind wir alle wieder hier, und wer weiß, vielleicht wird dann Frieden sein.«

Sie gingen zu Bett. Anderntags stand Caroline wieder einmal in ihrer Tür, während ihre Lieben ihr Haus verließen, hielt im Schatten der Blutbuche Aramis am Halsband und verspürte nicht die geringste Lust auf Käsekuchen. Berthold, der ja zunächst nach Eberswalde wollte, um mit Angehörigen der Marine zu sprechen, brach eine Stunde früher auf als Claus. Als ihr Jüngster sie lange umarmt und dann mit einem kleinen Lächeln losgelassen hatte, um den Gartenweg hinunterzugehen, schwang sie plötzlich herum und rannte zurück in ihren Salon.

»Warte!«, rief sie im Laufen, nicht sicher, ob er sie hörte.

Von einem der nadelnden Äste des Baums pflückte sie den kleinen Trompeterengel, rannte, begleitet von ihrem Hund, wieder zurück und schob ihn Claus in die drei Finger seiner Hand.

Fragend sah er sie an, doch sie schüttelte den Kopf. »Komm gut heim«, sagte sie.

34

Nina
1944

Drei Wochen nach Neujahr starb ihr Vater. Nina hatte in der neuen Wohnung in Bamberg praktisch gerade erst Koffer und Kisten ausgepackt, hatte sich um die Kinder kümmern wollen, die nach den langen Ferien außer Rand und Band waren, und musste sie nun mit Annemie allein lassen, um ihrer Mutter zur Seite zu stehen.

Sie hatte ihren Vater so sehr geliebt, sie war sein einziges überlebendes Kind gewesen, und sie war ihm für die Liebe und Wertschätzung, mit der er sie aufgezogen hatte, unendlich dankbar. Hätte ihr Vater sie nicht in ihrem Willen bestärkt und in ihrem Denken ermutigt, hätte sie vielleicht keinem Mann so tief vertrauen können, wie sie Claus vertraute, und nicht mit ihm verbunden sein können, wie sie es waren. Sie hätte um ihren Vater wie eine Wölfin heulen wollen, er hatte nichts anderes von ihr verdient, aber sie konnte es nicht.

Allein ging sie in das Schlafzimmer im oberen Stockwerk, das ihre Eltern fast so lange geteilt hatten, wie sie auf der Welt war, bat ihre Mutter in der Tür, auf sie zu warten, und trat vor das Bett, in dem er aufgebahrt lag.

Er kam ihr so klein vor, ihr hochgewachsenes Väterchen. Klein und so, als wäre er in den drei Tagen, seit sie ihn zum letzten Mal lebend gesehen hatte, um dreißig Jahre gealtert. Er war schon weltenweit fort, und als sie seine Hand streicheln wollte, berührte sie ein kaltes, steifes Ding. Darüber hätte sie weinen wollen, dass ihr Vater nicht mehr hier war und ihre Liebe nicht mehr spürte. Aber sie konnte es nicht.

Alles, was sie dachte, war: Gut, dass er an Weihnachten noch so glücklich war, obwohl es ihm schlecht ging, dass er es noch so genossen hat, mit Claus zusammen zu sein, dass er ganz friedlich, ohne Schrecken gestorben ist. Gut, dass er von dem, was noch kommt und was wir werden wissen müssen, nichts gewusst hat. Er war ein gütiger, fürsorglicher Mann gewesen, er hatte sein Leid und seine Last mit sich alleine abgemacht, und es war ihm zu gönnen, dass er seine Ruhe hatte finden dürfen, ohne sich um die, die er zurückließ, zu sorgen.

Ihre Mutter wartete nicht länger, sondern trat zu ihr und klammerte sich an ihre Hand. »Er hat ja deinen Claus so verehrt«, sagte sie. »Und du warst sein Ein und Alles. Deine Kinder. Eure Familie. Sein ganzer Stolz wart ihr.« Sie schniefte und sah zu Nina hinüber. »Weinst du gar nicht?«

Die Mutter erschien ihr auch geschrumpft und um mindestens ein Jahrzehnt gealtert.

»Später«, sagte sie. »Wenn ich allein bin. Ich muss heim zu den Kindern, Mami. Es ist ja nicht weit, lass mich wissen, wenn du mich brauchst.«

Sie ging nach Hause, breitete die Arme aus, sodass alle Kinder hineinlaufen konnten, und fühlte sich dabei wie ein Automat. »Der Großvati ist gestorben«, sagte sie. »Wenn euch zum Weinen ist, ist das ganz in Ordnung.«

Berthold, der zu seinem eigenen Verdruss nah am Wasser gebaut war, weinte, und auch die kleine Valerie, die ihren Großvater kaum gekannt hatte. Franz Ludwig stellte ein paar Fragen über Himmel und Wolken, und Heimeran, das weichste, zärtlichste ihrer Kinder, ging zielstrebig zum Tisch, auf dem sein heiß geliebtes Mensch-ärgere-dich-nicht-Spiel aufgebaut stand, und packte es sorgfältig in seine Schachtel. Für gewöhnlich bettelte er Geschwister, Eltern und sämtliche Besucher an, es mit ihm zu spielen, und wenn sich niemand bereitfand, spielte er etliche Runden gegen sich selbst.

Jetzt baute er es ab und stellte die Schachtel in das Regal, in dem die weniger benutzten oder schon vergessenen Spielsachen der Kinder aufbewahrt wurden.

Nina fühlte sich schuldig. Sie hätte mit ihren Gedanken bei den Kindern sein und ihnen zur Seite stehen müssen. »Warum packst du dein Lieblingsspiel denn weg, Heimi?«, rief sie. »Im Moment habe ich einiges zu tun, aber nachher, wenn ich fertig bin, können wir vielleicht alle zusammen eine Runde spielen?«

Heimeran drehte sich um und schüttelte mit ernster Miene den Kopf. »Das Spiel hat mir der Großvati geschenkt«, sagte er. »Damit darf jetzt keiner mehr spielen, denn ich will nicht, dass ein Teil davon verloren geht.«

Nina hatte Claus nicht Bescheid geben können, aber jemand musste ihn informiert haben, denn am Abend, als die Kinder schon in ihren Betten lagen, stand er vor der Tür.

»Großer Gott. Wo kommst du denn her?«

»Wo so ein Claus eben herkommt. Dein Vater ist gestorben. Da muss ich doch bei dir sein.«

Er stand vor ihr, so groß und lebendig in dem alten Uniformmantel, der seine Schultern breiter wirken ließ, so gesund und kraftvoll, als wäre nie etwas geschehen, er nicht verwundet und der Plan, dem jetzt alles galt, nie gefasst worden. Genauso fest und tröstlich nahm er sie in die Arme, und sie spürte, wie stark und hart gegen sich selbst sie in all diesen Monaten hatte sein müssen, so hart, dass ihre Bauchdecke sich wie eine Steinplatte anfühlte und ihr Nacken vor Anspannung schmerzte.

Sie würde auch weiter stark und hart gegen sich selbst sein müssen, womöglich noch stärker und härter, als sie es sich jetzt auch nur vorstellen konnte, aber nicht im Moment.

Nicht heute Nacht.

Sie ließ sich fallen, und er fing sie.

»Ich habe deinen Vater so sehr gemocht«, sagte er.

»Er dich auch.«

»In gewisser Weise …«, begann Claus zögernd, »in gewisser Weise, und wenn du mir dafür bitte nicht böse bist, bin ich froh, dass er jetzt gehen durfte, im Reinen mit sich selbst. Ich hätte nicht gern gehabt, dass er hätte erfahren müssen, was ich tue … Er hat immer so viel von mir gehalten. Von meiner Treue. Davon, dass ich mein Wort halte.«

»Ich auch«, sprudelte Nina erleichtert heraus. »Ich bin froh, dass er gestorben ist, ohne sich um uns zu sorgen, auch wenn ich ihn so gerne noch bei mir gehabt hätte. Ich bin froh, dass er von dem, was er nicht hätte begreifen können, nichts gewusst hat. Hätte er die Zusammenhänge aber begriffen, dann hätte er auch gewusst, dass du tust, was du tun musst, Claus.«

Endlich konnte sie weinen, wenn auch nur ein wenig. Er wiegte sie und wisperte in ihr Ohr ein paar Erinnerungen aus den Tagen, in denen er ihren Vater kennengelernt hatte, wie er ihm hatte imponieren wollen und sich ein wenig gefürchtet hatte, wie aber die Furcht geschmolzen war, als er das erste Mal mit ihm an einem Schachbrett gesessen und gedacht hatte: Einen Fürsprecher habe ich schon. Was die schöne Tochter will, ist noch fraglich – aber der Vater will mich.

»Ach, Claus, weißt du, wie gut es ist, dass du da bist? Dass ich beim Heulen lachen muss und dass ich mich heute Nacht in dir verkriechen kann?«

»Vielleicht besser umgekehrt.« Er grinste frech. Mit der Liebe tat sich sein geschundener Körper noch schwer, und sie hatte bei jeder stürmischen Umarmung Angst, ihm wehzutun, aber seltsamerweise tat das der Leidenschaft keinen Abbruch, sondern bewirkte eher das Gegenteil. Sie begehrten einander so heftig, wie sie es in ihrer Anfangszeit getan hatten, als die Liebe Neuland und ein Abenteuer gewesen war.

Er trug seine Augenklappe, weil ihm, wie er sagte, die Glasaugen ständig aus der Höhle rollten, und Nina war darüber froh. Die Augenklappe sah aus, als hätte er sich zum Vergnügen der Kinder als Pirat verkleidet, nicht als wäre sein Auge, das sie geliebt hatte, tot. »Wenn ich also willkommen bin«, fragte er, »bekomme ich dann ein Abendessen? Und darf ich mein Gepäck reinholen?«

Das Gepäck, das hinter ihm auf dem Treppenabsatz wartete, bestand außer seinem Tornister aus zwei riesigen Säcken.

»Du liebe Zeit«, rief Nina. »Wie lange kannst du denn bleiben?«

»Nur übers Wochenende«, sagte er.

»Und was ist für ein einzelnes Wochenende alles in diesen Säcken?«

»Meine Wäsche«, sagte er und begann die Säcke in den Korridor der Wohnung zu zerren. »Die kann ich ja nicht Bertholds Mädchen lassen, die hat ohnehin mit uns allen genug zu tun.«

Er hatte schon früher Wäsche mitgebracht, aber nie solche Mengen.

Annemie kam aus ihrem Zimmer und fragte, ob sie behilflich sein könne, aber Claus wehrte entschieden, ja beinahe schroff ab. »Das ist nicht nötig, wir kümmern uns selbst um alles. Legen Sie sich wieder schlafen.«

Sie gingen in die Küche, und er richtete sich ein wenig Käse, Brot und für sie beide ein Glas Wein. Wenn Claus nicht erwartet wurde, war kein Schinken im Haus, der jetzt schwierig zu bekommen war.

Er bat sie, ihm sein Tablett in die Wohnstube zu tragen, und schleppte selbst einen der Wäschesäcke, den er aufknotete, nachdem er das Feuer im Kamin geschürt hatte. Der Sack enthielt keine Wäsche. Er war bis oben hin vollgestopft mit Papieren.

»Das muss alles weg«, sagte er. »Geht das in Ordnung? In der Tristanstraße haben wir Zentralheizung, wenn wir da ein Feuer machen, wird der Blockwart aufmerksam.«

»Frag mich nie wieder, ob das in Ordnung geht«, sagte Nina, kniete sich vor den Kamin und schob die Papiere, eines nach dem anderen, in die noch schütteren Flammen. Dass sie dabei einen Blick darauf warf, ließ sich nicht vermeiden, und vielleicht hatte sie das ja beabsichtigt. Auf einem schwach und verschmiert gedruckten Flugblatt prangte am Kopf der Name *Nationalkomitee Freies Deutschland.*

Claus riss ihr das Blatt aus der Hand. »Ich will nicht, dass du das machst, Nina.«

»Aber ich will es.«

Er legte das Blatt beiseite, kniete sich zu ihr und nahm sie in die Arme. »Meine Liebste«, sagte er. »Dass du es willst, weiß ich, und ich bin dir dafür dankbar, aber ich kann es nicht erlauben. Was wir tun, wird gut gehen, mit dem Mörderwahn wird es vorbei sein, und dann sammeln wir uns ein und machen mit unserem Leben weiter. Auch wenn es nicht mehr so sein kann, wie es gewesen ist. Auch wenn wir mit dem, was war und was Männer wie ich zugelassen haben, werden leben müssen.«

»Claus, damit können wir leben«, begann sie, doch er ließ sie weiter nicht kommen.

»Psst, Ninchen«, sagte er, »noch ist dein Schwatzhans von Ehemann nicht ganz fertig. Du hast recht, wir werden Wege finden, um mit alledem zu leben, wir werden unsere Kinder aufziehen und gut auf unsere Mütter achten, in Lautlingen Weihnachten feiern und eines Tages zusammen nach Paris fahren, um so viel *Vol de Nuit* für dich zu kaufen, dass du darin baden kannst.«

»Ojemine. Berthold erzählt mir jetzt schon, die Mütter seiner Schulkameraden riechen nicht so komisch wie ich.«

»Der wird auch noch zu schätzen lernen, wenn der Duft

einer Frau die Niederungen des Menschendaseins überlagert«, erwiderte Claus lächelnd. »Hast du denn noch genug in deiner Flasche, bis ich wieder Nachschub besorgen kann?«

»Ich teile es mir ein«, sagte Nina. »Ich nehme ein anderes für den Alltag und lege *Vol de Nuit* nur auf, wenn mein Mann heimkommt und ich in Stimmung für ein bisschen Glamour bin.«

Er küsste sie. »So ist es gut. Mit dem Glamour fangen wir gleich an. Aber vorher noch eines, Liebste. Ganz rasch: Wenn wir uns irren. Wenn irgendwo ein Fehler in unserem System steckt und es nicht gut geht – dann darfst du von alledem nichts wissen, verstehst du? Du darfst mit keinem einzigen Handschlag daran beteiligt sein, nicht einmal mit ein bisschen Papier, das du ins Feuer gesteckt hast, denn dann wirst du auch nicht lügen müssen, was du nicht gut kannst, und man wird dir glauben. Wenn es nicht gut geht, Nina – dann müssen die Kinder dich behalten dürfen.«

Aber es wird doch gut gehen, wollte sie aufbegehren, du hast doch gerade gesagt, es geht gut, wir fahren nach Paris, und ich bade in *Vol de Nuit*. Das Feuer knisterte, und gegen die nachtdunkle Scheibe stürzte leiser Regen. Beim Klang dieser Laute, die zu ihrem Leben gehörten, begriff sie, dass das nicht ihre Reaktion sein durfte. Sie waren zwei Segler, sie hatten in diesem Sturm ein jeder seinen Platz, und sie durfte den ihren so wenig verlassen wie er den seinen, denn sonst sank ihr Boot.

Sie schluckte trocken und sammelte sich. »Lügen kann ich besser als du«, sagte sie. »Einverstanden, ich fasse diese Papiere nicht mehr an, aber du kannst nicht diese ganze Last mit dir herumschleppen und schweigen, du musst mir zumindest das Wichtigste erzählen, damit du nicht daran erstickst.«

Er sah sie so eindringlich an, dass sie glaubte, den Blick des verlorenen Auges durch den Stoff der Augenklappe zu spüren, und schüttelte den Kopf. »Es geht nicht, Nina. Ich darf dir nichts sagen.«

»Was ist mit dem Heft?«, rief sie in einem plötzlichen Einfall. »Du könntest es wie früher dort hineinschreiben, auf der letzten Seite ist noch ein wenig Platz.«

»Das Heft müssen wir auch verbrennen«, presste er heraus.

»Ist gut«, sagte Nina, »wir verbrennen es. Aber noch nicht jetzt gleich. Es liegt in meiner Nachttischschublade, du holst es dir heraus, schreibst hinein, was du mit mir teilen musst, und wir verbrennen es später. Noch haben wir ja etwas Zeit.«

So viel zumindest wusste sie. Sie hatte ihm während der Weihnachtstage gestanden, dass es ihr schwerfiel, nicht einmal zu ahnen, wann die Dinge in Bewegung gesetzt werden würden, und er hatte ihr gesagt, dass die Vorbereitungen noch ein paar Monate in Anspruch nehmen würden. Er würde sie wissen lassen, wenn der Zeitpunkt nah war, hatte er gesagt.

Claus überlegte. »Ist gut«, sagte er schließlich. »Das kann ich tun. Aber nur, wenn du mir zwei Dinge versprichst.«

»Und welche sind das?«

»Versprich mir, dass du es wirklich verbrennst«, sagte er. »Dass kein einziger Fetzen davon übrig bleibt und dass du dich nicht dabei erwischen lässt.«

»Ist das alles?«, fragte Nina. »Das ist nicht schwierig, das verspreche ich dir.«

Über ihren Kopf hinweg blickte Claus in das Feuer, das er erneut würde schüren müssen, ehe er den Berg von Papieren darin verbrannte. Einen Teil würden sie vielleicht in den Küchenherd und in den Kachelofen im Morgenzimmer stopfen können. »Nein, das ist nicht alles«, sagte er.

»Was noch?«

»Du musst mir versprechen, dass du es nicht liest.«

35

Er kam alle drei Wochen nach Bamberg, brachte Papiere mit, die er noch in der Nacht verbrannte, und verbrachte das Wochenende mit ihr und den Kindern.

Es war schön, wenn er da war. Es waren die kostbarsten Lichtblicke in einem schwierigen Alltag, und auch wenn sie sich stritten, weil in diese kurzen Tage allzu viel hineinpassen und alles vollkommen sein sollte, waren sie sich nah. Reiste er wieder ab, blieb Nina mit dem täglichen Ringen um ein geregeltes Leben für die Kinder und mit ihrer Angst, die sie mit niemandem teilen durfte, zurück.

Vom Luftkrieg, der über Deutschlands Städten dichter und dichter wurde, war Bamberg bis auf einen Treffer in der Nähe des Bahnhofs bisher verschont geblieben, doch die Sorge wuchs, und Nächte im Luftschutzkeller häuften sich. Die meisten Nachbarn waren gezwungen, von überall ausgebombte Verwandte aufzunehmen, und manchmal schämte sich Nina, weil sie und die Kinder noch immer so viel Platz hatten. Jemanden aufzunehmen, kam für sie jedoch nicht infrage, die Gefahr war zu groß, und selbst Besuche beschränkte Nina auf das Allernötigste.

Die Versorgungslage wurde zusehends schlechter, vor Läden mit leeren Schaufenstern standen Frauen und Kinder Schlange, und in den Geburtstagskuchen für Franz Ludwig hatte Annemie in Ermangelung feinerer Zutaten eine Creme aus Kaffeesatz füllen müssen. Der kleine Franzl hatte alles wieder ausgespuckt, und Nina konnte ihm dafür keinen Vorwurf machen, aber Berthold wetterte: »Unsere Helden an der Front wären froh, wenn sie überhaupt Kuchen kriegten.«

»Die können meinen haben«, erwiderte Franzl gelassen. »Ich mag lieber ein Brot mit Leberwurst.«

Dass sie auch keine Leberwurst mehr hatten, nahm er tapfer hin, aber Nina tat es weh, ihnen ständig die bescheidensten Wünsche abschlagen zu müssen, alberne Kleinigkeiten wie Zuckermilch und Liebesperlen, die für sie als Kind selbstverständlich gewesen waren. Ihre Mutter, die nie eine sonderlich begeisterte Hausfrau gewesen war, hatte begonnen, sämtliches Obst aufzukaufen, das für Geld zu bekommen war, und es für ihre Enkel einzukochen. Es half ihr in ihrer Trauer, und Nina in ihrer unsäglichen Anspannung half es, ihre Kinder spüren zu lassen, dass sie trotz allem geliebt und umsorgt wurden.

Am Abend rief Caroline an, um Geburtstagswünsche für Franzl auszurichten, und fragte Nina, ob sie im Sommer wie jedes Jahr nach Lautlingen käme. An den Sommer hatte Nina noch kaum zu denken gewagt, aber die Kinder hatten dann Ferien, und in Lautlingen hatten sie ihre Cousins und Cousinen um sich. Sie würden vor Bombenangriffen in Sicherheit sein und von früh bis spät mit allen erdenklichen Köstlichkeiten genudelt werden, wie Nina es sich für sie wünschte.

Claus hatte ihr das Losungswort, das sie vereinbart hatten, noch nicht gegeben. Es lautete *Venus*, der Name des Pferdes, das ihr Vater ihr geschenkt und dann so oft für sie gezeichnet hatte. Wenn Claus von *Venus* zu sprechen begann, würde sie wissen, dass die Sache ins Rollen kam und nicht mehr aufzuhalten war, dass sie sich wappnen und alle Pläne aufschieben musste. Jedes Mal, wenn er bei ihr war oder sie telefonierten, wartete sie in banger Spannung auf das Wort, doch bisher war es nicht gefallen. Also würde es wohl noch dauern, und nichts sprach dagegen, im Sommer wie üblich die Reise mit den Kindern anzutreten.

Sie würden sich freuen, und sie hatten Freude verdient.

»Wenn nichts dazwischenkommt, fahren wir gleich zu Beginn der Ferien«, sagte sie zu ihrer Schwiegermutter. »Sobald ich Claus das nächste Mal sehe, bespreche ich es mit ihm und erkundige mich nach Zügen. Allzu viele fahren ja nicht mehr.«

Auch wenn das womöglich voreilig war, erzählte sie es den Kindern und freute sich über ihre Begeisterung. Der Mai verstrich. Als er so gut wie vorüber und das Wetter schon fast sommerlich war, kam Claus, hatte Schokolade, Fleischkonserven und Wein im Tornister und eröffnete Nina, dass er drei Tage würde bleiben können.

»Ich möchte mit der ganzen Bande in die Wälder, möchte Hase und Jäger spielen, um die Wette schwimmen, ein Zelt bauen und am Lagerfeuer Brot rösten«, sagte er. »Und dann möchte ich sie alle bis Montag bei deiner Mutter abladen und mir eine wundervolle Nacht mit dir allein stehlen.«

Er hatte diesmal tatsächlich nur Wäsche und keine Papiere zum Verbrennen mit, und die dunkle Wolke, die über ihnen hing, schien sich für die Dauer dieses Wochenendes verzogen zu haben. Nina genoss es wie nie zuvor, morgens aufzuwachen und aus dem Nebenzimmer zu hören, wie Claus, sie alle noch in Schlafanzügen, bereits mit den Kindern spielte:

»Tra-tri-trallala, guten Morgen, liebes Kasperle.«

»Tra-tri-trallala, guten Morgen, liebe Großmutter.«

Helles Lachen ertönte, und kurz darauf kam Claus auf bloßen Sohlen zu ihr herübergetapst und brachte ihr Kaffee aus den echten Bohnen, die er mitgebracht hatte, und einen Keks, auf den er einhändig mehr schlecht als recht die kaum mehr erhältliche Butter gestrichen hatte.

»Was wird denn das, Claus? Pass nur auf, am Ende glaube ich noch, ich bin eine Prinzessin.«

»Die Gefahr besteht nicht, denn in kaum einer halben Stunde musst du eine wilde Räuberbraut sein.«

Zu sechst tollten sie durch den nahen Bruderwald, sprangen von Baumstämmen in eisiges Wasser, und Claus zeigte den Kindern, wie geschickt er mit seiner Handprothese eine Stockspitze schnitzen konnte, um Brot daran aufzuspießen. Im Licht des Lagerfeuers las er ihnen Gedichte von Stefan George vor, die die Kinder langweilig fanden, aber diesmal ließ er sie nicht davonkommen, sondern las noch ein weiteres:

›Die wehende Saat ist wie Gold noch,
Vielleicht nicht so hoch mehr und reich.
Rosen begrüßen dich hold noch.
Ward auch ihr Glanz etwas bleich.

Verschweigen wir, was uns verwehrt ist.
Geloben wir, glücklich zu sein.
Wenn auch nicht mehr uns beschert ist
Als noch ein Rundgang zu zwein.‹

Damit schlug er das Buch zu und legte es Nina in den Schoß. »Wenn ihr euch langweilt, müsst ihr eben besser zuhören«, sagte er zu den Kindern. »Die Worte unserer großen Dichter sind wie der Waldboden, es liegen unendlich viele Geheimnisse darunter verborgen.«

»Ich will aber kein Dichter werden«, verkündete Berthold. »Sondern ein Offizier und ein Held wie du.«

»Ach«, sagte Claus, »ein Offizier kann durchaus auch ein Dichter sein. In letzter Zeit bin ich nicht mehr oft dazu gekommen, aber als junger Leutnant habe ich ständig Gedichte geschrieben.«

»Warum liest du uns dann nicht welche von dir vor, Papi?«, rief Heimeran. »Die sind bestimmt schöner als die von dem Herrn George.«

»Der Herr George ist mein Meister«, sagte Claus lächelnd.

»Schönere Gedichte gibt es nicht, und wenn ihr gelernt habt, die seinen zu schätzen zu wissen, bekommt ihr vielleicht eines Tages auch meine zu hören.«

»Schreibt die Mami auch Gedichte?«, fragte die kleine Valerie.

Heftig schüttelte Nina den Kopf. Claus beugte sich zu ihr hinüber und küsste sie auf den Mund. »Die Mami ist selbst ein Gedicht. Die braucht keine zu schreiben. Und jetzt wird es kalt, wir gehen nach Hause und setzen euch bei der Großmutti ab.«

Obwohl sie außer den paar Brocken geröstetes Brot nichts zu Abend gegessen hatten, waren Nina und Claus nicht hungrig, als sie nach Hause kamen. Sie trugen Zigaretten und den Wein, den Claus mitgebracht hatte, ins Schlafzimmer und verkrochen sich damit in ihr Bett, wie sie es immer geliebt hatten. Obwohl sie noch immer ein wenig Angst hatte, in seiner Antwort könne ausgerechnet an diesem schönen goldenen Abend der Name ihres Pferdes auftauchen, nutzte sie die Gelegenheit, um ihn nach den Plänen für den Sommer zu fragen.

»Ich würde mich gern bald nach passenden Zügen umhören«, sagte sie. »Das Reisen wird ja immer komplizierter, und selbst wenn Annemie mir mit den Kindern hilft, werde ich den größten Teil des Gepäcks vorausschicken müssen. Meinst du, ich könnte mich darum kümmern? Ich würde so gern wie in jedem Jahr mit den Spatzen in Lautlingen auf dich warten.«

»Ob ich es in diesem Jahr schaffe, ist fraglich«, sagte Claus.

»Das weiß ich. Aber ein wenig Hoffnung ist doch schön.«

»Dann wüsste ich nicht, warum du die Reise für euch nicht vorbereiten solltest«, sagte er. »Du kümmerst dich ja sowieso um alles, was das Familienleben betrifft, weitestgehend allein, und ich sollte dir viel öfter sagen, wie gut du deine Sache machst.«

»Das brauchst du nicht«, erwiderte Nina. »Ich bin ja keiner von deinen Fahnenjunkern, denen du ab und zu mal auf die Schulter klopfen musst, sondern deine Frau, die in ihrem eigenen Interesse versucht, ihre Kinder zu feinen Menschen heranzuziehen.«

»Du hast recht.« Er grinste. »Aber da du selbst ein so feiner Mensch bist, gelingt dir das aus dem Handgelenk.«

Kein Wort über *Venus*. Keine Ahnung von drohender Gefahr.

Er umschlang und küsste sie, und nach einer kleinen Weile, die sie brauchte, um ihre Anspannung niederzukämpfen, gab sie sich ihm hin. Er streifte sich das Hemd von den Schultern, öffnete die Schleife an ihrem Unterkleid, küsste vor Verlangen stöhnend den Ansatz ihrer Brüste.

Sie ließ sich das Kleid ausziehen, genoss die Liebkosungen seiner Lippen, mit denen er die Zärtlichkeit seiner Hände ersetzte. Es war schön, es machte sie glücklich, sich von ihm so begehrt zu fühlen, und sie liebte es, ihm die Seiten und Hüften zu streicheln, jeden Zug seines Körpers zu spüren, der ihr vertraut war, der zu ihrem gehörte und den sie doch immer noch aufregend fand. Als ihr jedoch klar wurde, dass er sich heute nicht mit dieser Art von Nähe begnügen, sondern in sie eindringen wollte, hielt sie inne, denn sie hatten einander seit seiner Verletzung nicht mehr auf herkömmliche Weise geliebt.

»Claus …«, murmelte sie unsicher, weil sie nicht wollte, dass er sich übernahm und hinterher von sich enttäuscht war.

Er aber war schon über ihr und flüsterte an ihrem Ohr: »Willst du etwa deinen Claus nicht mehr?«

»Doch natürlich, aber …«

»Dann bekommst du ihn«, raunte er und drang mit einem kleinen Glückslaut in sie. »Unsere Kinder sind eine solche Pracht. Lass uns noch eines machen, ehe es zu spät ist.«

»Zu spät?«

Er lachte und begann sich in ihr zu bewegen wie ein Tänzer. »Nun, wir hatten doch vor, junge Eltern zu sein, und selbst meine kleine Nina ist inzwischen sage und schreibe schon dreißig.«

»Oje. Muss ich mir jetzt einen Dutt machen und zum Lesen eine Goldrandbrille tragen?«

»Und Strickstrümpfe«, ergänzte Claus. »Was hältst du übrigens von Albrecht als Namen? Meinem Freund Mertz würde ich ganz gern die Freude der Patenschaft machen. Und für ein Mädchen Konstanze? Nach der Mutter von Friedrich dem Staufer, bei der ich immer an meine Duli denken muss?«

»Zu Hilfe, Claus, ich bin noch nicht einmal schwanger!«, rief Nina.

»Ganz sicher nicht? Dann müssen wir schnellstens dafür sorgen, dass du es wirst.«

Mehr sprachen sie nicht. Stattdessen liebten sie sich die halbe Nacht, verschütteten ein Glas Wein über das Bett und schliefen umschlungen in den nassen Laken ein. Anderntags hatte Claus noch zum Mittagessen bleiben wollen, brach aber bereits morgens auf, als Nina noch im Bett lag.

»Sei nicht böse, Liebste«, sagte er und umfing ihr Gesicht, wie er es so oft mit seinen gesunden Händen getan hatte, nun mit der verstümmelten Linken und der Prothese. »Ich halte es heute nicht aus, noch stundenlang bei dir zu bleiben und daran zu denken, dass ich dich verlassen muss. Da fahre ich lieber gleich. Meine Großmutter hat immer gesagt: ›Je schneller einer abreist, desto eher kann er wiederkommen.‹«

Ihr war es recht. Sie hatte selbst Probleme mit in die Länge gezogenen Abschieden, und wenn er jetzt ging, nahm er das Wort *Venus* mit sich. Im Morgenrock begleitete sie ihn an die Tür, gab ihm einen forschen Kuss und erinnerte ihn noch einmal daran, dass sie die Fahrkarten für Lautlingen besorgen würde. »Vielleicht schaffst du es ja doch, zu uns zu kommen. Wenigstens für ein paar Tage.«

»Ich versuche mein Bestes. Ich liebe dich.«

Nina holte die Kinder bei ihrer Mutter ab, nahm sie mit zum Bahnhof und löste Fahrkarten für den Morgen des 17. Juli, einem Montag. Den Kindern tat es gut, sich auf etwas freuen zu können, und ihr selbst ging es besser, wenn sie wusste, sie hatte die Reiseplanung unter Dach und Fach.

Im Juni häuften sich Gerüchte, die Alliierten wären in Frankreich gelandet. Auch an der Ostfront sollten sich die Niederlagen häufen, und in der Schlange vor der Bäckerei hörte Nina eine Frau tuscheln, das sei doch jetzt alles »nur noch eine Frage der Zeit«.

War dem so?

Durften sie daran glauben, und würde das Claus und seinen Gefährten die schwierige Aufgabe erleichtern?

Ende Juni hoffte Nina noch einmal auf einen Besuch von ihm, doch im letzten Augenblick kam ihm etwas dazwischen. Sie mussten sich auf Telefongespräche beschränken, die jedoch kurz blieben und unter Störungen in der Leitung litten. Nina versuchte, sich so viel wie möglich zu beschäftigen, kümmerte sich um ihre Mutter, zog mit Annemie durch die leeren Geschäfte, um Lebensmittel zu beschaffen, und packte Koffer und Taschen für die Ferien. Die Kinder waren aufgeregt. Berthold vergaß sogar, sich darüber zu beklagen, dass seine Mutter ihn noch immer nicht zum Jungvolk angemeldet hatte.

Am Freitag, dem 14. Juli, war Nina mit ihren Vorbereitungen fertig. Ihr Gepäck wurde abgeholt und nach Lautlingen vorausgeschickt. Am Abend vom Sonntag, dem 16. Juli, kam ein Anruf von Claus.

»Ich hatte Sehnsucht nach dir«, sagte er gleich nach den Begrüßungsworten. »Diese Sommerabende sind so schön, und auf einmal habe ich an unsere Hochzeitsreise denken müssen. Wie wundervoll du ausgesehen hast in deinem ärmellosen Kleid und mit den Lichtern von der Sonne im Haar.«

Etwas in Nina spannte sich, machte sich sprungbereit, wie um zu fliehen, obwohl sie wusste, dass es keinen Fluchtweg gab.

»Fast ein bisschen wie Botticellis *Venus*«, sagte er. »Weißt du noch? In den Uffizien? Diese unirdisch schöne *Venus*, die aus der Muschel steigt?«

Nina konnte nicht sprechen. Sie konnte nicht einmal Atem holen.

»Schön war das, und irgendwann möchte ich dort noch einmal mit dir hin«, sagte Claus. »Aber nun zu etwas anderem. Ich frage mich, ob die Reise morgen wirklich eine gute Idee ist. Es herrscht ein solches Durcheinander mit den Zügen, die Fahrpläne wechseln ständig, und diese ganzen Unwägbarkeiten müsstest du ja allein bewältigen. Willst du nicht absagen? Deine Mutter würde sich sicher freuen, wenn du mit den Kindern noch in ihrer Nähe bliebest, und vielleicht können wir ja später zusammen fahren.«

Nina überlegte blitzschnell. Sie musste die Kinder versorgt und abgelenkt wissen, und außerdem wünschte sie sich mit plötzlicher Heftigkeit, nicht bei ihrer eigenen Mutter, sondern bei der von Claus zu sein. Wenn es einen Menschen gab, mit dem sie dies teilen konnte, ohne darüber sprechen zu müssen, dann war es Caroline.

Seine Duli.

Sie wollte in Lautlingen sein, im Schutz der Familie, in der Erinnerung an eine Sicherheit, die es nicht mehr gab.

»Unser Gepäck ist schon unterwegs«, sagte sie. »Die Fahrkarten sind bezahlt, und die Kinder freuen sich. Ich halte es für besser, dass wir fahren, Claus. Es ist ja bisher immer gut gegangen, da werden wir es auch diesmal schaffen. Und Berthold ist schon groß. Er hilft mir.«

»Bist du sicher?«

»Ja.«

»Also gut.«

Was ihr auf einmal rasende Angst machte, was ihren Herzschlag hochjagte, war die Tatsache, dass es überhaupt nichts mehr zu sagen gab. Nicht einmal ›Ich liebe dich‹, denn das klang plötzlich überdramatisch, als wäre dies hier eine Geschichte. Und es war doch keine, es war ein Telefonat an einem Sommerabend, nach dessen Beendigung sie ins Bett gehen würde, auch wenn sie nicht würde schlafen können.

»Dann sprechen wir uns also aus Lautlingen wieder«, sagte sie endlich. »Hab einen schönen Abend.«

»Du auch. Und morgen eine gute Fahrt. Wenn ich Zeit finde, rufe ich deine Mutter an und frage sie, ob mit eurer Abfahrt alles glattgegangen ist.«

»Gute Nacht, Claus.«

»Gute Nacht, Nina.«

Sie legten auf.

Jähe Stille füllte das Zimmer, und ihr Körper war starr. Sie musste ihn aus dieser Starre regelrecht herausreißen, sich zwingen, das Arbeitszimmer zu verlassen und hinüber ins Schlafzimmer zu gehen. Sie hatte Claus etwas versprochen. Nicht nur eines, sondern zwei Dinge. Mit steifen, verkrampften Fingern zog sie ihre Nachttischschublade auf.

Ich bin nicht du, dachte sie und zog das dünne Heft unter ihrer Ausgabe der *Drei Musketiere* hervor. Ein Stauffenberg mag sein Wort nicht brechen, aber ich breche meines, wenn es sein muss, ohne mit der Wimper zu zucken. Das Heft verbrennen werde ich, an dieses Versprechen werde ich mich halten. Aber es nicht zu lesen, ist unmöglich, Claus. Und wenn mich nicht alles täuscht, wenn ich mich nicht in dir täusche, dann weißt du das selbst.

Sie schlug es auf. Blätterte die vollgeschriebenen Seiten, deren Inhalt sie kannte, bis zur letzten um. Ein wenig Platz war darauf noch frei gewesen, nicht viel mehr als eine Ecke für ein paar Worte. Claus hatte mehrere Zeilen in so kleiner Schrift hineingequetscht, dass Nina die Augen zusammenkneifen musste, um sie zu entziffern:

›Meine Nina. Was ich gesehen, was ich gestattet, was ich mitgetragen und zu verantworten habe, ist ein so gewaltiges Verbrechen, dass es jetzt nicht genügen kann, mitzutun, an Fäden zu ziehen, die Hände sauber zu halten. Wenn ich je wieder Dein Claus sein will, wenn ich vor Dich wieder hintreten und mit Dir unsere Kinder in eine hellere Zukunft begleiten will, dann muss ich es selbst tun. Du brauchst nicht die Zeitungen zu lesen, denn Du erfährst es von mir. Ich vertraue Dir ganz. Ich werde derjenige sein, der diesen Mann tötet, meine Nina. Bitte versteh. Ich liebe Dich und will Dich Dein Leben lang halten. Dein Claus.‹

36

Claus

Die Bombe war aus zwei Kilogramm britischem Sprengstoff gefertigt und hatte zwei Zeitzünder. Claus hatte wochenlang ausgiebig recherchiert, um sicherzugehen, dass sie das zuverlässigste Material benutzten. *Bombensicher.* Der Sinn des Wortes erschloss sich auf einmal neu. Deponiert hatte er alles in einer Aktentasche aus hellem Leder, die sein Adjutant, Oberleutnant Werner von Haeften, über das Flugfeld von Rangsdorf zu ihrer Maschine trug. Schweigend gingen sie nebeneinanderher. Mit Werner, der ihm auf Anhieb ans Herz gewachsen war, hatte er so viel geredet, dass sein Bruder Berthold gemeint hatte, da hätten sich ja wohl zwei Plaudertaschen gefunden. Claus mochte Werners helle, stets ein wenig aufgeregte und noch junge Stimme. Jetzt aber war es, als hätten sie all ihre Worte zu früh verbraucht.

Sie flogen nach Ostpreußen. In das Führerhauptquartier Wolfsschanze, wo Claus an einer Besprechung zur Lage in der Sowjetunion teilnehmen sollte. Anschließend würden Werner und er auf dem schnellsten Weg zurück zum Flugplatz fahren, in eine bereitstehende Maschine steigen und nach Berlin fliegen, um die bis ins Kleinste vorbereitete und für ihre Zwecke angepasste Operation *Walküre* auszulösen. Der Mann, der sich ›der Führer‹ nannte, der größenwahnsinnige Mörder, der Millionen auf dem Gewissen hatte, würde zu diesem Zeitpunkt bereits nicht mehr leben.

Der Moment, in dem das Flugzeug abhob, erschien wie eine Art Startschuss, nach dem es kein Zurück mehr gab. In Wahrheit aber hatte es das schon vor Jahren nicht mehr gegeben, sondern immer nur diesen einen Weg nach vorn. Claus flog gern. Die Welt von oben hatte selbst jetzt noch, nach Jahren sinnloser Zerstörung, etwas von der Spielzeugkiste seiner Söhne. Eines Tages wollte er zusammen mit Nina fliegen. Während des Flugs an Nina zu denken, hatte er sich vorgenommen. Später, wenn er mit der Bombe in den Besprechungsrat in der Wolfsschanze trat, wollte er nicht mehr an sie denken, wollte die Gedanken an sie mit dem, was er tat, nicht beschmutzen.

Also nutzte er die kurze Zeit des Flugs besser noch aus.

Nina. Nina. Nina.

Er beschwor ihr Bild, wollte sie vor sich sehen, wie sie in ihrer Wohnung stand, sich zu den Kindern hinunterbeugte, mit ihnen beschäftigt war, wie sie ihn kommen hörte, sich aufrichtete und umdrehte, wie sie ihn strahlend anlachte, die Lippen knallrot, die Zähne weiß und stark, ein wenig wie bei einem hübschen Pferd.

Sie war sein Glück. Sein Halt. Er wollte sich diese ganze Zeit in der Luft an ihrem Anblick stärken, doch das beschworene Bild verschwamm vor seinem geistigen Auge. Aus Ninas schönem Gesicht formte sich das von Generaloberst Fromm, dem das von Friedrich Olbricht geleitete Allgemeine Heeresamt, in dem Claus Stabschef war, direkt unterstand. Fromms Gesicht war schwammig, ohne klare Konturen, hatte mit dem von Nina nichts gemein.

Warum also tauchte ausgerechnet er vor ihm auf?

Weil er ihn als Schwachstelle empfand, obwohl es dafür keinen Grund gab?

Fromm hatte nicht zu den Männern gehört, die sich aktiv für ihren Plan engagierten, die zu den Treffen in der Tristanstraße kamen und Teile der Organisation übernahmen. Er hatte jedoch praktisch seine Behörde als geheime Schaltzentrale der Verschwörung zur Verfügung gestellt, und Claus zweifelte nicht daran, dass er sich ein Ende des

Hitler-Regimes wünschte, wenn auch auf eine phlegmatische, seltsam gleichgültige Art, die ihn zuweilen in Rage brachte.

Aber Fromms Aufgabe im Ablauf dieses Tages bestand ja lediglich darin, Haeften, Olbricht und Claus selbst tun zu lassen, was sie besprochen hatten. Verpatzen konnte er nichts, und zum Verräter hätte er mit seinem Mangel an Elan nicht getaugt. Claus wischte sein Bild beiseite. Das Flugzeug setzte zur Landung an. Bis zu dem Augenblick, der aus ihm einen anderen Menschen machen würde, blieb ihm nicht mehr viel Zeit.

In den letzten Monaten hatte Claus an etlichen Besprechungen in der Wolfsschanze teilgenommen, sodass die Gegebenheiten vor Ort ihm in jedem Detail vertraut waren. Ehe die Sitzung begann, würde ihm eine halbe Stunde bleiben – genug Zeit, um die Zeitzünder der Sprengsätze zu aktivieren. Als Werner und er jedoch vor dem durch Dickicht geschützten Gebäudekomplex aus dem Auto stiegen, kam ihnen Günther Korten, der neue Generalstabschef der Luftwaffe, entgegengeeilt.

»Heil Hitler!«, rief er und riss den Arm in die Luft. »Gut, dass Sie da sind, meine Herren. Wir fangen sofort an, die Besprechung ist eine halbe Stunde vorverlegt, da der Führer heute Nachmittag bereits den Duce empfängt. Kommen Sie, kommen Sie. Sie werden mit Ungeduld erwartet.«

Claus und Werner tauschten einen Blick, der ihnen hätte gefährlich werden können. Glücklicherweise schien Korten nichts zu bemerken.

»Ich bedaure«, sagte Claus. »Wir sind in dieser mörderischen Gluthitze seit heute früh unterwegs. Ich bin völlig verschwitzt und muss unbedingt das Hemd wechseln. Oberleutnant von Haeften wird mir behilflich sein, damit wir so wenig Zeit wie möglich in Anspruch nehmen.« Wie zur Untermauerung hob er seine Handprothese, die zu wenig zu taugen schien. Tatsächlich hatte er wochenlang geübt, die Sprengsätze allein zu schärfen, aber mit Werners Hilfe würde es schneller gehen.

Einer der Feldwebel klopfte an die Tür der Kammer, in die man sie in aller Hast geführt hatte. »Beeilung, die Herren. Der Führer kann nicht länger warten.«

Claus und Werner senkten die Blicke auf den zweiten der beiden Sprengsätze, der noch nicht geschärft war. Sie mussten eine Entscheidung treffen. Wenn sie noch länger hier drinnen hantierten, machten sie sich verdächtig. Claus atmete durch und gab Werner den Sprengsatz. »Einer genügt«, flüsterte er, schob den geschärften Satz zurück in die Tasche und wandte sich zum Gehen.

»Sicher?«

Claus nickte.

»Alles Gute – Claus.«

Claus nickte wieder und öffnete die Tür. Werner, der zum Besprechungsraum keinen Zutritt hatte, würde auf die Minute genau eine Viertelstunde warten und dann die vereinbarte Meldung überbringen.

Was nun zu geschehen hatte, war Claus wieder und wieder in Gedanken durchgegangen. Er hatte gehofft, dass die stete Wiederholung der praktischen Abläufe die Tat zu einem Automatismus machen würden, über den er nicht mehr nachdachte und bei dem er nichts mehr empfand: Er würde den Raum in der ans Gebäude grenzenden Baracke betreten, in dem Adolf Hitler und seine Berater um einen Kartentisch versammelt standen. Am Kopf des Tisches, nicht weit von Hitler entfernt, würde er seinen Platz einnehmen und anfangen, die vorbereiteten Karten mit den Truppenbewegungen der Ostfront auszurollen. Tatsächlich funktionierte es bis zu diesem Punkt so, wie er es gehofft hatte. Den Eintritt, die Begrüßung, den Beginn seiner Präsentation brachte er hinter sich wie ein Automat, und den Mann, der sich Führer nannte, den Mann, um den all dies sich drehte, brauchte er nur flüchtig anzusehen.

Dann aber folgte der Moment, der alles verändern würde.

Der Moment, von dem er sich nicht länger einreden konnte, er sei nichts als ein Moment.

Die Tat.

Der Mord.

Es gab kein Wort, das etwas daran milderte, auswischte, leichter oder besser erträglich machte.

Was er um jeden Preis hatte vermeiden wollen, geschah: Er sah seine Kinder vor sich, den kleinen Franz Ludwig, der seine Kasperlepuppen herbeischleppte und »Papi, spiel mit uns!« rief.

Tra-tri-trallala, guten Morgen, liebes Kasperle.
Tra-tri-trallala, guten Morgen, liebe Großmutter.

Und dann Nina.

Nina, die sich in ihrem Bett noch einmal zusammenringelte, sich in der Höhle des Schlafs festklammerte und wie ein Kind gegen das Aufwachen wehrte, dann aber lächelte, als sie seine Stimme vernahm.

Nina, die in einer zum Ballsaal ausgebauten Lagerhalle eine Treppe hinunterschritt, die Lippen knallrot, zwischen zwei Fingern eine Zigarette, eine Mischung aus Königin und Gänsemagd.

Seine Königin.

Seine Gänsemagd, die mit ihm in den Morgennebeln über taufeuchten Wiesen Fangen spielte.

Er beugte sich hinunter.

Lehnte die Aktentasche auf der Seite an das Tischbein, wo Adolf Hitler stand.

Das war alles.

Er hatte es getan.

Von diesem Augenblick an blieben ihm genau zehn Minuten, und eine endlose Zeitspanne später flog die Tür auf, und Werner von Haeften stand da.

Er riss den Arm hoch. »Heil Hitler, mein Führer. Meine Herren, ich bitte um Verzeihung. Oberstleutnant von Stauffenberg – ein dringender Anruf aus Berlin.«

Claus sprach die vorbereiteten Worte der Entschuldigung, salutierte und verließ gemessenen Schrittes den Raum. Nicht in Laufschritt zu fallen, war viel schwieriger als erwartet, vor allem draußen, wo sie nicht länger unter Beobachtung schienen. Der Weg bis zum Wagen dehnte sich unerträglich. Kaum saßen sie beide auf ihren Plätzen, startete Claus den Motor und gab Gas, dass das Fahrzeug lossprang wie ein Geschoss aus einem Katapult. Sie fuhren blindlings, stumm, jedoch nicht taub. Als das Dickicht um die Wolfsschanze bereits hinter ihnen lag, erbebte der Boden, hob ihr Auto sekundenlang in die Höhe, und in ihrem Rücken ertönte die Detonation.

Als berste der Himmel.

Dieser seltsam blassgraue ostpreußische Himmel, der selbst an einem heißen Sommertag wie diesem nie unverhüllt sein Gesicht zeigte und der allen Legenden zum Trotz nicht höher als andere Himmel war.

Es gab ja keine anderen Himmel, sondern über der ganzen Welt nur den einen.

Gleich darauf war außer Vogelzwitschern und dem Knistern von Zweigen wieder nichts mehr zu hören, und sie fuhren weiter auf den Flugplatz zu.

Bis sie ihn erreichten, musste Meldung ergangen sein, dass in der Wolfsschanze etwas geschehen war. Vor dem Rollfeld war eine Schranke errichtet worden, an der zwei Wachposten sie nicht vorbeilassen wollten.

»Lassen Sie mich telefonieren«, befahl Claus und folgte einem der Männer in das mit Wellblech gedeckte Verwaltungsgebäude. Seine Finger, die drei, die ihm geblieben waren, zitterten. Er verbarg sie in der Hosentasche, versuchte mit aller Kraft, daran zu denken, dass er Nina wiedersehen wollte, und rief Albrecht an, der auf Weisung von ihm wartete.

»Ich habe hier einen Wachmann, dem mitzuteilen ist, dass ich dringend in Berlin erwartet werde und samt meinem Adjutanten zu meinem Flugzeug vorgelassen werden muss«, war alles, was er sagte, ehe er den Hörer an seinen Begleiter weiterreichte.

Minuten später saßen Werner und er bereits in der Maschine, und kurz vor vier Uhr am Nachmittag setzten sie auf dem Flugplatz in Rangsdorf auf.

Claus musste ein weiteres Telefonat führen. Das wichtigste. Aus einem Gebäude mit Wellblechdach, das dem in Ostpreußen aufs Haar zu gleichen schien, rief er General Friedrich Olbricht im Bendlerblock an und sprach die vereinbarten Worte in die Muschel: »Er ist tot. Ich fordere Sie hiermit auf, die Befehle für die erste Stufe des Unternehmens *Walküre* auszulösen.«

Einen einzigen tiefen Atemzug gönnte er sich. Wichtig war jetzt, dass als Erstes alle Dienststellen der SS und der Gestapo besetzt und von ihren Leuten übernommen wurden. Außerdem mussten in sämtlichen Stützpunkten die erforderlichen Truppen in Marsch gesetzt werden, aber dafür würde Olbricht sorgen. Es war alles vorbereitet. Sie hatten den Plan so häufig, so sorgsam und mit so viel Umsicht durchdacht, wie er es seiner Duli versprochen hatte. Seine Finger tasteten nach dem gläsernen Trompeterengel, doch er steckte in der falschen Tasche, rechts, wo die Finger nichts fühlten. Ohnehin war jetzt keine Zeit. Sie mussten nach Berlin.

Der Panzerspähwagen, der sie hatte abholen sollen, war nirgends zu finden, was für einen Moment der Nervosität sorgte. Der General der Schlachtflieger war jedoch nur zu gern bereit, ihnen behilflich zu sein, und im Handumdrehen war ein Auto gefunden. Im Anfahren wechselten Werner und er noch einmal einen Blick, und die Signatur fiel ihm ein, die sie unter den von seinem Bruder Berthold verfassten Schwur gesetzt hatten, den alle Verschwörer unterzeichnet hatten.

›Wir geloben,
untadelig zu leben,
gewissenhaft zu dienen,
unverbrüchlich zu schweigen
und füreinander einzustehen.‹

Er selbst hatte ›gewissenhaft‹ ausgestrichen und durch ›in Gehorsam‹ ersetzt, weil ihm das für einen militärischen Eid angemessen schien, aber jetzt bereute er es. Gab es etwas Besseres als gewissenhafte Menschen wie den, der an seiner Seite saß? Füreinander einstehen würden sie, daran hegte er keinen Zweifel. Eine Woge von Einsamkeit mochte ihn zu überwältigen drohen, aber er war nicht allein. Sie machten sich auf den Weg und standen eine halbe Stunde später vor dem Bendlerblock.

Im Laufschritt durchquerten sie Tor, Hof und Gänge, jagten die Treppe hinauf zu Claus' Dienstzimmer, rissen die Tür auf und fanden dort Berthold in Marineuniform und vier ihrer Leute – Schulenburg, Fritzsche, Kleist und Jäger. Vor Erleichterung schwankte Claus, musste sich am Türrahmen abstützen. »Er ist tot«, stieß er heraus.

Berthold, der hinter dem Schreibtisch gesessen hatte, sprang auf: »Ganz sicher?«

»Die Detonation hatte die Kraft einer 15-Zentimeter-Granate«, sagte Claus. »Am Leben geblieben ist dabei kein Mensch.«

Ihre Blicke streiften einander für Sekunden, Ersatz für eine Umarmung, die in ihrer Lage nicht angemessen war. Näher als gerade jetzt hätten sie einander jedoch unmöglich sein können.

Ich liebe dich, Bertl.

Weil du ein Held sein wolltest, wollte ich unbedingt auch einer sein. Damals warst du zehn und ich sieben, aber ein bisschen ist es noch immer so.

Ich liebe dich, Nina.

Wer so viel Liebe in seinem Leben hat, dessen Leben kann nicht verfehlt sein. Ich habe unverzeihliche Fehler begangen, aber wenn alles in mir schwarz wäre, könnte ich dich, meine Liebste, dich, meinen Bruder, meine Kinder, meine liebe verrückte Duli, nicht so sehr lieben und von euch nicht so sehr geliebt werden.

Sie hatten kaum begonnen, das Nötigste zu besprechen, als die Tür wieder aufflog und Olbricht erschien. »Ich brauche Sie unten, Stauff.« Sein Gesicht war schweißnass. »Fromm will Mertz verhaften. Er sagt, Hitler lebt.«

Sie rannten die Treppe hinunter, stürmten zu zweit in das Zimmer des Generaloberst. Der kleine Albrecht Mertz, der vor zwei Wochen erst geheiratet hatte, stand darin mit dem Rücken zur Wand, der massige Fromm vor ihm aufgetürmt. Als sie hereinpolterten, drehte er sich um.

»Olbricht. Stauffenberg.« Seine Stimme krächzte. »Sie und Oberst Mertz sind verhaftet.«

»Soll das ein Witz sein?«, fragte Olbricht. »Hitler ist tot.«

»Der Führer lebt.« Fromm vollführte eine eigenartige Drehbewegung mit dem Kopf. »Ich habe mit Keitel gesprochen.«

»Dann lügt Keitel«, hörte Claus sich mit fremd klingender Stimme sagen. »Das wäre ja wohl kaum das erste Mal. Ich habe mit eigenen Augen gesehen, dass er nicht überlebt haben kann.«

»Generaloberst von Stauffenberg, es widerstrebt mir, Offiziere von Ihrem und General Olbrichts Kaliber zu verhaften und einer entehrenden Gerichtsbarkeit zuzuführen. Ich weise Sie daher an, sich auf der Stelle zu erschießen.«

Olbricht stieß einen Laut aus, der fast wie ein Lachen klang.

»Das werde ich ganz sicher nicht tun«, sagte Claus, dem bei dem Gedanken jäh übel wurde, obwohl er versucht hatte, sich damit zu befassen.

Auf der Treppe wurden Schritte laut. Er drehte sich gerade in dem Moment um, als Generaloberst Beck, Erich Hoepner, der nun wieder Uniform trug, und drei weitere ihrer Leute in den engen Raum drängten. Ein wenig Anspannung wich. Beck war ihr bester Mann, geeignet, die Führung zu übernehmen und Ruhe ins Chaos zu bringen.

»Läuft alles nach Plan?«, fragte Claus, ohne länger auf Fromm zu achten.

»Es scheint anfangs ein paar Verständigungsprobleme gegeben zu haben«, antwortete Beck. »Widersprüchliche Nachrichten, überflüssiges Zögern, aber wie es aussieht, sind wir jetzt auf dem Weg. Der Führer der Panzer-Funk-Kompanie ist zum Deutschlandsender nach Herzberg unterwegs, die örtlichen Führer von SS und SA haben sich unserem Befehl unterstellt.«

Claus atmete auf. Zeit war ein wichtiger Faktor bei der reibungslosen Durchführung des Plans, aber wenn von jetzt an alles glattging, konnten sie den verlorenen Boden wiedergutmachen.

»Kommen Sie«, sagte er zu den Neuankömmlingen. »Gehen wir zurück in mein Dienstzimmer und bereiten die nächste Runde vor. Du auch, Albrecht. Generaloberst Fromm befindet sich in Schutzhaft. Offenbar braucht er eine kleine Weile, um sich zu sammeln.«

Er wollte in Königsberg anrufen, wollte sich bei ihren Verbündeten in Breslau und München erkundigen, wie die Dinge standen. Vor allem wollte er in Paris anrufen, hoffte, seinen Cousin Caesar Hofacker sprechen zu können, der vom *Hotel Majestic* aus, dem Hauptquartier des Militärbefehlshabers in Frankreich, die Dinge in die Wege leitete.

»Aber er sagt doch, Hitler hat überlebt«, rief Albrecht verzweifelt. »Ich war hier im Zimmer, als er mit Keitel gesprochen hat, und es kamen noch Meldungen von anderer Seite.«

»Oberst Mertz.« Ludwig Beck fasste den kleineren Mann ins Auge. »Was immer auch für Meldungen kamen und was Sie gehört haben – für mich ist der Mann tot, und von der Tatsache seines Todes wird unser weiteres Handeln bestimmt.«

Das war der Augenblick, in dem der Zweifel einsetzte.

Claus versuchte, ihn ebenso niederzukämpfen, wie Beck – indem er so schnell handelte, dass er nicht zum Denken kam. Er eilte zurück in sein Dienstzimmer, hängte sich ans Telefon, erreichte zwar Caesar nicht, doch erfuhr er von dessen Vertreter, dass die starke Verschwörergruppe dort Erfolg gehabt hatte, dass alles wie geplant seinen Lauf nahm. Warum ihn das nicht beruhigte, warum er sich fühlte, als flatterten sämtliche Nerven in seinem Körper, wollte er sich nicht fragen. Kurz erwog er, in Lautlingen anzurufen, mit Nux zu sprechen, der dort auf Nachricht wartete. Er wollte ihn bitten, auf Nina zu achten, unter allen Umständen bei Nina und den Kindern zu bleiben, aber das wäre tödlicher Leichtsinn gewesen.

Wenn tatsächlich etwas schiefging, wenn das Unaussprechliche eintrat, sollte niemand wissen, dass Nux in der Sache steckte.

Der Bendlerblock war ein Taubenschlag. Menschen kamen und gingen, Befehle und Nachrichten wechselten von einer Hand in die andere. Irgendwann stürmte Generalfeldmarschall von Witzleben, der in ihrer neuen Ordnung Oberbefehlshaber der Wehrmacht sein würde, die Treppe hinauf und rief: »Ist an der Schweinerei etwas dran? Im Rundfunk wird gemeldet, das Attentat sei missglückt.«

»Das ist eine Lüge!«, rief Claus, doch das Wissen, dass es ihm nichts nützte, schnürte ihm die Kehle zu. Wenn der Rundfunk eine solche Meldung brachte, bedeutete das, dass ihr Versuch, die Sender zu übernehmen, gescheitert war, dass sie sich nicht an das Volk wenden konnten, dass ihnen die Zügel aus den Händen glitten.

Im unteren Stockwerk schwoll das Gepolter der Schritte, bis man gegen den Lärm anschreien musste.

»Was ist da los?«, rief Hoepner.

»Fromms Leute haben gehört, er sei verhaftet worden. Sie stürmen den Arrestraum.«

»Das darf nicht geschehen.«

Hoepner zog seine Waffe, und im nächsten Moment taten sie es alle. Claus fühlte die belgische Armeepistole in seinen verbliebenen Fingern, stürmte im Pulk seiner Gefährten auf den Gang und dachte: Nein, ich werde nicht sinnlos ein Leben nehmen. Einen Herzschlag lang war inmitten des tosenden Lärms nur Stille in ihm, und in dieser Stille begriff er, dass es vorbei war. Dass sie verloren hatten. Er hatte getan, was er konnte, und überhaupt nichts erreicht. Nichts gerettet. Und doch.

Schüsse fielen, und die Stille zerbrach. Claus feuerte ebenfalls einen Schuss ab und bemerkte erst, als er seinen eigenen Schrei hörte und sah, wie das Weiß seiner Sommeruniform sich rot färbte, dass er an der Schulter getroffen worden war.

Das wird nun nicht mehr heilen, dachte er, und was das bedeutete, folgte auf dem Fuß: Er würde Nina nicht wiedersehen. Alles, was er bis hierher mit Nina gehabt hatte, musste ihm ausreichen, und was sie mit ihm gehabt hatte, war das, was ihr von ihm in Erinnerung blieb.

Was seinen Kindern in Erinnerung blieb.

Tra-tri-trallala, guten Morgen, liebes Kasperle.

Es wäre ja nie genug gewesen, Nina. Nie genug und so viel.

Fromms Schergen überwältigten und entwaffneten ihn. Überwältigten und entwaffneten seine Freunde, auch den armen Albrecht, dessen Hilde nun Witwe nach kaum zwei Wochen Ehe sein würde. Sie schleppten sie in Fromms Vorzimmer, in dem seine Sekretärin am Schreibtisch auf ihre Maschine eintippte, als wäre dies ein gewöhnlicher Donnerstag, an dem sie zu ihrem Verdruss Überstunden ableisten müsse.

Die Schergen verriegelten die Tür, und Claus bat, in Paris anrufen zu dürfen. Er wollte sich von Caesar verabschieden. Die Idee war so wahnsinnig, dass die Sekretärin nicht einmal auf den Gedanken kam, sie abzulehnen, sondern die Verbindung anforderte. Caesar aber war nicht zu erreichen, würde vermutlich nie mehr zu erreichen sein.

Werner von Haeften hatte ein Feuerzeug zutage gefördert und verbrannte ein Stück Papier auf dem Boden. Wie viel Zeit verstrichen war, bis Fromm mit einem Geschwader bewaffneter Leute in das Zimmer zurückkam, hätte Claus nicht zu sagen gewusst.

»Der Führer hat im Rundfunk gesprochen«, sagte Fromm. »Er ist nur leicht verletzt, eine Vorsehung hat ihn beschützt. Sie sind alle verhaftet. Des Hochverrats überführt.«

Wird dich das retten?, fragte sich Claus. Hätte er sich auf solche Weise gerettet, wenn sich ihm die Möglichkeit geboten hätte? Diese Fragen waren sinnlos und machten müde, aber alles war besser, als um sein Leben zu weinen.

Ein Schuss hallte. Gleich darauf ein zweiter. Entsetzt sah er, wie der alte Generaloberst Beck mit einem Schrei zu Boden stürzte. Er musste es geschafft haben, seine Waffe bei sich zu behalten, und hatte versucht, sich zu erschießen.

Aber er war nicht tot, sondern krümmte sich vor Schmerzen auf dem Boden.

»Sie sind standgerichtlich zum Tode verurteilt«, sprach Fromm weiter und wies auf Olbricht, Werner, Albrecht und Claus. »Sie werden auf der Stelle erschossen.«

»Zum Teufel, erschießen Sie doch erst einmal den armen Beck!«, schrie Claus, doch in diesem Augenblick verlor Beck mit einem letzten Zucken das Bewusstsein. Erlöst. Hoffentlich wachte er nicht noch einmal auf, ehe der Tod zu ihm kam.

»Im Übrigen trage ich die alleinige Verantwortung«, sagte Claus zu Fromm. »Diese Männer haben lediglich als Offiziere Befehle ausgeführt.«

»Spielen Sie hier nicht den Helden«, fuhr ihm Fromm über den Mund. »Sie werden alle erschossen. Jetzt.«

Einer der Schergen packte Claus' verwundeten Arm. Der Schmerz war auszuhalten. Sickerndes Blut und ein pochendes Brennen, mit dem sein Körper ihn spüren ließ, dass er am Leben war, dass er funktionierte, dass er vermutlich noch einmal sechsunddreißig Jahre lang funktioniert hätte. Nicht daran denken, befahl er sich. Gar nichts denken. Aber das war bei einem lebenden Menschen so wenig möglich, wie sich das Sickern des Blutes aus seinem gesunden, nur leicht verwundeten Körper hätte aufhalten lassen.

Die Männer führten sie in den Hof. Bis auf das Licht einer einzelnen Lampe war es dunkel, und zu den Sternen blickte Claus nicht auf. Vor der Mauer war ein Sandhaufen aufgeschüttet, und dem gegenüber stand das Erschießungskommando.

Mertz kam als Erster an die Reihe. Er wurde vor den Sandhaufen geführt und rief etwas, das Claus nicht verstand, weil im nächsten Augenblick schon die Schüsse krachten.

Es spielt auch keine Rolle, dachte er, denn ich kann es seiner armen Hilde ja nicht ausrichten. Er selbst würde auch etwas rufen müssen, irgendetwas musste man doch noch rufen, solange man es konnte, musste aufbegehren, durfte die Mörder nicht glauben lassen, man ließe sich von ihnen kleinkriegen.

Aber was?

Der Scherge packte ihn. Stieß ihn. »Jetzt Sie.«

Angst würgte ihn. Aber nicht doch, nicht doch, wollte er rufen, hier ist doch nur ein Claus. Weil das aber nicht möglich war und weil Nina es nicht hören würde, rief er in das Krachen der Schüsse irgendetwas anderes. Nicht ihren Namen. Nicht ›Nina‹. Ihren schönen Namen hatte sie ihm in einer Nacht in einem zum Ballsaal umgebauten Lagerhaus überreicht wie ein Versprechen.

Sie hatte es gehalten.

Ihr Name gehörte ihm allein.

37

Nina

Ruh dich aus, Nina«, hatte Caroline gesagt. »In Lautlingen gibt es keinen Krieg.«

Zu Tode erschöpft war Nina mit Annemie und den Kindern auf dem Schloss angekommen, und Claus' Mutter hatte in der Tür gestanden und ihre Arme um sie gelegt. Ihre Umarmungen waren nie fest, sondern so, als scheue sie sich, die Schwiegertochter zu berühren, doch schon seit Langem machte Nina das nichts mehr aus. Sie wusste, dass Caroline ihr aufrichtig zugetan war und alles tun würde, damit sie und die Kinder zu ein wenig Erholung kamen. Sie würde nicht mehr allein sein. Mika war bereits eingetroffen, saß mit Elisabeth, Alfred und Tante Hupa an einem Kaffeetisch unter der Blutbuche und winkte ihnen zu.

In Lautlingen schien es tatsächlich keinen Krieg zu geben. Es gab keine Lebensmittelknappheit, keine Sirenen, keine Nächte in Bunkern, keine Nachrichten von Bombeneinschlägen.

Nur das Wissen, dass etwas vor sich ging, dass die Familie nicht vollzählig war und es in diesem Sommer vermutlich auch nicht mehr sein würde.

Über dieses Wissen konnte kein noch so strahlender Sonnentag, keine noch so reich gedeckte Tafel, keine noch so zahlreiche Gesellschaft hinwegtäuschen. Dementsprechend stockend verliefen die Gespräche, sosehr sich auch alle um unverfängliche Themen bemühten.

Onkel Nux fuhr mehrmals täglich in den Ort, um im *Lamm* oder in der *Krone* nachzuforschen, ob es Nachrichten gab. Das alte Radio der Stauffenbergs hatte endlich seinen

Geist aufgegeben, und ein Volksempfänger kam Caroline nicht ins Haus.

Nina war geradezu dankbar dafür, dass hier nicht ständig das Radio lief. Die Spannung, die in der Luft lag, ließ sich auch so mit den Händen greifen. Aber zumindest hatten sie alle volle Bäuche, wussten ihre Kinder mit fröhlichen Spielen beschäftigt und bekamen abends guten Wein zu trinken, der beim Einschlafen half.

Wir müssen dies durchstehen, dachte Nina. Danach sind wir vielleicht alle um zehn Jahre gealtert, und Mika und ich haben mehr graue Haare als Caroline, aber wir haben unser Bestes gegeben, es geht in kleinen Schritten aufwärts, und wir werden wieder heil.

In den ersten beiden Nächten in Lautlingen schlief sie besser als seit Wochen in Bamberg. Dann schlichen sich die Ängste allmählich wieder ein, was zu erwarten gewesen war, doch Nina war trotzdem froh, gekommen zu sein. Die Kinder tollten mit einem neuen Fohlen herum, spielten mit dem Hund Aramis und den Nachbarshunden, und die Köchin machte ihnen Zuckermilch mit Blaubeeren.

Bis zu dem Donnerstag. Dem 20. Juli. Der genauso golden und sonnig begann wie die übrigen Tage, der zum Baden einlud und die Luft mit Vogelzwitschern und Hitzeflimmern füllte. In der Nacht aber war Valerie zu Nina ins Bett gekrochen, weil sie vor Angst vor einem angeblichen Wolf, der sich die Hühner holen wollte, nicht schlafen konnte. Mit verzweifelten Blicken hatte sie auch ihre Mutter wach gehalten, und als Nina vor Tagesanbruch ihr endlich schlafendes Kind in sein eigenes Bett trug, fühlte sie sich wie zerschlagen.

Außerdem erging es ihr, als wäre ihr gestern Abend der Wein nicht bekommen, und ein bisschen zum Heulen war ihr auch. Eine Vorahnung? Nina glaubte nicht an dergleichen, und wenn es so etwas doch gab, wie ihre Mutter und

Hetty steif und fest behaupteten, dann war sie selbst zu praktisch und bodenständig, um davon heimgesucht zu werden.

Elend ging es ihr trotzdem. Sie schnauzte sogar Berthold an, weil der nicht aufhörte, zu quengeln und sie zu bestürmen, ob er denn abends mit dem Papi telefonieren dürfe und ob der Papi nicht bald käme.

Am Nachmittag traf Nux aus dem Ort ein. »Es hat ein Attentat auf den Führer gegeben«, berichtete er.

In Ninas Kopf begann ein Wort zu hämmern.

Nur ein einziges.

Claus.

In Mikas Kopf hämmerte vermutlich der Name ihres eigenen Mannes. Sie schwiegen beide. Es war Caroline, die sprach.

»Und? Ist es geglückt?«, fragte sie unverblümt. »Haben sie durchgesagt, wie es jetzt weitergeht?«

»Noch nichts dergleichen.« Bedrückt schüttelte Nux den Kopf. »Ich wollte es euch nur gleich wissen lassen, ich gehe zu den Abendnachrichten wieder in den Ort.«

Mika sprang auf. »So lange warte ich nicht. Ich rufe in Berlin an, ich lasse mich mit Berthold verbinden.«

»Bist du verrückt?« Ihre Schwiegermutter sandte ihr einen vernichtenden Blick. »Gespräche aus diesem Haus werden über das Fernamt vermittelt. In der ganzen Bagage von Hitler über Goebbels bis Keitel gibt es keinen Einzigen, der da nicht mithören kann.«

Für Nina begannen von Neuem die Märsche durch die Hölle.

Diesmal nicht einer pro Tag, sondern einer in jeder Minute.

Nux brach auf, kam diesmal aber nicht wieder. Nina musste die Kinder ins Bett bringen, fühlte sich wie eine Kasperlepuppe, in die sie selbst die Hand stecken musste, damit sie sich bewegte. Als endlich alle schliefen oder zumindest zu schlafen vorgaben und sie wieder nach unten lief, war die Sonne längst untergegangen, und die anderen saßen im Salon am Tisch. Nux lehnte sich in den Türrahmen. Er musste gerade gekommen sein, und in seinem Gesicht stand im Grunde alles, was es zu wissen gab.

»Das Attentat – scheint gescheitert zu sein.«

»Was bedeutet das?«, rief Mika, während Caroline an die Wand zurückwich und dort stocksteif stehen blieb.

»Das lässt sich noch nicht sagen.« Nux war sichtlich darum bemüht, seine Stimme ruhig zu halten. »Es heißt, bei der Explosion einer Bombe in der Wolfsschanze habe es Tote gegeben, aber Hitler habe mit nur leichten Verletzungen überlebt. Es kann immer noch eine Falschmeldung sein, um die Bevölkerung ruhigzustellen. So leid es mir tut, vor morgen früh werden wir nichts Genaueres erfahren.«

»Und zu den … Tätern?«, kam es von Mika. »Sagen sie da nichts?«

Nux hob die Schultern. »Eine kleine Clique gewissenloser, verbrecherischer Offiziere soll ein Komplott geschmiedet haben«, rang er sich ab. »Mehr ist nicht bekannt gegeben worden, und wie gesagt: Das alles kann genauso gut Erfindung sein. Damals beim Elser hörte man auch erst alle erdenklichen Theorien, und die Wahrheit kennt man bis heute nicht.«

Sie verfielen alle in Schweigen. Tante Hupa ging mit dem kristallenen Dekanter herum, wie es sonst einer der Männer tat, und füllte Gläser auf. Nina hätte auch gern etwas getrunken, aber ihr wurde bereits vom Geruch des Weins übel.

Irgendwann sagte Onkel Nux: »Ich halte es für das Beste, wenn wir zu Bett gehen. Zu sagen gibt es ja nichts mehr, und ein leichter Tag wird das vermutlich morgen nicht.«

»Du glaubst doch wohl nicht etwa, dass ich jetzt schlafen kann?«, rief Caroline.

»Das brauchst du ja nicht, wenn du nicht möchtest,

Schwesterchen«, sagte er sanft. »Aber die jungen Frauen werden sich auch morgen wieder um ihre Kinder kümmern müssen, und wenn sie dabei zumindest ein wenig ausgeruht sind, kommt es allen zugute.«

Nina war ihm dankbar. Ihr Kopf schmerzte höllisch, und das Reden und Schweigen, das das, was sie alle beschäftigte, aussparte, hätte sie nicht länger ertragen. Wie Caroline erwartete sie nicht, schlafen zu können. Ihre Gedanken jagten einander, und vermutlich würde sie bis zum Morgen wach liegen, aber zumindest ihr ausgelaugter Körper würde ein wenig Erholung bekommen.

Wider Erwarten tat jedoch die vergangene Nacht, die sie mit Valerie schlaflos verbracht hatte, ihre Wirkung, und sie spürte eine bleierne Müdigkeit, kaum dass sie sich niedergelegt und das Licht auf dem Nachttisch gelöscht hatte. Mondlicht fiel in das angelehnte Fenster, leichter Wind bewegte den Vorhang, und sie fühlte sich Claus in diesem Zimmer, in dem er als Junge unter der Bettdecke seine Gedichte geschrieben und romantischen Schwärmereien nachgehangen hatte, auf tröstliche Weise nah. In einer Ecke stand sein Cello, auf dem er seit einer kleinen Ewigkeit nicht mehr gespielt hatte, und während ihr müder Blick über die geschwungenen Konturen des Instruments glitt, fiel sie in Schlaf.

Am nächsten Morgen schien blendend die Sonne ins Fenster, aber Nina erwachte nicht von deren Licht. Sie erwachte von dem Knarren, mit dem die Tür geöffnet wurde. Jemand setzte einen Fuß ins Zimmer, und noch benommen drehte sie sich um.

»Du musst aufstehen, Nina.« Die Stimme gehörte Caroline, die in der Tür stand. Es war ohne Zweifel Carolines Stimme und Carolines Gestalt, und trotzdem schien es, als wäre Caroline nicht mehr da, als wäre von ihr nichts mehr übrig als diese kerzengerade Haltung und die monotone Stimme. »Du musst mit deinen Kindern sprechen, es kann nicht warten, denn niemand weiß, wie lange man uns hier noch bleiben lässt. Dein Mann hat das Attentat verübt. Er ist noch in der Nacht verurteilt und erschossen worden. Claus ist tot.«

Wie eine Blinde betastete Nina ihr Gesicht. Gestern war ihr ohne sichtlichen Grund zum Weinen gewesen, und heute war sie sicher, nie wieder weinen zu können. Beides bedeutete das Gleiche, das erkannte sie jetzt und hätte es doch bereits gestern, als sie den Wein nicht hatte trinken können, erkennen sollen.

Sie würde es den Kindern sagen müssen.

Aber was?

Das, was nicht möglich war, was nicht geschehen sein konnte?

»Es hilft nichts, Nina«, sagte Caroline. »Wir haben zu tun, was getan werden muss. Bring es hinter dich. Ich bin unten, wenn ihr etwas braucht.«

Sie ging, und um Nina legte sich ein Nebel, der sie schützte. Er schützte sie nicht sehr gut, aber immerhin genug, damit sie aufstehen, sich Wasser ins Gesicht spritzen und sich etwas anziehen konnte. Und *Vol de Nuit*. Die letzten Tropfen aus der Flasche mit dem *Vol de Nuit*. Eine Nina ohne einen Claus, das geht ja nicht, hauchte es aus dem Nebel. Also kann es nicht passiert sein. Also wird alles wieder gut.

Sie glaubte der Nebelstimme nicht, aber sie ließ sie reden, bis sie mit dem Nötigsten fertig war. Dann ging sie hinüber, um ihre Kinder zu wecken, doch sie waren alle schon wach und spielten hinter dem Haus bei den Hühnern.

Nina trat hinaus in die strahlende Morgensonne, die den Nebel um sie wegbrannte. Jetzt klug sein, sagte sie sich. Wenn sie in diesem Moment seine Stimme beschwor, mochte sie den Verstand verlieren, aber sie musste es trotzdem tun: *Du bist die Mutter meiner Kinder, Nina. Daran musst du stets und als Erstes denken, versprichst du mir das?*

Den Kindern durfte nichts geschehen. Sie musste dafür sorgen, dass die Kinder in Sicherheit waren, dass ihnen kein Wort entschlüpfte, das sie in Gefahr bringen konnte.

Aber wie?

Was konnte sie ihnen sagen, das sie begriffen und das nicht alles, was ihnen lieb gewesen war, in ihnen zerstörte?

Es war zu schwer. Tat zu sehr weh. Sie fiel auf die Knie, prallte hart auf den Boden. Franz Ludwig, ihr kleinster Junge, der einen Leiterwagen umherzog, hörte den Aufprall und drehte sich um.

»Mami!«, rief er.

Ein Zauberwort, das seine Kraft verloren hatte.

Nina öffnete die Arme, und alle vier Kinder kamen aus verschiedenen Richtungen angelaufen und ließen sich darin fangen.

»Mami, Mami. Was ist denn mit dir? Warum bist du hingefallen?«

Das hier kann keine Geschichte sein, dachte Nina. Wenn es eine wäre, hätte man ihr ein anderes Ende schreiben müssen, denn dieses taugt doch nichts.

Es taugt nichts!

Taugt nichts!

Kein Mensch, der sich auf Geschichten versteht, würde so etwas schreiben.

»Der Papi hat sich geirrt«, sagte sie zu ihren Kindern. »Habt ihr das verstanden? Er hat sich geirrt. Etwas Dummes getan. Da haben sie ihn erschossen.«

Es wurde so still im Hof, als wären selbst die Hühner gestorben, und solange ich weiterleben muss, dachte Nina, werde ich Stille nie wieder ertragen.

»Erschossen?«, murmelte Berthold, als wäre ihm das Wort nicht bekannt.

Nina nickte. »Und ich …«, rief sie gegen die Stille und hielt sich an den Körpern ihrer Kinder fest. »Und ich bekomme noch ein Kind von ihm. Einen Albrecht oder eine Konstanze. Der Papi ist tot, und wenn wir nicht am Leben bleiben und dem neuen Kind sagen, wie er gewesen ist, dann weiß dieses Kind nichts von ihm. Wir müssen ihm alles erzählen, hört ihr? Alles, was uns bleibt.«

HETTY KLÖTZKE

ZITATE AUS EINEM RUNDFUNKINTERVIEW

Bamberg
1965

38

Ach, das nun noch mal. Und wieder und wieder. Wissen Sie eigentlich, dass ich so langsam, aber sicher mal genug davon habe?

Ich bin eine Frau von fünfundachtzig, geboren, als dieses Deutschland ganz neu war, mit Kaiser und Konsorten und allem Drum und Dran. Ich habe so viele Deutschlands erlebt, dass ich die schon lange nicht mehr zählen kann, aber gefragt wird man immer nur nach dem einen.

So ist das, oder?

Wie wenn ein Mensch einen anderen umgebracht hat.

Der kann vorher Gott weiß was gewesen sein und gemacht und getan haben, aber das ist alles so, als wenn's gar nicht gewesen wär. Dieses eine, was der verbrochen hat, das kann er nicht mehr wiedergutmachen.

Also lassen Sie mich damit in Ruhe. Wie's dazu gekommen ist, dass das mit Deutschland passiert ist, das kann ich alte Frau Ihnen nicht sagen, und Sie wollten ja wohl von mir wissen, wie's mit der Nina und mit der armen, armen Freifrau nachher weitergegangen ist.

Die sind ja alle verhaftet worden. Sippenhaft. Im Konzentrationslager Ravensbrück, wo ja, wie man heute weiß, so viele Frauen gestorben sind. Als hätten sie der Nina nicht schon genug angetan. Ihre Kinder haben sie ihr weggenommen, und das letzte, die kleine Konstanze, hat sie in der Zeit, als sie im Lager einsaß, zur Welt bringen müssen. Wie die das geschafft hat, dass sie daran nicht kaputtgegangen ist, das frag ich mich selber. Ihre Mutter hat sie auch noch verloren. Die arme Freifrau, die mit dem ganzen Zunder nichts am Hut gehabt hat und die immer so fidel war, haben sie auch verhaftet und in so ein Lager von der SS gesteckt. Dass mir das in der Seele wehgetan hat, das können Sie mir glauben. Die hat doch von nichts was gewusst, nicht, was der Claus gemacht hat oder sonst irgendwas, genauso wenig wie ich. Und sie ist dann noch in dem Winter, bevor mit allem Schluss war, an Typhus gestorben.

Nein, ich hab auch nichts gewusst, das hab ich Ihnen doch gerade gesagt.

Und hinterher?

Ja, hinterher ist über das alles viel geredet worden, und einen Film hat's auch gegeben, von dem Pabst, aber ich hab mir den nicht angesehen. Nicht, dass ich nicht gern mal ins Kino gegangen wär – aber dass ich da plötzlich den Claus auf der Leinwand sehe, und der ist schon zehn Jahre tot, nein, das wär nichts für mich.

Wie bitte? Was er gesagt hat, bevor er gestorben ist, soll ich auch noch wissen? Es lebe das ›heilige Deutschland‹? Ja, davon hab ich gehört, das stand sicher in der Zeitung, oder die haben's im Radio gebracht. Und jetzt sagen Sie mir, es steht nicht fest, ob das stimmt, und er hat vielleicht was ganz anderes gesagt?

Es lebe das ›geheime Deutschland‹?

›Heiliges Deutschland‹, ›geheimes Deutschland‹ – ist da denn ein Unterschied? Und spielt das eine Rolle, wo der Claus ja nun mal tot und das alles eine Ewigkeit her ist?

Die Nina lebt doch noch. Warum fragen Sie denn nicht die statt mich? Weil Sie von der keine Antworten kriegen, nehme ich an, und das kann ich der armen Frau auch nicht verdenken. In so einer Wunde, da braucht doch nicht noch einer rumzurühren, die tut doch schon von alleine weh. Die ganze Familie lebt jedenfalls noch. Der Hitler hat ja gesagt, er wird die Stauffenbergs mit Stumpf und Stiel ausrotten, aber die hat nicht mal der aus der Welt gekriegt. Die Nina hat sie nach dem Krieg alle fünf wieder zusammengesammelt, hat ihr zerbombtes Elternhaus herrichten lassen und ihre Kinder großgezogen. Claus' Mutter hat ihr geholfen. Die ist erst vor ein paar Jahren gestorben, soweit ich weiß, und das sind alles ordentliche Menschen geworden, die Kinder von der Nina. Zum Geburtstag und zu Weihnachten schreibt sie mir immer noch Karten.

Gut aussehen tut sie auch immer noch, da war neulich ein Bild von ihr in einer Zeitschrift. Geht ihr nicht schlecht, soweit man hört, kriegt jetzt sicher auch schon Enkel, und an Geld wird's ja nicht fehlen.

Nur geheiratet hat sie nicht wieder. Das hat sie wohl nicht noch mal gewollt.

Ende

ZUM GEDENKEN

Infolge des missglückten Attentats vom 20. Juli 1944 wurden mehr als hundert Menschen zum Tode verurteilt und ermordet, in den Selbstmord getrieben oder kamen in Lagern und Gefängnissen um. Beispielhaft und gegen das Vergessen seien die Namen der in diesem Buch Genannten hier noch einmal aufgeführt:

Claus Schenk Graf von Stauffenberg
Erschossen im Hof des Bendlerblocks,
in der Nacht des 20. Juli 1944

Albrecht Mertz von Quirnheim
Erschossen im Hof des Bendlerblocks,
in der Nacht des 20. Juli 1944

Werner von Haefgen
Erschossen im Hof des Bendlerblocks,
in der Nacht des 20. Juli 1944

Friedrich Olbricht
Erschossen im Hof des Bendlerblocks,
in der Nacht des 20. Juli 1944

Ludwig Beck
Nach missglücktem Selbstmordversuch erschossen
im Bendlerblock, in der Nacht des 20. Juli 1944

Berthold Schenk Graf von Stauffenberg
Erhängt im Gefängnis Berlin-Plötzensee, 10. August 1944

Nikolaus »Nux« Graf von Uexküll-Gyllenband
Erhängt im Gefängnis Berlin-Plötzensee,
14. September 1944

Caesar von Hofacker
Erhängt im Gefängnis Berlin-Plötzensee,
20. Dezember 1944

Peter Graf Yorck von Wartenburg
Erhängt im Gefängnis Berlin-Plötzensee, 8. August 1944

Henning von Tresckow
Entzog sich Verhaftung und Verhör durch Selbstmord,
Byalistok, Polen, 21. Juli 1944

Erich Hoepner
Erhängt im Gefängnis Berlin-Plötzensee, 8. August 1944

Erwin von Witzleben
Erhängt im Gefängnis Berlin-Plötzensee, 8. August 1944

Fritz-Dietlof Graf von der Schulenburg
Erhängt im Gefängnis Berlin-Plötzensee, 10. August 1944

Auch Friedrich Fromm starb. Da man ihm eine direkte Beteiligung an der Verschwörung nicht nachweisen konnte, wurde er aus dem Heer entlassen, als Zivilist vor den Volksgerichtshof gestellt und wegen ›Feigheit vor dem Feind‹ zum Tode verurteilt. Er wurde am 12. März 1945 im Zuchthaus Brandenburg-Görden erschossen.

GLOSSAR

Adlon. Berlins schönstes, luxuriösestes, wundervoll dekadentestes Hotel. In der Dorotheenstadt wurde es 1907 von Lorenz Adlon eröffnet, und auch heute wieder ist es ein einzigartiges Erlebnis. Die Autorin rät, sich einmal im Leben eine Übernachtung dort zu gönnen, auch wenn man womöglich jahrelang darauf sparen muss.

Afrikakorps. Großverband der Wehrmacht, der im libyschen Tripolis aufgestellt war und zwischen 1941 und 1943 in Nordafrika kämpfte.

Agfa-Box. Zwischen 1930 und 1957 vom *Agfa Camerawerk München* hergestellte Boxkamera, die einfach zu bedienen war und sich großer Beliebtheit erfreute.

Alexanderplatz. Großer, sehr belebter, im 17. Jahrhundert angelegter Platz im Berliner Bezirk Mitte. Am Alexanderplatz befand sich unter anderem das sehr eindrucksvolle Backsteingebäude des Polizeipräsidiums, in dem der berühmte Kriminalrat Ernst Gennat residierte. Dieser wurde deshalb auch ›der Dicke vom Alexanderplatz‹ genannt.

Alldeutscher Verband. Radikal nationalistische, antisemitische Organisation, die 1891 gegründet wurde und ein koloniales deutsches Weltreich zum Ziel hatte. Im Ersten Weltkrieg setzte der Verband sich für größtmögliche Eroberungen ein, die sogenannte Erweiterung des deutschen Lebensraumes.

Amuse-Bouche. Französisch: ›Mundfreude‹, auch *Amuse-Gueule* genannt. Kleines appetitanregendes Gericht, das in französischen Restaurants der gehobenen Klasse vor der eigentlichen kalten Vorspeise gereicht wird.

Ariernachweis. Ahnentafel, die in der Zeit des Nationalsozialismus von bestimmten Personengruppen (z. B. Beamten, Künstlern, Ärzten, Wissenschaftlern und Juristen) gefordert wurde, um deren »rein arische« Abstammung nachzuweisen. Um einen »Kleinen Ariernachweis« zu erbringen, musste man die Geburts-, Tauf- und Heiratsurkunden seiner Eltern und Großeltern beibringen, für den »Großen Ariernachweis« musste man seine Abstammung und die des Ehepartners bis ins 18. Jahrhundert nachweisen.

Baedeker. Ab 1832 im Koblenzer Verlag Karl Baedeker herausgegebene Reiseführer, die sich über Jahrzehnte hinweg einer solchen Beliebtheit erfreuten, dass der Name bis heute gelegentlich als Synonym für Reiseführer verwendet wird.

Bamberger Tagblatt. Bezeichnung, die die seit 1791 erscheinende und seit 1945 eingestellte *Bamberger Zeitung* in den Jahren der Weimarer Republik und des Nationalsozialismus führte. Sie war nationalkonservativ ausgerichtet.

Bendlerblock. Gebäudekomplex in Berlin-Tiergarten, in dem in der Zeit des Nationalsozialismus das Allgemeine Heeresamt untergebracht war. Heute Sitz des Bundesministeriums der Verteidigung.

Berliner Tageblatt. 1872 gegründete überregionale, im Berliner *Mossehaus* in der Schützenstraße (Mitte) erscheinende Zeitung. Das *Tageblatt* galt als linksliberal, stand der DDP nahe und wurde von 1906 bis zur Gleichschaltung 1933 von dem illustren Journalisten Theodor Wolff als Chefredakteur geleitet. Wolff floh nach Frankreich, von wo er 1943 nach Sachsenhausen deportiert wurde und an einer Erkrankung starb.

Bibiliskäs. Kräuterquark.

Blockwart. Diese Funktion, die es innerhalb der NSDAP schon seit 1933 gab, trug eigentlich die Bezeichnung Blockleiter, doch hatte sich Blockwart rasch eingebürgert. Ein Blockwart war für etwa fünfzig Haushalte zuständig, hatte Spenden für die Volkswohlfahrt einzusammeln und für die reibungslose Durchführung von Luftschutz und Verdunkelung zu sorgen. Seine vordringliche Aufgabe bestand jedoch in der Bespitzelung seiner Nachbarn. So hatte er zu melden, bei wem Juden zu Besuch kamen, wer sich regimekritisch äußerte oder ausländische Sender hörte.

Blutschutzgesetz. Eigentlich: *Gesetz zum Schutze des deutschen Blutes und der deutschen Ehre,* auch ›*Nürnberger Rassegesetze*‹ genannt. Im September 1935 erlassenes Gesetz, das die sogenannte Rassenschande – die Eheschließung und den sexuellen Verkehr zwischen jüdischen und nicht jüdischen Partnern – verbot. Zu den weiteren Verordnungen des Gesetzes gehörte das Verbot für ›arisches‹ Hauspersonal, in jüdischen Haushalten zu arbeiten.

Borsalino. 1857 in Piemont gegründetes Unternehmen für die Herstellung eleganter Herrenhüte.

Borsig. 1837 gegründeter Berliner Maschinenbaukonzern.

Brückenkopf. Militärische Stellung in feindlichem Territorium (ursprünglich zur Sicherung eines Flussübergangs).

Bruderwald. Waldgebiet nahe Bamberg.

Bürgerbräukeller. 1885 in München eröffnetes, großes und sehr beliebtes Gasthaus, das bis 1975 bestand. Die NSDAP beging hier ihre Wiedergründung, und Georg Elser führte im November 1939 hier sein gescheitertes Attentat auf Hitler aus.

Courvoisier. Weltberühmte Cognac-Brennerei, die im Département Charente seit 1826 ansässig ist.

Deutsche Versuchsanstalt für Luftfahrt. 1912 gegründete Forschungsanstalt im Berliner Bezirk Adlershof. Die Nationalsozialisten unterstellten das Institut ab 1934 dem Reichsluftfahrtministerium.

DNVP. Nationalistische, antidemokratische Partei, die 1918 gegründet wurde, zunächst vornehmlich für die Wiedereinführung der Monarchie kämpfte und bis 1933 bestand. Zu den Gründungsmitgliedern gehörte der Rüstungsunternehmer Alfred Hugenberg, der 1928 ihr Vorsitzender wurde und im Jahr zuvor die UFA aufgekauft hatte.

Erprobungsstelle Rechlin. Zentrale Erprobungsstelle für Luftfahrzeuge des Deutschen Reichs, bestand von 1926 bis 1945 an der Müritz bei Rechlin.

Eskadron. Militärische Einheit der Kavallerie, 1936 in Schwadron umbenannt. Entspricht einer Kompanie oder Batterie.

Evian, Konferenz von. Die Konferenz im französischen Evian fand auf Initiative des amerikanischen Präsidenten Roosevelt im Juli 1938 statt. Vertreter von 32 Staaten berieten über das sich zuspitzende Problem der Flüchtlinge aus Deutschland, ohne eine Lösung zu finden. Mit Ausnahme der Dominikanischen Republik war keiner der Staaten bereit, seine bestehenden Quoten zu erweitern und mehr Menschen aufzunehmen.

Eyachtal. Tal auf der südlichen Schwäbischen Alb zwischen Heersberg und Ochsenberg. Schloss Lautlingen, der Familiensitz der Stauffenbergs, befindet sich dort.

Falange. Abgeleitet vom griechischen Wort Phalanx für Baumstamm, Walze. Faschistische Bewegung, die 1933 von José Antonio Primo de Rivera gegründet wurde und bis 1937 bestand.

Fedora. Filzhut mit breiter Krempe, benannt nach der Titelfigur eines Stücks von Victorien Sardou und von Männern wie Frauen getragen.

Flapper Girl. Vom englischen Wort *to flapper* – flattern. Junge Frau der Zwanziger- und frühen Dreißigerjahre, die selbstbewusst auftrat, Jazz hörte und tanzte, legere Kleidung mit kurzen Röcken und häufig die berühmte Bubikopf-Frisur trug.

Freikorps. Bedeutung des Wortes nach dem Ersten Weltkrieg: militärische Verbände, die ausschließlich aus Freiwilligen gebildet wurden und sich rechtlich in einer Grauzone befanden. Bestanden mehrheitlich aus ungedienten Freiwilligen und oft sehr jungen ehemaligen Frontoffizieren und Soldaten.

Freischärler. Angehörige einer militärischen Vereinigung von Freiwilligen.

Gambellara. Weißwein aus dem Veneto.

Genfer Abrüstungskonferenz. Internationale Konferenz des Völkerbundes, die zwischen Februar 1932 und Juni 1934 wiederholt in Genf tagte, um sich auf eine gemeinsame Reduzierung der Rüstung zu einigen, bei der die Sicherheit der einzelnen Staaten weiterhin gewährleistet war. Deutschland verließ im Oktober 1933 diese Konferenz aus Protest darüber, dass Frankreich der beantragten Aufstockung des deutschen Heeres auf 200 000 Mann nicht zugestimmt hatte.

George-Kreis. Ab etwa 1890 bestehende, zunächst lockere Gruppierung um den Dichter Stefan George, der im Laufe der Jahre festere – auch stark hierarchische und allein von George bestimmte – Strukturen annahm und seine begeisterten Anhänger vereinte. Die Mitglieder vertraten im weitesten Sinne neoromantische Ansichten, und unter dem Stichwort ›Geheimes Deutschland‹ entwickelte der kultische Männerbund Ideen einer mystischen, ästhetisch überlegenen, realitätsfernen Gesellschaft. Der George-Bund war antimodern ausgerichtet, verklärte die Idee Deutschlands und verlor mit dem Tod des Dichters 1933 praktisch seine Bedeutung. Zu den bekanntesten Mitgliedern gehörten die Brüder Stauffenberg, Ernst Kantorowicz, Karl Wolfskehl und Max Dauthendey.

Haus Oberschlesien. 1921 eröffnetes Hotel in der Wilhelmstraße der damaligen Grenzstadt Gleiwitz. Hier war der SS-Sturmbannführer Alfred Naujocks untergebracht, der den Überfall auf den Sender Gleiwitz durchführte.

Hradschin. Im deutschen Sprachgebrauch wird mit *Hradschin* zumeist der Burgberg mit der Burg – dem Wahrzeichen – von Prag bezeichnet, wo Hitler im April 1939 übernachtete. Gemeint ist damit jedoch eine Katastralgemeinde der tschechischen Hauptstadt.

Jakobsberg. Einer der sieben Hügel Bambergs. Die hochmittelalterliche Kirche St. Jakob, in der Nina und Claus von Stauffenberg getraut wurden, steht dort.

Jumperkleid. Aus der Sportkleidung stammender Zweiteiler aus einem langen Oberteil und einem schmal geschnittenen Rock, das Ende der Zwanzigerjahre salonfähig und sehr beliebt wurde.

Jungvolk. Nationalsozialistische Jugendorganisation, die der Hitlerjugend unterstand und 10- bis 14-jährige Jungen erfasste. Im Alter von 15 Jahren hatte ein Junge dann zur eigentlichen HJ zu wechseln.

Juno. 1896 von der Berliner Zigarettenfabrik *Josetti* erstmals auf den Markt gebrachte Zigarettenmarke, die eine dickere und rundere Form hatte als die bis dato üblichen Zigaretten.

KaDeWe. Kaufhaus des Westens. 1907 von Adolf Jandorf am Berliner Wittenbergplatz eröffnetes großes und glamouröses Kaufhaus, das bis heute weit über Berlin hinaus berühmt ist. Hermann Tietz, dessen Warenhauskonzern es 1926 kaufte, wurde nach der Machtergreifung der Nationalsozialisten enteignet.

Kaiserhof. 1831 gebautes und nach einem Brand 1876 wiedereröffnetes erstes Luxushotel Berlins. Seinen Rang als erstes Hotel am Platz lief ihm nach der Jahrhundertwende allerdings das *Adlon* ab. Der *Kaiserhof* war am Wilhelmplatz, gegenüber der Reichskanzlei gelegen und somit in strategisch perfekter Lage für das Wahlkampfbüro, das Adolf Hitler dort einrichtete – allerdings ganz offiziell erst 1932, nicht ein Jahr zuvor wie in meinem Roman. Der *Kaiserhof* wurde 1943 bei einem Angriff zerstört.

Kaiser-Wilhelm-Institut für ausländisches öffentliches Recht und Völkerrecht. Dieses Institut war 1924 in Berlin-Dahlem gegründet worden und hat heute seinen Sitz in Heidelberg. Viktor Bruns, der während der Weimarer Jahre und des Nationalsozialismus den Vorsitz führte, trat der NSDAP nicht bei und hielt antisemitische und völkische Propaganda aus der juristischen Forschung seines Instituts fern.

Kempinski. Älteste Luxushotelkette Europas, zu der heute auch das Berliner *Adlon* gehört. Die jüdischen Eigentümer der Hotels und Restaurants wurden 1937 enteignet.

Kennkarte. Durch die Verordnung vom 22. Juli 1938 verbindlich in Nazideutschland eingeführter Ausweis. Die Kennkarte jüdischer Bürger wurde mit einem großen roten ›J‹ gestempelt. Sie waren verpflichtet, sich durch diese Karte jederzeit auszuweisen.

Keppler-Kreis. Kreis aus Industrie- und Wirtschaftsmagnaten um den Unternehmer Wilhelm Keppler, der seit 1927 bestand und es sich unter anderem zum Ziel gesetzt hatte, Hitler zum Reichskanzler zu machen. Das Treffen des Kreises in der Villa Schroeder am 4. Januar 1932 gilt als Geburtsstunde des Dritten Reichs.

Laubfrosch. 4-PS-Automobil der Firma Opel, das ab 1924 produziert und seiner grünen Farbe wegen im Volksmund Laubfrosch genannt wurde.

Lehrter Bahnhof. Einer der acht ehemaligen Kopfbahnhöfe von Berlin. Er wurde 1871 eröffnet und befand sich in unmittelbarer Nähe des Hamburger Bahnhofs, von dem er die Strecke Berlin–Hamburg ab 1884 übernahm. Der im Krieg beschädigte Bahnhof wurde 1951 stillgelegt.

Lindy Hop. Swingtanz, der Ende der Zwanzigerjahre in den USA entstand und vor allem durch Filme weltweite Verbreitung erfuhr. Vorläufer von Boogie-Woogie, Jive und Rock 'n' Roll.

Maginot-Linie. In den Dreißigerjahren errichtete, schwer befestigte Verteidigungslinie entlang der französischen Grenze zu Belgien, Luxemburg, Deutschland und Italien, die Angriffe abwehren sollte. Benannt nach dem französischen Verteidigungsminister André Maginot.

Majestic. Das 1864 erbaute Luxushotel *Majestic* im 16. Arrondissement wurde von den deutschen Besatzern ab 1940 als Hauptquartier des Militärbefehlshabers in Frankreich eingerichtet. Nachdem es zwischenzeitlich von der UNESCO genutzt wurde, beherbergt es heute – unter neuem Namen – wieder ein luxuriöses Hotel.

Massary. Berliner Zigarettenfabrik, die 1905 die Arbeit aufnahm und bis zum Aufkauf durch Reemtsma 1929 und der anschließenden Stilllegung bestand. Das Unternehmen und die verschiedenen von ihm produzierten Zigarettenmarken waren benannt nach der Schauspielerin und Sängerin Fritzi Massary, die in Kaiserzeit und Weimarer Zeit ein angebeteter Star war und gern rauchte. Fritzi Massary verließ Deutschland 1932 aufgrund des Erstarkens der Nationalsozialisten.

Mauerwald. Das OKH Mauerwald in der Masurischen Seenplatte war von 1941 bis 1945 das Hauptquartier des Oberkommandos des Heeres. Es lag von der Wolfsschanze etwa 20 Kilometer entfernt.

Mercedes-Benz 770. Der ›Große Mercedes‹, wie er auch genannt wurde, war ein Luxusautomobil mit vier Türen, das ab 1930 von Mercedes-Benz hergestellt wurde. Viele führende Nationalsozialisten sowie Benito Mussolini fuhren diesen Wagen.

Ministerialadel. Auch Dienstadel. Familien, die traditionell hohe Bedienstete eines Fürstenhauses stellten und dafür in den Adelsstand erhoben wurden.

Mohnstriezel. Eine Art Strudel, mit Mohn gefüllt. Der schlesischen Küche entstammend und besonders zur Weihnachts- und Osterzeit beliebt.

Mostra della Rivoluzione Fascista. Gigantisch-bombastische Ausstellung, mit der Mussolini vom 28. Oktober 1932 bis zum 28. Oktober 1934 den zehnten Jahrestag seines ›Marsches auf Rom‹ feiern ließ. Die Ausstellung fand im *Palazzo delle Esposizioni* statt, der eigens dafür aufwendig umgebaut wurde, sie wurde von Mussolini persönlich eröffnet und von vier Millionen Menschen besucht.

Münchner Neueste Nachrichten. Eine der auflagenstärksten Zeitungen Süddeutschlands, die von 1848 bis 1945 erschien. Die Publikation war konservativ-monarchistisch und den Nationalsozialisten gegenüber offen kritisch eingestellt, weshalb sie nach Hitlers Machtergreifung unter massiven Druck geriet. Im April 1945 stellte sie ihr Erscheinen ein.

Münchner Post. Sozialdemokratische Tageszeitung, die von 1897 bis 1933 erschien. Nach Hitlers Machtübernahme wurden die Redaktionsräume überfallen und verwüstet, die Redakteure verhaftet und die Zeitung eingestellt.

Munsterkäse. Weicher Rotschmierkäse aus dem Hochvogesenland.

Nationalkomitee Freies Deutschland. Zusammenschluss deutscher Emigranten und Kriegsgefangener in der Sowjetunion, die sich am Kampf gegen den Nationalsozialismus beteiligten. Das Komitee bestand von 1943 bis 1945.

Ordonnanzoffizier. Offizier niedrigeren Dienstgrades, der einem ranghöheren Offizier als Gehilfe bzw. Adjutant unterstellt ist.

Palazzo delle Esposizioni. Neoklassizistisches Ausstellungsgebäude in Roms Via Nazionale, das 1883 eröffnet wurde. In der Zeit des Faschismus wurde der Bau stark modifiziert, da er als nicht länger zeitgemäß galt.

Pervitin. Medikament aus der Gruppe der Phenylethylamine, das eine euphorisierende, berauschende, angsthemmende Wirkung entfalten kann. Unter dem Spitznamen ›Panzerschokolade‹ im Zweiten Weltkrieg tausendfach verwendet, um die Leistungsfähigkeit der Truppen zu steigern und Angstgefühle zu unterdrücken.

Pfalz. Befestigte Burganlage aus der Zeit des Heiligen Römischen Reiches.

Polarbär. Die *Brauerei Polarbär* wurde 1628 in der Judengasse in der Bamberger Altstadt gegründet, trug damals aber noch den Namen *Zum Schwarzen Adler.* Der Spitzname *Polarbär,* der ihr erhalten blieb, war eine Verballhornung des Inhabernamens. Der hieß Pankraz Behr, in Franken wurde ein Pankraz häufig mit dem Spitznamen Pohla gerufen, woraus sich dann der Name ›zum Pohla Behr‹ ergab. 1928 wurde das Gebäude renoviert und um eine Gaststätte erweitert. Die kleine Eisbären-Skulptur über dem Eingang existiert bis heute.

Posillipo. Viel besungener Hügel im Südwesten Neapels mit atemberaubendem Blick über den Golf.

Prinz-Heinrich-Mütze. Schirmmütze, benannt nach einem Bruder Kaiser Wilhelms II.

Rangsdorf. Der ehemalige Flughafen Rangsdorf in Brandenburg wurde 1935 zunächst für die zivile Luftfahrt und vor allem als Sportflughafen eröffnet. Im Zweiten Weltkrieg wurde er zum Fliegerhorst umfunktioniert.

Reichsgau Sudetenland. Aus den von Hitler einverleibten vormals tschechischen Sudetengebieten gebildeter Reichsgau, der von 1939 bis 1945 bestand. Reichsgauen waren Verwaltungseinheiten des nationalsozialistischen Deutschen Reiches.

Reichskommissariat für Preisbildung. Nationalsozialistische Einrichtung, die die Preise von Handel und Industrie überwachte. Claus von Stauffenbergs Onkel Nikolaus

›Nux‹ von Uexküll-Gyllenband war dort vor allem als Verbindungsmann zur Wehrmacht tätig.

Reichspropagandaleitung der NSDAP. Seit 1926 bestehende NSDAP-Abteilung für Presse- und Öffentlichkeitsarbeit, die speziell über ein ›Amt Film‹ verfügte. Ab 1930 stand Joseph Goebbels dieser Abteilung vor.

Reichsstelle für Sippenforschung. Dienststelle des Reichsinnenministeriums, die in strittigen Fällen darüber entschied, ob ein sogenannter Ariernachweis erteilt wurde oder nicht. Wurde im November 1940 in ›Reichssippenamt‹ umbenannt.

SAPD. Sozialistische Arbeiterpartei Deutschlands. Im Herbst 1931 gegründete Partei, die politisch zwischen SPD und KPD stand und, mit der drohenden Gefahr des erstarkenden Nationalsozialismus vor Augen, vehement für eine antifaschistische Front aus SPD, KPD, Gewerkschaften und weiteren Organisationen eintrat. Die SAPD arbeitete an diesen Zielen im Untergrund weiter und löste sich 1945 auf.

Schlesische Funkstunde. 1924 in Breslau gegründeter privater Rundfunksender, der unter den Nationalsozialisten verstaatlicht wurde und neben Breslau auch vom Sender Gleiwitz aus übertrug.

Schlesisches Himmelreich. Spezialität der schlesischen Küche. Gericht aus mit Backobst gekochtem geräuchertem Schweinebauch und einer Sauce aus Zimt und zerkrümelten Lebkuchen. (Falls sich eine Leserin oder ein Leser das gern antun möchte – guten Appetit. Die Autorin würde es nicht überleben.)

Schwibbogen. Waagerechter Bogen, der zwei Gebäudeteile auseinanderspreizt. Architektonisches Merkmal mittelalterlichen Städte- und Burgenbaus.

Shimmy. Gesellschaftstanz aus den USA, der sich ab 1920 auch in Europa größter Beliebtheit erfreute. Auffällig beim aus dem Foxtrott entstandenen Shimmy ist das Schütteln des ganzen Körpers aus den Bauchmuskeln heraus, während die Schritte auf kleinstem Raum ausgeführt werden.

Stollwerck. Seit 1839 bestehender Lebensmittelhersteller, der besonders durch seine Süßwaren bekannt wurde. *Stollwercks* Schokolade war die erste Ware, die in Deutschland in Verkaufsautomaten angeboten wurde, und zudem investierte *Stollwerck* ab 1895 auch ins Geschäft mit den neuen Kinematografen. In der Zeit des Nationalsozialismus galt das Unternehmen als ›NS-Musterbetrieb‹.

Stuka. Abkürzung für Sturzkampfbomber. Volkstümlicher Name für Maschinen des Typs Junkers Ju 87.

Stürmer, Der. Antisemitisches Hetzblatt, das ab 1923 von Julius Streicher wöchentlich herausgegeben wurde. Mit beispiellosem Hass und Abscheu erregenden Karikaturen jüdischer Menschen erreichte Streichers Blatt, das in Schaukästen überall ausgestellt war, zwischen 1935 und 1939 eine Auflagenhöhe von 700 000 Exemplaren. Im Februar 1945 erschien die Zeitschrift zum letzten Mal.

Uffizien. Orig.: *Galleria degli Uffizi.* Kunstmuseum in Florenz, beherbergt eine der wichtigsten kunsthistorischen Sammlungen der Welt.

Unternehmen Blau. Deckname für die Sommeroffensive der Wehrmacht in der Sowjetunion.

Vertrag von Lausanne. Auf der vom 16. Juni bis zum 9. Juli 1932 abgehaltenen Konferenz von Lausanne beschlossenes Abkommen, das Deutschland gegen eine Restzahlung von drei Millionen Goldmark die Reparationszahlungen aus dem Versailler Vertrag erließ. Die Nationalsozialisten schmähten das Abkommen als unzureichend, da es Deutschlands Kriegsschuld nicht aufhob und der Abrüstungsverpflichtung kein Ende setzte. Der Vertrag von Lausanne trat nie in Kraft.

Via Appia Antica. Straße in Rom, die auf der 312 v. Chr. von Appius Claudius Caecus angelegten Via Appia verläuft. Mit einer Vielzahl antiker Baudenkmäler gilt sie als das längste Museum der Welt.

Vieille Réserve. Gehobene Cognac-Kategorie.

Vol de Nuit. Französisch für ›Nachtflug‹. Parfüm der Firma Guerlain, das 1933 kreiert wurde.

Völkerbund. Internationale Organisation mit Sitz in Genf. Ziel des am 20. Januar 1920 gegründeten Bundes war es, durch schiedsrichterliche Beschlüsse zwischenstaatliche Konflikte zu schlichten und Kriege zu verhindern. Da er an diesem Ziel tragisch gescheitert war, löste die Organisation sich am 18. April 1946 selbst auf.

Völkischer Beobachter. Parteiorgan und sogenanntes Kampfblatt der NSDAP. Erschien von 1920 bis 1945.

Volksempfänger. Im Auftrag von Reichspropagandaminister Goebbels entwickeltes Rundfunkgerät, mit dem Mittel- und Langwelle empfangen werden konnten. Es wurde wenige Wochen nach Hitlers Machtübernahme vorgestellt, sollte für jeden erschwinglich sein und es so ermöglichen, dass breiteste Bevölkerungsschichten für nationalsozialistische Propaganda erreichbar waren.

Walküre. Unternehmen *Walküre* war ursprünglich der Deckname einer Operation der Wehrmacht, mit der Umsturzversuche gegen das Naziregime vereitelt werden sollten. Claus von Stauffenberg und seine Verbündeten machten sich diese Operation für ihre Umsturzpläne zunutze.

Wehrkreisprüfung. Prüfung für Offiziere bei der Reichswehr und dann Wehrmacht, die für einen Besuch der 1935 wieder eröffneten Kriegsakademie und eine Aufnahme in den Generalstabsdienst vorgeschrieben war.

Wehrmacht. Name der deutschen Streitkräfte des Nationalsozialismus von 1935 bis 1945. Durch das *Gesetz zum Aufbau der Wehrmacht* vom März 1935 ging diese aus der Reichswehr hervor.

Wirtschaftsstab Ost. Gremium zur Organisation der Wirtschaftsvorgänge in den besetzten Gebieten der Sowjetunion.

Witwe Klicko. Von Wilhelm Busch in einem lustigen Vers – ›*Wie lieb und luftig perlt die Blase/Der Witwe Klicko in dem Glase*‹ – eingeführter Spitzname der Champagnermarke *Veuve Clicquot.*

Wolfsschanze. Tarnname des Lagezentrums in Ostpreußen, in dem ab 1940 der Führungsstab der deutschen Wehrmacht untergebracht war. Ab 1941 hielt Hitler sich dort hauptsächlich auf. Die Wolfsschanze lag vom OKH Mauerwald etwa 20 Kilometer entfernt.

Yenidze. Zigarettenfabrik, die der Unternehmer Hugo Zietz 1886 gründete und die durch ihr orientalisch anmutendes, prachtvolles Gebäude in Dresden bekannt wurde.

Zentrum. Mächtige katholische Partei des Kaiserreichs und der Weimarer Republik. Vertrat das mittlere Spektrum und gehörte der Weimarer Koalition an.

QUELLENANGABEN

S. 11: George Orwell, *1984*, Penguin Clothbound Classics, 2021.

S. 17: Kurt Tucholsky, *Auf einen Ring, Für Mary, Gedichte in einem Band*, Insel Verlag, 2006.

S. 117: Kurt Tucholsky, *Der bewachte Kriegsschauplatz.* textlog.de, Volltext, erstmals publiziert in: *Die Weltbühne* am 4. August 1931.

S. 251: Kurt Tucholsky, *Die Verteidigung des Vaterlandes,* in: *Die Weltbühne*, 6. Oktober 1921, S. 338 f.

S. 269: Stefan George, *Der Krieg*, Georg Bondi Verlag, Berlin 1917.

S. 355: Stefan George, *Es lacht in dem steigenden jahr dir, Das Jahr der Seele.* Gesamt-Ausgabe der Werke, Band 4, Berlin 1928, S. 92–93.

S. 393: Nina Schenk Gräfin von Stauffenberg, *Unser Papi*, in: *Konstanze von Schulthess, Nina Schenk Gräfin von Stauffenberg: Ein Porträt,* Piper, 2008.

Eine große Liebe in Zeiten des Aufruhrs

CHARLOTTE ROTH

ROSA UND LEO

DIE GROSSE LIEBE DER ROSA LUXEMBURG

ROMAN

Warschau, 1889. Von klein auf träumt das Mädchen Rosa von einer besseren, gerechteren Welt und ist entschlossen, dafür zu kämpfen. Sie ist erst siebzehn, als sie mutterseelenallein vor der Miliz des Zaren in die Schweiz fliehen muss. In Zürich beginnt die hochgebildete junge Frau ein Studium und trifft auf Leo, der wie sie aus seiner Heimat fliehen musste und dafür glüht, für die Entrechteten der Welt zu kämpfen. Über das gemeinsame Ziel hinaus verbindet sie schon bald eine leidenschaftliche Liebe. Für die aber gibt es in den Stürmen ihrer gnadenlosen Epoche weder Zeit noch Raum …

DROEMER